Dieser Roman basiert auf persönlichen Beobachtungen und Erfahrungen des Autors. Die Namen der handelnden Personen und die Orte der Geschehnisse wurden frei gewählt. Etwaige Ähnlichkeiten mit lebenden Personen sind zufällig und nicht beabsichtigt.

Exposé

Felix' Ehe mit Dorothee, mit der er seit fast 30 Jahren verheiratet ist und mit der er drei Töchter hat, läuft seit Beginn nicht so, wie er es sich vorgestellt hat. Felix ist zunehmend unzufrieden und sucht nach neuen Perspektiven. Er sehnt sich nach Liebe und emotionaler Zugewandtheit. Seine Berufszeit geht in wenigen Jahren zu Ende. Die letzten Berufsjahre will er noch einmal bewusst und intensiv erleben. Da lernt er an seinem Wohnort Clara, eine kluge und feinfühlige Angestellte, und einige Zeit später bei einer Kur Beatrice, eine engagierte und weltoffene Kunsthistorikerin, kennen. Er versteht sich mit beiden Frauen auf Anhieb gut. Sie bedeuten ihm auf unterschiedliche Weise viel und vermitteln ihm neue Impulse für sein Leben. Eine Psychotherapeutin in der Kur rät ihm, nicht immer alles in den Griff bekommen zu wollen, sondern auch mal Chaos zuzulassen, die Dinge sich einfach entwickeln zu lassen. Felix geordnetes Leben gerät Schritt für Schritt aus der Balance. - Zehn Jahre später sind seine und Beatrice' Ehe geschieden und die ehemaligen Ehepartner haben neue Partnerschaften geschlossen. Der Prozess der Auflösung der alten Ehen und der Entwicklung der neuen Partnerschaften verläuft in vielen kleinen Etappen. Am Ende des sich über mehrere Jahre hinziehenden Prozesses wird bei Beatrice, mit der Felix inzwischen zusammen lebt, Brustkrebs diagnostiziert. Sie wird im Krankenhaus mehrfach operiert. Während ihres Krankenhausaufenthaltes durchlebt Felix die letzten zehn Jahre seines Lebens in Gedanken und Träumen noch einmal. Er hat in dieser Zeit Chaos zugelassen und viele Höhen und Tiefen durchschritten. Gleichzeitig hat sich sein Leben vollständig verändert. Es ist nicht einfacher geworden, aber Felix hat mehr und mehr zu sich gefunden.

Im Mittelpunkt des Geschehens stehen die Gefühle und Selbstreflexionen von Felix. Sie geben Einblick in das empfindliche und verletzliche Seelenleben eines Mannes, der sich ein Leben lang für andere Menschen und seine Ideale eingesetzt hat und nach einer liebevollen und verständnisvollen Lebenspartnerin sehnt. In seiner Außenwirkung vermittelt Felix jedoch eher den Eindruck eines rational handelnden Menschen mit harter Schale. Felix fühlt sich daher oft missverstanden, und für seine Mitmenschen ist es nicht immer leicht, ihn so zu verstehen, wie er es sich selbst wünscht. Auf der Suche nach sich selbst stößt er durch glückliche Zufälle auf die spirituellen Erfahrungen des ZEN und der Mystik, die ihm in einer Phase tiefer Depression helfen, sich aus den in diesen Jahren erlebten Niederlagen, Demütigungen und Enttäuschungen bis hin zu Selbstmordgedanken zu befreien. Gleichzeitig erfährt er, wie es möglich ist, die eigenen Selbstheilungskräfte zu stärken. Felix gewinnt neue Hoffnung und innere Kraft, die ihn am Ende lebensfroher, den Mitmenschen zugewandter und gegenüber äußeren Einflüssen unangreifbarer machen.

Felix' lebensnahe Geschichte ist ein Spiegelbild unserer Lebenswirklichkeit zu Beginn des 21. Jahrhunderts. Sie verläuft oft skurriler und überraschender, als wir uns selbst mit kühnster Fantasie vorstellen können.

Hinrich Holknid

Einfach mal mehr Chaos zulassen

Felix auf dem Weg zu einem neuen Leben

www.tredition.de

© 2018 Hinrich Holknid

Verlag und Druck: tredition GmbH, Hamburg

ISBN
Paperback: 978-3-7469-1984-3
Hardcover: 978-3-7469-1985-0
e-Book: 978-3-7469-1986-7

Das Werk, einschließlich seiner Teile, ist urheberrechtlich geschützt. Jede Verwertung ist ohne Zustimmung des Verlages und des Autors unzulässig. Dies gilt insbesondere für die elektronische oder sonstige Vervielfältigung, Übersetzung, Verbreitung und öffentliche Zugänglichmachung.

Inhalt

Prolog:	Zwischen Höhen und Tiefen
Teil I:	Partnertausch
1	Zufällige Begegnung
2	Vortragsverbot
3	Fahrt nach Lissabon
4	Begegnung im Schnee
5	Auf dem Hausberg
6	Zwischen drei Frauen
7	Wanderung zu dritt
8	Radtour am Niederrhein
9	Skiurlaub in Österreich
10	Segeltörn in den Niederlanden
11	Radtour an der Ruhr
12	Besuch bei Freunden in England
13	Fahrt nach Südtirol
14	Der Vulkanausbruch
15	Der Zug fährt ungebremst weiter
16	Missglückter Hochzeitstag
17	Aussprache zwischen Vater und Tochter
18	World Trade Center und Küchenkauf
19	Auszug aus dem eigenen Haus
20	Ausgesetzt im Ferienhaus
21	Das Foto von Bern

Teil II:	Auf der Suche
22	Leben in der Mietwohnung
23	Ein ungewöhnliches Gartenfest
24	Das kenianische Familienurteil
25	Vergebliche Rettungsversuche
26	Die Töchter werden erwachsen
27	Mut tut gut
28	Ein neues Zuhause

Teil III:	Stürmische Zeiten
29	Zwischenhoch
30	Ende der Schonfrist
31	Scheidungsantrag und Scheinschwangerschaft
32	Auf der Suche nach dem inneren Halt
33	Neue spirituelle Erfahrungen
34	Neue innere Kraft

Teil IV:	Aufbruch zu neuen Ufern
35	Neue Herausforderungen
36	Die Krise
37	Die Zuspitzung
38	Ein weiteres Gerichtsverfahren
39	Der Tiefpunkt ist erreicht
40	Neues Leben aus dem Schlamm

Epilog

*Auf dem Schlamm unseres bisherigen Lebens
gedeiht unser weiteres Leben
wie eine wunderschöne Lotusblume*

ZEN-Weisheit

Prolog: Zwischen Höhen und Tiefen

2000 - 2010

Felix liegt auf seiner Terrasse im bequemen Liegestuhl mit seinen beweglichen Holzelementen, die sich dem Rücken angenehm anschmiegen, und dem weichen Polster darauf und schaut entspannt in seinen Garten hinaus. Die Rosen und viele andere Blumen blühen in vielen bunten Farben. Der Rasen vor den Blumenbeeten sprießt in satten grünen Farben. Eine große, alte Tanne und ein noch junger Kirschbaum werfen vielgliedrige Schatten auf das Gras. Eine Amsel, die in den Büschen ringsum ihr Nest hat, kommt angeflogen und hüpft in unkalkulierbaren Bewegungen über die Wiese, pickt mal hier, mal dort im wilden Takt in den Boden, bleibt dann aufrecht stehen, um nach kurzem Warten plötzlich in heftigem Tempo in eine neue Richtung zu laufen, weil sie dort etwas Verwertbares entdeckt hat. Das Schauspiel wiederholt sich mehrmals am Tag. Felix liebt seine Amseln, und er liebt seinen Garten.

Die Sonne scheint, und es ist nach Wochen kühlen und regnerischen Wetters endlich mal wieder angenehm warm. Felix atmet tief atmet durch. Er genießt die Ruhe und friedliche Stille. In seinem Haus, in dem er sich wohl fühlt, wohnt er seit sechs Jahren. Die Möglichkeit zum Erwerb des Hauses war für ihn eines der Wunder, die sich in seinem Leben zugetragen haben. Wiederholt geschah es, dass sich in seinem Leben auf wundersame Weise Ereignisse miteinander verbanden, die sich zunächst völlig unabhängig voneinander zugetragen hatten, um sich dann überraschend und unerwartet zu einer völlig neuen Konstellation zu verbinden. Die von ihm als Wunder empfundenen Ereignisse waren oft gerade dann eingetreten, wenn eine für ihn nahezu aussichtslos wirkende Situation entstanden war, in der er nicht mehr wusste, wie es weiter gehen sollte.

Er hatte wiederholt die alte Lebensweisheit, dass alles im Leben seinen Preis hat, am eigenen Leib zu spüren bekommen. Er war schon immer offen gewesen für Neues und bereit, Risiken auf sich zu nehmen, um sich so neue Chancen für sein Leben zu eröffnen. Neue Höhenflüge waren so häufig auch mit Tiefschlägen verbunden. Sein neues Lebensmotto, welches er sich vor zehn Jahren gesetzt hatte, lautete: *Das Leben ist bunt, viel schillernd und voller Überraschungen.* Die Überraschungen konnten positiv oder auch negativ sein.

Nach einem Besuch in Kairo vor wenigen Jahren war als weiteres Lebensmotto eine arabische Weisheit hinzu gekommen: *El sabre gamil – Geduld ist schön.* Dieser Spruch half ihm seitdem jedes Mal, wenn es nicht nach seinen eigenen Wünschen lief und er auf den Ablauf der Dinge keinen Einfluss hatte.

Felix befindet sich jetzt wieder in einer solchen kritischen Situation seines Lebens. Er schließt die Augen und beginnt zu träumen. Ein Sechsertreffer im Lotto hat sich bisher nicht eingestellt, obwohl er gerade in der letzten Zeit häufiger als sonst Lottoscheine ausgefüllt hat in der Hoffnung auf ein neues Wunder. Zu mehr als drei Treffern reichte es bisher aber nicht. „El sabre gamil", murmelt er halblaut, „irgendein Sechser – wie auch immer er aussehen mag – wird schon noch kommen."

Seine finanzielle Lebensgrundlage hatte sich nach der Scheidung von seiner Frau vor einigen Wochen deutlich verschlechtert. Als er sich in der letzten Woche gerade damit beschäftigte, nach Auswegen zu suchen, kam die Hiobsbotschaft, dass Beatrice, seine neue Lebensgefährtin, an Brustkrebs erkrankt sei.

Der unerwartete Befund war für Beatrice schockierend, aber auch ihn traf die Botschaft tief. Beatrice hatte zwar schon vor Monaten eine kleine Veränderung in ihrer linken Brust festgestellt und sich zahlreichen Untersuchungen unterworfen, aber sie war immer davon ausgegangen, dass es sich um eine harmlose Entzündung oder dergleichen handelte, die allein oder mit Hilfe von Medikamenten wieder verschwinden würde. Eine Biopsie vor wenigen Tagen brachte dann letzte Gewissheit.

Bereits kurz nach dem Befund kam sie ins Krankenhaus und wurde operiert. Die Operation verlief gut, und Beatrice erwachte schell wieder aus der Vollnarkose. Felix eilte sofort mit einem großen Blumenstrauß roter Rosen zu ihr und tröstete sie. Sie hielten sich lange an den Händen fest. Das war erst vor wenigen Tagen.

Von den histologischen Untersuchungsergebnissen der entnommenen Gewebeproben, auf die sie jetzt warten, hängt der weitere Behandlungsplan ab. Felix ist jetzt allein zu Hause und hat viel Zeit, über sein Leben, das bisherige und das, was noch mutmaßlich vor ihm liegt, nachzudenken.

Er ist 65 Jahre und im Ruhestand. Seine Ehe war nach fast vierzig Jahren auf Betreiben seiner Exfrau vor wenigen Wochen geschieden worden. Seitdem war er nicht zur Ruhe gekommen, ebenso wenig wie in den Jahren davor. Vor zehn Jahren war er in Altersteilzeit gegangen. Bereits seit über fünf Jahren lebte er nun schon in der Freistellungsphase als „freier" Mann. Das verlockende Angebot der Alterteilzeit hatte er angenommen, weil es ihm deutlich mehr Lebensqualität und Erfüllung seiner eigenen Lebensträume versprach. In dieser Zeit hatte sich sein Leben tief greifend verändert.

Eine Reihe kleinerer, zunächst unbedeutend erscheinender Ereignisse hatte dramatische Verschiebungen seiner Lebensgrundlagen verursacht. Einige davon waren Folge der Reaktionen seiner Mitmenschen auf sein neues Verhalten, sowohl in seinem privaten wie auch in seinem beruflichen Umfeld.

‚Ich war wohl gleichzeitig Täter als auch Opfer meines Handelns', geht es Felix durch den Sinn. , Vieles ist völlig anders gekommen, als ich es mir vorgestellt hatte. Für die Veränderungen meines Lebens trage ich aber allein die Verantwortung. Warum aber sind bestimmte Dinge so und nicht anders verlaufen? Gibt es dafür Erklärungen?'

Er öffnet kurz die Augen und schaut den Wolken nach, die gemächlich über den Himmel ziehen. Er schließt sie wieder und lässt seinen Gedanken freien Lauf.

‚Ich glaube, für mein Leben waren vor allem Frauen, bestimmte Frauen, von schicksalhafter Bedeutung. Frauen, die mir etwas bedeutet hatten, die mir nahe gekommen waren, mit denen ich einen Teil meines Lebenswegs gemeinsam zurückgelegt habe. Ja, ich fühlte mich schon immer und fühle mich immer noch von Frauen emotional und erotisch angezogen, obwohl – oder vielleicht auch weil – ich in meiner Jugend aufgrund meiner Erziehung ein eher gehemmtes Verhältnis zu ihnen hatte. Ich war als Heranwachsender doch ziemlich verklemmt und habe deshalb im Umgang mit dem anderen Geschlecht erst spät gelernt, mit meinen Gefühlen den Frauen gegenüber richtig umzugehen. So konnte es leicht geschehen, dass ich durch mein Verhalten die mir nahe stehenden Frauen ungewollt verunsichert oder vielleicht sogar vor den Kopf gestoßen habe, möglicherweise sogar, ohne es selbst zu merken. Ich hatte damals lange das Gefühl, bei Frauen nicht gut anzukommen und keine guten Chancen zu haben. Diese Verunsicherung hat sich erst später gelegt.

In den letzten zehn Jahren habe ich Zeiten hoher Glücksgefühle erlebt, aber auch Zeiten tief gehender Schmerzen und Trauer. Viele Dinge entwickelten sich in dieser Zeit nicht immer nach meinen Wünschen. Mein Leben wurde zu einer Gratwanderung. Ungewollt habe ich dabei alle erdenklichen emotionalen Höhen und Tiefen durchlaufen und dabei erfahren, wie die Extreme menschlicher Verhaltensweisen dicht neben einander liegen: Liebe und Hass, Vertrauen und Enttäuschung, Zuwendung und Demütigung, Sicherheit und Schutzlosigkeit, Wärme und Kälte, Hoffnung und Verzweiflung, Euphorie und Niedergeschlagenheit. Es war ein Pendeln zwischen Gipfeln und Abgründen.

Vor zehn Jahren lebte ich noch mit meiner Exfrau Dorothea und meinen drei Töchtern Daniela, Katharina und Cecilia in unserem gemeinsamen Haus. Ich hatte klar geregelte Lebensabläufe und Aufgaben, ein gesichertes Einkommen und einen über viele Jahre gewachsenen Freundes- und Bekanntenkreis.

Dann traten auf einmal Clara und später Beatrice zusätzlich in mein Leben ein. Die Begegnungen vor allem mit diesen beiden Frauen haben mein Leben gründlich verändert.

Nun befinde ich mich im Ruhestand, bin von meiner Exfrau geschieden, sehe meine drei Kinder und inzwischen auch vier Enkelkinder nur selten, habe einen neuen Freundes- und Bekanntenkreis in neuer Umgebung und lebe mit Beatrice als meiner neuen Partnerin zusammen. Beträchtliche Teile meines Vermögens habe ich in den letzten Jahren verloren. Gleichzeitig habe ich aber auch viele interessante neue Erfahrungen gesammelt und bei Begegnungen mit Menschen im In- und Ausland viele wertvolle Anregungen für mein weiteres Leben erhalten. Nach vielen Jahren meiner beruflichen Tätigkeit im Umweltschutz habe ich dabei neue Betätigungsfelder, insbesondere im Bereich der Kultur, gefunden.

Ist ein solch aufregendes Leben typisch für einen Mann zu Beginn des Ruhestandes? Ja, ich wollte mein Leben verändern, wollte herauskommen aus dem täglichen Trott mit seinem von außen bestimmten Druck, habe mich offen gezeigt für Neues und habe viele neue Erfahrungen gesammelt. Ich hatte aber nicht vorgehabt, alles Bisherige über Bord zu werfen. Was habe ich falsch gemacht? Hätte ich mich nicht doch besser weiter in meinem vertrauten Umfeld bewegen sollen?'

Felix denkt einen Augenblick nach und erinnert sich an den Refrain des Chansons von Edith Piaf *Je ne regrette rien – Ich bedaure nichts*. Dann sieht er das berühmte Bild von Paul Klee „Hauptwege und Nebenwege" vor seinen geistigen Augen. Er entdeckte es vor einiger Zeit bei einer Kunstausstellung, und es sprach ihn sofort an. Das Bild zeigt einen klaren, aber eher langweiligen Hauptweg in der Mitte des Bildes, der ohne Umwege vom Start zum Ziel führt, und viele mögliche Nebenwege mit einer großen Vielfalt an Formen und Farben rechts und links vom Hauptweg, auf denen der Betrachter sich seinen eigenen Weg auf verschlungenen und nicht vorgegebene Routen zum Ziel suchen muss.

Felix summt die Melodie des Liedes von Edith Piaf im Ohr und lässt es zusammen mit dem Bild von Paul Klee vor Augen im Halbschlaf eine Weile auf sich einwirken: Schließlich sagte er sich entschlossen: „Es ist gut so, wie es war. Ich möchte keine der gewonnenen Erfahrungen missen."

Felix schläft ein und träumt. In seinem Kopf tanzen in wirrer Folge Bilder vom Chaos seines Lebens der letzten Jahre:

Von seiner verlorenen Familie …, von den Auseinandersetzungen mit seiner inzwischen geschiedenen Ehefrau …, von der Entwicklung seiner Kinder …; von seinen Beziehungen zu anderen Frauen …, von seiner neuen Partnerschaft …, von seinen alten und neuen Freunden …, vom Stress in seinem beruflichen

Alltag ..., von Schlüsselszenen aus seiner Kind-, Schul- und Studienzeit ..., von seinen Gesprächen mit einem Psychoanalytiker, mit dessen Hilfe er vor seiner Scheidung versucht hatte, Ordnung in seine Gefühlswelt zu bekommen ..., von seinen spirituellen Bemühungen, Antworten auf die Urfragen zum Sinn des Lebens ‚*Wo kommen wir her? Warum sind wir hier? Wo gehen wir hin?*' zu finden ..., von seinen Bemühungen, seine naturwissenschaftlichen Erkenntnisse mit religiösen Glaubenssätzen in Einklang zu bringen ..., von Klavierabenden, zu denen er seine Freunde eingeladen hatte ..., von Kunstausstellungen seines Vereins „Kunst verbindet Europa" und Ausstellungen seiner Fotografien ..., von Radtouren, Skitouren in den Alpen und von Segeltörns auf dem Mittelmeer ...

Teil I: **Partnertausch**

1 Zufällige Begegnung

Juni 2010 / Januar 2000

Während Felix in seinem bequemen Liegestuhl auf seiner Terrasse liegt und versucht, die Ereignisse der letzten Jahre noch einmal zu erfassen und zu verstehen, tauchen vor seinen Augen abwechselnd die Gesichter von drei Frauen auf. Sie erscheinen wie schemenhafte Phantomgestalten im Nebel, tanzen wie Feen eine Weile auf und ab und hin und her, verschwinden wieder, um gleich darauf wieder in anderer Form zu erscheinen. Was war in den letzten zehn Jahren nicht alles an Merkwürdigkeiten und Ungereimtheiten geschehen. Sein Motto „Das Leben ist bunt, viel schillernd und voller Überraschungen", mit dem er nach dem freiwilligen Auszug aus dem eigenen Haus in seinem Leben einen Sinn finden wollte, hatte sich vielfach bestätigt. Welche Rolle spielten Dorothea, Clara und Beatrice in seinem Leben? Warum war er ausgerechnet mit diesen drei Frauen in eine engere Beziehung getreten? Er war doch so vielen Frauen in seinem Leben begegnet. Warum ausgerechnet diese drei? Was bedeuteten sie für ihn? War es nur Zufall oder doch eher eine Art vorher bestimmten Schicksals, dass er ihnen begegnet war?

Unruhig wälzt sich Felix hin und her. Die Gedanken kreisen wild durch seinen Kopf.

‚Jetzt lebe ich mit Beatrice zusammen, aber habe ich nicht lange vor Beatrice Clara kennen gelernt?', wird ihm wieder bewusst. ‚Was macht Clara jetzt, was bedeutet sie mir?', fragt seine innere Stimme.

Er versucht sich an die Zeit vor über zehn Jahren zurück zu erinnern, als er Clara zufällig bei der Rückfahrt mit dem Fahrrad von seinem Büro nach Hause kennen gelernt hatte. Sie standen beim Regen nebeneinander unter einer Brücke, wo sie beide als

Radfahrer Schutz gesucht und eine zunächst belanglose Unterhaltung über das Wetter begonnen hatten. Sie fanden aber schnell eine gemeinsame Ebene und setzten die zunehmend interessanter werdende Unterhaltung nach dem Regen nebeneinander her fahrend fort.

Angeregt durch die erste Begegnung verabredeten sie sich zu gemeinsamen Mittagessen, was leicht möglich war, weil ihre Büros nahe bei einander lagen und sie auch schon vorher dieselbe Kantine besuchten. Im Laufe der Zeit lernten sie sich immer besser kennen und trafen sich schließlich auch zu anderen Gelegenheiten. Die anregenden und einander zugewandten Gespräche mit Clara wirkten wie Balsam für Felix' Seele. Auch Clara fand daran Gefallen, weil Felix in seiner unbekümmerten und vertrauensvollen Direktheit ein bereicherndes Element in ihr Leben brachte.

Beim Nachdenken über die vielen Begegnungen mit Clara in diesen Jahren kommt Felix als besonderes Ereignis Claras Besuch in einer Stadt zwei Stunden von seinem Wohnort entfernt in Erinnerung, wo er vor gut zehn Jahren bei einem „ganzheitlichen" Augenarzt zur Behandlung gewesen war.

Seit seiner Geburt litt Felix unter Augenproblemen. Mit acht Jahren war er erstmals und später mit über 30 Jahren nochmals operiert worden. Die Probleme waren damit zunächst weitgehend behoben worden. Später, als er bereits über 40 Jahre alt war, begannen die Beschwerden erneut und sogar verstärkt. Ursache war der zunehmende berufliche Stress im Büro, der ihn zwang, Unmengen von Texten zu lesen und eigene zu verfassen. Das hatte zu Verspannungen seines Kopfes und Nackens geführt und sich auf seine Augenmuskel übertragen. Das Lesen strengte ihn zunehmend an, und er machte sich Sorgen, wie er seinen Beruf auf Dauer aufüben sollte. Sein Augenarzt empfahl ihm, sich deshalb in die Obhut des „ganzheitlichen" Augenarztes zu begeben.

Felix hatte sich daraufhin im Januar 2000 in einer Pension in der Stadt des „ganzheitlichen Augenarztes" einquartiert und ließ dann bei dem Augenarzt drei Tage lang eine Prozedur verschiedener Untersuchungsverfahren und Heilverfahren über sich ergehen, die aber alle nicht zu dem erhofften Erfolg führten. Umso nachhaltiger war aber die gleichzeitige Begegnung mit Clara, die ihn am Tag vor seiner Heimreise besuchte. Felix holte Clara am Bahnhof ab. Nachdem er mit ihr eine kurze Stadtbesichtigung gemacht hatte, aßen sie zu Abend in dem Restaurant des Hotels, in dem er für Clara ein Zimmer reserviert hatte. Ihre Gespräche wurden in dieser ungestörten Umgebung immer vertraulicher, und in der Nacht blieben sie wie selbstverständlich in Claras Zimmer zusammen. Im Bett schmiegten sie sich eng aneinander, streichelten sich gegenseitig und genossen die Nähe und Wärme des anderen.

Auf der zweistündigen gemeinsamen Rückfahrt am nächsten Tag nach Hause vertraute Clara, die normalerweise sehr verschlossen war, Felix erstmals Geheimnisse aus ihrer frühen Kindheit an, die für ihr weiteres Leben prägend waren und ihr Verhalten noch immer stark beeinflussten. Sie war mit einer Missbildung ihres Fußes zur Welt gekommen, die ihr das Gehen erschwerte. Schon wenige Wochen nach der Geburt war sie operiert worden; weitere Operationen folgten. In dieser Zeit war ihre Mutter nicht bei ihr. Sie fühlte sich allein und verstoßen. Das Gefühl der Verlassenheit, des Nichtgeborgenseins in dieser Welt hatte sie seitdem nie mehr verlassen.

Felix hatte in den bisherigen Gesprächen mit Clara schon festgestellt, dass sie wenig Vertrauen zu anderen Menschen hatte, und er verstand jetzt besser die Ursachen ihres Verhaltens. Ihm war an Clara schon früh aufgefallen, dass ihre Begegnungen mit anderen Menschen und Ereignissen stets geprägt waren von einem anfänglichen Misstrauen, das sich jeweils nur langsam auflöste. Sie suchte immer wieder aufs Neue nach Bestätigung, dass man es gut mit ihr meinte.

So hatte Felix auch bereits wiederholt erlebt, dass Clara sehr schnell verletzbar war, was dann dazu führen konnte, dass sie sich abrupt aus Gesprächen oder Begegnungen zurückzog, wenn - auch unbeabsichtigt - eine ihrer Verletzungsgrenzen überschritten worden war. Der im Kleinkindesalter erlittene Schock der Trennung von ihren Eltern während der häufigen Krankenhausaufenthalte saß offenbar sehr tief in ihr und konnte durch einzelne Erlebnisse von Glück und Geborgenheit nicht vollständig ausgeglichen werden.

Nach diesem vertrauensvollen Gespräch im Auto bemühte sich Felix fortan noch mehr als bisher, so vorsichtig wie möglich mit Clara umzugehen. Er respektierte Claras Verhalten, und sie wusste es zu schätzen.

Erfüllt von den neuen Erlebnissen mit dem „ganzheitlichen" Augenarzt und der Begegnung mit Clara kam Felix wieder nach Hause, wo einige Tage später seine Frau Dorothea ihren 50. Geburtstag feierte. Für die Feier gab es noch viel vorzubereiten, da eine große Zahl Gästen aus dem Familien- und Freundeskreis erwartet wurde. Auch hatten sich im Büro in seiner Abwesenheit wieder große Aktenberge angehäuft. Die Alltagspflichten holten Felix schneller wieder ein als ihm lieb war.

2 Vortragsverbot

Januar 2000

Wenige Tage nach der Rückkehr von Felix' „ganzheitlicher" Augenbehandlung feierte Felix' Ehefrau Dorothea ihren 50. Geburtstag. Felix hatte die Hoffnung, dass dieser besondere Geburtstag seiner Ehe neuen Schwung verleihen könnte. Früh am Morgen des Geburtstages überraschte er Dorothea mit 50 roten Rosen. Das sollte nur der Auftakt sein.

Zusätzlich hatte er sich vorgenommen, vor allen Freunden und Verwandten eine Laudatio auf Dorothea zu halten, um seine Zuneigung und Liebe zu ihr öffentlich zum Ausdruck zu bringen. Dorothea verbot ihm jedoch zu seiner Überraschung, ohne dass er sie um eine solche Erlaubnis gefragt hatte, bei der Feier eine solche Rede zu halten. Sie ahnte wohl, dass er dergleichen vorhatte, und es war ihr irgendwie peinlich, auf diese Weise im Mittelpunkt der Aufmerksamkeit zu stehen. Felix fühlte sich nun in der Klemme. Er dachte an seine Silberhochzeit zwei Jahre vorher zurück, die sie lediglich mit einem gemeinsamen Abendessen „gefeiert" hatten. In einer mit Alkohol durchsetzten Aussprache hatte Dorothea ihm damals sogar gesagt: „Wir haben nach 25 Jahre Ehe nichts zum Feiern; unsere Ehe war doch ziemlich laff." Das hatte Felix sehr weh getan. Jetzt schien sich das Ganze zu wiederholen.

In der Nacht vor dem Fest hatte Felix dann plötzlich eine Idee, wie er trotz des Redeverbotes doch einige liebevolle Worte an Dorothea und an die Festgemeinde richten konnte. Denn das war ihm als langjähriger Ehemann ein wichtiges Anliegen, und er hielt es irgendwie für selbstverständlich.

Nachdem die versammelten Gäste gut gegessen hatten, erhob sich Felix und richtete an Dorothea die folgenden Worte:

„Liebe Dorothea, liebe Lebenspartnerin seit 30 Jahren, geliebte Ehefrau seit über 26 Jahren.

Bitte habe keine Angst vor einer Laudatio. Du hast mir ja verboten, heute hier eine Rede zu halten. Aber in der letzten Nacht habe ich mich schlaflos hin und her gewälzt und mich gefragt, in welcher Weise ich als Dein Ehemann an deinem 50. Geburtstag meine Wertschätzung dir gegenüber zum Ausdruck bringen kann. Fünfzig rote Rosen und ein Geschenk schienen mir nicht ausreichend zu sein. Da erschien mir im Traum ein guter Geist, der zu mir sprach:

‚Wenn du deine Frau liebst, musst du dies ihr gegenüber an einem solchen Tag vor allen Menschen deutlich zum Ausdruck bringen.'

‚Aber sie hat mir doch verboten, vor ihren Gästen eine Rede zu halten. Was soll ich nur tun?'

‚Mmh, ich verstehe', sagte der Geist. ‚Wir müssen uns also etwas Besonderes einfallen lassen. Ich habe da eine Idee. Welches ist der Lieblingsbuchstabe deiner Frau?'

‚Sie kommt aus der Eifel, wo man am meisten die Buchstaben K und P liebt. Sie sprechen dort selbst G als K und B als P aus, zum Beispiel „Putterplume" für „Butterblume" oder „Klockenkeläut" für „Glockengeläut". Das liegt wohl an den Namen der Eifelstädte wie Prüm oder Pronsfeld und an der Nähe zu Köln.'

‚Na, wunderbar. Also, dann ist es doch ganz einfach für dich. Du kennst die vielen verschiedenen Eigenschaften deiner geliebten Frau ja besser als jeder andere. Du kannst sie also sehr detailliert beschreiben und wirst daher keine Probleme haben, je fünfzig gute Eigenschaften von ihr zu nennen, die mit K oder P beginnen. Schreibe sie auf und trage sie ihr das als Beweis deiner Liebe vor. Dann hast du entsprechend ihrem Wunsch keine Rede gehalten und ihr doch einen überzeugenden Liebesbeweis erbracht.'

‚Danke, lieber Geist, für diese gute Idee. Ich fange sofort an, diese Eigenschaften zusammen zu tragen.'

Und so habe ich mich hingesetzt und ehe ich mich versah, hatte ich zu jedem der Buchstaben K und P fünfzig verschiedene Eigenschaften zusammen getragen, die auf Dorothea zutreffen. Hier der Beweis."

Und dann begann Felix, zum Buchstaben K fünfzig Eigenschaften aufzuzählen:

kalkulierbar	kess	kokett	konstruktiv
kameradschaftlich	kinderlieb	kollegial	kontaktfreudig
kämpferisch	kinderreich	komisch	konziliant
kantig	kitzelig	kompetent	kooperativ
kategorisch	klar	komplett	körperlich
kauflustig	klasse	kompromissbereit	korrekt
kauzig	klassisch	konfliktfähig	kostbar
keck	klug	konkret	köstlich
kenntnisreich	knackig	konkurrenzlos	kraftvoll
kernig	knusprig	konsequent	kreativ

Während der Aufzählung beobachtete er, wie Dorothea ihre Augen verdrehte und ihrer Nachbarin etwas in Ohr flüsterte, ohne ihn anzusehen. Sie war ganz offensichtlich mit Felix' Auftritt nicht zufrieden. Felix verzichtete nun lieber auf die Auflistung der weiteren fünfzig Eigenschaften mit dem Anfangsbuchstaben P und brach seine Ansprache kurz danach ab.

Die Gäste applaudierten anerkennend und Felix hörte, wie eine der Freundinnen zu ihrem Mann sagte: „Eine solche Liebesrede möchte ich mir auch einmal von meinem Mann wünschen." Bei Felix aber blieb aufgrund der deutlich ablehnenden Reaktion

Dorotheas ein fader Beigeschmack seines kurzen Auftritts, den er noch lange auf seiner Zunge schmeckte.

Einige Tage später las er in einem Jahreshoroskop über das Verhältnis einer Frau mit dem Sternzeichen Steinbock, wozu Dorothea gehörte, und einem Widder-Mann, dem er angehörte, folgende Beschreibung:

Frau Steinbock wird die Partnerin sein, die Ihre Persönlichkeit ergänzen kann, aber nur, wenn Sie sehr ehrgeizig sind und unter allen Umständen eine Spitzenposition anstreben. Steinbock ist das dritte Erdzeichen, und für eine Frau, die in diesem Zeichen geboren ist, sind Reichtum und Besitz sehr wichtig. ….Frauen, in deren Zeichen Saturn regiert und Mars seinen größten Einfluss erreicht, neigen dazu, ein großes Vermögen anzustreben. Wenn Sie hart arbeiten, dann können Sie auch ihrer Liebe und Unterstützung sicher sein….

Felix glaubte eigentlich nicht an die Aussagekraft von Horoskopen. Aber diese Partnerbeschreibung machte ihn damals doch irgendwie stutzig. Erst jetzt, zehn Jahre später, versteht er, was diese Prophezeiung für ihn konkret bedeuten sollte, besonders wegen der Bedeutung von Reichtum und Besitz für eine Steinbock-Frau.

3 Fahrt nach Lissabon

April 2000

Felix war jetzt 55 Jahre alt. Im Rahmen seiner Altersteilzeit bekam er nun monatlich weniger Gehalt als vorher. Da er viele Jahre Alleinverdiener gewesen war, war er es gewohnt, mit wenig Geld auszukommen, um seine Familie mit drei Kindern zu ernähren und ein Haus zu finanzieren. Für ihn war es immer wichtiger gewesen, ein erfülltes Leben zu führen mit interessanten Aufgaben und Begegnungen mit Menschen, die ihm sympathisch waren und mit denen er eine gemeinsame Ebene herstellen konnte, sei es über den Austausch von Ideen und Erfahrungen, sei es durch gemeinsame Aktivitäten sportlicher oder sonstiger Art. Er war aufgrund seiner vielfältigen Erfahrungen in der Studienzeit und seiner unterschiedlichen Interessen, insbesondere in den Bereichen Naturwissenschaften, Kultur und Sport, recht flexibel. Für Menschen, die sich vor allem über ihren neu gewonnen materiellen Reichtum definierten, oder für Menschen mit Vorurteilen über andere hatte er wenig übrig.

Er hatte Zeit seines Lebens gearbeitet und die Aussicht, nur noch fünf Jahre arbeiten zu müssen, um danach sein Leben ohne berufliche Verpflichtungen genießen zu können, erfüllten ihn mit Freude. Er nahm sich vor, von nun an jeden Tag seines Lebens bewusst zu leben und ihm besondere Aufmerksamkeit zu widmen.

Als er dienstlich an einer internationalen Tagung in Lissabon teilnehmen musste, sah er darin eine gute Chance, zusätzlich über das Land Portugal, wo er bisher noch nicht gewesen war, mehr zu erfahren. Er beantragte deshalb einige Tage Urlaub, um vor Beginn der Tagung mit einem Mietwagen ein wenig die

Umgebung von Lissabon zu erkunden, bevor das Dienstgeschäft begann.

Vor Beginn der Reise unterhielt sich Felix beim Mittagessen in der Kantine mit Clara über die geplante Reise. „Welch ein Zufall", sagte Clara, „ich fliege in den nächsten Tagen auch nach Portugal, um dort Urlaub zu machen, zuerst in Lissabon und dann im Süden an der Algarve. Vielleicht können wir uns irgendwo dort treffen. Ich fliege an dem Tag, an dem dein Dienstgeschäft beginnt, wieder zurück nach Deutschland."

„Das ist eine ausgezeichnete Idee, daraus müssen wir etwas machen. Wie wäre es, wenn wir mit dem Mietwagen, den ich schon gebucht habe, zusammen einige Tage durch das Land führen, zum Beispiel in die Gegend nördlich von Lissabon, die Du ja ebenso wie ich noch nicht kennst. Könntest Du nicht etwas früher von der Algarve zurückkommen, und wir treffen uns bei meiner Ankunft am Flughafen in Lissabon."

„Ja, prima. Dann lerne ich auch noch andere Regionen von Portugal kennen."

Felix freute sich jetzt noch mehr auf diese Dienstreise. Er wusste, dass die gemeinsame Zeit mit Clara in Portugal ihm gut tun würde.

Wie verabredet wartete Clara in Lissabon am Flughafen auf Felix, als er dort landete. Felix holte den vorbestellten Mietwagen ab und gemeinsam fuhren sie zur Atlantikküste nördlich von Lissabon, an eine Steilküste, deren Schroffheit und Höhe beide sehr beeindruckte.

Gegen Abend suchten sie ein Quartier zur Übernachtung. Wie selbstverständlich buchten sie ein Doppelzimmer. Sie aßen in einem Fischrestaurant zu Abend, tranken einheimischen Wein und ließen die südländische Atmosphäre mit ihren Klängen, ihrem Duft und ihrer Wärme auf ihren Körper und ihre Sinne wirken, bevor sie sich zur Ruhe legten und Zärtlichkeiten austauschten. Felix streichelte Clara und überdeckte ihren nackten Körper mit leidenschaftlichen Küssen. Sie erwiderte die Küsse und schmiegte sich eng an ihn. Mit wohligen Lauten gab sie ihm zu verstehen, wie sehr sie seine Nähe genoss. Auch Felix genoss dieses Liebesspiel, welches er in seiner Ehe seit langem vermisst hatte, und empfand kein schlechtes Gewissen dabei. Eng umschlungen und zufrieden schliefen sie schließlich ein.

Die gemeinsame Reise dauerte nur drei Tage. Von den vielen schönen Erlebnissen erinnerte sich Felix vor allem an den vorletzten Abend, als ein eindrucksvoller Sonnenuntergang den ganzen Himmel blutrot färbte. Clara und Felix standen am geöffneten Hotelfenster mit Blick zum Meer und beobachteten das Naturschauspiel mit Andacht und Staunen. Er hatte seine Arme von hinten um ihren Körper geschlungen, und sie legte ihren Kopf zurück, so dass sich ihre Wangen und Haare berührten. Eng aneinander geschmiegt bewegten sie sich im gleichen Takt langsam vor und zurück, während sie gebannt zusahen, wie die Sonne langsam im Meer versank. Sie verharrten in dieser Stellung, während der Himmel von Minute zu Minute seine Farben änderte. Unten auf der Uferpromenade beobachteten sie die flanierenden Menschen, die anscheinend kaum Notiz von diesem faszinierenden Naturschauspiel nahmen, weil es für sie offenbar nichts Außergewöhnliches war und sie es immer wieder zu sehen bekamen.

Als es allmählich dunkel wurde, legte Clara sich aufs Bett. Völlig unvermittelt begann sie heftig zu weinen. Felix fühlte sich hilflos und fragte Clara erschrocken:

„Was ist passiert? Wie geht es Dir?"

„Ich kann es Dir jetzt nicht sagen. Bitte frage nicht, komm einfach und halte mich fest."

Felix legte sich hinter sie, nahm sie wieder in den Arm und erlebte, wie Clara von Weinkrämpfen geschüttelt wurde. Er hatte so etwas vorher noch nie erlebt und wusste nicht, was er tun sollte. Aber er hielt Clara – wie sie ihn gebeten hatte – schweigend fest und versuchte, sich auf ihre Stimmung einzulassen.

Nach langen Minuten löste sich langsam der Weinkrampf. Clara drehte sich zu Felix um, gab ihm einen Kuss auf den Mund und sagte „Danke". Felix sah die Tränen in ihren Augen und wartete geduldig.

Längere Zeit passierte nichts. Felix spürte allmählich eine gewisse Ungeduld in sich, aber er beherrschte sich und wartete weiter.

Schließlich öffnete Clara den Mund und sprach mit leiser Stimme:

„Der Sonnenuntergang hat mich angerührt und mich an bestimmte Ereignisse in meiner Kindheit erinnert. Ich fühlte mich damals im Krankenhaus so hilflos und verlassen. Es war sehr schrecklich, ich war doch noch so klein und verstand gar nicht, was mit mir geschah. Ich danke Dir für Dein Verständnis und Deine Zugewandtheit."

Die folgende Nacht verbrachten Felix und Clara in großer Harmonie. Sie atmeten im Gleichtakt und schmiegten ihre Körper eng aneinander, sie vor ihm, er hinter ihr wie zwei ineinander gelegte Löffel. Felix hatte eine solche Nähe zu einem anderen Menschen schon lange nicht mehr erlebt und genoss die enge Berührung mit Claras Körper in vollen Zügen. Er versuchte, sich so eng wie möglich an sie zu drücken. Auch Clara suchte seine Nähe, denn sie unterstützte seine Bemühungen durch einen saften Gegendruck. Es tat ihm gut und er spürte, wie sich ein neues Lebensgefühl in seinem Körper ausbreitete. Welch ein Auftakt in eine neue Zeit. So konnte es weiter gehen. Mit angenehmen Gefühlen schlief Felix ein.

Die gemeinsame Rundfahrt durch Portugal ging schnell zu Ende. Sie erlebten weitere Steilküsten mit wilden Meereswellen, die an den Felsen hochschlugen, besichtigten Kirchen und Burgen und statteten auch dem Wallfahrtsort Fatima einen Besuch ab, wo jeder von ihnen in der Kirche eine Kerze anzündete.

Zurück in Lissabon bezogen sie in dem Hotel, in dem Felix' Tagung stattfinden sollte, getrennte Einzelzimmer. Sie verabschiedeten sich in inniger Umarmung, bevor Felix sich von ihr löste, um sich seinen beruflichen Aufgaben zuzuwenden, während sie nach Deutschland zurück flog.

4 Begegnung im Schnee

Januar 2001

Die Arbeit im Büro war für Felix im Laufe des Jahres 2000 immer unbefriedigender und belastender geworden. Er hatte einen neuen Vorgesetzten bekommen, mit dem er sich nicht gut verstand, und er fühlte sich zunehmend körperlich und geistig ausgelaugt. Die Probleme mit seinen Augen, mit denen er sich von Geburt abfinden musste, hatten aufgrund der zunehmenden Flut an Vorgängen, vor allem an E-Mails, und der hektischen, überwiegend hausgemachten Betriebsamkeit weiter zugenommen. Auch zu Hause hatte es schon lange keine Harmonie mehr gegeben.

Wenn er abends erschöpft vom Büro nach Hause kam, saßen Dorothea und Cecilia, ihre jüngste Tochter, die kurz vor dem Abitur stand, gewöhnlich vor dem Fernsehapparat und baten ihn, sie dabei nicht zu stören. Er machte sich dann ein oder zwei Butterbrote als Abendessen, aß diese allein in der Küche und verschwand dann enttäuscht in seinem Arbeitszimmer im Keller, um dort die Privatkorrespondenz und andere persönliche Angelegenheiten zu erledigen. Dort wünschte er sich oft, dass Dorothea zu ihm käme, liebevoll ihre Arme um seinen Hals legte, ihn fragte, wie es ihm ginge, und ihn nach oben ins Wohnzimmer einlud, um einen schönen entspannten Abend miteinander zu verbringen. Er wartete stets vergebens. So ging er oft frustriert zu Bett, um sich am nächsten Tag wieder der Mühle des üblichen Tagesgeschäfts zu widmen. Mit Dorothea hatte er seit längerem schon nicht mehr geschlafen. Ihre Ehe war lust- und freudlos geworden, und weder er noch Dorothea fanden die Kraft, daran etwas zu ändern.

Es war nicht verwunderlich, dass Felix unter zunehmender Müdigkeit und seelischer Unausgeglichenheit litt. Er beantragte deshalb eine Kur, die ihm schließlich auch bewilligt wurde. Nun freute er sich auf die Wochen der Entspannung und Erholung. Anfang Januar 2001 war es soweit und Felix machte sich mit seinem Wagen auf den Weg zu seinem Kurort in den bayerischen Alpen.

Bevor er sich auf die lange Reise begab, machte er aber noch einen Abstecher zu Clara, die in einem Appartement einige Kilometer von seinem Haus entfernt wohnte.

Clara fuhr selbst kein Auto und mied aufgrund ihrer Gehbehinderung hügelige Landschaften mit ihrem Auf und Ab, die ihr beim Gehen Probleme verursachten. Deshalb war sie auch noch nie in den Alpen gewesen und hatte die atemberaubenden Aussichten von Berggipfeln nie kennen gelernt. Felix hatte ihr von seiner geplanten Kur berichtet, worauf sie Interesse bekundet hatte, ihn auf der Fahrt nach Bayern zu begleiten, um dort das erste Kur-Wochenende in Begleitung mit Felix zu verbringen. In Erinnerung an die schöne gemeinsame Reise durch Portugal hatte Felix Gefallen an diesem Vorschlag gefunden. So konnte er die lange Anreise in angenehmer Gesellschaft verbringen und Clara die Schönheiten der Bergwelt näher bringen. Allein der Gedanke daran bereitete ihm viel Freude.

Aber als er zu Clara kam, um sie zur Mitfahrt abzuholen, fand er sie krank in ihrem Bett liegen. Sie hatte sich eine schwere fiebrige Erkältung zugezogen. Es war Winter und ihre Altstadtwohnung war schlecht beheizt. Er nahm sie tröstend in den Arm, und sie hielten eine Weile mit geschlossenen Augen inne, ihre Wangen eng aneinander geschmiegt. Gern wäre er jetzt länger bei ihr geblieben, aber er hatte noch eine lange Reise mit den im Winter stets unsicheren Straßenverhältnissen vor sich.

Schließlich ließ er sie los und wünschte ihr gute Besserung, bevor er sich traurig auf den Weg machte.

Bei Felix' Ankunft im Kurort war frischer Schnee gefallen und hatte die Berge, Wälder, Wiesen und Häuser verzaubert. Der See beim Kurort war zugefroren und leuchtete am nächsten Morgen als große weiße Fläche. Die Sonne schien von einem stahlblauen Himmel. Die schöne Winterlandschaft tat seinen müden Augen und seiner kranken Seele gut, und er genoss die klare, kalte Luft.

Die Anwendungen zur Kur begannen erst am darauf folgenden Montag. Die erste Anwendung war ein Kursus „Autogenes Training". Diese Entspannungstechnik hatte er bereits zu Hause kennen gelernt und mit einigem Erfolg angewendet, um mit seinem beruflichen und privaten Stress und Frust fertig zu werden. Der Kurs sollte in einem Nebengebäude stattfinden. In der Nacht hat hatte es frisch geschneit und die Landschaft war mit einer frischen, unberührten weißen Zauberwatte bedeckt. In der schneidenden Kälte erzeugte sein Atem weiße Rauchfahnen, während er durch den frischen Schnee stapfte, um den Eingang zu dem Nebengebäude zu finden. Vor ihm war noch kein Mensch durch den Neuschnee gegangen.

Von der Seite hörte er Geräusche von knirschendem Schnee. Jemand bewegte sich wie er zu dem Nebengebäude, offenbar auch ein Teilnehmer des Kursus, der sich seinen Weg durch den tiefen Schnee bahnte. Ihre Schritte näherten sich, bis sie schließlich voreinander standen. Das hübsche Gesicht einer Frau, eingehüllt in einen dicken Wintermantel, schaute aus der Kapuze heraus.

„Guten Tag, gehen Sie auch zu dem Kursus Autogenes Training und suchen wie ich den Eingang?", begann Felix ein Gespräch.

„Ja, er wird wohl in dem Gebäude da vorne stattfinden."

„Dann lassen Sie uns doch zusammen den Eingang suchen."

„Gerne."

„Was machen sie sonst so, beruflich zum Beispiel?"

„Ich arbeite als Kunsthistorikerin."

„Das finde ich sehr interessant. Ich habe auch viel Freude an Kunst und Musik, sie sind für mich ein wichtiger Ausgleich für meine Tätigkeit im Umweltschutz, wo wir laufend dicke Bretter bohren müssen, um Erfolge zu erzielen. In der Schule früher habe ich gern gemalt, fand dazu aber später keine Zeit mehr. Dafür spiele ich aber immer noch gern Klavier, das hat mir die ganzen Jahre über sehr geholfen, mich zu entspannen und Stress abzubauen. – Warum sind Sie hier zur Kur? Als Kunsthistorikerin haben Sie doch einen wunderbaren Beruf, von dem ich mir vorstelle, dass er Ihnen laufend Schönes und Entspannendes vermittelt."

„Dann haben Sie eine ziemlich falsche Vorstellung von meinem Beruf. Es ist zum Beispiel nicht so einfach, Kunstausstellungen zu organisieren und deren Finanzierung sicher zu stellen."

„Sie machen mich neugierig. Darüber würde ich gern von Ihnen bei nächster Gelegenheit mehr erfahren, wenn Sie gestatten. Wie lange sind Sie noch hier?"

„Ich bin gerade erst angekommen und bleibe noch drei Wochen"

„Das ist ja wunderbar. Heute ist auch mein erster Kurtag. Dann haben wir ja noch viel Zeit für einen weiteren Austausch. Ich heiße übrigens Felix und Sie?"

„Beatrice. Sie gehen aber ganz schön forsch vor."

„Entschuldigen Sie bitte, Beatrice, ich wollte Ihnen wirklich nicht zu nahe treten. Mir geht es nur darum, die Zeit hier so gut wie möglich zu nutzen. Und dazu gehören für mich nicht nur die Anwendungen, sondern auch die Begegnungen mit anderen Menschen. Ich möchte Sie gern näher kennen lernen." - ‚Merkwürdiger Zufall', dachte er, ‚wir haben im Grunde ähnliche Namen: Beatrice – die Glückliche, Felix – der Glückliche.' Ihre Stimme lenkte ihn von weiteren Gedanken zu dem Thema ab:

„Hier ist der Eingang zum Kurs. Jetzt müssen wir uns erst mal dem Autogenen Training widmen".

Sie betraten das Gebäude und fanden den Übungsraum. Weitere Teilnehmer kamen dazu und sie legten sich an verschiedenen Stellen des Raumes auf die vorbereiteten Matten. Nach dem Kurs bestand keine weitere Möglichkeit, das Gespräch fortzusetzen. Jeder Teilnehmer ging seine eigenen Wege, da weitere Anwendungen anstanden, zu denen man jeweils pünktlich kommen musste.

Die kurze Begegnung mit Beatrice wirkte in Felix nach, und er dachte über den kurzen Wortwechsel nach:

‚Wie kann es sein, dass man sich bei der Tätigkeit als Kunsthistorikerin so sehr verausgabt, dass man zur Erholung eine Kur benötigt? Ich habe nur kurz ihr hübsches Gesicht gesehen, welches durch die Kapuze außerdem halb bedeckt war, und versuche es mir vorzustellen. Auch während der Übungen zum autogenen Training habe ich sie nur teilweise sehen können, weil sie hinter den anderen Teilnehmern lag und die meisten Übungen im Liegen stattfanden. Ich hoffe, sie bald wieder zu sehen, um unser Gespräch fortsetzen zu können. Ich möchte gerne mehr über sie erfahren'

In den nächsten Tagen hielt Felix bei seinen Gängen durch das Kurgebäude nach ihr Ausschau. Gezielt wollte er nicht nach ihr suchen. Ihre kurze Bemerkung über seine Forschheit hielt ihn davon zurück. Nein, aufdringlich wollte er nicht sein. Er wollte die geschenkte Zeit während der Kur nur so angenehm wie möglich verbringen, ohne Konflikte und Stress.

Es sollte noch einige Tagen dauern, bis er Beatrice wieder sah.

5 Auf dem Hausberg

Januar 2001

Die Kur in Bayern bekam Felix sichtlich gut. Er fühlte sich befreit von vielen Lasten und genoss die medizinischen Anwendungen, die seinem Körper und seiner Seele gut taten. Täglich schaute er nach Beatrice, die er am ersten Tag getroffen hatte und die er gern wieder gesehen hätte. Er fand sie interessant und wollte gern mehr von ihr wissen. Außerdem wollte er die drei Wochen in der Kur nicht allein verbringen. Es sollte noch einige Tage dauern, bis er sie durch Zufall wieder traf.

Felix hatte seine morgendlichen Anwendungen beendet und wollte nun herausfinden, welche Möglichkeiten zum Skifahren der Kurort bot. Er wollte die drei Wochen Kur so optimal wie möglich nutzen, um für seinen Körper und seine Seele das Bestmögliche zu erreichen. Er hatte den Kurort mit Bedacht gewählt, weil er darauf hoffte, neben den medizinischen Anwendungen auch noch Ski fahren zu können. Mit seinen Langlaufskiern hatte er bereits bei seiner Ankunft die Loipen um den Ort herum ein wenig erkundet. Nun wollte er herausfinden, wo er auch noch Pistenski fahren und vielleicht sogar auf Fellen eine Skitour machen konnte. Skifahren war für ihn Urlaub pur, und er sah darin eine sinnvolle Ergänzung zu seiner Kur, die ihm vom Amtsarzt und seinem Arbeitgeber bewilligt worden war.

Auf dem Weg zu seinem Auto traf er Beatrice plötzlich am Ausgang der Kurklinik. Seit ihrer kurzen ersten Begegnung vor dem Autogenen Training hatte er sie nicht wieder gesehen, obwohl er jeden Tag nach ihr Ausschau gehalten hatte.

„Hallo Beatrice. Das ist ja eine Überraschung, Sie hier wieder zu sehen. Wo waren Sie in den letzten Tagen, und wie geht es Ihnen?"

„Hallo Felix. Danke, mir geht es gut. Ich hatte jeden Tag Anwendungen, die mir gut bekommen. Ich fühle mich schon deutlich entspannter als zu Beginn. Offenbar haben wir verschiedene Anwendungen. Wie bekommt Ihnen die Kur?"

„Ich habe den Kurs Autogenes Training gestrichen, weil er mir doch nicht so gut gefiel. Ich möchte stattdessen lieber mehr Zeit für mich selbst haben. Zu Hause bin ich überwiegend fremd bestimmt. Jetzt möchte ich erkunden, welche Möglichkeiten zum Pistenskifahren es hier gibt. Haben Sie jetzt etwas vor?"

„Mein Mann, der auch hier ist, hat morgen Geburtstag. Da wir hier ohne Auto sind, möchte ich mit dem Bus zu einem Buchladen auf der anderen Seite des Sees fahren, um dort ein telefonisch bestelltes Geburtstagsgeschenk für ihn abzuholen. Der Bus fährt in wenigen Minuten ab."

„Ach, Sie sind mit Ihrem Mann hier? Den werde ich sicherlich auch noch kennen lernen. Ich könnte Sie gern in meinem Auto zur Buchhandlung fahren, wenn Sie einverstanden sind. Ich möchte nur auf dem Weg dort hin einen kleinen Umweg zur Talstation des Hausbergs machen. Dort ist ein interessantes Skipistengebiet, und ich möchte mich erkundigen, ob es geöffnet ist und ich dort Ski fahren kann. Was halten Sie davon?

„Ja, gerne. Das ist auch für mich eine nette Abwechslung."

So fuhren sie zuerst zusammen zur Talstation der Seilbahn des Hausbergs. Dort erfuhr Felix, dass es zwar möglich war, mit der Seilbahn zur Gipfelstation zu fahren, aber dass die Skipisten wegen zu geringer Schneehöhen gesperrt waren. Nach dieser für Felix enttäuschenden Information fuhren sie weiter zur Buchhandlung, wo Beatrice das Geschenk für ihren Ehemann Norbert abholte.

Auf dem Weg zurück in ihren Kurort sagte Felix:

„Ich habe heute Nachmittag nichts mehr Besonderes vor. Darf ich Sie zu einer Tasse Kaffee oder Tee einladen?"

„Gute Idee. Mir geht es ähnlich. Im nächsten Ort soll es ein nettes Café direkt am See geben."

Kurze Zeit später saßen sie sich in dem Café mit Blick auf den See gegenüber. Beatrice trank Kaffee, und Felix hatte sich Schokolade mit Sahne bestellt, die er vor allem im Winter nach Skifahrten gern trank. Er konnte sein Glück nicht fassen. Tagelang hatte er darauf gehofft, Beatrice wieder zu sehen, und nun saßen sie sich allein und ungestört gegenüber.

Endlich konnte er sie auch aufmerksamer betrachten. Sie war blond und schaute ihn mit ihren hellen Augen freundlich lächelnd an. ‚Sie ist sehr schön', dachte er, und musste sich zusammen reißen, um sich nicht von seinen plötzlichen Gefühlen weiter ablenken zu lassen.

Sie unterhielten sich zuerst eine Weile über den bisherigen Kurverlauf, das sonnige Winterwetter und die schöne Berglandschaft, bevor Felix versuchte, ein anderes Thema anzuschneiden, das ihn am meisten interessierte.

„Beatrice, ich würde gern mehr über Ihre Tätigkeit als Kunsthistorikerin wissen. In wenigen Jahren geht meine aktive Berufszeit zu Ende, und dann möchte ich mich gern wieder verstärkt auch mit Kunst beschäftigen. Ich hatte Ihnen ja schon gesagt, dass ich während meiner Schulzeit in den 50er Jahren immer gern gemalt habe. Wir hatten im Gymnasium einen sehr fortschrittlichen Kunstlehrer, der uns viel von Malern wie Paul Klee, Kandinsky oder Picasso erzählt hat, die für uns zu Vorbildern für eigene abstrakte Bilder wurden. Womit beschäftigen Sie sich vor allem?"

„Ich bin selbst nicht künstlerisch tätig, sondern arbeite jetzt vor allem mit zeitgenössischen Künstlern zusammen, für die ich

Ausstellungen organisiere. Ich hatte auch – wie Sie – einen für damalige Verhältnisse sehr fortschrittlich denkenden Kunstlehrer im Gymnasium, der uns genau die Künstler, die Sie soeben genannt haben, nahe gebracht hat."

Indem sie so ihre Erfahrungen und Neigungen austauschten, stellte sich plötzlich als große Überraschung heraus, dass sie beide als Jugendliche dasselbe Gymnasium besucht hatten, dass sie dort denselben Kunstlehrer gehabt hatten, dass ihre beiden Väter sogar als Kollegen in demselben Betrieb zusammen gearbeitet und sie in derselben Stadt gewohnt hatten. Sie selbst waren sich dort aber nie bewusst begegnet. Jetzt wohnten sie beide in derselben Gegend, nur eine Autostunde voneinander.

Sie vertieften das Gespräch und fanden noch eine Reihe weiterer Personen, die sie gemeinsam kannten und mit denen sie zu tun gehabt hatten: Verschiedene Lehrer, den Hausarzt, den Metzger, den Bäcker und andere. Sie fragten sich, warum sie sich damals nicht kennen gelernt hatten. Der Grund lag wohl in ihrem unterschiedlichen Alter, aber auch in ihren verschiedenen Religionszugehörigkeiten: Felix war etwa fünf Jahre älter als Beatrice, er katholisch, sie evangelisch, und ihre Eltern hatten ihre Kinder nie miteinander in Verbindung gebracht. Felix' Eltern waren streng katholisch gewesen und hatten sich immer katholische Schwiegertöchter gewünscht.

„Auf alle diese schönen Überraschungen sollten wir anstoßen", schlug Felix vor.

„Ja, einverstanden, das ist doch ein Gläschen wert", antwortete Beatrice lachend.

Felix bestellte zwei Gläser Sekt, und sie prosteten einander zu.

„Da wir ja in dieselbe Schule gegangen sind, können wir uns ja auch duzen. Ich heiße Felix."

„Ja, einverstanden, ich heiße Beatrice".

Beim Trinken blickten sie sich über ihre Glas hinweg intensiv an.

„Ich freue mich, Dich hier entdeckt zu haben, liebe Beatrice. Auf eine schöne gemeinsame Zeit in der Kur."

„Ja, auf eine schöne gemeinsame Zeit, lieber Felix. Das muss ich meinem Mann erzählen. Er wird sich wundern"

„Ich möchte ihn gern kennen lernen. Wann machst Du uns miteinander bekannt?"

„Wie wäre es heute beim Abendessen?"

So lernte Felix auch Norbert, den Ehemann von Beatrice, kennen, der fast 14 Jahre älter war als sie und acht Jahre älter als Felix. Er war bereits pensioniert und machte wie Felix und Beatrice ebenfalls eine Kur, weil er unter einem Knieproblem litt, welches ihm das Gehen beschwerlich machte. Nachdem Beatrice sie miteinander bekannt gemacht hatte und ihm von ihrer gemeinsamen Schulzeit in demselben Gymnasium berichtet hatte, duzten sich die beiden Männer ebenfalls sofort.

Zu den Anwendungen bei der Kur gehörten auch Gespräche mit einer Psychotherapeutin. Felix hatte drei Termine bei ihr. In der ersten Sitzung berichtete er ihr von seinen Problemen im Büro:

„Ich fühle mich dauernd überlastet aufgrund der unzureichenden Personalausstattung. Mein neuer Vorgesetzter, der jünger ist als ich und über politische Seilschaften zu seinem Amt gekommen ist, interessiert sich vor allem für seine eigenen Lieblingsthemen und schätzt meine langjährige Berufserfahrung nur wenig. Außerdem „beauftragt" er mich immer wieder, bestimmte Aufgaben für ihn zu erledigen, gegen die ich mich innerlich sträube. So fühle ich mich missachtet und bin mit meiner sonstigen Verantwortung oft allein. Ich mache laufend Überstunden und habe meinen Urlaub mehrfach verschoben. Die Folge ist, dass ich nach Dienstschluss oft frustriert und erschöpft nach Hause fahre."

In der zweiten Sitzung berichtete er von seinen familiären Problemen, vor allem mit seiner Ehefrau Dorothea:

„Ich fühle mich von Dorothea in vielen Dingen im Stich gelassen und zu wenig unterstützt. Am meisten fehlen mir ihre emotionale Anteilnahme an meinen zunehmenden Problemen im Büro und ihre körperliche Nähe. Seit sie wieder als Lehrerein berufstätig geworden war, leben wir beide zunehmend in getrennten Welten. Das wirkt sich auch auf Pflege von Freundschaften aus. Sie umgibt sich vorwiegend mit anderen Lehrerinnen, mit denen sie sich zu Kaffeekränzchen nachmittags trifft, um über Schule und Kinder zu sprechen.

Oft finde ich die dabei benutzten Tassen und Teller noch auf dem Terrassen- oder Wohnzimmertisch, wenn ich abends müde vom Büro nach Hause komme. Auch hat sie eine neue Leidenschaft entwickelt, sich mit Eheproblemen befreundeter Paare als Ansprechpartnerin und Trösterin zu beschäftigen. Die Auseinandersetzung mit den Problemen der eigenen Ehe wird dagegen so gut wie ausgeblendet. Zugegebenermaßen wirke ich in dieser Frage auf sie auch nicht gerade sehr einladend.

Von meinen drei Töchtern erfuhr ich immer nur wenig, weil sie von Dorothea, die als Lehrerin bereits mittags zu Hause war, wenn sie von der Schule kamen, alles Wichtige ausgetauscht hatten, bevor ich abends meist ziemlich müde aus dem Büro nach Hause kam. Mit Cecilia, die ja noch zur Schule geht, läuft das noch immer so.

Auch ist das Verhältnis zu meinen Töchtern nicht mehr so harmonisch, wie ich es mir wünschen würde. Daniela und Katharina sind inzwischen Studentinnen und leben nicht mehr zu

Hause. Nur Cecilia, die Jüngste, wohnt noch bei uns im Elternhaus. Ich weiß eigentlich nur wenig über ihr Leben. Meine Töchter verfolgen seit Jahren praktisch nur ihre eigenen Interessen, darunter Partys ohne Ende, und werden dabei von ihrer Mutter unterstützt. Unterstützung bekomme ich von ihnen so gut wie nicht.

Meine Rolle in der Familie empfinde ich inzwischen weitgehend reduziert als Geldbeschaffer und Retter beim Auftreten schwieriger Situationen. Von Familiensolidarität spüre ich kaum etwas. So habe ich mir bei der Gründung einer Familie mein Leben als Ehepartner und Familienvater nicht vorgestellt."

In der dritten Sitzung suchten sie gemeinsam nach einer Schlussfolgerung im Hinblick auf das weitere Verhalten von Felix. Der Psychologin zeigte in allen Sitzungen viel Verständnis für Felix. Ihr war inzwischen aufgefallen, dass Felix wiederholt davon gesprochen hatte, seine Probleme „in den Griff zu bekommen". Er hatte sich dabei als Mann der Tat gezeigt, der versucht, den Grund der Probleme zu verstehen, um dann entsprechend aktiv zu werden, um sie zu vermeiden oder zu lösen. Nun erhielt Felix von der Psychologin, die sehr hübsch war und in die Felix sich hätte verlieben können, eine für ihn überraschende Empfehlung:

„Sie sollten nicht auf alles, was Sie stört, gleich reagieren, sondern den Verlauf bestimmter Entwicklungen auch mal abwarten, ohne gleich in das Geschehen einzugreifen. Lassen Sie den Dingen doch mehr ihren freien Lauf und versetzen sich in die Rolle des Beobachters und nicht gleich in die des Handelnden. Auch andere Menschen agieren. Sie können das Verhalten anderer Menschen nur bedingt beeinflussen. Viele Probleme lösen sich ganz allein, auch ohne Ihr Zutun. Außerdem: Haben Sie Mut und lassen Sie doch auch mal ein wenig mehr Chaos in Ihrem Leben zu."

Felix war über diese Empfehlungen erstaunt, da sie überhaupt nicht seinem Naturell entsprachen. Den Dingen einfach ihren freien Lauf zu lassen oder gar Chaos zuzulassen, das war für ihn bis dahin völlig unvorstellbar. Innerlich lehnte er die Empfehlung daher ab, aber er versprach der Psychotherapeutin, darüber nachzudenken und zu versuchen, die Empfehlung „Mut zu mehr Chaos" in Zukunft stärker zu berücksichtigen. Er konnte zu diesem Zeitpunkt nicht ahnen, welche Dynamik sich daraus entwickeln würde, die sein ganzes Leben grundlegend verändern sollte.

In den folgenden Tagen traf Felix Beatrice wiederholt in den Gängen. Sie tauschten dabei ihre Erlebnisse aus, die sie bei den Anwendungen hatten, und kamen immer wieder auf Themen ihrer gemeinsamen Familiengeschichte.

Wenn sie so beieinander standen, musste sie hier und da anderen Kurgästen, die an ihnen vorbei gingen, ausweichen. Dabei kam es vor, dass sie sich leicht berührten. Bei Felix löste das jedes Mal eine Reaktion seines ganzen Körpers aus, bei der er vom Kopf bis zu den Zehenspitzen ein Vibrieren seiner Zellen spürte.

Einmal nutzte er eine solche kurze Berührung, indem er seine Hand leicht auf ihre Hand legte und ihre Haut leicht streichelte. Sie zog die Hand erst nach einem kleinen Zögern zurück und schaute ihn erstaunt an:

„Darauf kann ich mich nicht einlassen. Ich habe schon so genug Stress", sagte sie fast entschuldigend.

Felix wich ein wenig zurück: „Entschuldige bitte, Beatrice, ich wollte Dir nicht zu nahe treten."

Mit jeder Begegnung lernten sie mehr vom anderen kennen. Sie hatten sich viel zu sagen und fanden immer neue Gesprächsthemen. Felix entwickelte dabei zunehmend starke Gefühle für sie, die er aber nach ihrer deutlichen Reaktion bei der kurzen

Berührung ihrer Hand unterdrückte. Ihre offenkundige Sympathie füreinander fand ihre Grenzen allein darin, dass Beatrice von ihrem Ehemann Norbert begleitet war.

Durch die wiederholten Begegnungen lernte Felix auch Norbert immer mehr kennen. Da Beatrice und Norbert mit dem Zug angereist waren, er aber mit dem Auto, lud er sie zu gemeinsamen Fahren in die Umgebung ein.

So unternahmen sie einmal auf Bitte von Beatrice zusammen einen Ausflug zu einer bekannten Wallfahrtskirche, in der Skelette von Heiligen in Vitrinen ausgestellt waren. Beatrice war hier in ihrem Element als Kunsthistorikerin und erklärte verschiedene kunsthistorische Besonderheiten der Barockkirche. Norbert interessierte sich dafür weniger als Felix, für den dabei vieles neu war. Er genoss die Exklusivführung durch eine Kunstexpertin und ließ die Schönheit des Kircheninnenraums auf sich einwirken.

Bei einer ihrer Erklärungen saßen sie nebeneinander in einer Kirchenbank. Eine feierliche Stille umgab sie. Felix spürte wieder das starke Vibrieren in seinem Körper. Er fühlte, wie die Härchen auf seinem Arm sich hoch stellten. Beatrice saß links von ihm. Sein linker Arm befand sich dicht neben ihrem rechten Arm. Sie berührten sich nur ganz wenig. Es war nur ein hauchdünner Abstand zwischen ihnen. Keiner von beiden änderte etwas an dieser Position, die minutenlang so anhielt. Er hätte sie gern gestreichelt, ihre Hand ergriffen oder sie in den Arm genommen. Das war aber nicht möglich, weil Norbert in der Bank hinter ihnen saß. Felix konnte sich später nicht mehr erinnern, wie lange diese intime Spannung anhielt und wie sie zu Ende ging. In diesen Minuten ging etwas Seltsames in ihm vor, das er nicht beschreiben konnte. Er fühlte sich Beatrice jetzt sehr nahe, näher als bei allen ihren bisherigen Treffen.

Einer ihrer gemeinsamen Ausflüge ging auf den Hausberg, auf den Berg, bei dem Felix am Anfang Ski fahren wollte, aber mangels Schnee nicht konnte. Diesmal hatten sie neben Norbert auch Marianne, eine weitere Kurpatientin, mitgenommen, die mit Felix am selben Tisch die Mahlzeiten einnahm. Zu viert fuhren sie mit der Kabinenbahn zur Gipfelstation und genossen dort die herrliche Aussicht. Der Gipfel war noch ca. 150 Höhenmeter entfernt. Es reizte Felix ihn zu besteigen, und er fragte in die Runde, wer ihn dahin begleiten wolle. Nur Beatrice meldete sich.

Der Aufstieg war anspruchsvoller als erwartet, die letzten Meter sogar ein wenig gefährlich. Beatrice wollte das Risiko nicht auf sich nehmen und suchte sich eine geschützte Stelle, während Felix den Gipfel allein bestieg. Er blieb nicht lange und beeilte sich, wieder zurück zu Beatrice zu kommen. Sie wartete in einer windgeschützten Mulde. Als er wieder bei ihr war, ging sie plötzlich auf ihn zu, umarmte in schweigend und küsste ihn leidenschaftlich auf den Mund.

Er war völlig überrascht und ließ die innige Umarmung zunächst widerstandslos mit sich geschehen, dann erwiderte er ihre Küsse ebenso leidenschaftlich.

Sie stiegen den Berg wieder hinunter und fanden Norbert und die andere Kurpatientin nebeneinander auf einer Bank sitzen.

„Ihr wart aber ziemlich lange da oben", sagte Norbert.

„Der Aufstieg war schwieriger als erwartet", erwiderte Felix. „Beatrice ist gar nicht bis zum Gipfel mit hoch gestiegen und hat unterhalb auf mich gewartet."

Dieser Ausflug veränderte einiges im Verhältnis zwischen Beatrice und Felix.

6 Zwischen drei Frauen

Januar 2001

Je mehr sich die aufregende Kur ihrem Ende näherte, desto unruhiger wurde Felix. Die Aussicht, bald wieder im Büro den Aktenbergen und den unkalkulierbaren Vorgesetzten ausgesetzt zu sein, stimmte ihn nicht gerade fröhlich. Noch mehr aber beschäftigte ihn die Frage, wie es zu Hause weiter gehen würde. Dort erwartete ihn seine Frau und seine Tochter Cecilia. Die beiden älteren Töchter waren bereits außer Haus: Daniela (26 Jahre) und Katharina (24 Jahre) studierten an Universitäten in anderen Städten.

Felix hatte den Abstand zu seiner Dienststelle und auch zu seiner Familie in den drei Wochen Kur sehr genossen. In dieser Zeit hatte er nur wenige Telefongespräche mit seiner Frau geführt, die sich meist um praktische Dinge des Alltags drehten. Bezahlung von Rechnungen, Anschaffungen, Probleme in der Schule oder beim Studium der Töchter, Reparaturen am Haus oder Auto und so weiter. Fragen wie ‚Wie geht es Dir? Wie fühlst Du Dich? Freust Du Dich auf zu Hause? Hilft Dir die Kur' kamen so gut wie nicht vor. Auch er fragte nur sporadisch, wie es zu Hause ging.

Ihm war aber während der psychotherapeutischen Gespräche, die Teil des Kurprogramms waren, klar geworden, dass er seine Eheprobleme nicht weiter verdrängen durfte sondern sich ihnen stellen musste. Die sympathische Psychotherapeutin, zu der auch Beatrice gegangen war, hatte ihm neben der Botschaft, mehr Chaos zuzulassen, auch empfohlen, seine eigenen Bedürfnisse zukünftig stärker zu artikulieren und nicht zu verdrängen. Das wollte er sich zu Herzen nehmen.

Da gab es aber noch ein anderes Problem: Während der Kur bekam Felix wiederholt Post von Clara, die inzwischen wieder gesund geworden war. Sie schickte ihm in verschlossenen Umschlägen Postkarten mit erotischen Bildern berühmter Maler aus der Renaissance und der Neuzeit. Die Bilder gefielen Felix. Zusammen mit den dazu passenden Texten enthielten sie verschlüsselte Botschaften von Clara, die Felix sehr wohl zu deuten wusste.

Clara hatte ihn ja gern zu Beginn seiner Kur mit in die Alpen begleiten wollen, wo sie noch niemals vorher gewesen war. Mit ihrer Gehbehinderung hatte sie bisher die Berge gemieden und sich eher in flacheren Regionen oder an Meeresküsten begeben. Die Begleitung von Felix zu seinem Kurort in den Alpen hätte ihr erstmals eine gute Chance geboten, mit seiner Hilfe auch einmal auf einen hohen Berg zu fahren und dort das grandiose Alpenpanorama zu genießen. Ihre plötzliche Krankheit hatte dies leider verhindert. Nun unterbreitete sie Felix den überraschenden Vorschlag, Felix bei seiner Rückfahrt nach Hause zu begleiten. Sie könnte mit dem Zug in den Kurort kommen und von dort könnten sie mit seinem Auto zusammen zurück fahren.

Felix fühlte sich in der Klemme. Einerseits freute er sich, Clara wieder zu sehen und die Möglichkeit zu haben, ihr die Schönheit der Bergwelt zu zeigen. Andererseits befürchtete er nun, sich in einem Wirrwarr von Gefühlen zu verirren. Mit Dorothea, seiner Frau, wollte er nach der Kur einen neuen Anfang suchen. Mit Beatrice verbanden ihn gemeinsame Zeiten in der Schule und an demselben Wohnort, wo er seine Jugend verbracht hatte; außerdem hatten sie viele verschiedene Gesprächsthemen über Dinge, die ihn außer dem Umweltschutz sehr interessierten. Zusätzlich war in den gemeinsamen Wochen der Kur auch eine emotionale Zuneigung entstanden.

Wie sollte er in dieser neuen Situation mit Clara umgehen, vor allem, wenn sie zwei Tage lang gemeinsam unterwegs sein würden mit einer Zwischenübernachtung? Vor der Kur hätte ihm das kein Kopfzerbrechen bereitet. Aber nun, nach der Kur, mit all den neuen Ideen und Vorsätzen?

Nach dem gemeinsamen Erlebnis beim Sonnenuntergang in Portugal, wo er Clara sehr nahe gekommen war, hatte er keine Angst mehr vor zu großer Intimität mit ihr gehabt. Das war und blieb ihr beiderseitiges großes Geheimnis, das keinen anderen Menschen etwas anging. Clara empfand er seitdem als große Bereicherung in seinem Leben, da sie auch eine sehr gute Zuhörerin und darüber hinaus in der Literatur sehr bewandert war.

Durch Clara hatte Felix in den vielen Gesprächen bei den gemeinsamen Mittagessen zahlreiche neue Anregungen bekommen. Er wiederum hatte ihr viele seiner beruflichen und familiären Problemlagen anvertraut. Allein die Möglichkeit, darüber zu sprechen, hatte er als große Erleichterung empfunden. Die Gespräche waren eine willkommene Kompensation zu der zunehmenden Sprachlosigkeit, die sich zwischen ihm und seiner Frau zu Hause eingestellt hatte. Er hatte mit seiner Offenheit und seinem Grundvertrauen auch in ihr Leben neue, belebende Elemente gebracht, die ihr nutzten.

Über Claras Leben hatte er bei ihren vielen Gesprächen immer mehr Einzelheiten erfahren. Ihre Gehbehinderung, mit der sie seit ihrer Geburt lebte und ihr als Kleinkind viele Krankenhausaufenthalte beschert hatten, hatte sie zu einem sehr zurückhaltenden, in sich gekehrten Menschen gemacht. Sie ging nicht ohne weiteres auf Menschen zu und hielt sich lieber vorsichtig im Hintergrund auf. Dabei hatte sie aber eine beachtliche Beobachtungsgabe und analytische Fähigkeit zum Erkennen von Zusammenhängen entwickelt, die Felix immer wieder zum Erstaunen brachte.

Auch Clara ging mit der intimen Vertrautheit zwischen ihnen sehr behutsam um und hatte Felix bisher in keiner Weise in Bedrängnis gebracht. Sie respektierte, dass er verheiratet war, erfreute sich aber an dem besonderen Verhältnis mit ihm. Sie stellte keine weiteren Ansprüche an die Vertiefung ihrer Beziehungen. Dadurch war Felix in seiner Ehe mit Dorothea bisher niemals in Schwierigkeiten geraten. Er konnte Clara sogar problemlos zu sich nach Hause einladen, und Dorothea akzeptierte sie ohne Zeichen von Eifersucht als neue Bekannte und gemeinsame Freundin.

Nun aber, nachdem Felix Beatrice zusätzlich kennen gelernt hatte, wurde der Umgang mit Clara schwieriger. Ihm war klar, dass er unmöglich mit drei Frauen gleichzeitig enge Beziehungen pflegen könne. Er wollte auch keine von ihnen in irgendeiner Weise verletzen.

Andererseits wollte er Clara nun auch nicht enttäuschen. Wie sollte er ihr gegenüber verständlich machen, dass er durch ihre Anwesenheit am Kurort und die gemeinsame Rückfahrt nun in Bedrängnis geriet, nachdem er die Hinfahrt gerne mit ihr durchgeführt hätte? Auf die erotischen Karten, die sie ihm wiederholt geschickt hatte, hatte er ja auch nicht ablehnend reagiert. Sie hatten ihm im Gegenteil sogar gut gefallen, und er hatte sich über die vertraute Zugewandtheit von Clara sehr gefreut.

Darüber hinaus bestand die große Wahrscheinlichkeit, dass sich Clara, Beatrice und ihr Mann Norbert begegnen würden, wenn Clara mit der Eisenbahn in dem kleinen Kurort ankam. Das wiederum würde komplizierte gegenseitige Vorstellungen und Erklärungen erforderlich machen. Wo und wie also sollten sie sich treffen?

Die Lösung sah Felix schließlich in einem offenen Umgang mit der Situation, zumindest gegenüber Beatrice. Er informierte sie einige Tage vor Ende der Kur über Claras Besuch, den er damit begründete, dass Clara noch nie in den Alpen war und nun die Möglichkeit nutzen wollte, mit Hilfe von Felix einen Eindruck von der Bergwelt zu bekommen. Bisher sei sie wegen ihrer Behinderung immer nur ins Flachland oder ans Meer gefahren.

Beatrice verstand die schwierige Situation von Felix und hatte keine Probleme damit. Das erleichterte Felix ungemein. Er signalisierte Clara also, dass er sich auf ihren Besuch freue und nannte ihr Tag und Stunde, zu der sie am besten kommen solle, damit er nach Abschluss der Kur auch sofort die nötige Zeit für sie habe.

Am letzten Tag der Kur verabschiedete sich Felix freundschaftlich von Beatrice und ihrem Mann Norbert. Beatrice und er ließen sich gegenüber Norbert nicht anmerken, dass zwischen ihnen ein emotionales Band gewachsen war. Vorsorglich bat sie ihn noch, einige Paar Schuhe, die sie und Norbert im Kurort nicht mehr brauchten, in seinem Wagen nach Hause mit zu nehmen, um ihr Reisegepäck für die Rückreise mit dem Zug zu erleichtern. Da sie nur eine Stunde voneinander entfernt wohnten, könnte sie die Schuhe später bei Felix abholen. Felix nahm die Bitte vor allem deshalb gerne an, weil damit sicher gestellt war, dass sie sich bald zu Hause wieder sehen würden. Auch Norbert war mit diesem Arrangement einverstanden.

Zur vereinbarten Zeit holte Felix Clara am Bahnhof ab. Zu einer Begegnung zwischen Clara, Beatrice und Norbert kam es zu Felix' Erleichterung glücklicherweise dabei nicht.

Felix begrüßte Clara mit Wangenküssen rechts und links. Ihre Gegenwart veränderte seine bisher gelöste Stimmung. Er fühlte sich gehemmt. Der Wechsel von der Kur mit seinen vertrauten Annehmlichkeiten eines betreuten Lebens zum wieder eigenständigen Gestalten der eigenen Zeit war doch ziemlich abrupt.

Felix fühlte sich verwirrt und suchte nach Worten. Da ihm nichts Besseres einfiel, flüchtete er sich in Banalitäten.

„Hallo Clara, willkommen in Bayern. Schön, dass Du gekommen bist. Deine plötzliche Erkrankung zu Beginn meiner Kur war ja ein ziemliches Pech. Wie war die Fahrt?"

„Gut, ohne Probleme. Du siehst gut erholt aus."

Sie setzten den Austausch weiterer Informationen zu den letzten Ereignissen fort, während sie zu seinem Auto auf dem Parkplatz gingen. Er lud ihr Gepäck in den mit seinem und Beatrice' und Norberts Gepäck schon gut gefüllten Kofferraum. Als sie sich über so viel Gepäck für eine dreiwöchige Kur überrascht zeigte, erklärte er ihr, dass er zusätzliches Gepäck von anderen Kurteilnehmern mit geladen habe, die es bei ihm zu Hause abholen würden.

Als sie sich ins Auto gesetzt hatten, sie auf dem Beifahrersitz und er links von ihr, schauten sie sich erstmals seit ihrem Abschied zu Hause vor drei Wochen wieder richtig an, ohne sich zu berühren. Eine seltsame und für beide ungewohnte Spannung lag über der Szene.

„Und nun, wie geht es jetzt weiter", fragte sie ihn erwartungsvoll.

„Ich dachte, wir machen jetzt eine kleine Rundreise durch die Alpenlandschaft", antwortete er, wobei er sich bemühte zu lächeln. „Wir könnten zum Beispiel in das Inntal fahren, von dort nach Innsbruck und anschließend wieder zurück Richtung Norden nach Deutschland."

„Das hört sich gut an. Du kennst Dich hier aus. Fahr mal, wie Du meinst. Ich lasse mich überraschen, für mich ist alles neu und schön."

Sie nahm seine Hände, näherte ihr Gesicht dem seinen und gab ihm einen herzhaften Kuss auf die Lippen. Er war verdutzt und ließ es zunächst geschehen. Dann erwiderte er ihren Kuss zurückhaltend.

„Ich muss Dir etwas sagen. In der Kur hatte ich viel Zeit, über mein Leben nachzudenken. Ich hatte auch eine psychotherapeutische Beratung zu meiner beruflichen und familiären Situation. Ich möchte jetzt stärker selbst aktiv werden, um mit den Problemen, die ich zu Hause habe und die Du kennst, besser umgehen zu können. Ich bitte Dich um Verständnis, wenn wir auf unserer gemeinsame Fahrt durch die Alpen und zurück nach Hause ein wenig auf Distanz blieben."

„Das verstehe ich. Ich werde mich entsprechend verhalten. Du kennst mich. Ich dränge mich nicht auf."

„Danke, das weiß ich. Dafür mag ich Dich auch sehr. Na, dann lasst uns mal losfahren."

Felix fühlte sich nach diesem kurzen Dialog erleichtert. Während sie über Landstraßen nach Süden fuhren, wurde er zunehmend gelöster. Sie unterhielten sich jetzt lebhaft, wie sie es von ihren vielen Begegnungen bei den gemeinsamen Mittagessen gewohnt waren. Felix konzentrierte sich dabei mehr auf die Unterhaltung als auf den Verkehr und merkte erst, als es blitzte, dass er zu schnell gefahren war.

„So ein Pech", entfuhr es ihm. „Weniger, dass mich die Kosten für die Verwarnung ärgern, aber man hat jetzt ein schönes Foto von uns beiden gemacht. Wenn das Foto in die Hände meiner Frau fällt, bekomme ich ein Erklärungsproblem."

„Es tut mir leid", sagte Clara. „Das ist wirklich zu dumm. Ändern können wir es nicht mehr. Du musst sehen, dass Du das Schreiben vor ihr abfängst."

„Das wird nicht leicht sein. Als Lehrerin kommt sie bereits mittags nach Haus und sieht als erstes die Post durch. Ich komme erst abends aus dem Büro."

Ihre Unterhaltung hatte durch den Radarblitz einen Riss bekommen. Sie schwiegen lange. Schließlich sagte Felix:

„Damit muss ich nun leben. Lasst uns dadurch unseren schönen Ausflug nicht vermiesen. Wie gefallen Dir die Alpen?"

„Großartig. Die hohen Berge machen auf mich einen gewaltigen Eindruck. Ich möchte gern mal auf dem Gipfel eines Berges stehen."

„Dann sollten wir mit einer Seilbahn irgendwo hochfahren. Wir könnten es in Innsbruck versuchen, dort führt eine Seilbahn zum Karwendel-Gebirge hinauf."

„Das wäre toll. Vielen Dank."

Leider war der Himmel über Innsbruck bedeckt und die Bergstation der Seilbahn lag in den Wolken. Felix machte den Vorschlag, nach Deutschland zurück zu fahren und es am nächsten Tag im Allgäu zu versuchen. Clara war damit einverstanden, da sie ohnehin keinen besseren Vorschlag machen konnte, und so fuhren sie über den Fernpass zurück nach Deutschland. Allmählich wurde es Abend. Die Wolken hatten sich verzogen und die Spitzen der Berge leuchteten rot in der untergehenden Sonne. Clara betrachtete staunend und ergriffen das Naturschauspiel, während sie durch die zunehmende Dunkelheit fuhren.

Über den schneebedeckten Berghängen, die inzwischen nur als dunkle Silhouetten gegen den Sternenhimmel erkennbar waren, gingen vereinzelt Lichter an, die eine anheimelnde Stimmung erzeugten. Clara war jetzt völlig schweigsam geworden und schaute nur noch gebannt auf dieses wunderbare Schauspiel. Eine feierliche Stimmung breitete sich zwischen ihnen aus.

Allmählich bekamen sie Hunger und Felix schlug vor, eine Unterkunft mit angeschlossenem Restaurant zu suchen. Sie fanden ein kleines passendes Hotel, in dem sie ein Doppelzimmer buchten. Beim Abendessen riefen sie sich noch einmal alle wunderbaren Ereignisse und schönen Bilder in Erinnerung. Clara hatte den Tag sehr genossen und Felix freute sich, ihr diese sicher unvergesslichen Eindrücke hatte vermitteln zu können.

Sie gingen getrennt ins Bad und dann in ihre Betten, zuerst Felix, dann Clara. Sie machten das Licht aus und lagen eine Weile schweigend nebeneinander. Dann suchten sich ihre Hände. Sie berührten sich, streichelten einander und rückten allmählich näher zusammen, bis sich auch ihre Körper berührten. Felix nahm Clara liebevoll in den Arm.

„Erinnerst Du Dich an den Abend mit dem fantastischen Sonnenuntergang in Portugal?", fragte er.

„Wie könnte ich den vergessen. Ich habe damals in Deinen Armen geweint, und auch jetzt ist mir wieder zum Weinen zumute."

„Dann weine doch, wenn Dir danach ist", sagte Felix und hielt sie ein wenig fester in seinem Arm.

Im nächsten Augeblick wurde Clara von einem heftigen Weinkrampf geschüttelt. Felix kannte das schon und blieb ganz ruhig, ohne ein Wort zu sprechen. Mit seinen Fingern streichelte er ihre Brust.

Als sie sich nach einer für Felix unendlichen Zeit wieder beruhigt hatte, drehte sie sich zu ihm um und küsste ihn auf den Mund. Felix erwiderte den Kuss, der immer leidenschaftlicher wurde. Dann erinnerte er sich daran, was er sich gegenüber Dorothea vorgenommen hatte und unterbrach die leidenschaftliche Berührung.

„Ich danke dir für alles", sagte sie. „Ich verstehe dich. Lass uns jetzt schlafen."

Eng umschlungen – wie damals in Portugal – schliefen sie beide ein.

Der nächste Tag war ein herrlicher Wintertag. Es war eiskalt und die Sonne schien von einem wolkenfreien Himmel. Sie nutzten die Chance und fuhren mit der Tegelbergbahn bei Füssen hoch oben auf den Berg. Dort genossen sie einen fantastischen Rundblick über eine einzigartige Bergwelt, wie Clara sie nie zuvor gesehen hatte. Sie lehnte sich mit dem Rücken an Felix und blieb ganz lange ergriffen stehen. Sie wiegten sich leicht hin und her. Felix legte seine Arme um Clara und schmiegte seine Wange an ihre. Er freute sich, dass es doch noch möglich geworden war, Clara einen solch schönen Panoramablick über die herrliche Alpenlandschaft zu zeigen. Die Sicht war extrem klar, und sie konnten weit ins Land hinaus schauen.

Lange konnten sie nicht bleiben. Es war Sonntagmorgen und sie mussten noch heute nach Hause zurück fahren, um am nächsten Tag wieder beide im Büro zu sein. Die Fahrt verlief ohne besondere Schwierigkeiten. Als sie gegen Abend in ihrer Stadt ankamen, brachte Felix zuerst Clara zu ihrer Wohnung, bevor er nach dreiwöchiger Abwesenheit wieder zu Dorothea in sein eigenes Haus fuhr.

Dorothea öffnete ihm die Tür, und sie begrüßten sich freundlich mit zwei leichten Wangenküssen rechts und links.

„Schön, dass Du wieder da bist. Du siehst gut erholt aus. Warum kommst Du so spät nach Hause? Die Kur war doch schon am Freitag zu Ende."

„Ich wollte noch einmal die schöne verschneite Alpenlandschaft genießen, bevor ich wieder ins Büro muss. Während der Kur bin ich kaum dazu gekommen."

Das Thema wurde glücklicherweise nicht weiter vertieft. Felix bekam ein schönes Abendessen serviert. Inzwischen kam auch seine jüngste Tochter Cecilia, die er sehr mochte, hinzu und grüßte ihren Vater ebenfalls sehr herzlich. Er berichtete über seine Kur und über die Bekanntschaften, die er dort gemacht hatte, insbesondere über Beatrice und Norbert sowie seine Tischpartner, darunter Marianne, die mit auf dem Hausberg gewesen war. Über Clara verlor er kein Wort. Dorothea hörte ohne Kommentare aufmerksam zu.

Am nächsten Tag begann der Büroalltag wieder. Die guten Vorsätze von Felix wurden schnell wieder Opfer der täglichen Routine. Er schaffte es nicht, die Kommunikationswege zu Dorothea entscheidend zu verändern. Schon bald war wieder der alte Zustand erreicht.

Die Begegnungen mit Beatrice und Clara wirkten aber in Felix nach. Er wünschte sich, alle drei Beziehungen gleichzeitig aufrecht zu erhalten, weil jede der drei Frauen – Dorothea, Beatrice und Clara – ihm auf unterschiedliche Weise viel bedeuteten. So nahm er sich vor, zwischen den drei Frauen Brücken zu bauen, um zu jeder von ihnen offene Kontakte unterhalten zu können. Er wollte sich nicht verstecken müssen, und er wollte auch keine Probleme mit ihnen bekommen, am wenigsten mit Dorothea. Er ahnte zu diesem Zeitpunkt nicht, welche Komplikationen und Folgen für sein weiteres Leben sich daraus ergeben würden.

7 Wanderung zu dritt

Juni 2010 / Februar - März 2001

Dorothea, Clara, Beatrice - Dorothea, Clara, Beatrice .... Felix' Gedanken drehen sich im Kreis wie ein Karussell. Diese drei Frauen waren zu seinem Schicksal geworden. Jede war anders als die andern beiden. Untereinander hätten sie niemals zueinander finden können. Sie hätten nichts miteinander anfangen können. Für ihn hatte jedoch jede von ihnen eine besondere Bedeutung.

Dorothea war die bodenständigste von ihnen, am wenigsten intellektuell, pragmatisch zupackend, auf ihre Kinder, Nachbarn und Freundinnen in der näheren Umgebung konzentriert. Der Beruf spielte bei ihr kaum eine Rolle.

Clara war die intellektuellste von den dreien. Ihre Gehbehinderung hatte sie erfolgreich kompensiert durch ein intensives Studium von Sprachen und Literatur. Sie besaß eine immense Sammlung von Büchern, die sie alle gelesen hatte. Ihr Wissen war phänomenal. Auch ihre Fähigkeit, zuzuhören und sich in andere Situationen zu versetzen, war außergewöhnlich. Sie tat viel für ihre Gesundheit, indem sie regelmäßig mit dem Fahrrad fuhr und zum Schwimmen ging. Ein Auto hatte sie nicht.

Beatrice hatte von beiden Frauen etwas. Ihre große Leidenschaft war die Kunst. Als studierte Kunsthistorikerin hatte sie sich enormes Wissen angeeignet, das sie durch das Kuratieren von Kunstausstellungen und bei Führungen wirkungsvoll entfalten konnte. Da sie zwei Kinder groß gezogen und die Karriere ihres Mannes aktiv begleitet und gefördert hatte, konnte sie bei Diskussionen über Familie, Kindererziehung und Beruf immer gut mithalten. Durch ihren mehrjährigen USA-Aufenthalt konnte sie gut Englisch sprechen, war international orientiert und sehr gastfreundlich.

Felix hätte die drei am liebsten wechselseitig um sich gehabt, weil sie zusammen gut zu seinen Wünschen und Träumen von einer erfüllten Partnerschaft passten. Er wollte keine von ihnen verlieren und hoffte, dass das möglich sein müsste.

Nach Beendigung der Kur in Bayern ging es aber zunächst darum, überhaupt den Kontakt zu Beatrice neu herzustellen. Mit den Schuhen von Beatrice und Norbert im Kofferraum, die Felix von dem Kurort mitgebracht hatte, hatte er einen guten Grund, Beatrice bald nach seiner Rückkehr aufzusuchen. Felix konnte es kaum erwarten, ihr die Schuhe zu ihrem Wohnort eine Autostunde von seinem Haus entfernt zu bringen. Sie empfing ihn mit lachendem Gesicht an der Tür und lud ihn zu einem zweiten Frühstück in ihr Haus ein. Sie deckte den Tisch wie zu einem Festmahl, was Felix sehr beeindruckte. So gepflegt wurde bei ihm zu Hause nie gefrühstückt.

Neben dem Tisch stand ein altes Klavier mit schöner Holzdekoration. Felix war es gleich aufgefallen und er sprach Beatrice darauf an.

„Ich habe das Klavier von meinen Eltern erhalten", sagte sie. „Als sie nach Süddeutschland umzogen, hatten sie dafür keinen Platz mehr. Seit vielen Jahren hat niemand mehr darauf gespielt."

„Darf ich es einmal ausprobieren", fragte Felix.

„Ja, natürlich. Ich möchte gern wieder einmal hören, wie es klingt."

Felix setzte sich an das Klavier und spielte einige improvisierte Takte. Wie zufällig kam ihm die Melodie des berühmten „Chanson d'Amour" in den Sinn. Während er es spielte und das Grundthema durch Improvisation modifizierte, merkte er, wie sich die Augen von Beatrice mit Tränen füllten. Dieses Bild rührte ihn so sehr, dass er das Spiel unterbrach, aufstand und Beatrice in den Arm nahm. Sie schmiegte sich eng an ihn und ließ ihren Tränen jetzt richtig freien Lauf. Dann hob sie ihren Kopf und küsste ihn auf den Mund.

„Ich liebe Dich", flüsterte sie.

Felix wusste in dem Augenblick nicht mehr, wie ihm geschah. Er erwiderte ihre Küsse, die immer leidenschaftlicher wurden. Felix wusste danach nicht mehr, wie lange dieser für beide bewegende Austausch gedauert hatte.

In den Tagen danach verspürte er tiefe Sehnsucht nach Beatrice. Sie trafen sich erneut an einer Bahnstation zwischen ihren Wohnorten. Dort suchten sie sich einen ruhigen Platz und fanden eine Bank mit einem schönen Blick zum Rhein, auf der sie sich wieder leidenschaftlich küssten.

Weitere Treffen folgten an einer Autobahnraststätte, in einem Park, bei einem Schloss und an anderen Stellen, immer nur kurz, aber jedes Mal voller Leidenschaft.

Da sie sich nicht nur heimlich treffen wollten, begannen sie, sich und ihre Ehepartner wechselseitig zu Abendessen einzuladen, später auch zu Geburtstagsfeiern und zum Besuch von Kulturveranstaltungen zusammen mit anderen Freunden.

In dieser Anfangsphase ihrer neuen Freundschaft besuchten sie einmal zusammen mit Freunden von Felix und Dorothea ein Konzert in einer Kirche, bei dem das berühmte Requiem von Mozart aufgeführt wurde. Beatrice hatte die Liedtexte besorgt. In der Kirchenbank saßen Beatrice und Felix nebeneinander und schauten gemeinsam in die Liedtexte, die Beatrice mitgebracht hatte. Die hinter ihnen sitzenden Freude Freunde beobachteten sie dabei und erzählten Dorothea später, Beatrice und Felix hätten ihre Köpfe wie ein Liebespaar zusammengesteckt.

Als ein besonderes Ereignis in dieser Zeit erinnert sich Felix besonders gut. Es war ein Konzertabend mit Anne-Sophie Mutter, an dem er und Beatrice gemeinsam teilnahmen.

Dorothea hatte sich zum Leidwesen von Felix nie besonders für klassische Musik interessiert. Als er Dorothea in seiner Studentenzeit kennen gelernt hatten, hatte sie zusammen mit ihm zum ersten Mal im Rundfunk klassische Musik mit Bewusstsein angehört. Es wurde die 6. Symphonie von Ludwig van Beethoven gespielt, die „Pastorale", damals eines der Lieblingsmusikstücke von Felix. Dorothea hatte mit dieser Musik aber nichts anfangen können. Zu Hause in der Eifel hatte sie bis dahin immer nur Schlager von Radio Luxemburg gehört. Ein anderes Mal, bei einem gemeinsamen Konzertbesuch mit Stücken von Haydn, hatte sie „von Perlen für die Säue" gesprochen, womit sie sich selbst meinte. Felix hatte diese Äußerung damals sehr geschmerzt. Er selbst liebte klassische Musik sehr und spielte selbst leidenschaftlich gern auf dem Klavier klassische Stücke von Mozart, Beethoven und anderen Komponisten.

Felix war deshalb sogar froh, als Dorothea bei dem relativ teuren Konzertabend mit Anne-Sophie Mutter zugunsten von Beatrice auf ihre Teilnahme verzichtete. Für Felix bedeutete der Verzicht doppelten Genuss: das Konzert selbst und zusätzlich das gemeinsame Erlebnis mit Beatrice. Nach dem Konzert blieben Felix und Beatrice noch längere Zeit in Felix' Auto zusammen. Sie suchten sich einen abgelegenen Platz und tauschten Zärtlichkeiten aus. Mit ihren Ehepartnern hatten sie einen so schönen Abend schon lange nicht mehr erlebt.

Wenn es nach Felix gegangen wäre, hätte dieser Zustand lange so andauern können. Aber er hatte die Intuition von Frauen für das Aufspüren außerehelicher Beziehungen ihrer Ehemänner unterschätzt. Obwohl er glaubte, seine heimlichen Zärtlichkeitsaustausche mit Beatrice gegenüber Dorothea verbergen zu können, spürte diese schon früh, dass sich zwischen Felix und Beatrice etwas entwickelte, was über eine normale Freundschaft hinausging. Sie ärgerte sich darüber und ließ dies Felix und Beatrice durch zunehmende Ablehnung und Frostigkeit spüren. Felix wiederum war von Dorothea zunehmend enttäuscht, weil sie sich immer mehr von ihm abwandte, statt ihm - wie Beatrice - ihre Zuneigung zu zeigen und für ihre Ehe zu kämpfen. So entwickelte sich zunehmend eine Spirale von Eheproblemen zwischen Dorothea und Felix.

Zum Ausdruck kam Dorotheas Ablehnung gegenüber Beatrice erstmals bei einem Zusammentreffen zwischen den beiden Frauen beim Rosenmontag 2001.

Einen Monat nach ihrer Kur in Bayern hatte Beatrice gefragt, ob sie an dem Rosenmontagszug und den weiteren Karnevalstreffen in Felix' Wohnort mit teilnehmen könne. Ihr Ehemann Norbert sei verhindert und sie hätte schon lange nicht mehr Karneval gefeiert. In ihrem Freundeskreis sei so etwas nicht üblich. Felix stimmte gleich zu und Dorothea hatte auch keine Einwände. Beim Karnevalszug und beim anschließenden Tanzen auf der Straße verlief noch alles normal. Nach dem Zug traf man sich – wie üblich - im Haus eines der Freunde, wo weiter getanzt und getrunken wurde.

Als Felix gerade mit seiner Frau Dorothea tanzte, wurde er von Beatrice zum Tanz aufgefordert. In aufgeheiterter, lockerer Stimmung löste er sich von Dorothea und tanzte mit Beatrice weiter. Von da an wich Beatrice nicht mehr von seiner Seite, so dass er mit keiner anderen Frau mehr tanzen konnte. Nach einiger Zeit fiel Felix auf, dass sich Dorothea zunehmend von ihm zurückzog. Er spürte ein leichtes Unbehagen, das er aber verdrängte.

Nach einiger Zeit musste Beatrice aufbrechen, da sie noch mit Bus und Bahn über eine Stunde zurück nach Hause fahren musste. Felix begleitete sie zur Bushaltestelle. Dort warteten sie länger als erwartet auf den nächsten Bus, weil wegen des Rosenmontags weniger Busse als üblich fuhren.

Als Felix schließlich nach fast einer Stunde zu der Karnevalsgesellschaft zurückkam, konnte er die ablehnende Haltung von Dorothea ihm gegenüber förmlich spüren. Felix erklärte den Grund seiner späten Rückkehr, das änderte aber nichts an der Missstimmung zwischen ihm und Dorothea. Der Grund lag zweifellos in einer aufkeimenden Eifersucht von Dorothea gegenüber Beatrice.

Wie sehr durch dieses Ereignis zwischen Dorothea und Felix eine Missstimmung entstanden war, zeigte sich schon wenige Tage später, als sie beide – wie jedes Jahr üblich – zur Geburtstagsfeier einer ihrer vielen Freunde mit dem Fahrrad fuhren. Sowohl auf den Hin- wie auf dem Rückweg fuhr Dorothea in hohem Tempo so schnell vor Felix her, dass er ihr nur mit Mühe folgen konnte. Normalerweise wären sie gemütlich nebeneinander gefahren und hätten sich dabei unterhalten. Auch auf der Feier selbst saßen sie weit voneinander entfernt und unterhielten sich nicht miteinander sondern nur mit den anderen Gästen. Das allerdings war nicht weiter ungewöhnlich und hätte bei Felix auch allein betrachtet nicht zu seinem zunehmenden Unbehagen geführt.

Felix stimmte das ablehnende Verhalten seiner Frau traurig. Warum nur konnte er mit ihr nicht ebenso schöne und innige Zärtlichkeiten austauschen wie mit Beatrice und Clara? Je mehr ihm Dorothea die kalte Schulter zeigte, desto mehr fühlte er sich zu den beiden anderen Frauen hingezogen.

Der Konflikt zwischen Felix und Dorothea schwelte weiter. Nur einige Wochen später kam er bei einer Wanderung durchs Rheingau-Gebirge zum Ausbruch.

Die Wanderung begann zunächst völlig harmlos. Wie so oft in den vielen Jahren ihrer Ehe hatten Dorothea und Felix an einem der Sonntage nach Karneval eine Wanderung mit Freunden vereinbart. Die nähere Umgebung seines Wohnortes bot zahlreiche Möglichkeiten für Wanderrouten und Entdeckungen in der Natur.

Felix berichtete Beatrice in einem Telefongespräch über die geplante Wanderung, was Beatrice sofort zu der Frage veranlasste, ob sie an der Wanderung mit teilnehmen könne. Felix zögerte, weil er instinktiv ahnte, dass dies bei Dorothea eine neue ablehnende Reaktion hervorrufen könnte. Beatrice spürte das Zögern und bat inständig, sie doch daran teilnehmen zu lassen, weil ihr Ehemann Norbert doch aufgrund seiner Kniebeschwerden gehbehindert sei und sie aus diesem Grunde kaum noch in die Natur komme. Sie würde so gerne mal wieder eine schöne Wanderung mitmachen, die sie inzwischen schon lange nicht mehr machen konnte.

Felix überlegte fieberhaft, wie er den erwarteten Konflikt lösen solle. Wenn er bereitwillig zustimmte, war der durch Eifersucht verursachte Konflikt mit Dorothea vorprogrammiert, lehnte er ab, stieß er Beatrice vor den Kopf. Beides wollte er nicht. Weder wollte er seine Ehefrau provozieren noch die junge Freundschaft zu Beatrice, an der ihm viel gelegen war, gefährden. Lange Zeit zum Nachdenken blieb ihm auch nicht. Wenn er zu lange zögerte, konnte Beatrice das als Ablehnung verstehen. So schlug er Beatrice spontan vor, ihren Ehemann Norbert zu bitten, bei Dorothea anzurufen, um diese zu fragen, ob sie damit einverstanden sei, dass Beatrice an der Wanderung mit teilnehmen könne. Beatrice stimmte dem Vorschlag zu und sagte zu, Norbert um diesen Gefallen zu bitten.

Es dauerte nicht lange, als das Telefon klingelte und Dorothea den Hörer aufnahm. Am anderen Ende war Norbert, der gegenüber Dorothea nun Beatrice' Anliegen vortrug. Da Dorothea keinen Grund sah, es abzulehnen, war nunmehr scheinbar konfliktfrei verabredet, dass Beatrice an der für Sonntag geplanten Wanderung mit teilnehmen konnte.

Die Wanderung verlief dann aber völlig anders als erwartet. Überraschenderweise sagte ein Freund nach dem anderen die Teilnahme an der Wanderung ab, weil sie andere wichtige Termine hatten. Die letzte Absage gab es am Sonntagmorgen kurz vor Beginn der vereinbarten Wanderung, zu spät, um Beatrice, die bereits unterwegs war, zu benachrichtigen. Die Wandergruppe bestand nun nur noch aus drei Personen: Felix, Dorothea und Beatrice. Kurz vor zehn Uhr, dem Beginn der Wanderung, stand Beatrice vor der Tür von Felix' und Dorotheas Haus.

Die drei beratschlagten nun, was sie unternehmen wollten. An der ursprünglich geplanten längeren Wanderung hatte Dorothea nun kein besonderes Interesse mehr. Nichts zu unternehmen kam auch nicht infrage, um Beatrice, die die lange Anfahrt auf sich genommen hatte, nicht zu enttäuschen. Nach einigen Überlegungen einigten sich die drei schließlich darauf, eine kurze Wanderung in einem Naturschutzgebiet in der Nähe zu machen. Felix kannte dort einige interessante Stellen, die er Beatrice gerne zeigen wollte.

Felix spürte bei Dorothea ein Unbehagen, versuchte es aber zu ignorieren, indem er die Situation als etwas ganz Normales behandelte, was es in Wirklichkeit nicht war. Beatrice war nicht Dorotheas Freundin sondern Felix' neue Bekanntschaft, zu der Dorothea eine instinktive Ablehnung, zumindest seit dem Treffen am Rosenmontag, entwickelt hatte. Ihre Beteiligung an der sonntäglichen Wanderung hatte sie nicht ablehnen können, da der Wunsch von Beatrices Mann an sie heran getragen worden war. Aber sie hatte nicht damit rechnen können, dass daraus eine Wanderung von Felix mit zwei Frauen resultieren würde, bei der sie sich in einer nachrangigen Rolle fühlte.

Felix versuchte nun, aus der unerwarteten Situation das Beste zu machen. Sie fuhren mit seinem Auto zum Ausgangspunkt der Wanderung. Von dort stiegen sie als Erstes durch den Wald zu einem Aussichtspunkt, von dem aus man einen weiten Blick in die Umgebung hatte. Felix liebte diesen Aussichtspunkt sehr. Danach ging es zu einem im Wald versteckten See, dessen Zugang nur wenige kannten. Wie Felix erwartet hatte, erfreute sich auch Beatrice an der schönen Wanderung und äußerte den Wunsch, in Zukunft noch öfter mit ihnen zusammen wandern zu können.

Während Felix gegenüber Beatrice von den schönen Erlebnissen, die er in dieser Gegend schon gehabt hatte, schwärmte, entfernte sich Dorothea plötzlich schweigend von den beiden und setzte die Wanderung alleine fort.

Felix schaute ihr betroffen hinterher und Beatrice sah Felix erstaunt an.

„Was hat sie? Ist etwas passiert?", fragte sie?

„Sie scheint sich über irgend etwas zu ärgern", entgegnete Felix. „Ich kann es nicht ändern, finde es aber schon ein bisschen blöd. Lass uns ihr folgen, damit es nicht noch schlimmer wird."

Sie folgten Dorothea also, die bereits mehr als 50 Meter vor ihnen ging und keine Anstalten machte, sich umzudrehen und auf sie zu warten. In dieser Formation ging sie sicher eine halbe Stunde so weiter, bevor sie Dorothea eingeholt hatten und wieder zusammen gingen. Über das merkwürdige Ereignis tauschten sie kein Wort aus, eine Eigenart, wie sie für die Beziehung zwischen Felix und Dorothea typisch geworden war. Die Unterhaltung ging auch nur noch über Belanglosigkeiten im Zusammenhang mit der Wanderung:

„Wie lange dauert sie noch?" „Wohin gehen wir?" „Wollen wir noch irgendwo essen gehen?"

Zwischen den dreien knisterte es, und Felix gelang es nicht, die angestaute Spannung aufzuheben. Ihm blieb nichts anderes übrig, als sie hinzunehmen und sich zu bemühen, gelassen zu bleiben.

Am Rande des Naturschutzgebietes gingen sie zusammen in ein Restaurant. Es war die beginnende Spargelzeit und jeder von ihnen bestellte sich ein Spargelgericht. Nach dem Essen, welches allen dreien gut schmeckte und die Stimmung ein wenig aufgehellte, fuhren sie zurück in Felix' und Dorotheas Haus. Beatrice kam wie selbstverständlich mit. Da das Wetter weiterhin schön blieb und auf der Terrasse inzwischen die Sonne schien, setzten sie ihre etwas zähen Gespräche dort fort.

Irgendwann ging es um den Urlaub, und nun dauerte es nicht mehr lange, bis es zu einer offenen Konfrontation zwischen den beiden Frauen kam.

Felix war bei der Unterhaltung lediglich Zuhörer. Mit Staunen und ein wenig hilflos verfolgte er den Ablauf des Gesprächs.

Es begann damit, dass Beatrice von ihren Reisen in ferne Länder - Amerika, Südafrika, Indien - schwärmte:

„Mein Mann hatte in diesen Ländern beruflich zu tun, und ich konnte ihn begleiten. Über die Firma konnten wir herrliche Rundreisen machen, wir hatten einheimische Führer, die uns zu den Highlights führten, und wir trafen überall nette Kollegen, die dort vor Ort tätig waren. Mit am schönsten waren die Jahre, die wir in den USA verbrachten."

Dorothea hörte mit einem spöttischen Lächeln zu und erwiderte: „Das möchte ich auch mal gern erleben. Ich wollte schon lange mal in weit entfernt liegende Länder reisen, aber Felix will immer nur in Europa Urlaub machen. Auf seinen vielen Dienstreisen hat er mich bisher noch nie mitgenommen."

„Dann fahre doch allein, ohne Felix", antwortete Beatrice unbekümmert, ohne zu merken, dass sie damit in ein Wespennest stieß.

„Du hast gut reden", sagte Dorothea gereizt, „Wie soll das denn gehen, als Frau allein in solche Länder, wo die Stellung der Frau vielfach weniger geachtet ist? Da fühle ich mich nicht wohl. Du musstest doch bisher auch nicht alleine reisen, sondern warst immer schön umsorgt und in der Obhut der Firma Deines Mannes."

„Wenn ich unbedingt in ferne Länder reisen wollte, würde ich mich einer Reisegruppe anschließen und nicht darauf warten, ob mich mein Mann begleiten will. Ich habe wiederholt auch Reisen allein gemacht, ohne meinen Mann, und sogar Kulturreisen für Gruppen alleine organisiert, zum Beispiel in die Schweiz."

„Das ist doch etwas ganz anderes. Wir hatten außerdem bisher nicht das Geld, um uns Reisen in ferne Länder leisten zu können. Stattdessen haben wir gemeinsame Urlaube mit unseren Kindern vorgezogen, und das ging nur in Europa, mit Ausnahme der USA-Reise, wo wir unsere Tochter Katharina besuchten, als sie dort ein Jahr lang Austauschschülerin war."

Felix konnte an der Stimme und Blicken von Dorothea erkennen, dass sie innerlich sehr aufgebracht war. Glücklicherweise blieb Beatrice nicht mehr lange, bevor sie zurück nach Hause fuhr.

Nachdem Felix hinter Beatrice die Tür geschlossen hatte und wieder mit Dorothea alleine war, bekam er als erstes von ihr zu hören:

„Was ist das für ein verwöhntes Luxusweibchen."

Dieser abfällige Kommentar tat Felix weh, weil er an Beatrice ganz andere Eigenschaften schätzte, die er an Dorothea vermisste.

Was Felix zu diesem Zeitpunkt noch nicht wusste, war die Tatsache, dass sich parallel zu seiner Freundschaft mit Beatrice auch zwischen Dorothea und Norbert bereits heimlich eine neue freundschaftliche Beziehung entwickelt hatte. Wie er später von Beatrice erfuhr, hatte sie zu Hause wiederholt mitbekommen, wie die beiden miteinander telefonierten und „turtelten".

8 Radtour am Niederrhein

Juni 2010 / April 2001

Felix wacht aus seinem Schlaf im Garten auf und reibt sich die Augen. Gedanken und Erinnerungen kreisen in bunter Folge in seinem Kopf. Er lebt nun bereits seit fünf Jahren mit Beatrice zusammen in seinem neuen Zuhause, nachdem seine Ehe mit Dorothea nicht mehr gerettet werden konnte. Vor seinen Augen tauchen schnell wechselnde Bilder seit dem Beginn seines neuen Lebens vor zehn Jahren auf. Er versucht sich zu konzentrieren, ein Bild zu fixieren, es festzuhalten. Er versucht nachzuempfinden, was alles passiert ist, wie sich die Dinge entwickelt haben, wann er die Einfluss über den Ablauf der Geschehnisse verloren hat und dieser sich verselbständigt hat, warum das Chaos schließlich über ihn hereingebrochen ist.

Endlich kann er ein Ereignis in seinem Gedächtnis festhalten und sich darauf konzentrieren. Er sieht sich auf seinem Fahrrad durch die Flußauen am Niederrhein fahren.

Es war im April 2001. Früh am Morgen waren sie zu Dritt mit Felix' Auto aufgebrochen, die Räder auf dem Dachgepäckträger. Die Natur begann gerade eben zu grünen. Die Luft war noch kühl, aber die Sonnenstrahlen wärmten bereits. Felix fühlte sich frei und fröhlich. Kein Bürostress, kein Familienärger, keine nervtötenden Akten, kein Telefon, ringsherum nur frische, klare Luft, die er dankbar in seine Lungen aufsog.

Die niederrheinische Landschaft mit ihren weiten Wiesen, dem träge in seinem breiten Flussbett fließenden Rhein, den Schafherden auf den Deichen, den vielen Wasservögeln, den kleinen Orten mit einer Kirche in der Mitte, hier und da eine Windmühle, den frischen Frühlingswind auf der Haut spürend, all das wirkte beruhigend auf Felix, und er konnte beim gemächlichen Fahren seine Gedanken schweifen lassen.

Vor ihm fuhren Clara und Beatrice. Sie hatten sich verabredet, um beim Schloss Moyland am Niederrhein in der Nähe von Kleve eine Sonderausstellung mit Skulpturen des bekannten spanischen Künstlers Chilida zu besuchen. Beatrice hatte dazu die Anregung gegeben und Clara hatte sofort eingewilligt; für sie war es eine willkommene Abwechslung. Dorothea war aber nicht mitgefahren.

Felix denkt einen Augenblick nach: „Warum war Dorothea nicht mitgefahren? Hatte sie keine Lust gehabt? War es ein stiller Protest, sich an einer solchen Expedition mit zwei weiteren Frauen, die Freundinnen von Felix waren, nicht beteiligen zu wollen? Spürte sie die Konkurrenz der beiden anderen Frauen und wollte sich einer solchen Situation nicht aussetzen? Oder wollte sie lieber die Zeit mit Norbert, Beatrice' Ehemann, verbringen? Ich weiß es nicht. Wahrscheinlich traf von allem etwas davon zu. - Für mich war die Radtour wie eine Befreiung. Das gegenseitige Anschweigen zu Hause, häufig in Verbindung mit einer vorwurfsvollen Grundstimmung, hatte ich gründlich satt. Ich brauchte Partner, mit denen ich über persönliche und interessante Themen sprechen konnte. Vor allem brauchte ich Menschen, die sich mir zuwandten, mir Verständnis und Aufmerksamkeit entgegen brachten. All das hatte ich doch in den letzten Jahren, wie schon früher so oft, vermisst."

Felix erinnert sich, wie Beatrice und Clara, die vor ihm durch die beruhigende niederrheinische Landschaft gemächlich fuhren, sich miteinander unterhielten. Während er die beiden Frauen von hinten betrachtete, dachte er an Dorothea und den holprigen Verlauf seiner mehr als 25jährigen Ehe mit ihr.

Vor nicht langer Zeit hatte er mit Dorothea eine ihrer wenigen offenen Aussprachen gehabt. Sie hatten in seinem Arbeitszimmer im Keller ihres gemeinsamen Hauses eine Flasche Wein getrunken und waren vom Alkohol schon ein wenig angeheitert gewesen. Dabei hatte er Dorothea seinen geheimen Wunschtraum offenbart, auch einmal mit einer anderen Frau zu schlafen. Dorothea hatte ihm dazu gesagt: „Ich habe nichts dagegen. Ich möchte nur nicht, dass diese Frau aus unserer näheren Umgebung stammt."

Felix schaute nach vorn zu Beatrice und Clara. Sie gehörten beide nicht zur näheren Umgebung, in der Felix mit Dorothea wohnte. Durfte er aber mit diesen beiden Frauen nach dem Zugeständnis von Dorothea intime Beziehungen haben, ohne damit seine Ehe zu belasten?

Das Erlebnis zu Karneval und die gemeinsame Wanderung mit Dorothea und Beatrice hatten bei Dorothea ziemliche Abneigungen gegenüber Beatrice ausgelöst. So einfach war es für Felix daher nicht, neben seiner Ehe mit Dorothea eine oder zwei Freundinnen zu haben. Die weiblichen Instinkte gegenüber Rivalinnen und die daraus resultierende Eifersucht waren nicht zu unterschätzen.

Die Ereignisse dieser aufregenden Jahre im Zick-Zack rasen wie im Zeitraffer an Felix' geschlossenen Augen vorbei, während er in seinem Liegestuhl im Garten liegt. In kürzester Zeit springt er durch mehr als 25 Jahre seines Lebens. Er fühlt sich schwindelig und wälzt sich hin und her. Schließlich sieht er sich wieder auf dem Fahrrad am Niederrhein, vor ihm Beatrice und davor Clara. Er war beiden Frauen sehr zugetan.

Während sie so fuhren, pfiff er ein Lied, welches er seit einiger Zeit als Ohrwurm im Kopf hatte. Es war das Lied „Mona Lisa", gesungen von Natalie Cole auf einer CD, die Beatrice ihm geschenkt hatte. Er hatte die CD seitdem immer wieder angehört, so dass er die Lieder dieser CD inzwischen automatisch mit Beatrice in Verbindung brachte.

Beatrice erkannte die Melodie sofort und drehte sich lächelnd um. Die Melodie war wie ein unsichtbares Band zwischen ihnen beiden. Clara fuhr unterdessen vorne weiter, ohne von dem unsichtbaren akustischen Band zwischen Felix und Beatrice etwas zu bemerken.

Sie machten zu dritt Rast auf einer Bank, von der man über die Hochwassermauer zum Rhein schauen und den vorbeifahrenden Schiffen zusehen konnte. Felix fühlte sich zwischen den beiden Frauen wohl. Er vermisste Dorothea überhaupt nicht. Als er wieder kurz an sie dachte und sich fragte, was sie jetzt wohl machen würde, sah er vor seinem geistigen Auge nur ihr vorwurfsvolles Gesicht, welches ihn strafend ansah. Da gab es keine Zärtlichkeit, keine Zuwendung, keine emotionale Nähe. Felix schob den kurzen Gedanken schnell beiseite. Er wollte sich die angenehmen Gefühle, die er in Gegenwart von Beatrice und Clara verspürte, nicht nehmen lassen.

Was machte ihn neben den zwei Frauen so glücklich und zufrieden? Er sah in lachende Gesichter. Er konnte mit ihnen sprechen. Sie hörten ihm zu und gaben ihm freundliche Antworten. Sie sprachen miteinander, und er konnte auch ihnen zuhören. Sie sprachen über Themen, die bei ihm zu Hause so gut wie nicht vorkamen, über Kunst, Literatur, internationale Begegnungen. Es tat ihm gut, an dieser Themenvielfalt teilnehmen zu können. Noch wichtiger war ihm aber die persönliche Wärme, die von beiden Frauen ausging. Er spürte sie intensiv und genoss sie mit all seinen Sinnen.

Nach der schönen, wenn auch nur kurzen Radtour machten sie sich gegen Abend wieder auf den Heimweg. Felix brachte zunächst die beiden Frauen zu ihren jeweiligen Wohnungen. Mit gemischten Gefühlen begab er sich anschließend selbst nach Hause, wo ihn seine Frau Dorothea mit der schnippischen Bemerkung empfing:

„Na, war's schön mit den zwei Frauen?"

„Ja, es war sehr schön", antwortete er kurz, ohne weitere Einzelheiten zu erzählen, an denen Dorothea nach seinem Empfinden ohnehin kein Interesse gehabt hätte.

So war die schöne Stimmung vom Nachmittag schlagartig verflogen. Felix spürte wieder eine Beklemmung in seiner Brust. Er wusste nicht, über was und wie er mit seiner Frau noch sprechen sollte. Schon bald ging er ins Bett und dachte mit Unbehagen an den nächsten Bürotag.

9 Skiurlaub in Österreich

April 2001

Die Stimmung zwischen Felix und Dorothea verschlechterte sich in dieser Zeit von Tag zu Tag. Einige Tage später fingen die Osterferien an, in denen Felix und Dorothea wie im Vorjahr in Österreich eine Woche Ski fahren wollten. Sie hatten in einem ihnen vertrauten Skigebiet, das sie wegen seiner Vielseitigkeit liebten, bereits im Vorjahr ein Apartment für sich vormerken lassen. Früh morgens brachen Felix und Dorothea im eigenen Auto auf, begleitet von ihrer Tochter Cecilia und deren Freundin Waltraud. Es sollte ihr letzter gemeinsamer Skiurlaub sein.

Bereits bei der Abfahrt kam es zum Eklat, weil Dorothea zu spät reisefertig war und sie deshalb zu spät am Zielort ankamen, um noch die letzte Gondel zum Apartment in den Bergen zu erreichen. Felix hatte sich über den verspäteten Aufbruch geärgert und hatte während der ganzen Hinfahrt schlechte Laune. Auch die Skitage mit Dorothea und den Kindern waren für ihn nicht das reinste Vergnügen. Eigentlich hatte er das Apartment für Dorothea und sich allein gebucht. Nun waren zusätzlich die beiden Kinder mit dabei, die sich zudem nachts über sein Schnarchen beklagten. Dorothea war mit während der gemeinsamen Tage unzufrieden, weil er sie gelegentlich allein auf der Piste fahren ließ, um auch mal ungehindert sein eigenes Tempo fahren zu können. Hinzu kam, dass er in Gedanken immer wieder bei Beatrice und Clara war, mit denen er jetzt viel lieber zusammen gewesen wäre.

Am Ende der Woche war Felix froh, dass die drei ohne ihn mit der Bahn nach Hause fuhren, weil er nach dem Pistenurlaub noch einige Tage mit seinem Bruder und John, einem Freund aus England, eine Skitour machen wollte. Felix hatte John ein Jahr vorher zufällig auf einer Alpenvereinshütte kennen gelernt und mit ihm auf Tourenskiern einen hohen Gipfel erklommen. Daraus hatte sich eine Freundschaft zwischen beiden entwickelt, die nun ihre Fortsetzung fand.

Nach der Skitour fuhr Felix nicht direkt nach Hause sondern unterbrach die Heimfahrt, um Beatrice zu treffen. Sie hatten miteinander telefoniert und sich in einem Hotel unterwegs verabredet, weil sie beide Sehnsucht aufeinander hatten. Sie verbrachten eine wunderbare Nacht miteinander.

10 Segeltörn in den Niederlanden

Juni 2010 / Mai 2001

Unruhig wälzt sich Felix in seinem Liegestuhl hin und her. Er atmet tief ein und aus. Sein Gehirn arbeitet heftig, während die Ereignisse des Jahres 2001 in seinem Kopf weiter in wilder Sequenz hin und her tanzen. Es scheint ihm im Rückblick, als ob jeder Tag in diesem Jahr für ihn von schicksalhafter Bedeutung gewesen war. Damals hatte er das nicht so wahrgenommen und empfunden. Was war in kurzer Folge nicht alles passiert?

Beruflich war er im höchsten Maße gefordert gewesen. Eine Dienstreise nach der anderen fand statt. Im Büro türmten sich die Akten und die Menge an E-Mails aus dem In- und Ausland nahm ständig zu. Er arbeitete auf internationaler Ebene und bekam regelmäßig unzählige Schreiben und lange Berichte auf Englisch, die jeweils eine schnelle Reaktion erforderten. Er hatte keinen Mitarbeiter, der Englisch verstand und ihm einen Teil dieser Arbeiten hätte abnehmen können. Sein neuer Vorgesetzter fand seine wiederholten Bitten um Abhilfe lästig und stellte sich taub. Zwei Jahre zuvor hatte Felix bereits einen Hörsturz erlitten, aber das war in Vergessenheit geraten.

Erschwerend für ihn waren in dieser Zeit die Konflikte, die er mit seiner Frau Dorothea hatte. Sie lehnte Beatrice zunehmend ab und machte Felix damit das Leben noch schwerer. In Beatrice hatte er seit seiner Kur eine Gesprächspartnerin gefunden, wie er sie sich schon immer gewünscht hatte: klug, gebildet, ihm zugewandt und voller neuer Ideen aus dem Bereich von Kunst und Kultur. Für diese Themen hatte Felix in den Jahren seiner intensiven Arbeiten für den Umweltschutz und für seine Familie mit drei Kindern nur wenig Zeit gehabt. Beatrice eröffnete ihm nun neue Perspektiven, von denen er sich wünschte, dass er sich ihnen in seinem Ruhestand in wenigen Jahren verstärkt widmen könnte.

Im Mai und Juni boten die Feiertage Christi Himmelfahrt, Pfingsten und Fronleichnam Möglichkeiten für gemeinsame Unternehmungen mit der Familie und mit Freunden. Über die Gestaltung dieser Tage entwickelten sich die nächsten Konflikte zwischen Felix und Dorothea. Es begann mit der Diskussion über eine mögliche Radtour an einem dieser Tage. Angeregt durch Felix und Dorothea hatte seit einigen Jahren eine schöne Tradition mit ihren Freuden entwickelt, diese Feiertage zu nutzen, um eine mehrtägige Radtour zu unternehmen.

Felix fühlte sich für die Gestaltung dieser Tradition verantwortlich und hatte am Ende des Vorjahres die Frage gestellt, ob die Radtour im Jahr 2001 wie in den Vorjahren über Christi Himmelfahrt oder über Fronleichnam stattfinden sollte. In beiden Fällen ergab sich dabei die Möglichkeit, mit dem Freitag als so genanntem Brückentag vier aufeinander folgende freie Tage für die Radtour zu haben, da die beiden Feiertage immer auf einen Donnerstag fallen. Überraschend leisteten ihre Freunde Helma und Rainer, ein befreundetes Lehrerehepaar, Widerstand. Beide reklamierten, dass sie weder an dem einen noch an dem anderen Termin freitags frei bekämen und deshalb die nächste Radtour lieber über Pfingsten unternehmen möchten. Das wiederum passte Felix überhaupt nicht, weil er in den Tagen vor Pfingsten dienstlich nach Italien fahren musste und erst am Freitagabend spät abends nach Hause zurückkommen würde. Außerdem wollte er lieber – wie bisher - eine vier- statt eine dreitägige Radtour unternehmen, weil sich dadurch allein wegen der langen An- und Abreise vielseitigere Möglichkeiten ergeben würden.

Helma und Rainer ließen jedoch nicht locker. Insbesondere Helma warf Felix vor, seine eigenen Interessen über die der

„Freunde" zu stellen. Als Lösung des Konflikts schlug sie eine allgemeine Abstimmung vor. Felix hielt dagegen, dass jeder seine eigenen Freizeitpläne machen könne wie er wolle und auch unabhängig von ihm zu Pfingsten eine eigene Radtour unternehmen könne. Die Abstimmung fand dennoch statt und nun geschah etwas Unerwartetes. Zu Felix' Entsetzen sprach sich seine Ehefrau Dorothea auch für den Pfingsttermin aus und damit gegen seine eigenen Pläne. Felix war damit isoliert und stand allein da mit seinen Wünschen. Diese Haltung von Dorothea empfand er als zutiefst unsolidarisch und war deshalb ziemlich wütend auf seine Frau.

Als Reaktion auf diese Abstimmungsniederlage plante Felix nun über Christi Himmelfahrt einen Segeltörn in den Niederlanden. Und über Fronleichnam wollte er nun gerne John, seinen englischen Skitourenfreund, in England besuchen. John war im Vorjahr bei ihm und Dorothea zu Gast gewesen waren und hatte sie beide damals zu einem Gegenbesuch zu sich nach England eingeladen. Beide Vorschläge unterbreitete er Dorothea. Sie zeigte an dem Segeltörn kein Interesse, wohl aber an der Fahrt nach England.

So kam es, dass Felix den Segeltörn in den Niederlanden ohne Dorothea unternahm. An diesem Törn nahmen stattdessen aber Beatrice, Clara und Klaus, ein guter Freund und ehemaliger Berufskollege von Felix, teil.

Zu viert machten sie sich also auf, um vier Tage auf dem Ijsselmeer und auf den Kanälen und Seen im angrenzenden Friesland zu segeln. Das Segelboot konnte Felix erst kurz vor dem Törn chartern, und weil die Auswahl nicht mehr sehr groß war, hatte er nur ein relativ kleines und enges Boot mieten können. Felix war der einzige in der Crew mit Segelerfahrungen.

Clara bekam aufgrund ihrer Behinderung die Kabine im Vorschiff allein zugewiesen. Die drei anderen mussten sich den Salon in der Schiffsmitte teilen, da es keine weiteren abgetrennten Kabinen gab. Klaus erhielt eine Koje, in die er sich wie in eine Röhre hinein schieben musste, so dass nur noch sein Kopf heraus ragte. Beatrice schlief auf dem absenkbaren Esstisch, der über Nacht mit den Sitzpolstern zugelegt wurde, während Felix auf der gegenüberliegenden Sitzbank seine Schlafstätte fand. Von diesem Platz konnte er ggf. schnell an Deck laufen, wenn mit dem Boot irgendetwas nicht in Ordnung sein würde.

Der Segeltörn begann in den Seen und Kanälen von Friesland, auf denen das Segeln weniger gefährlich ist als auf dem mitunter sehr stürmischen und berechenbaren Ijsselmeer. Sie begannen den Törn mit einigen Übungen, bei denen sich Clara als besonders geschickt erwies und schnell lernte. Beatrice dagegen hatte als Linkshändering mit verschiedenen Segelknoten immer wieder Probleme. Klaus spielte wie erwartet eine stabilisierende Rolle zwischen ihnen, weil er bereitwillig alles mitmachte und sich tatkräftig für die Gruppe einsetzte. Er litt allerdings unter dem knappen Platz auf dem Boot und sprach wiederholt von der „drangvollen Enge", was alle lustig fanden.

Am ersten Abend, nachdem der erste Segeltag glücklich überstanden war, präsentierten Clara und Beatrice ein lustiges Wortspiel mit Puppen, in deren Rollen sie schlüpften und sich gegenseitig Stichworte zuwarfen, die die andere jeweils aufgriff und zu neuen Gedankenspielen weiter entwickelte. Felix und Klaus waren dankbare Zuschauer und animierten die beiden Frauen zu immer neuen lustigen Ideen. So hatten alle ihren Spaß und es herrschte eine rundum glückliche und entspannte Atmosphäre im Bootsinneren, die alle als wohltuend und erfrischend empfanden. Felix fühlte sich wohl in dieser Gruppe.

Am nächsten Tag schien die Sonne, und sie segelten gemütlich durch die Kanäle und kleinen Seen in Friesland. Clara lag vorne auf dem Schiff und sonnte sich. Felix gesellte sich zu ihr, während Klaus und Beatrice im Cockpit beim Steuer blieben. Clara lag auf dem Bauch und Felix begann vorsichtig, ihren Rücken zu massieren. Ihr schien es zu gefallen und so setzte Felix seine kreisenden Bewegungen mit seinen Fingerspitzen vom Nacken über Rücken und Arme bis zu den Beinen fort. Clara schnurrte dabei wie eine Katze:

„Schön, mach weiter", sagte sie zu Felix, dem das Spiel nun auch immer mehr Gefallen bereitete. Clara kam Felix mit ihrem Körper fühlbar entgegen. Er setzte nun beide Hände ein und genoss es, wie Clara sich von ihm verwöhnen ließ.

Nach einiger Zeit bat Beatrice darum, ebenfalls von Felix massiert zu werden und kam zu den beiden auf das Vordeck. Clara räumte bereitwillig ihren Platz und so begann Felix nun auch Beatrice zu massieren, was ihm nicht weniger Vergnügen bereitete. Clara zog sich aber nun zurück und begann, in einem Buch zu lesen.

In der folgenden Nacht, als alle bereits in ihren Kojen schliefen, spürte Felix plötzlich jemand neben sich. Es war Beatrice, die sich von ihrem Schlafplatz auf dem Tisch zu ihm herüber gerollt hatte. Sie flüsterte ihm ins Ohr und sagte:

„Die Massage gestern war wunderbar, davon möchte ich gern noch mehr haben", gab ihm einen Kuss auf die Lippen und schmiegte sich eng an ihn. Felix schaute besorgt zu Klaus herüber, der aber weiter fest schlief. Er nahm Beatrice von hinten fest in den Arm und zog sie an sich. Sie legte eine seiner Hände auf ihren Busen, was er gerne geschehen ließ. So lagen sie lange ohne Bewegung nebeneinander. Felix fühlte sich in diesem Augenblick geborgen und glücklich.

Am nächsten Tag fuhren sie auf das Ijsselmeer. Der Wind hatte kräftig aufgefrischt und das Boot fuhr mit einer beträchtlichen Schräglage gegen die unruhige See, auf der bereits kleine Schaumkronen sichtbar waren. Das Boot wurde daher wie wild hin und her geworfen, stieg auf und ab, wobei es jedes Mal die Wellen durchschnitt und ein Wasserschwall vor vorne bis hinten über das Schiff rauschte. Von Gemütlichkeit war keine Spur mehr. Jetzt musste die Crew kämpfen, um gegen die Naturgewalten anzukommen.

Nach einiger Zeit fiel Felix auf, dass Clara ziemlich weiß im Gesicht war und sich offenbar nicht wohl fühlte.

„Mir ist schlecht und ich fühle mich seekrank", sagte sie, „lasst uns wieder zurückfahren."

Felix änderte sofort den Kurs und fuhr z zurück. Nach dem Passieren der Schleuse waren sie wieder im ruhigeren Fahrwasser der Kanäle. Dort erholte sich Clara recht schnell, aber sie wirkte nicht mehr so fröhlich, wie an den ersten beiden Tagen. Etwas war mit ihr geschehen, was nicht nur auf die unruhige See im Ijsselmeer zurück zu führen war.

In der folgenden, letzten Nacht dachte Felix über die Ereignisse des Tages nach. War es Clara auf dem Ijsselmeer vielleicht deshalb so schnell schlecht geworden, weil er am Vortrag Beatrice massiert hatte und mit dieser ebenso vertraut und nah umgegangen war wie mit ihr? Der Gedanke ließ ihn nicht mehr los, und er beschloss, in Zukunft den Umgang mit den beiden Frauen behutsamer und diskreter zu gestalten.

Wie bei der Radtour durch das Niederrheingebiet wenige Wochen zuvor, wurde Felix von Dorothea nach seiner Rückkehr zu Hause kühl und abweisend empfangen. Felix erinnerte sich an die Empfehlung der Psychotherapeutin in der Kur, nicht auf alles sofort zu reagieren, sondern die Dinge weiter geschehen zu lassen. Er hoffte aber weiter vergebens auf Dorotheas emotionale Zuneigung und Nähe.

Schon seit längerer Zeit schlief seine Frau in ihrem Arbeitszimmer, während Felix allein im Schlafzimmer im gemeinsamen

Ehebett übernachtete. Felix wäre gern wieder mit ihr intim geworden. Aber als er sie einmal zu sich einlud, lehnte sie seine Einladung ab:

„Das brauchst Du in Deinem Alter nicht mehr so oft."

Diese Worte verletzten ihn sehr und gravierten sich tief in sein Gedächtnis ein. Felix war zu diesem Zeitpunkt 56 Jahre alt und hatte schon seit Wochen nicht mehr mit ihr geschlafen. Er fühlte sich noch voll in seiner Manneskraft. Traurig schaute er sie an.

11 Radtour an der Ruhr

Juni 2001

Über Pfingsten sollte die am Jahresanfang gegen Felix' Wunsch beschlossene jährliche Radtour mit den Freunden stattfinden. Helma und Rainer, das Lehrerehepaar, welches auf den Pfingsttermin bestanden hatte, hatten anstelle von Felix die Vorbereitung in die Hand genommen und eine Radtour entlang der Ruhr vorgeschlagen.

Mit der Ruhr als Radfahrstrecke war Felix durchaus einverstanden gewesen, nicht aber mit dem Termin über Pfingsten. Er war gegen diesen Termin gewesen, weil für die Tour selbst nur drei Tage zur Verfügung standen und er erst am Freitagabend vor Pfingsten - kurz vor Beginn der Tour - von einer mehrtägigen Dienstreise nach Italien zurückkommen würde. Felix hatte seiner Frau Dorothea am Anfang des Jahres sehr übel genommen, dass sie ihn nicht bei seinem Terminwunsch unterstützt und sich stattdessen bei der Terminabstimmung den Freunden angeschlossen hatte. Das hatte er als Mangel an Solidarität ihm gegenüber empfunden.

Über die Radtour hatte Felix auch Clara unterrichtet, die Interesse zeigte, ebenfalls mit daran teilzunehmen. Dorothea war damit einverstanden gewesen. Zur Vereinfachung der organisatorischen Abwicklung übernachtete Clara in der Nacht vor der Abreise bei ihnen zu Hause.

Die Wetterprognosen für den Samstag, dem Beginn der Tour, waren schlecht. Kräftiger Regen war angekündigt. Morgens wollten Dorothea, Clara und Felix deshalb zunächst ausgiebig frühstücken, weil sie davon ausgingen, dass die anderen Teilnehmer es angesichts des schlechten Wetters auch nicht besonders eilig haben würden.

Während sie so zu dritt frühstückten, standen die übrigen Mitfahrer doch plötzlich vor der Tür und drängten auf Aufbruch. Felix verwies auf das schlechte Wetter und bat die Radfahrfreunde, in Ruhe ihr Frühstück beenden zu dürfen.

„Wir sind aber bereits alle fertig und wollen nun endlich losfahren", reklamierte Helma entschieden und ungeduldig, wobei sie von den anderen Mitfahrern unterstützt wurde.

„Ich bin gestern Abend erst spät von einer Dienstreise zurückgekommen und habe nur wenig geschlafen", versuchte Felix noch geltend zu machen, merkte aber schnell, dass es zwecklos war. Auch Dorothea und Clara unterstützten ihn nicht, sondern standen auf, um sich reisefertig zu machen. So blieb ihm schließlich nichts anderes übrig, als ihnen widerwillig zu folgen.

Sie ließen das Frühstück so stehen, wie es war und baten Cecilia, Felix' jüngste Tochter, die inzwischen dazu gekommen war, den Tisch für sie abzuräumen. In Eile wurden die letzten Sachen in die Radtaschen verstaut. Währenddessen luden die Freunde ihre Räder in den von einem der Teilnehmer freundlicherweise bereitgestellten Transportwagen. Dann verteilten sie sich auf die verschiedenen Personenwagen und fuhren bei strömendem Regen los.

Nach gut einer Stunde hatte die Autokarawane den Ausgangspunkt der Tour an der Ruhr erreicht. Der Regen hatte noch weiter zugenommen. Die Räder und das übrige Gepäck wurden ausgeladen und die Radtaschen auf die Räder befestigt. Felix holte als Erstes seine Regenkleidung aus den Taschen, zog sie an und wartete auf den Aufbruch zur Radtour, als sich zu seiner Überraschung Helma, die am meisten auf den Aufbruch gedrängt hatte, in ihrer bekannt heftigen Art äußerte:

„Bei dem Regen fahre ich nicht los. Ich suche jetzt erst mal ein Restaurant, um eine Tasse Kaffee zu trinken und den Regen dort abzuwarten."

Felix glaubte seinen Ohren nicht zu trauen und reagierte gereizt zurück:

„Warum konnten wir dann nicht unser Frühstück zu Hause in aller Ruhe zu Ende essen? Das Wetter dort war genauso schlecht wie jetzt hier. Gegen Regen haben wir doch alle Regenkleidung mit. Also lasst uns jetzt los fahren."

Helma ließ sich nicht umstimmen und begann, nach einem Restaurant zu suchen. Zu dieser frühen Morgenstunde waren aber noch alle Restaurants geschlossen. Nach einer halben Stunde vergebenen Suchens gab sie endlich auf und machte sich ebenfalls reisefertig. So begann die Tour schließlich bei strömendem Regen. Auch in den nächsten Tagen regnete es immer wieder heftig, so dass sie laufend ihre Regenkleidung an- und ausziehen mussten. Im Laufe der Zeit nahmen es alle mit Humor und die Stimmung wurde ein wenig fröhlicher.

Felix fuhr über lange Strecken wie geistesabwesend mit. Er hatte mit dem schlechten Wetter kein Problem, weil er seit Jahren gewohnt war, bei Wind und Wetter mit dem Fahrrad zum Büro zu fahren. Aber jetzt fühlte er sich nicht wohl. Während der Tour mied er so weit wie möglich den direkten Kontakt zu Dorothea, von der er sich verraten fühlte, ebenso zu Helma, die ihm mit ihrer eigenwilligen Art und schrillen Stimme inzwischen ziemlich auf die Nerven ging. Lieber gesellte er sich zu Clara als Gesprächspartnerin, die ohne Murren mitfuhr und der das schlechte Wetter ebenfalls wenig ausmachte, weil auch sie stets bei Wind und Wetter mit dem Fahrrad zum Büro fuhr und alle ihre Besorgungen auf diese Weise erledigte, weil sie kein Auto besaß.

Die gemeinsamen Nächte mit Dorothea im selben Hotelzimmer wurden für Felix zur Qual. Sie hatten sich nichts zu sagen. Schweigend bezogen sie das Zimmer, schweigend zogen sie ihre nassen Regensachen aus und hängten sie zum Trocknen auf, und schweigend legten sie sich zum Schlafen nieder, ohne sich gegenseitig gute Nacht zu wünschen. Bei den gemeinsamen Essen saßen sie getrennt. Einmal saß Dorothea dabei unter dem Schild des Restaurants mit dem Namen „Saustall". Felix fand das in dieser Situation sehr passend und musste über die Komik in diesem Augenblick innerlich lachen. Insgesamt aber wurmte ihn die ganze Konstellation, in der er sich gefangen fühlte.

Am Ende der Tour zog sich die Rückreise der Gruppe in einem Café bei Kaffee und Kuchen ausgiebig in die Länge. Felix wurde zunehmend ungeduldig und drängte auf baldigen Aufbruch, da zu Hause aufgrund seiner langen Abwesenheit noch viel unerledigte Post wartete. Die Freunde und auch Dorothea ließen sich davon nicht beirren und machten es sich weiter gemütlich. Frustriert verließ er schließlich das Lokal und ging zu einer Fernsprechkabine in der Nähe. Von dort rief er Beatrice an und berichtete ihr über seine Lage. Sie tröstete ihn mit den Worten:

„Ich freue mich, Dich bald wieder zu sehen."

Gedankenverloren ging er zu der Gruppe zurück und wartete schweigend auf den Aufbruch. Niemand hatte seine Abwesenheit registriert.

Einige Tage später überraschte Beatrice Felix mit den Worten:

„Ich habe mich von Norbert getrennt."

Bei dieser Nachricht lief es Felix kalt und heiß den Rücken herunter. Was bedeutete das für ihn und seine Beziehung zu Beatrice? Was bedeutete das für seine Ehe mit Dorothea? Er spürte instinktiv, dass sich jetzt etwas grundlegend verändern würde. Wie sollte er damit umgehen? Er wusste in diesem Augenblick keine Antwort und schaute Beatrice etwas ratlos und gedankenverloren an.

12 Besuch bei Freunden in England

Juni 2001

Der missratene Skiurlaub über Ostern und die ebenso missratene Radtour an der Ruhr über Pfingsten steckten Felix noch in den Knochen, als bereits zehn Tage später das nächste besondere Ereignis anstand. Er flog mit Dorothea nach England, um dort John, mit dem er zuletzt im Anschluss an den Skiurlaub die Skitour in den Ötztaler Alpen gemacht hatte, und dessen Ehefrau Jean zu besuchen. Jean und John waren im Herbst des Vorjahrs für einige Tage zu ihnen nach Deutschland gekommen, hatten bei ihnen zu Hause gewohnt und von dort die nähere und weitere Umgebung erkundet. Dorothea hatte ihnen dazu großzügig ihr Auto überlassen.

Jean und John hatten sie auch sofort zu einem Gegenbesuch zu sich nach Hause in England eingeladen. Diese Fahrt fand nun an den vier freien Tagen über Fronleichnam statt, an denen Felix ursprünglich die jährliche Fahrradtour durchführen wollte. Felix und Dorothea flogen nach London, wo John sie mit seinem Wagen am Flughafen abholte.

John und Jean wohnten an der Südküste Englands in einem schmucken Einfamilienhaus mit einem wunderschönen englischen Garten mit vielen bunten Blumen und einem kleinen Teich in der Mitte. Das Haus war nicht nur von innen und außen sehr hübsch anzusehen sondern darüber hinaus auch mit vielen praktischen Raffinessen ausgestattet, die John als Ingenieur dort selbst installiert hatte. Felix und Dorothea erhielten ein großes französisches Doppelbett zugewiesen.

Durch das abwechslungsreiche Sightseeing- und Besuchsprogramm, welches John für Dorothea und Felix vorbereitet hatte, waren sie voneinander abgelenkt und brauchten sich nur wenig umeinander zu kümmern. Jean war wie Dorothea Lehrerin, und so hatten die beiden Frauen reichlich Gesprächsstoff miteinander, obwohl Dorothea nur wenig Englisch sprach. Felix war mit seinem Skipartner John und dessen Freunden ebenfalls gut beschäftigt, von denen sich viele für ihn als Gesprächspartner aus Deutschland sehr interessierten. Felix war überrascht von dem eingeengten Bild der Engländer von den Deutschen, welches immer noch sehr stark von den Erinnerungen an Nazideutschland geprägt war. Er sah in seinem Besuch aber eine gute Chance, durch sein persönliches Auftreten ein anderes Bild vom heutigen Deutschland zu vermitteln.

In der Kathedrale von Arundel bewunderten sie den riesigen Blumenteppich, der dort jährlich zu Fronleichnam jeweils mit verschieden Bibelmotiven ausgelegt wird, diesmal zum Thema Verwandlung von Wasser zu Wein. Auf der Isle of Wright besuchten sie das berühmte Osborne House mit seinem weitläufigen Garten und den hochherrschaftlichen Zimmern, in dem Königin Victoria gelebt hatte. Sie staunten über das Schlafzimmer der Königin, ihr Esszimmer mit seinem Aufzug zur Küche und ihren verschiedenen Aufenthaltsräumen, alle im Originalzustand aus dem 19. Jahrhundert. Sie besuchten zusammen den Hafen von Plymouth, wo es historisch-majestätische Segelschiffe mit mehreren Masten zu bewundern gab, darunter die „Warrier", das erste Schiff mit Außenpanzerung, oder die „Victory", das berühmte Admiralsschiff von Nelson aus der Schlacht von Trafalgar. In einem Kriegshafen in Gosport konnten sie in ein U-Boot aus dem zweiten Weltkrieg steigen und eine simulierte Unterwasserattacke mit deutschen Torpedos in dem engen Schiffsbauch miterleben, die ihnen recht drastisch vermittelte, wie es sich anfühlt, in einem Sarg eingeschlossen zu sein.

All diese schönen Erlebnisse vermochten aber nicht, die bereits über Wochen angespannte Stimmung zwischen Felix und Dorothea aufzulockern.

Jedes Mal, wenn sie sich nachts in dem breiten französischen Bett mit einer gemeinsamen großen Bettdecke zur Ruhe legten, drehte sich Felix an den äußersten Rand des Bettes, möglichst weit weg von Dorothea. Einmal startete sie mit ihren Zehen einen zaghaften Versuch, sich Felix zu nähern. Er aber war nicht imstande, darauf einzugehen und ignorierte ihr Bemühen. Dorothea war ihm fremd geworden. Vielleicht wäre alles anders gekommen, wenn er sich auf diesen Annäherungsversuch eingelassen hätte.

Ein klärendes Gespräch zwischen ihnen fand nicht statt. Das lag nicht nur an Dorothea, sondern auch an Felix. Keiner von ihnen ergriff dazu die Initiative. So blieb ihr Konflikt, den sie miteinander hatten, unausgesprochen und fand seinen Ausdruck nur in ihrem auf Distanz ausgerichteten Verhalten. Außenstehenden blieb das verborgen, weil sie sich in Gegenwart anderer durchaus freundlich miteinander und mit ihren jeweiligen Gesprächspartnern unterhielten. Ihre Unfähigkeit, über ihr Beziehungsproblem miteinander zu sprechen, wirkte aber wie ein schleichendes Gift, das ihre Beziehung von Tag zu Tag immer mehr zerstörte.

Es waren merkwürdige vier Tage, die sie so zusammen in England verbrachten. Sie hatten wunderbare Gastgeber, trafen auf freundliche Personen, die sich für sie als Deutsche interessierten, hatten dank John ein anregendes Touristenprogramm, und lebten doch während der ganzen Zeit isoliert nebeneinander.

Dieses Getrennt-von-einander-sein setzte sich unfreiwillig auch beim Rückflug nach Deutschland fort. Beim Einchecken gab es keine nebeneinander liegenden Sitzplätze mehr. So mussten sie im Flugzeug hintereinander sitzen. Sie waren bereits als zwei Einzelpersonen nach England gekommen, und sie flogen auch als zwei Einzelpersonen und nicht als Paar wieder zurück nach Deutschland.

Bis zu den Sommerferien im Juli waren es nur noch wenige Wochen. Bis dahin hatte Felix noch etliche dienstliche Verpflichtungen zu erfüllen, die er sehr ernst nahm, darunter eine Dienstreise nach Seoul, der Hauptstadt Südkoreas. Er sollte dort als Vertreter Deutschlands an einem OECD-Treffen teilnehmen, eine Aufgabe, die Felix als besondere Herausforderung empfand, zumal er noch nie vorher in einem ostasiatischen Land gewesen war. Ein Gespräch zwischen ihm und Dorothea über das in England gemeinsam Erlebte fand allein aus Zeitmangel nicht mehr statt. Felix hätte daran allerdings auch kein besonderes Interesse gehabt, weil nach seiner Erfahrung solche Gespräche nur zu neuen Konflikten führten. So entwickelten die Ereignisse dieser Tage erneut eine Eigendynamik, auf die weder Felix noch Dorothea aktiv Einfluss nahmen.

In Korea wurde Felix regelmäßig abends von Beatrice angerufen, die sich von Norbert zwar förmlich getrennt hatte, aber weiter mit ihm im selben Haus wohnte. Das Gespräch endete stets mit den Worten von Beatrice: „Ich liebe Dich." Felix stimmte dieses Bekenntnis einerseits unruhig, weil er nicht wusste, wie er es in sein Leben einordnen sollte, andererseits genoss er die emotionale Zuwendung von Beatrice als Frau, die er bei Dorothea in all den Jahren vermisst hatte.

Seine Frau Dorothea rief ihn während seines Aufenthaltes in Seoul nicht ein einziges Mal an, und auch Felix rief sie nicht an. Er vermisste ihren Anruf auch nicht. Nur einmal rief ihn seine Tochter Katharina an, die für eine Party im Haus nach dem Grillzubehör suchte und ihn fragte, wo sie es finden könnte. Das war der einzige Kontakt mit seiner Familie, während Felix in Seoul weilte.

13 Fahrt nach Südtirol

Juni 2010 / Juli 2001

Während Felix in seinem Garten liegt und über seine missglückte Beziehung zu Dorothea nachdenkt, rückt diese Urlaubsfahrt im Juli nach Südtirol in den Mittelpunkt seiner träumerischen Betrachtungen. Schlagartig wird ihm auf einmal bewusst, dass diese Fahrt wohl das entscheidende Ereignis war, der „point of no return", der das eigentliche Chaos auslöste, das sein Leben verändern sollte. „Lassen Sie doch mal mehr Chaos in Ihrem Leben zu!" hatte ihm seine sympathische Psychotherapeutin in seiner Kur im Januar empfohlen. Das Chaos kam schneller als erwartet.

Wie jedes Jahr hatte Felix auch im Jahr 2001 schon früh begonnen, seinen Sommerurlaub zu planen. Er musste das mit Rücksicht auf die Kolleginnen und Kollegen im Büro immer bereits am Anfang des Jahres machen, um zu vermeiden, dass mehrere Kollegen gleichzeitig in Urlaub gingen. Meistens wollte er in eine Gegend fahren, wo er und Dorothea bislang noch nicht gewesen waren und die sich von den Urlauben der Jahre vorher unterschied. Für diesen Sommerurlaub hatte er sich mit Dorothea auf eine Radtour durch Südtirol geeinigt. In Südtirol waren sie zuletzt Anfang der 70er Jahre, am Anfang ihrer Beziehung, gewesen. Die Mischung von Bergen, Seen und Weinanbau, insbesondere auch die Nähe zum Mittelmeer und das milde Klima dort hatten ihnen beiden sehr gut gefallen, und Felix hatte sogar in Erwägung gezogen, sich nach seinem Ruhestand dort dauerhaft anzusiedeln.

Er hatte wie immer alles sorgfältig vorgeplant, Kartenmaterial von Südtirol besorgt und eine interessante Fahrradroute ausgearbeitet, auf die er sich lange im Voraus freute. Je näher aber der Termin der Tour rückte, desto mehr nahm Felix' Vorfreude ab.

Zuviel war in den letzten Monaten in seinem Verhältnis zu Dorothea passiert, was ihm die Freude auf weitere gemeinsame Erlebnisse mir ihr geraubt hatte. Ihr Streit zu Karneval, der missratene Skiurlaub, die missratene Radtour an der Ruhr, ihre Spannungen bei ihrem Englandurlaub, ihre chronisch schlechte Stimmung seit Monaten. Beruflich war er ausgepowert. Trotz der Kur im Januar brauchte dringend wieder Erholung.

Einige Tage vor Beginn seines Urlaubs teilte Felix seiner Frau Dorothea seinen Entschluss mit, diesmal nicht mit ihr zusammen in den Urlaub fahren zu wollen. Er brauche die Zeit für sich, um sich zu erholen und zur Besinnung zu kommen. Dorothea akzeptierte seinen Wunsch. Am Vorabend der Abfahrt gingen sie zusammen in ein Restaurant, um gemeinsam zu Abend zu essen. Es war ein harmonischer Abschied.

Am nächsten Morgen fuhr Felix allein mit seinem Wagen davon. Er verabschiedete sich von Dorothea mit einer freundlichen Umarmung. Sein Ziel war Südtirol.

Seine erste Station war aber zunächst der Hauptbahnhof in seiner Stadt. Dort hatte er sich mit Beatrice verabredet, die mit dem Zug aus ihrem Heimatort kam. Als Beatrice von Felix einige Zeit vorher erfahren hatte, dass er allein nach Südtirol fahren wolle, hatte sie ihn gefragt, ob er sie bis München mitnehmen könne, weil sie sich dort zur Vorbereitung ihrer anstehenden mündlichen Doktorprüfung im Lehnbachhaus einige expressionistische Bilder ansehen möchte. Sie hatte gerade wenige Wochen vorher ihre schriftliche Doktorarbeit als Kunsthistorikerin eingereicht.

Felix hatte sofort zugestimmt. Er war gern mit Beatrice zusammen, und sie würde ihm helfen, seine düstere Stimmung wegen seiner schlechten Beziehung zu Dorothea aufzuhellen.

Die gemeinsame Fahrt nach München verging wie im Fluge. Sie unterhielten sich ununterbrochen und sprachen dabei überwiegend über die Erfahrungen in ihren jeweiligen Partnerschaften, mit denen beide unglücklich waren.

„Bei Norbert fühle ich mich wie in einem goldenen Käfig", klagte Beatrice. „Seitdem er bei seiner Firma bis zur Leitungsebene aufgestiegen ist, behandelt mich nicht mehr als vollwertigen, gleichberechtigten Partner sondern wie sein Anhängsel, mit dem er sich bei öffentlichen Auftritten oder Treffen mit Kollegen schmückt. Die Erziehung unserer beiden Kinder, Susanne, Norberts Tochter aus erster Ehe, und Ulrich, unser gemeinsamer Sohn, hat er nahezu vollständig mir überlassen. Ich war erst etwas über 20 Jahre alt, als ich Norbert, der 15 Jahre älter ist als ich, geheiratet habe. Er brachte seine damals vierjährige Tochter Susanne mit in die Ehe. Susannes leibliche Mutter hat sich schon früh von Norbert scheiden lassen und ihm das Kind allein überlassen. Susanne wurde daraufhin zunächst überwiegend von ihren kranken Großeltern, die aber genügend eigene Probleme hatten, groß gezogen. -

Als Susanne mit vier Jahren in meine Obhut kam, war sie psychisch gestört. Ich war jung und in Kindererziehungsfragen unerfahren und musste deshalb meinen Beruf als Medizinisch-Technische Assistentin aufgeben, um mich ganz dem Kind widmen zu können. Ich habe es wie mein eigenes Kind behandelt. Später musste ich auch noch die alte und kranke Mutter von Norbert bis zu ihrem Tode pflegen. Ich wurde weder bei der Erziehung von Susanne noch bei der Pflege von Norberts Mutter von ihm unterstützt. Bei der Geburt unseres Sohnes Ulrich, die mit schweren Komplikationen verbunden gewesen war, war ich völlig allein. Als mein Mann seinen Sohn zum ersten Mal sah, waren seine ersten Worte: „Das ist nicht sehr überzeugend." Das hat mich sehr gekränkt. Ich fühle die Kränkung bis heute. Später, als ich wieder berufstätig werden wollte, wurde ich von Norbert daran gehindert mit den Worten: „Ein Verdiener in der Familie ist genug." Dadurch bin ich jetzt wirtschaftlich vollständig in seine Abhängigkeit geraten. Ich leide darunter, zumal sich Norbert mir gegenüber nicht partnerschaftlich sondern eher patriarchalisch verhält. Während der Jahre der Erziehung meiner Kinder habe ich in einem Abendgymnasium das Abitur nachgemacht und später Kunsthistorie studiert. In den USA habe ich später auch noch den Mastergrad erworben. Jetzt stehe ich kurz vor meiner Promotion. Ich hoffe, damit vielleicht doch noch einmal wirtschaftlich auf eigene Füße zu kommen."

Felix hörte Beatrice aufmerksam zu.

„Ich kann gut verstehen, warum du in deiner Ehe unzufrieden bist. Mir geht es ähnlich wie dir. Allerdings liegt die Ursache für meine Unzufriedenheit woanders. Sie geht im Grunde zurück auf die Anfänge meiner Ehe mit Dorothea."

„Was ist denn damals Schlimmes passiert?", fragte Beatrice interessiert. „Ihr habt euch doch sicherlich auch mal gern gehabt und freiwillig geheiratet?"

„Ja, das stimmt im Großen und Ganzen", erwiderte Felix ein wenig zögernd. „Aber im Grunde war doch von Anfang an der Wurm in unserer Ehe. Dorothea war eigentlich nicht meine Traumfrau, aber wir hatten vor unserer Hochzeit bereits seit drei Jahren eine Beziehung und hatten uns aneinander gewöhnt. So hatte ich ihr vor ca. 40 Jahren einen Heiratsantrag gemacht. Sie hatte den Antrag gleich angenommen und ohne große Vorbereitung waren wir beim nächst möglichen Termin zum Standesamt gegangen. Unsere Eltern und Verwandten hatten wir erst nach der Hochzeit informiert. Die kirchliche Trauung zusammen mit den Familienangehörigen fand aber einige Monate später im Beisein der Familienangehörigen statt. -

Ich war damals noch mit meiner Promotion an der Uni beschäftigt, während Dorothea nach dem 1. Staatsexamen bereits als Grundschullehrerein in den Schuldienst eingetreten war und nun in einer anderen Stadt arbeitete. Von da an sahen wir uns nur noch an Wochenenden. -

Obwohl wir uns bereits in den drei Jahren unserer Beziehung immer wieder gestritten hatten, hatte ich damals gedacht, dass wir uns im Laufe der Jahre weiter aufeinander zu bewegen würden. Das war aber ein verhängnisvoller Irrtum, wie sich zeigen sollte."

„Du machst mich neugierig. Was ist denn von Anfang an in eurer Ehe schief gelaufen?", fragte Beatrice interessiert.

„Das will ich dir gern erklären. Schon wenige Monate nach unserer Hochzeit, Anfang 1974, wurde Dorothea für mich völlig überraschend schwanger. Ich erinnere mich noch gut, wie sie mir versichert hatte, es könne nichts passieren. -

Ich hatte Anfang der 70er Jahre zwar meine Promotion, aber noch nicht meine Ausbildung vollständig abgeschlossen. Nach der Promotion habe ich noch in den Niederlanden mit einem Stipendium ein einjähriges Zusatzstudium in Umweltwissenschaften und -technologie angeschlossen, um mich für dieses damals völlig neue Aufgabenfeld, für das ich mich sehr interessierte, zusätzlich zu qualifizieren. In dieser Zeit war Dorothea mit meiner Einwilligung zu mir gezogen. Sie hatte nach dem ersten Berufsjahr ihren Schuldienst gekündigt und war zu mir gezogen in der Absicht, an einer deutschen Schule in den Niederlanden weiter zu unterrichten. Daraus wurde aber nichts. Stattdessen lebte sie mit von meinem Stipendium für das Zusatzstudium. Ihr Argument für die Aufgabe der Lehrerstelle in Deutschland war gewesen, dass wir sonst möglicherweise in verschiedenen Städten leben würden, wenn ich nach Beendigung des Zusatzstudiums meine erste Arbeitsstelle antrat. Sie wollte lieber erst abwarten, wo ich meine erste Arbeitsstelle finden würde, um sich dann dort erneut um eine Lehrerstelle zu bewerben. -

Ein weiterer Grund für die Aufgabe ihrer Lehrerstelle war gewesen, dass wir beide nach Beendigung meines langjährigen Studiums zunächst zusammen eine mehrwöchige Rundreise durch Europa bis zur Türkei machen wollten, bevor ich meine Berufslaufbahn begann. Die Türkei war Anfang der 70er Jahre noch ein Geheimtipp für Fernreisen. Um diese Reise zu ermöglichen, durfte Dorothea nicht vertraglich an eine Schule gebunden sein. -

Ich hatte Dorothea gerade auch deshalb geheiratet, weil ihr Lehrerberuf aus meiner Sicht die beste Voraussetzung bot, Beruf und Kindererziehung miteinander in Einklang zu bringen. Alleinverdiener zu sein entsprach nicht meiner Vorstellung von einer modernen Ehe. Nach jahrelanger Ausbildung hielt ich es für vernünftig, dass beide Ehepartner zunächst einige Jahre beruflich aktiv sein sollten, um eine gemeinsame Zukunft aufzubauen, bevor sie Kinder bekamen. Ich wollte sehr gerne Kinder haben, aber erst dann, wenn wir uns eine wirtschaftliche Basis und ein gemeinsames Zuhause geschaffen hatten. -

Besonders fatal war es aber, dass ich bereits nach einigen Wochen des Zusammenlebens mit Dorothea festgestellt hatte, dass wir doch nicht gut zusammen passten, wie ich es erwartet hatte. Wir stammten aus unterschiedlichen familiären Verhältnissen, ich aus einer bürgerlichen Familie und Dorothea aus einer kleinbäuerlichen Familie, in der andere Prioritäten galten als in meiner Familie. So begannen wir uns schon bald an vielen Kleinigkeiten des täglichen Zusammenlebens zu reiben. -

Nachdem Dorothea ihren Lehrerdienst aufgegeben hatte, um zu mir in meine Studentenwohnung in den Niederlanden zu ziehen, war sie zunächst zum Skifahren in die Schweiz gefahren, während ich mit meinem Zusatzstudium über Umweltschutz gut beschäftigt war. In ihrer Abwesenheit dachte ich aber ernsthaft darüber nach, mich von Dorothea wieder zu trennen. -

Als ich mich gerade dazu durchgerungen hatte, Dorothea diese Absicht nach ihrer Rückkehr mitzuteilen, rief sie mich aus der Schweiz an. Mit freudiger Stimme sagte sie:

‚Hallo, Felix, ich habe eine Überraschung.'

‚Was ist passiert? Deine Stimme klingt so fröhlich.'

‚Ich bin schwanger. Was sagst Du dazu?'

Ich war in diesem Moment zuerst völlig sprachlos. Mit allem hatte ich gerechnet, nur damit nicht. Ich brauchte einige Sekunden, um meine Fassung wieder zu finden. Schließlich bemühte ich mich, einige Worte, wie sie wohl von einem angehenden Vater zu erwarten waren, zu sagen:

‚Ja, …..das ist, .. ja, das ist ja wirklich eine tolle Überraschung. Ich bin ganz sprachlos und weiß gar nicht, was ich jetzt sagen soll', stammelte ich etwas unbeholfen.

‚Freust Du Dich denn gar nicht?'

‚Ja, doch, es kommt nur alles so überraschend und plötzlich. Wie geht es Dir denn jetzt?'

‚Gut. Das Skifahren macht mir Spaß. Jetzt freue ich mich aber noch mehr, wenn ich bald wieder zurück fahren kann, um bei Dir zu sein.'

‚Ja, ich freue mich auch auf Deine Rückkehr', antwortete ich entgegen meiner Stimmung. Ich fühlte sich wie in einem Trancezustand. Meine Gefühle und Gedanken signalisierten mir eigentlich etwas ganz anderes. -

Dieser Anruf und meine weitere Reaktion auf Dorotheas Schwangerschaft war sicher eine Schlüsselszene für unsere gesamte weitere Ehezeit. Ich hatte mich eigentlich darauf verlassen, dass Dorothea nicht schwanger werden würde, solange ich mich noch in der Ausbildung befand. Und nun war es doch passiert, was nach meiner Vorstellungen nicht hätte passieren dürfen. -

Ich bin aber kein Mensch, der sich vor Verantwortung drückte. Ich sah mich nun in der Pflicht gegenüber Dorothea und dem ungeborenen Kind, meinem Kind. Ich konnte es lange nicht fassen, dass ich nun Vater werden sollte. Dieser Verantwortung konnte und wollte ich mich nicht entziehen, auch wenn mir die neue Situation überhaupt nicht schmeckte, da sie meinen Lebensplan unzeitgemäß durchkreuzte und nun unmöglich machte. -

Ich stellte mich also - wenn auch zunächst mit einem gewissen Widerwillen - der neuen Aufgabe, zeitgleich meine erste Berufsstelle anzutreten und Vater zu werden. Meine zunächst beabsichtigte Trennung von Dorothea war fortan kein Thema mehr. -

In den folgenden Jahren dachte ich allerdings immer wieder an diesen Anruf und meine Reaktion darauf, vor allem wenn es in meiner Ehe knirschte. Ich fragte mich dann mit einem gewissen Selbstvorwurf, warum ich meinem Vorhaben, mich von Dorothea zu trennen, nicht treu geblieben bin."

Felix seufzte hörbar. „Was war ich doch damals für ein Esel", ergänzte er und unterbrach seinen Redefluss.

Beatrice streichelte behutsam seinen Hinterkopf.

„Ich kann deinen Ärger und deine Enttäuschung gut verstehen. Ich nehme an, dass die ganze Entwicklung von Dorothea bewusst so gesteuert wurde. Was Schwangerschaften angeht, so haben Frauen gegenüber Männern oft ein leichtes Spiel. Du warst doch eine super Partie für sie, um sich aus ihrer kleinbäuerlichen Herkunft zu befreien."

Beatrice wartete geduldig auf die Fortsetzung von Felix' Lebensgeschichte. Es dauerte eine Weile, bis Felix sich wieder gefangen hatte.

„Die weitere Entwicklung lief dann so, wie es die Situation erforderte, ohne weiteren Handlungsspielraum für mich. Die geplante Türkeireise wurde gestrichen. Ich bemühte mich zeitgleich zu meinem Zusatzstudium um eine erste Arbeitsstelle, die ich dann auch fand und unmittelbar nach dem erfolgreichen Abschluss des Zusatzstudiums antrat. Zwei Wochen später wurde unsere Tochter Daniela geboren. -

Entgegen meiner Erwartung entschied sich Dorothea als junge Mutter nun leider, den Schuldienst als ganz Lehrerin aufzugeben, um sich ungestört der Aufziehung unseres Kindes zu widmen. Sie würde sich sonst als Rabenmutter fühlen, wenn sie der Betreuung ihrer Kinder gegenüber einer beruflichen Karriere nicht den Vorrang gab, sagte sie. Diese Haltung war Anfang der 70er Jahre unter Frauen noch weit verbreitet. Meine Schwester Doris, die selbst Lehrerin war, empfahl ihr zwar dringend, ihre Stelle als Lehrerin mit der Aussicht zur Verbeamtung nicht aufzugeben, weil damit doch viele Vergünstigungen wie bezahlter Mutterschaftsurlaub und eine Altersversorgung verbunden seien. Doris selbst war gleichzeitig Mutter und Lehrerin und demonstrierte, wie sie beides gut miteinander in Einklang bringen konnte. -

Dorothea blieb aber bei ihrer Entscheidung, nicht in den Lehrerdienst zurückzukehren und sich ganz der Kindesbetreuung zu widmen. Da ich dieses Familienmodell - Vater arbeitet und Mutter bleibt zu Hause bei den Kindern - im Grunde von meinen Eltern her gewohnt war, habe ich ihre Entscheidung schließlich akzeptiert, wenn auch widerstrebend. -

Meine Lebensplanung und Erwartung an meine Ehe wurden durch die ungeplante Schwangerschaft von Dorothea jäh durchkreuzt. Ich fühlte mich mit einem Male in einer Zwangslage, die mir von außen übergestülpt worden war. Außerdem war ich auf die doppelte Aufgabe - meine Berufslaufbahn zu beginnen und gleichzeitig ein Kind groß zu ziehen - innerlich noch nicht vorbereitet. -

Es blieb dann nicht bei dieser einen Tochter. Im Abstand von nur 16 Monaten wurde die zweite Tochter Katharina geboren, und schließlich – nach weiteren sieben Jahren – kam auch noch Cecilia als dritte Tochter hinzu. -

Ich akzeptierte und liebte alle meine Töchter. Gleichzeitig sah ich in meinem Beruf im Umweltschutz eine wichtige Lebensaufgabe, da ich als Insider inzwischen sehr konkrete Vorstellungen von der Gefährdung unserer Lebensgrundlagen hatte. Ich fühlte mich aufgrund meiner umfassenden Ausbildung zeitweise sogar in der Verantwortung als Retter der Menschheit. Trotz meiner starken beruflichen Belastungen bemühte ich mich stets, meinen Kindern ein guter Vater zu sein. Die Hauptaufgabe der Betreuung und Erziehung der drei Kinder lag aber naturgemäß bei Dorothea, die sich nun fast 20 Jahre lang überwiegend ihrer Rolle als Hausfrau und Mutter ihrer Töchter widmete. -

In dieser Zeit war ich – abgesehen von einigen kleineren Honorarverträgen von Dorothea in der Volkshochschule – überwiegend Alleinverdiener. Da mein Gehalt im öffentlichen Dienst nicht übermäßig hoch war, waren wir von Anfang unserer Ehe an gezwungen, sparsam zu leben und sorgfältig mit dem Geld umzugehen. Erst Anfang der 90er Jahre, beantragte Dorothea auf mein zunehmendes Drängen hin schließlich doch noch den Wiedereintritt in den Schuldienst. Zu dem Zeitpunkt war Cecilia, die Jüngste, bereits fast 10 Jahre alt und Daniela machte ihr Abitur."

„Das alles war sicherlich nicht leicht für dich", äußerte Beatrice ihr Verständnis für Felix.

„Ja, das stimmt. Hinzu kam, dass ich mich im Verlauf meiner Ehe immer wieder mit dem Gedanken getragen habe, mich von Dorothea zu trennen. Mein Gefühl schon nach wenigen Wochen unserer Ehe, dass wir nicht richtig zusammen passen würden, bestätigte sich immer wieder aufs Neue. Ich war mit ihrer Art der Haushaltsführung und auch der Kindererziehung nicht einverstanden, und wir bekamen darüber häufiger heftigen Streit miteinander. Immer lagen Spielsachen herum, über die ich bei meiner Rückkehr aus dem Büro zuerst steigen musste, in der Küche stand ungespültes Geschirr, und im ganzen Haus gab es überall Unordnung. Besonders geärgert habe ich mich über die Missachtung meines Schreibtisches, wenn ich dort einen Wäschekorb mit ungebügelter Wäsche vorfand. Es gab viele Eigenarten von Dorothea, die ich von meinem Elternhaus her anders gewohnt war."

„Das habe ich gegenüber Norbert anders gehalten", warf Beatrice ein. Ich habe sein berufliches Engagement immer respektiert und ihn darin unterstützt. Auf seinen Schreibtisch einen Wäschekorb zu stellen, wäre mir nie in den Sinn gekommen."

„Du kamst ja auch nicht aus einer kleinbäuerlichen Umgebung, wo man keinen Schreibtisch benötigt. Als mir bewusst wurde, dass wir allein wegen unserer unterschiedlichen Herkunft und Gewohnheiten nicht zusammen passten, war es zu spät für mich. Zuerst hatte mich Dorotheas erste Schwangerschaft von einer Trennung abgehalten. Als noch die beiden weiteren Töchter dazu kamen, kam eine Trennung allein mit Rücksicht auf die Kinder erst recht nicht mehr in Frage."

Felix hatte sich jetzt richtig in Fahrt geredet. Beatrice spürte, wie das Erzählen seiner Lebensgeschichte ihm Erleichterung verschaffte. Sie hörte gespannt zu, was Felix sonst noch über seine Beziehung mit Dorothea zu sagen hatte.

„Ich versuchte trotz allem, das Beste aus meiner Beziehung zu machen und hoffte, dass es möglich sein müsse, sich miteinander zu arrangieren und einander anzunähern. Aber es gelang uns nur zeitweise, ein harmonisches Miteinander zu erreichen. -

Wenn ich so zurückschaue, sehe ich die Gründe für meine Differenzen mit Dorothea tatsächlich vor allem in unserer unterschiedlichen Herkunft. Ich hatte von meinen Eltern mitbekommen, dass der Vater seine Kraft vorwiegend in seinem Beruf einsetzt, um seine ihm dort gestellte Aufgabe verantwortungsbewusst zu erfüllen und damit auch die Existenzgrundlagen für seine Familie zu sichern. Dorothea dagegen kam aus einer bäuerlichen Familie, wo man Hand in Hand arbeitete und die Familie stets im Mittelpunkt stand. Der Beruf war für sie kein Lebensziel sondern lediglich eine Notwendigkeit, um versorgt zu sein, ohne sich aber dafür mehr als nötig aufzureiben. -

Diese unterschiedlichen Einstellungen führten wohl zu unseren unterschiedlichen Erziehungsmustern bei unseren Kindern. Während ich meine Kinder immer wieder dazu anregte, in der Schule zu den Besten zu gehören, zeigte sich Dorothea im Gegensatz zu mir auch mit durchschnittlichen Schulnoten ihrer Kinder stets sehr zufrieden. Dies hat sicher mit dazu beigetragen, dass ich von unserer ältesten Tochter Daniela noch sehr viel später immer wieder Vorwürfe hörte, ich habe sie nicht genug motiviert und in ihrem Selbstbewusstsein gestärkt. Solche Vorwürfe taten und tun mir weh, weil ich gerade Daniela immer wieder zu größeren Anstrengungen ermuntert habe. Aber vielleicht hätte ich doch wohl besser ihre meist durchschnittlichen Leistungen mehr loben sollen. -

Da Dorothea mit unseren Kindern täglich erheblich länger zusammen war als ich, da sie als Hausfrau nach Schulschluss praktisch immer anwesend war, hatte sie auf die Kinder naturgemäß erheblich mehr Einfluss als ich. Ich stand aufgrund meiner starken beruflichen Anspannung nur abends oder an Wochenenden für meine Kinder zur Verfügung. Meine gelegentlichen Interventionen wurden von meinen Töchtern daher meist eher als lästig oder als nörgelnd empfunden. –

Von Dorothea und meinen Töchtern wurde ich allerdings immer dann in Anspruch genommen, wenn größere Schwierigkeiten auftraten, wenn es etwas zu Reparieren gab, wenn größere Anschaffungen anstanden oder wenn grundlegende Entscheidungen wie ein Auslandsaufenthalt zu treffen waren, die nur mit meiner Hilfe zu realisieren waren. -

Erst Anfang der 90er Jahre, nach fast 20jähriger Ehe, startete ich den zaghaften Versuch, mich von Dorothea zu trennen, der allerdings kläglich scheiterte. Ich hatte im Jahr zuvor einen Segelschein für das Segeln an Meeresküsten erworben und nahm als Mitsegler an einem Segeltörn in der Ägäis in Griechenland teil, um weitere Erfahrungen in der Praxis zu sammeln. An diesem Törn nahm auch eine sympathische Mitseglerin teil, mit der ich zufällig eine Kabine teilte. Wir kamen uns während es Törn sehr nahe, und ich stellte mir vor, wie schön es wäre, mir ihr weiter zusammen zu leben. Als ich Dorothea nach dem Törn erklärte, mich von ihr trennen zu wollen, fuhr sie ohne mich mit unseren Töchtern in die Türkei in Urlaub. In ihrer Abwesenheit verspürte ich aber einen heftigen Trennungsschmerz. Ich merkte auch, dass ich ohne meine Familie nicht leben wollte. Die Folge war, dass ich Dorothea nach ihrer Rückkehr mit einem großen Blumenstrauß am Flughafen abholte und sie reumütig bat, es doch weiter zusammen zu versuchen. Sie willigte nach kurzer Bedenkzeit ein, wenn auch zögerlich. -

Daraufhin kaufte ich zwei neue Eheringe. Diese steckten wir uns als Zeichen für einen Neubeginn unserer der Ehe in unserer Kirche gegenseitig an. Es folgten einige entspannte, glückliche Monate in partnerschaftlicher Harmonie. Aber schon bald waren wir wieder im alten Fahrwasser angelangt, wobei wir uns auch sexuell wieder voneinander entfernten."

Nachdem Beatrice und Felix gegenseitig ihre Erfahrungen über den unbefriedigenden Verlauf ihrer jeweiligen Ehen ausgetauscht hatten, wünschten sie sich gegenseitig, dass sich an den Beziehungen zu ihren Ehepartnern etwas ändern möge und schmiedeten Pläne, wie sie das erreichen könnten.

Jetzt aber waren sie zunächst ungestört zusammen und genossen die gemeinsame Zeit. Felix fühlte sich in Gegenwart von Beatrice wohl und glücklich. Warum nur konnte er sich so nicht auch mit Dorothea verständigen?

Im Lehnbachhaus, das Felix bis dahin nicht kannte, bekam er von Beatrice als Kunstexpertin eine kostenlose Führung durch die umfangreiche Sammlung der Expressionisten vom Anfang des 20. Jahrhunderts, überwiegend eine Schenkung Gabriele Münters anlässlich ihres 80. Geburtstags im Jahr 1957. Dabei erfuhr Felix zum ersten Mal mit Bewusstsein etwas von der Malergruppe „Der blaue Reiter", zu denen berühmte Maler wie Wassily Kandinsky, Franz Marc, August Macke, Gabriele Münter, Lyonel Feininger, Albert Bloch, Paul Klee und Alexej von Jawlensky gehörten, deren Namen ihm noch vom Kunstunterricht in ihrem gemeinsam besuchten Gymnasium teilweise bekannt waren. Die Führung war ein besonderes Erlebnis für Felix. Das war genau das, was er sich schon immer gewünscht hatte. Nun boten sich ihm über Beatrice völlig neue Perspektiven, auch im Hinblick auf seinen nicht mehr fernen Ruhestand, in dem er sich verstärkt mit Kunst und Musik beschäftigen wollte.

Der Tag ging langsam zu Ende. Es war ausgeschlossen, jetzt noch bis Südtirol weiter zu fahren, zumal Felix nicht wusste, wo er dort ein Quartier finden sollte. Sie verließen gemeinsam München Richtung Süden. Irgendwie war es selbstverständlich, dass sie in der folgenden Nacht zusammen blieben. Sie waren schon sehr vertraut miteinander.

Am Amberger See fanden sie eine Unterkunft direkt am Ostufer. Sie bezogen ein Doppelzimmer und gingen mit einer Flasche Wein und etwas Käse zum See hinunter, um den herrlichen Sonnenuntergang zu erleben. Die blutrote Sonne, die sich im Wasser spiegelte, ging hinter dem See langsam unter. Am Himmel waren vereinzelt Wolken, die sich von Minute zu Minute verschiedenartig färbten. Alle Farbtöne von tiefrot über violett, blau, grau und schwarz tauchten in wechselnden Kompositionen auf. Selten hatten sie einen so schönen Sonnenuntergang erlebt. Das grandiose Farbenschauspiel dauerte auch noch an, als die Sonne hinter den Bergen auf der anderen Seite des Sees verschwunden war. Felix und Dorothea umarmten sich und verfolgten ergriffen das Naturschauspiel, bis es dunkel geworden war. Dieser Abend hatte für beide etwas Magisches. Es kam ihnen so vor, als habe die Natur die Vorstellung extra für sie so arrangiert. Sie fühlten sich in dieser Situation wie eine neue Einheit.

Erst als die Kühle der Nacht langsam spürbar wurde, gingen sie in ihr Hotelzimmer zurück. Sie verbrachten dort eine wunderbare Nacht miteinander und fühlten sich glücklich.

Am nächsten Morgen machte Beatrice den Vorschlag, auch noch zum neuen Buchheim Museum am Starnberger See zu fahren. Felix war fasziniert. Beatrice präsentierte ihm eine völlig neue Welt, die ihm in den vielen Jahren seines intensiven Engagements für den Umweltschutz verborgen geblieben war. Nun öffnete sich ihm auf einmal ein Tor zu einer neuen Welt, für die er seit seiner Schulzeit aufgeschlossen gewesen war, aber seitdem keinen Zugang mehr gefunden hatte. Als Schüler hatte er den Kunstunterricht geliebt und stets gute Noten gehabt. Es hatte ihm Freude gemacht, eigene Kunstwerke zu malen und manche seiner Bilder waren sogar in der Schule ausgestellt worden. Auch zur klassischen Musik hatte er immer eine innige Zuneigung gehabt, die er mit seiner Freude am Klavierspielen allerdings etwas besser hatte weiter entwickeln können als die Malerei.

Nach den positiven Erfahrungen mit dem Lehnbachhaus war er nun neugierig, was ihn im Buchheim-Museum erwartete. Er wurde nicht enttäuscht.

Das Buchheim-Museum liegt wunderschön am Starnberger See. Im Jahr 2001 war es noch ganz neu und auch für Beatrice ein besonderes Erlebnis. Es war benannt nach Lothar-Günther Buchheim, der vorwiegend in den 1950er Jahren deutsche Expressionisten gesammelt hatte. Die im Museum gezeigten Werke umfassten ein außergewöhnlich breites und qualitativ herausragendes Spektrum expressionistischer Kunst. Felix sah zum ersten Mal mit Bewusstsein Gemälde, Aquarelle, Zeichnungen und Druckgraphiken der Künstlergemeinschaft "Brücke", zu der Ernst Ludwig Kirchner, Erich Heckel und Karl Schmidt-Rottluff, vorübergehend auch Max Pechstein, Emil Nolde und Otto Mueller gehörten. Am meisten Freude hatte Felix an den charakteristischen Bildern badender Mädchen von Otto Müller. Darüber hinaus gab es großartige Werkkomplexe von Max Beckmann und Lovis Corinth zu sehen, die Felix bis dahin weitgehend unbekannt gewesen waren. Besonders angetan war er aber von den sachkundigen Erklärungen Beatrices bei ihrem gemeinsamen Rundgang durch das Museum.

Als sie das Museum verließen, schien draußen die Sonne von einem strahlend blauen Himmel. Es war warm, so dass sie im kurzärmeligen Hemd bzw. Bluse herum laufen konnten. Felix war jetzt in einer richtigen Urlaubsstimmung. Alle Sorgen und der Ärger der letzten Wochen lagen weit hinter ihm. Er genoss die Zeit mit Beatrice und fühlte sich wohl.

Die Frage, wie es weiter gehen sollte, stellte sich nicht mehr. Beatrice hatte bereits vorgeschlagen, als nächstes Ziel nach Murnau zu dem so genannten „Russenhaus" zu fahren, in dem der berühmte Maler Wassily Kandinsky und seine Partnerin Gabriele Münter in den Sommermonaten 1909 - 1914 gelebt hatten. Kandinsky war der Maler, von dem ihr gemeinsamer Kunstlehrer in ihrem Gymnasium ihnen am meisten erzählt hatte und dem sie mit eigenen Malereien als Schüler nachgeeifert hatten. Felix war von der Idee begeistert und so fuhren sie auch noch zum „Russenhaus". Sie kamen gerade noch rechtzeitig an, um vor Kassenschluss das Haus und den dazu gehörenden Garten besichtigen zu können. Es war für beide ein weiteres schönes Erlebnis, in die Welt dieser beiden berühmten Künstler – Kandinsky und Münter - eintauchen und deren Leben ein wenig nachempfinden zu können.

Nachdem sie das Haus verlassen hatten, war es bereits wieder später Nachmittag geworden. Erneut war nicht mehr daran zu denken, noch bis Südtirol zu fahren. Beatrice hatte für ihre Doktorprüfung alles gesehen, was sie wollte. Was sollte sie nun tun? Sollte sie nach Hause fahren, und sollte Felix seine Reise allein fortsetzen? Sie schauten sich kurz an. Ein stilles Einvernehmen lag zwischen ihnen. Beatrice wollte gern die Reise mit Felix fortsetzen. Felix war damit einverstanden, auch wenn er beim Gedanken an Dorothea ein leichtes Unbehagen verspürte.

Sie fuhren noch bis Landeck in Österreich, als die Dämmerung begann. Dort fanden sie ein neues Quartier, in dem sie wieder die Nacht zusammen verbrachten. Sie waren jetzt schon sehr vertraut miteinander und freuten sich auf weitere gemeinsame Erlebnisse.

Am nächsten Tag ging es zum Reschenpass hinauf, wo sie am Reschensee Halt machten und den berühmten St. Anna-Turm im Wasser betrachteten. Dahinter beginnt Südtirol. Felix spürte erneut, diesmal verstärkt ein Unbehagen in seinem Inneren. Hier sollte ursprünglich seine Fahrradtour mit Dorothea beginnen, die er seit Jahresbeginn geplant hatte. Jetzt hatte er plötzlich das Gefühl, ein Verräter zu sein. Sollte er den Weg mit Beatrice wirklich fortsetzen? Noch war Zeit zu Umkehr. Es war schön gewesen bis hierher. Aber wollte er wirklich so weit gehen, seine Ehe und damit seine Familie aufs Spiel zu setzen?

Beatrice strahlte ihn an und lehnte sich an ihn. Er spürte die Wärme ihres Körpers. Wenn er jetzt die gemeinsame Reise abbrach, was würde dann aus ihrer Freundschaft, an der ihm inzwischen so sehr gelegen war, und die er als eine große Bereicherung empfand? Ewig konnte er hier nicht stehen bleiben. Er musste sich entscheiden.

Felix' Gedanken gingen hin und her: „Soll ich, soll ich nicht, soll ich doch ….?" Schließlich warf er alle Bedenken über Bord und sagte: „Komm, lasst uns weiter fahren. Südtirol wartet auf uns."

Ohne es zu wissen, hatte er mit dieser Entscheidung auch die Weichen für sein weiteres Leben entscheidend neu gestellt. Bis zum Reschenpass hatte er sich frei entscheiden können. Das, was danach kam, lag nicht mehr vollständig in seiner Entscheidungsgewalt. Danach entschieden auch andere Menschen darüber, was für sein Leben bedeutend war, ohne dass er darauf signifikant Einfluss nehmen konnte. Damit hatte er unbewusst Chaos in seinem Leben zugelassen, und das Chaos nahm nun seinen Lauf.

Bei Eppan fanden sie ein schönes Ferienappartement in einem Schlosshotel, wo sie die nächsten Tage mit schönen Spaziergängen, Wanderungen, Besichtigungen und gutem Essen verbrachten. Es gab viel Schönes zu sehen und zu erleben, und sie genossen die Ruhe und den Frieden, die sie in den letzten Monaten beide vermisst hatten. Am Schönsten waren die gemeinsamen

Nächte, die sie wie frisch Verliebte verbrachten und in denen sie ihre Sehnsüchte aneinander stillten.

Am folgenden Sonntagmorgen, sie hatten gerade ausgiebig gefrühstückt und begonnen, darüber zu sprechen, wie sie den neuen Tag gestalten wollten, hatte Felix das Bedürfnis, sich bei Dorothea telefonisch zu melden. Vor fünf Tagen war er aufgebrochen und hatte seitdem kein Lebenszeichen von sich gegeben. Sein Ärger mit ihr war inzwischen weitgehend vergessen, und er hielt es nun an der Zeit, ein Zeichen der Versöhnung zu geben und sich wieder aufeinander zu zu bewegen.

Jetzt stand Felix ein Ereignis bevor, das wie ein Blitz aus heiterem Himmel kam und die Mauern seiner Ehe bis auf die Fundamente erschüttern sollte. Die Wirkung war wie der Gau eines Atomkraftwerkes. Felix war darauf nicht vorbereitet und machte alles falsch, was er nur falsch machen konnte. Wenn er damals vorher nachgedacht und anders gehandelt hätte, hätte sein Leben sicher einen anderen Verlauf genommen. Aber er hatte nicht nachgedacht, sondern einfach aus einer inneren Eingebung heraus spontan zu seinem Handy gegriffen und Dorothea in Gegenwart von Beatrice angerufen.

„Hallo Dorothea, hier ist Felix. Ich wollte mich doch mal wieder melden."

Dorothea reagierte erfreut und erleichtert am anderen Ende. „Schön, dass Du anrufst. Wie geht es Dir und wo bist Du?"

„Ich bin in Südtirol. Hier ist es ganz schön."

„Willst Du nicht bald zurückkommen? Wir könnten am Mittwoch noch eine Last-Minute-Reise antreten?"

Felix schluckte. Er hatte das Apartment bis Freitag gebucht. Die Last-Minute-Reise war eine Verlockung. Dorothea lenkte offenbar ein und suchte den Frieden mit ihm. Konnte, sollte er jetzt vorzeitig seine eigenen Pläne aufgeben?

„Das geht leider nicht. Ich habe hier ein Apartment bis Freitag gebucht und kann nicht so einfach vorzeitig aus dem Vertrag aussteigen", sagte er nach kurzer Pause.

„Schade. Ich hätte mich gefreut. Bist Du allein dort?, fragte Dorothea auf einmal für ihn überraschend.

Jetzt saß Felix in der Falle. Sollte er lügen und sagen, dass er allein ist? Was würde passieren, wenn es dann doch einmal herauskäme, dass er mit Beatrice hier war? Oder war es doch besser, die Wahrheit und sagen und den Konflikt, der sich daraus ergeben könnte, hinzunehmen und auszutragen? Felix hatte nicht mehr als eine Sekunde Zeit für die Antwort, sonst hätte sein zu langes Schweigen auch schon als Antwort verstanden werden können. Er entschied sich spontan zur Vorwärtsstrategie und antwortete:

„Nein, ich bin nicht allein. Beatrice ist bei mir. Es hat sich so ergeben. Sie wollte ursprünglich nur bis München mitfahren, um dort für ihre Doktorprüfung im Lehnbachhaus berühmte Werke der Expressionisten zu sehen. Anschließend sind wir auch noch zum neuen Buchheim-Museum an den Starnberger See und zum Russenhaus von Gabriele Münter nach Murnau gefahren, alles für mich sehr interessante Ausstellungen. Beatrice hat mich dann gefragt, ob sie auch noch mit nach Südtirol fahren könne, weil sie nach ihrer Doktorarbeit auch erholungsbedürftig sei. Deshalb habe ich sie mitgenommen."

„Du Schuft, dass Du mir das antust. Ausgerechnet Südtirol, wo wir zusammen Urlaub machen wollten", hörte Felix sie noch sagen, bevor sie den Hörer auflegte.

Bei Felix zog sich das Blut in seinen Adern zusammen. Jetzt hatte er ein ernsthaftes Problem. Er stellte sich vor, wie Dorothea jetzt zu Hause toben und sich irgendetwas Schreckliches ausdenken würde. Und er war nicht anwesend, um das Schlimmste zu verhindern.

Beatrice bekam den Stimmungsumschwung bei Felix mit. Er erläuterte ihr, was vorgefallen war. „Dann bekomme ich jetzt auch Probleme, weil ja davon auszugehen ist, dass nun auch Norbert davon erfahren wird. Aber was kann Norbert schon dagegen haben. Schließlich habe ich mich doch bereits förmlich von ihm getrennt, und er hat keine ernsthaften Bemühungen gezeigt, daran etwas zu ändern", war ihre erste Reaktion.

„Beatrice, wir können hier nicht länger bleiben. Ich muss so schnell wie möglich zurück nach Hause fahren, um dort das Schlimmste zu verhindern. Am besten wir brechen noch heute auf", erwiderte Felix.

„Bitte, lass uns doch wenigstens noch den heutigen Tag hier zusammen verbringen, bevor wir uns wieder dem Alltag und dem Ärger zu Hause stellen", flehte Beatrice. „Jetzt ist das Kind doch sowieso schon in den Brunnen gefallen. Was macht es da für einen Unterschied, ob du heute oder morgen zu Hause ankommst. Und die Last-Minute-Reise kannst Du dann ja immer noch am Mittwoch mit Dorothea antreten."

Felix stimmte dem Vorschlag zögerlich zu, auch weil ihm der Gedanke, jetzt sofort nach Hause zu fahren und die bis jetzt so schöne Stimmung abrupt aufzugeben, nicht besonders behagte. Er hatte mit Dorothea ein grundsätzliches Problem, und das war ohnehin nicht mit einer Aktion aus der Welt zu schaffen. Jetzt musste auch ihr deutlich geworden sein, dass sie beide an ihrer Beziehung grundsätzlich zu arbeiten hatten, um sie wieder auf eine solide Grundlage zu stellen. Da kam es nun auf einen Tag mehr oder weniger auch nicht mehr an. Er brauchte außerdem genug Kraft für die bevorstehenden Auseinandersetzungen.

So blieben sie noch an diesem Sonntag in Eppan und fuhren mit der Seilbahn auf die Höhe eines Berges, wo von aus sie noch eine kleine Bergtour machten. Sie trafen dort auf Schwärme abertausender Schmetterlinge, die in Trauben auf den Blumen und am Boden saßen. Noch niemals zuvor hatten sie so viele bunte Schmetterlinge auf einmal gesehen. Felix machte Fotos von den Schmetterlingen, von Beatrice und von der schönen Berglandschaft und sah in den schönen Bildern ein gutes Omen für das, was noch kommen sollte.

Erst am nächsten Tag, am Montag, brachen sie auf, um nach Hause zu fahren. Sie waren traurig, dass die schönen und entspannten Tage, die sie in Südtirol und auf dem Weg dorthin verbracht hatten, so jäh zu Ende gegangen waren. Beatrice fügte sich aber den Gegebenheiten, und sie nahmen sich vor, diese Tage für alle Zeiten in besonderer Erinnerung zu behalten und daraus Kraft zu ziehen für die Gestaltung ihrer weiteren Zukunft, von der beide nicht genau wussten, wie sie wohl aussehen sollte. Sie wussten nur eines, dass es so wie bisher nicht weiter gehen konnte und dass sich in ihrem Leben etwas ändern musste.

14 Der Vulkanausbruch

Juli 2001

Bei herrlichem Wetter fuhren Felix und Beatrice zurück über den Reschenpass, über dem aufgelockerte schöne Wolkenbilder vor einem tiefblauen Sommerhimmel schwebten. Sie sogen diese schönen Alpenbilder förmlich in sich auf und konnten sich nur mit Mühe davon lösen.

Später, als sie das schöne Hahntennjoch überquerten, diskutierten sie, wie sie zu Hause vorgehen wollten, um gegenüber ihren Partnern die Änderungen in ihren Beziehungen zu erreichen, die sie sich wünschten. Felix erinnerte sich an das kleine Büchlein „Zum Glück geht's geradeaus", das er vor einem Jahr beim Besuch ihrer englischen Freunde Jean und John in der Buchhandlung eines Klosters gekauft hatte. Darin hatte er schon damals für sich selbst viele Anregungen gefunden hatte, um sein Leben anders zu gestalten. Er trug Beatrice einige dieser Anregungen vor, die ihn daraufhin bat, diese in ihr Tagebüchlein zu schreiben.

Felix setzte sich allein auf einen Stein und schrieb in Beatrice' Tagebüchlein:

Für Beatrice, meine Liebe

1. *Nimm unsere Paradieswoche in Südirol als ständigen Kraftquell.*
2. *Bleibe heiter und gelassen – auch und insbesondere in kritischen Situationen.*
3. *Erhalte Dir Dein Selbstvertrauen nach dem Motto: ‚Ich weiß, was ich mir schuldig bin.'*
4. *Schaffe Dir überall ein angenehmes Umfeld, zu Hause und außerhalb.*
5. *Wenn jemand Dein Umfeld stört, beseitige die Störung so schnell wie möglich, z.B. durch positive Gegenreaktion oder durch bewusstes Nichtreagieren.*
6. *Vermeide unter allen Umständen aggressive Tonlagen.*
7. *Wenn jemand Deine persönlichen Grenzen verletzen sollte, halte deutlich und bestimmt, möglichst freundlich, dagegen.*
8. *Nimm Deine Interessen wahr. Bemühe Dich aber auch, die Gefühle und Interessen Deiner Mitmenschen - im Einklang mit diesen Leitlinien - zu berücksichtigen.*
9. *Gehe Konflikten nicht aus dem Weg, sondern arbeite konsequent an ihrer Lösung.*
10. *Lasse die Liebe zu Dir und anderen stets Richtschnur Deines Handelns sein.*

Sie kamen zu Hause an, als es bereits dunkel wurde. Felix brachte Beatrice zuerst zu ihrem Heimatort, bevor er zu sich nach Hause fuhr. Er war unruhig und innerlich angespannt, weil ihm bewusst war, dass das Wiedersehen mit Dorothea nicht angenehm sein würde.

Dorothea öffnete ihm die Tür mit einem ablehnenden Blick, in dem sich ihre in den letzten Tagen gegen ihn aufgestaute Wut spiegelte. Sie war nicht allein. Dorothea's jüngere Schwester Nina war auch anwesend. Ihre jüngste Tochter Cecilia, die noch als Schülerin zu Hause wohnte, war zu dieser Zeit zusammen mit einigen Freundinnen nach Griechenland verreist.

Felix sagte nur, dass er nach Dorotheas Anruf nun doch vorzeitig zurückgekehrt sei. Dorothea hörte ihm gar nicht zu sondern sagte nur barsch:

„Du kannst im Keller schlafen. Ich will Dich im Schlafzimmer nicht mehr sehen. Bettzeug und Matratze sind in dem Häuschen hinter der Garage."

Mit diesen Worten zog sie sich in die obere Etage zurück.

Felix fühlte sich wie ein begossener Pudel. Er wollte die angespannte Situation nicht weiter verschärfen und nahm die Verbannung in den Keller an. Bevor er das Bettzeug aus dem Abstellraum für Gartengeräte hinter der Garage holte und in den Keller brachte, hatte er noch Gelegenheit, mit Nina einige Worte zu wechseln. Sie machte ihm keine Vorwürfe, machte ihm durch ihre Mimik und kurzen Kommentare aber unmissverständlich deutlich, dass er seine Frau Dorothea zutiefst verletzt hatte. Er erklärte ihr, dass das nicht seine Absicht gewesen sei und dass die ganze Situation daraus entstanden sei, dass sie seit geraumer Zeit Probleme miteinander gehabt hätten. Nun sei es an der Zeit, diese auszuräumen.

Als Felix am nächsten Morgen später als normal aufstand und seinen Kellerraum verließ, war Nina bereits abgereist. Nun war er mit Dorothea allein. Draußen schien die Sonne.

Felix bereitete einen schön gedeckten Frühstückstisch draußen im Garten vor und lud Dorothea ein, mit ihm dort zu frühstücken. Er erinnerte sich an die Verhaltensregeln, die er Beatrice in ihr Tagebuch geschrieben hatte und versuchte, sich selbst danach zu richten:

Er wollte mit freundlicher Bestimmtheit seine Anliegen zum Ausdruck bringen, um so seine Beziehung zu Dorothea auf neuen Grundlagen neu zu beginnen.

Dorothea kam mit verschlossener Miene zu ihm in den Garten und setzte sich ihm gegenüber an den Tisch. Sie sahen sich eine Weile schweigend an. Felix bemühte sich, ein entspanntes, freundliches Gesicht zu zeigen, obwohl er innerlich verkrampft war, und suchte nach einem angenehmen, offenen Gesprächsanfang:

„Es tut mir leid, wenn ich dich verletzt habe, das war nicht meine Absicht. Lass uns darüber sprechen. Wir müssen uns jetzt wohl neu verständigen."

„Was hast du dir dabei nur gedacht?", fragte sie forschend zurück.

„Es hat sich so ergeben, dass Beatrice dabei war. Es war nicht so geplant."

„Das kannst du anderen erzählen", entgegnete sie spöttisch. „Wer soll dir das denn glauben?"

„Du kannst es glauben oder nicht, es war reiner Zufall. Beatrice wollte mit mir mit nach München fahren, um sich dort für ihre Doktorprüfung im Lehnbachhaus die Expressionistensammlung anzusehen. Das war auch für mich interessant. Danach waren wir noch in dem neuen Buchheim-Museum am Starnberger See und im Russen-Haus von Gabriele Münter in Murnau, wo sie zusammen mit Kandinsky gelebt hatte. Das war alles neu für mich, und ich habe es als Bereicherung empfunden. Nach diesen positiven Erlebnissen bat mich Beatrice, ob sie nicht auch noch mit nach Südtirol fahren könne, weil sie nach dem

Abschluss ihrer Doktorarbeit noch dringend einige Tage Erholung benötigte. Dem konnte ich nicht widersprechen."

„Dann bleib doch weiter bei Deiner Beatrice, wenn es Dir mit ihr so viel Spaß macht", antwortete Dorothea mit beleidigtem Unterton.

„Ich bin jetzt vorzeitig zurückgekommen, um mit Dir zu sprechen, weil ich gemerkt habe, wie Dich die ganze Angelegenheit betroffen gemacht hat."

„Betroffen nennst Du das?", entgegnete sie, heftiger werdend. „Du hast unsere ganze Beziehung in Frage gestellt. Wie soll ich denn mit Dir weiter zusammen leben?"

„Du hast am Telefon den Vorschlag gemacht, dass wir noch zusammen eine Last-Minute-Reise unternehmen. Wir könnten das jetzt noch in die Wege leiten", versuchte Felix einzulenken.

„Das kommt nicht mehr in Frage. Ich habe mit Daniela und Katharina vereinbart, dass wir zu Dritt in den nächsten Tagen eine Radtour machen werden. Du kannst dann hier zu Hause bleiben und dich um den Anstrich des Dachbodens kümmern. Du weißt, dass Katharina in ihrem Zimmer die Holzwände gern weiß gestrichen haben möchte. Außerdem habe ich gestern zwei neue Schränke für mein Arbeitszimmer gekauft, die noch zusammen gebaut werden müssen. Das könntest du für mich ebenfalls mit erledigen."

„Zwei neue Schränke? Wie hast du die denn hierher bekommen?"

„Norbert hat mir dabei geholfen."

„Was hat Norbert damit zu tun?"

„Das fragst du? Du fährst mit seiner Frau in Urlaub, ausgerechnet nach Südtirol, wo wir zusammen Urlaub machen wollten. Da kann ich doch wohl mit Norbert zusammen zwei

Schränke kaufen. Wie, glaubst du, hat Norbert darauf reagiert, als er hörte, dass du mit seiner Frau Beatrice zusammen in Urlaub fährst?", rief sie mit zunehmend erregter Stimme.

„Beatrice hat sich von Norbert getrennt. Dann kann sie doch wohl machen, was sie will", entgegnete Felix.

Das Gespräch wurde immer erregter. So kamen sie nicht weiter. Felix suchte nach einer Gelegenheit, um über ihre bisherige Ehe zu sprechen, um Impulse für eine neue, bessere gemeinsame Zukunft zu gewinnen, fand sie aber nicht. Es gelang ihm nicht, dem Gespräch eine positive Wende zu geben. Irgendwann brachen sie es ab, und Felix frühstückte allein zu Ende.

Später saß er im Wohnzimmer, als Dorothea wieder zu ihm kam.

„Wie soll es nun weiter gehen?", fragte er sie.

„Wie es weiter gehen soll? Ich weiß es nicht. Ich gehe jetzt jedenfalls erstmal meine eigenen Wege", antwortete sie. „Du hast es schließlich auch so gemacht."

Felix suchte wieder nach einer geeigneten Öffnung, um endlich auf sein Anliegen zu sprechen zu kommen, ihre bisherige Beziehung einer gründlichen Bestandsaufnahme zu unterziehen, um es danach besser zu machen.

„Wir sollten darüber sprechen, was zwischen uns bisher alles schief gelaufen ist", versuchte es Felix wieder.

„Was gibt es da zu besprechen? Du hast doch mit deinem Verhalten alles Bisherige in Frage gestellt. Du hast doch alles zwischen uns zerstört. Was erwartest du da noch von mir?", kam es von ihr patzig zurück, ohne den Ball aufzugreifen, den Felix ihr zugeworfen hatte.

Felix spürte, wie er innerlich begann sich aufzuregen.

„Unsere Ehe ist in den letzten Jahren nicht besonders gut gelaufen. Wir sollten daran arbeiten", versuchte er es wieder, jetzt aber bereits mit einem schon leicht gereizten Unterton.

„Nur in den letzten Jahren? Von Anfang an lief es nicht gut. Du hast immer deine Sachen gemacht, wie es dir passte, und ich konnte hier zu Hause mit den Kindern allein zusehen, wie ich klar kam. Außerdem hast du dich wiederholt anderen Frauen zugewandt, sogar hier in unserem Freundeskreis und mich damit in die Ecke gestellt", entgegnete sie aufgeregt.

Jetzt kamen sie langsam zum Kern der Auseinandersetzung. Felix fühlte sich angegriffen und ging in die Gegenoffensive:

„Ich habe mich die ganze Zeit für euch aufgerieben. Jahrelang war ich Alleinverdiener, habe den Dachboden für unsere Kinder ausgebaut, habe mich in den Klassenpflegschaften als Vorsitzender engagiert und stand auch sonst immer für dich und die Kinder zur Verfügung, soweit meine Zeit es erlaubte. Das habt ihr alles gar nicht wahrgenommen."

„Und hast du wahrgenommen, was ich hier in der Zeit geleistet habe? Was ich alles für die Kinder, das sind doch auch deine Kinder, getan habe, während Du im Büro warst oder sonst deine eigenen Interessen verfolgt hast? Selbst als ich krank war, hast Du das nicht gemerkt und mich nicht unterstützt, wie man das von einem Ehemann und Vater hätte erwarten können. Wenn unsere Nachbarin nicht gewesen wäre, die mir damals geholfen hat, wäre hier alles zusammen gebrochen."

Felix kannte die Geschichte von der Nachbarin, die geholfen hatte, als Dorothea einmal sehr krank war, während er im Büro war. Das war mindestens 20 Jahre her. Er hatte damals Dorothea gesagt, dass sie ihm schon deutlich sagen müsse, wenn er das Büro vorzeitig verlassen soll, um ihr zu helfen. Er könne nicht durch das Telefon spüren, wie krank sie sei. Außerdem sei es doch völlig in Ordnung, dass sie die Nachbarin um Hilfe gebeten habe.

Jetzt wurden offenbar uralte Geschichten aufgewärmt, Dinge aus den Anfängen ihrer Ehe. Felix machte den Fehler und ging darauf ein.

„Das Ereignis mit deiner Krankheit und der Hilfe unserer Nachbarin werde ich wohl bis ans Ende unserer Tage von dir zu hören bekommen. Dazu sage ich dir jetzt eins: Du kannst froh sein, dass ich in all den Jahren bei dir und den drei Kindern geblieben bin und hier meine Rolle gespielt habe, um für euch die Lebensgrundlagen zu schaffen und zu erhalten."

Das war zu viel für Dorothea. Mit diesen Worten brachte Felix einen Vulkan zum Ausbruch.

„Was hast du da gesagt? Ich könne froh sein, dass du in all den Jahren bei mir geblieben bist? Du hast mich also nie geliebt. Geh, geh weg von mir!! Ich will mit dir nichts mehr zu tun haben", schrie sie mit schriller Stimme, nahm ein Glas, das auf dem Tisch stand und warf es voller Wut so heftig an die Wand, dass die Scherben und Splitter in alle Richtungen spritzten. Dann verließ sie den Raum, knallte die Tür hinter sich zu und lief lauft schreiend und heulend die Treppe hinauf.

Felix hörte, wie sie dabei schluchzend rief: „Nein, nein, nein, das kann doch nicht wahr sein."

Felix saß in seinem Sessel wie versteinert. Mit einem solchen Ausbruch hatte er nicht gerechnet. Er machte sich Vorwürfe, weil er von seinem Vorhaben abgewichen war, freundlich zu bleiben. Seine Gedanken kreisten ziellos:

‚Was habe ich wieder falsch gemacht? Ich habe doch nur gesagt, wonach mir in diesem Augenblick zu Mute gewesen war. Ja, ich habe während unserer über 25 Jahre dauernden Ehe immer wieder daran gedacht, mich von Dorothea zu trennen. Aber da waren von Anfang an die Kinder gewesen. Ich durfte sie doch nicht ohne ihren Vater groß werden lassen. Außerdem hätten wir uns eine Trennung auch finanziell nicht leisten können, ohne in die Armut abzugleiten. Ich hatte doch auch immer die Hoffnung, dass sich unsere Ehe stabilisieren würde, dass wir uns mehr und mehr zusammen raufen, dass meine Probleme mit den unerfüllten Erwartungen an meine Partnerschaft mit Dorothea, unter denen ich von Anfang an gelitten habe, im Laufe der Zeit geringer würden. Wir hatten doch auch immer wieder gute Zeiten zusammen gehabt.'

Während er regungslos und innerlich aufgewühlt in seinem Sessel saß, kam Dorothea mit einem Stück Papier zurück.

„Hier unterschreib das. Ich habe aufgeschrieben, was Du da soeben gesagt hast .Ich möchte das schriftlich haben. Hast Du das gesagt oder nicht?", schrie sie Felix mit verzerrtem Gesicht, in dem Tränenspuren zu sehen waren, an.

Felix warf einen Blick auf den Zettel. Ja, so oder so ähnlich hatte er sich ausgedrückt. Aber wozu diente es, seine Aussage schriftlich und unterschrieben zu dokumentieren?

„Was soll das? Ich werde hier nichts unterschreiben. Lass uns weiter darüber reden. Du hast da sicherlich einiges missverstanden", versuchte er, den Gesprächsfaden wieder aufzugreifen.

„Hier gibt es nichts mehr zu besprechen. Ich weiß jetzt, was ich von dir zu halten habe. Ich will mit dir nichts mehr zu tun haben. Du kannst gehen."

Mit diesen Worten verließ sie selbst das Haus, und Felix blieb allein zurück.

Er fühlte sich hilflos. Die Splitter des zerschmetterten Glases lagen wie Scherben seiner Ehe vor ihm auf dem Boden. Apathisch nahm er einen Handfeger und fegte sie zusammen. Dabei dachte er an Clara. Clara war von all den Ereignissen der letzten

Tage nicht direkt betroffen. Durch ihre vielen Gespräche, die sie bei ihren häufigen gemeinsamen Mittagessen und sonstigen Begegnungen miteinander geführt hatten, kannte sie ihn aber und auch seine Probleme mit Dorothea. Er wählte ihre Nummer und freute sich, dass sie sich gleich am anderen Apparat meldete.

„Hallo Clara, hier ist Felix. Wir haben uns seit über einer Woche nicht gesehen. Ich war in Urlaub, und es ist inzwischen viel passiert. Jetzt habe ich mit Dorothea einen riesigen Krach. Kann ich mit Dir darüber sprechen? Hast Du Zeit?"

„Ja, natürlich, ich kann kommen. Du wirkst ja ganz verstört. Was ist nur los?", antwortete Clara entgegenkommend. Sie hatte sofort an Felix' Tonfall gemerkt, dass mit ihm etwas nicht stimmte. Das war typisch für Clara. Sie hatte für solche Nuancen ein unglaubliches feines Gespür. Das war neben ihrer Fähigkeit, gut zuhören zu können, eine der Eigenschaften, die Felix an ihr so sehr schätzte.

„Ich kann Dir das jetzt am Telefon nicht erklären. Es ist sehr dramatisch."

„Wo und wann wollen wir uns treffen?", fragte sie tatkräftig.

Sie verabredeten sich in einem Biergarten, wo sie eine halbe Stunde später zusammen kamen. Felix umarmte sie zur Begrüßung, und sie tauschten rechts und links Wangenküsse aus.

15 Der Zug fährt ungebremst weiter

Juni 2010 / Juli - August 2001

Clara hörte Felix geduldig zu, als er ihr über Dorotheas dramatische Reaktion berichtete und wie es dazu gekommen war. Clara wusste aufgrund der Erzählungen von Felix, aber auch aufgrund der gemeinsamen Radtour am Niederrhein und des gemeinsamen Segeltörns in Holland, von der neuen engen Freundschaft zwischen Felix und Beatrice. Sie kannte durch verschiedene Begegnungen und durch ihre Teilnahme an der Ruhr-Radtour auch Dorothea recht gut. So konnte sie sich gut in die Rollen sowohl von Dorothea als auch von Beatrice hineinfühlen. Sie kannte natürlich aufgrund der vielen gemeinsamen Gespräche und Begegnungen auch Felix sehr gut. Persönlich hielt sie sich meist selbstlos zurück.

Felix erlebte Clara so, dass sie sich freute, in Felix einen Freund zu haben, mit dem sie nicht nur über alles sprechen konnte, sondern mit dem sie auch körperliche Zärtlichkeiten austauschen konnte, ohne selbst Ansprüche an ihn zu stellen. Felix führte die Selbstlosigkeit von Clara auf ihre Behinderung zurück und empfand ihre Freundschaft als etwas ganz Besonderes. Er schätzte Clara sehr und war bereit, ihr in jeder Hinsicht beizustehen, wenn sie seine Hilfe benötigte. Er wusste von ihrer Behinderung und den seelischen Problemen, die die Behinderung ihr seit frühester Kindheit bereitet hatte, und fühlte sich verantwortlich, mit diesem vertraulichen Wissen sehr sorgfältig umzugehen. Er ging fest davon aus, dass ihre Freundschaft auf gegenseitiger Wertschätzung beruhte und dass sie für jeden von ihnen beiden von hohem Wert war. Sie hatten sich nicht nur intellektuell viel zu sagen, sondern freuten sich auch daran, Zärtlichkeiten miteinander auszutauschen. Felix sah darin keinen Missbrauch und hatte dabei auch kein Unrechtsgefühl. Auch

Clara zeigte ihm immer wieder durch ihr Verhalten, wie sehr sie die Freundschaft zu ihm sehr schätzte. So ergänzten sie sich mit ihren unterschiedlichen Temperamenten und Fähigkeiten.

Zu dem offen ausgebrochenen Konflikt zwischen Dorothea und Felix gab sie keine Verhaltensempfehlungen. Sie half Felix aber durch ihr aufmerksames Zuhören, seine eigenen Gedanken und Gefühle zu ordnen und ein besseres Verständnis für den heftigen Gefühlsausbruch von Dorothea zu entwickeln. Ihm wurde dadurch jetzt deutlicher als bisher bewusst, dass die Fortsetzung seiner Ehe mit Dorothea nunmehr akut bedroht war und dass es besonderer Anstrengung bedurfte, wenn die neuen, großen Risse nochmals gekittet werden sollten.

Felix dankte Clara für ihr verständnisvolles Zuhören, und sie verabschiedeten sich liebevoll voneinander. Anschließend fuhr er seelisch gestärkt nach Hause mit dem festen Willen, von seiner Seite aus neue Anstrengungen zu unternehmen, um die bestehende Krise als Chance zu nutzen, erneut einen positiven Neuanfang seiner Ehe mit Dorothea zu starten.

Er hatte aber kein Glück. Seit ihrem letzten Gespräch war Dorothea nicht mehr bereit, mit ihm über einen Neuanfang, welcher Art auch immer, zu sprechen. Sie reagierte nur noch abweisend und war unzugänglich. Sie bereitete sich jetzt auf die angekündigte Radtour mit Daniela und Katharina vor, die von ihren Studienorten nach Hause zurückkamen und ihren Vater nur sehr reserviert begrüßten. Bereits kurz danach verließen Dorothea und die zwei Töchter Felix, um zu der gemeinsamen Fahrradtour aufzubrechen. Sie ließen Felix mit den im Haus zu erledigenden Aufgaben allein zurück. Felix verabschiedete sie mit einem freundlichen Lächeln, das sie aber nicht erwiderten. Er sah ihnen traurig hinterher, als sie so wegfuhren. Daniela und Katharina standen nach Felix' Gefühl auf Seiten ihrer Mutter, die sie jetzt auf der Radtour begleiteten, um sie seelisch zu stützen. Felix selbst fühlte sich in seiner Familie allein.

In den nächsten Tagen widmete er sich dem weißen Anstrich der Wände von Katharinas Zimmer auf dem Dachboden und dem Zusammenbau der beiden neuen Schränke in Dorotheas Arbeitszimmer. Er empfand die Arbeiten wie eine Buße für das von ihm gegenüber Dorothea begangene Handeln, mit dem er sie offenbar stärker als erwartet verletzt hatte. Er hoffte, damit Dorothea ein wenig zu besänftigen und gesprächsbereit zu machen.

Einen Tag später rief ihn überraschend eine Eheberatungsstelle an. Felix hatte sich in Abstimmung mit Dorothea einige Wochen vorher Hilfe suchend an diese gewandt. Leider waren damals alle Beratungstermine auf Wochen im Voraus belegt gewesen, und man hatte Felix nur anbieten können, ihn mit seinem Anliegen auf die Warteliste zu setzen. Nun wurde ihm ein Termin für ein Eheberatungsgespräch am Donnerstag der darauffolgenden Woche angeboten. Felix freute sich über das Gesprächsangebot, dem jetzt eine besondere Dringlichkeit zukam und das aus seiner Sicht gerade noch rechtzeitig kam, und bat um Reservierung des Termins bis zur Rückkehr von Dorothea. Er erwartete sie am folgenden Montag von ihrer Radtour mit Daniela und Katharina zurück. Ihre Rückkehr konnte er kaum erwarten, da er glaubte, sie mit den erledigten Arbeiten und der angebotenen Eheberatung freudig überraschen zu können.

Dorothea kam am späten Vormittag des Montags zurück. Er zeigte ihr die fertig gestellten Arbeiten, die sie zustimmend zur Kenntnis nahm. Dann berichtete er ihr von der Möglichkeit einer gemeinsamen Eheberatung mit Beginn am nächsten Donnerstag. Sie schaute ihn nur kurz an und sagte:

„Das geht jetzt leider nicht. Ich habe mit Norbert ausgemacht, dass er mich in einer Stunde hier abholt, und wir fahren dann zusammen weg, genau so, wie Du es mit Beatrice gemacht hast."

Felix schaute sie ungläubig an.

„Aber Du wolltest doch selbst seit längerer Zeit, dass wir zur Eheberatung gehen. Und Du weißt doch selbst, wie schwer es ist, einen Termin zu bekommen. Jetzt haben wir ein konkretes Angebot und Du schlägst es aus?"

„Daran ist nun mal nichts mehr zu machen. Ich kann Norbert jetzt nicht sitzen lassen. Ich habe ihm versprochen, mit ihm in Urlaub zu fahren, und nun fühle ich mich daran gebunden. Ich muss jetzt noch schnell meine Sachen umräumen, weil er schon gleich kommt."

„Wo wollt Ihr denn hinfahren?", konnte Felix noch fragen.

„Nach München, wo Du ja auch mit Beatrice warst", war die knappe Antwort, bevor sie Felix stehen ließ und ihren Koffer packte.

Kurz darauf erschien Norbert mit seinem Wagen, und er und Dorothea fuhren gemeinsam los. Felix schaute ihnen ungläubig vom Dachbodenfenster aus zu.

Felix war ratlos und hatte ein schlechtes Gewissen. Er fühlte sich schuldig. Während sein Blick ins Leere ging, zermarterte er wieder sein Gehirn:

‚Ist jetzt tatsächlich alles kaputt? Was für ein Desaster habe ich nur verursacht und was denken meine Töchter nun von mir?'

Auch Daniela und Katharina verhielten sich gegenüber ihrem Vater weiterhin abweisend. Er erhielt kein aufmunterndes Wort von ihnen, und sie gaben ihm das Gefühl, allein mit seinem Verhalten die Ehekrise ihrer Eltern ausgelöst zu haben. Beide fuhren nach der Radtour wieder zu ihren Studienorten zurück. Die 17-jährige Cecilia war währenddessen immer noch in Urlaub und hatte die letzten Ereignisse nicht mitbekommen. Als sie nach einigen Tagen während Dorotheas Abwesenheit von ihrem Urlaub zurückkam und von dem Desaster ihrer Eltern erfuhr, zog auch sie es vor, sich lieber mit ihren Freundinnen zu treffen als mit ihrem Papa allein die Zeit zu verbringen.

Auch Beatrice hatte erlebt, wie Norbert über sie erbost war und ihre gemeinsame Urlaubsfahrt mit Felix ganz offenbar zum Anlass nahm, nun ebenso mit Dorothea gemeinsam nach München zu verreisen. Kurioserweise besuchten die beiden nun dort ebenfalls – wie einige Zeit zuvor Feix und Beatrice - das Lehnbach-Haus. Als Beatrice und Felix später davon erfuhren, fanden sie das wenig originell. Im Gegensatz zu Beatrice und Felix, die jeweils sehr preiswerte Unterkünfte gewählt hatten, übernachteten Dorothea und Norbert aber im Hotel Bayerischer Hof. Wie Felix später von Dorothea erfuhr, war der Hauptgrund für diese Reise, ihren jeweiligen Ehepartnern vor Augen zu führen, welche Schmerzen sie dem anderen mit ihrer Reise nach Südtirol zugefügt hatten. Solche Schmerzen sollten Beatrice und Felix nun auch selbst an Leib und Seele zu spüren bekommen.

Während der Zeit der Abwesenheit von Dorothea und Norbert trafen sich Beatrice und Felix erneut. Sie waren beide über den Verlauf der Auseinandersetzung mit ihren Ehepartnern enttäuscht, weil sie sich eigentlich eine konkrete Auseinandersetzung gewünscht hatten, die zu einem Neuanfang ihrer Beziehungen unter anderen Voraussetzungen als bisher hätte führen sollen.

Sie genossen aber auch die ihnen zusätzlich geschenkte gemeinsame Zeit miteinander. Sie dauerte nur wenige Tage, weil am folgenden Wochenende für sie beide jeweils ein wichtiges Familientreffen an verschiedenen Orten anstand.

Beatrice war zusammen mit Norbert von einem befreundeten Ehepaar in der Nähe von Karlsruhe zur Taufe ihrer kleinen Tochter als Taufpatin eingeladen. Felix und Dorothea wurden dagegen zur Feier des 90. Geburtstags von Felix' Stiefmutter, die in der Familie allgemein Tante Irmgard genannt wurde, in der Nähe von Aschaffenburg erwartet.

Per Handy vereinbarte Beatrice mit Norbert, der noch mit Dorothea im Raum München unterwegs war, dass er Dorothea zu Felix' Hotel bringen sollte. Anschließend sollte Norbert Beatrice am Flughafen in Frankfurt abholen, um von dort gemeinsam weiter nach Karlsruhe zu fahren. Felix empfand das Treffen in dem Hotel, wo auch andere Familienangehörige übernachteten, als Provokation, konnte aber keine bessere Alternative für einen Treffpunkt vorschlagen, da die Ankunftszeit der beiden nicht genau vorherzusehen war. Handys waren zu der Zeit noch nicht üblich.

So kam es, dass am Samstagnachmittag vor der Feier von Tante Irmgards 90. Geburtstag Dorothea und Norbert gemeinsam im Innenhof des Hotels erschienen, wo Felix mit seinem Bruder Ingo und dessen Frau Elke im Sonnenschein gerade gemütlich ein Bier tranken. Um die erwartete Peinlichkeit in Grenzen zuhalten, hatte Felix seinen Bruder und seine Schwägerin kurz vorher über das bevorstehende ungewöhnliche Treffen unterrichtet, so dass er anschließend keine weiteren Erklärungen mehr abzugeben brauchte. Natürlich waren Ingo und Elke über das Geschehen mehr als erstaunt, hielten sich aber mit weiteren Kommentaren und Nachfragen vorsichtig zurück, wofür Felix ihnen dankbar war.

Die übrige Feiergesellschaft bekam von dem Konflikt zwischen Dorothea und Felix nichts mit. Sie beide ließen sich nach außen auch nichts anmerken. Das Fest verlief wie erwartet für Tante Irmgard harmonisch mit vielen schönen Darbietungen aus dem Kreis der Verwandtschaft, wozu Felix mit einigen Liedern, die er auf einem mitgebrachten Keyboard begleitete und zu denen er die Festteilnehmer ermunterte, ebenfalls beitrug.

Bei der Erinnerung an dieses bemerkenswerte Fest schweifen Felix' Gedanken kurz ab. Er erinnert sich, dass an diesem Fest auch Tante Irmgard's Neffe Siegfried teilnahm, der viele Jahre seines Lebens in Kenia verbracht hatte. Felix hatte im Gespräch mit ihm den spontanen Einfall, ihn zu fragen, ob er nicht Lust habe, mit ihm zusammen auf den Gipfel des Kilimandscharo, den höchsten Berg Afrikas, zu klettern. Norbert reagierte darauf sofort positiv und versprach die Idee weiter zu verfolgen. Ein Jahr später kletterten sie zwar nicht zusammen auf den Kilimandscharo, aber nahmen zusammen mit Tante Irmgard und anderen Familienangehörigen an einer Rundreise durch Kenia teil, die Siegfried organisiert hatte.

„Über diese bemerkenswerte Reise muss ich noch einmal genauer nachdenken", geht es Felix durch den Sinn. Er schiebt den Gedanken an die Keniareise zur Seite und konzentriert sich wieder auf die Ereignisse um Tante Irmgard's 90. Geburtstag.

Als nach dem eigentlichen Fest der gemütliche Ausklang begann, bemerkte Felix, wie Dorothea nach draußen ging und sich von den Festteilnehmern entfernte. Er folgte ihr und sie trafen sich außerhalb des Geländes auf einer Bank. Dort saßen sie schweigend nebeneinander. Felix wollte sie nicht mit Fragen bedrängen und wartete geduldig auf ihre Reaktion. Es blieb beim Schweigen, wie so oft in ihrer Ehe. Felix fehlte die Kraft und Motivation, einen neuen Versuch für ein Gespräch zu starten, wie er es nach der Südtirolreise noch vermocht hatte. Nach dem dadurch ausgelösten Desaster zog er es nun vor, lieber schweigend auf irgendwelche Impulse von Dorothea zu warten. Diese blieben aber aus. Sie hatten sich in dieser Situation, nach all dem, was in den letzten Tagen passiert war, offenbar nichts mehr zu sagen. So blieb es auch in der Nacht, die sie zusammen in einem Zimmer verbrachten, so blieb es auf der Rückfahrt in ihr gemeinsames Zuhause, und so blieb es auch in den folgenden Tagen.

Auf der Fahrt nach Hause sah Felix in der Ferne das Hotel, in dem er nach der Skitour einige Wochen vorher mit Beatrice übernachtet hatte. Er ließ sich die innere Regung, die er dabei spürte, nicht anmerken. Gleichzeitig hatte er das Gefühl, in einem Zug zu sitzen, der ungebremst immer weiter fährt.

Felix war schließlich froh, als dieser dramatische Sommerurlaub vorbei war und er wieder ins Büro gehen konnte.

Mit einem tiefen Seufzer öffnet Felix die Augen. Er fühlt sich erschöpft und orientierungslos. In den letzten Stunden hatte er im Halbschlaf eine Reihe von Schlüsselstationen seiner chaotischen letzten zehn Lebensjahre im Zeitraffertempo durchlaufen.

„Wo stehe ich eigentlich jetzt", fragt er sich, noch halb träumend, halb bereits wach. Er schaut um sich und sieht seinen schönen Garten. „Ja, hier ist jetzt mein neues zu Hause. Hier ist es wunderbar, wie ein kleines Paradies, und ich fühle mich hier wohl", geht es ihm durch den Kopf, und er lächelt.

Da klingelt das Telefon. Mit einem Mal ist er hellwach. Ja, er wartet doch schon den ganzen Nachmittag auf den erlösenden Anruf von Beatrice aus dem Krankenhaus.

„Es ist sicher Beatrice. Hoffentlich hat sie gute Nachrichten über die histologischen Untersuchungen nach der Brustoperation", denkt er, als er den Telefonhörer frei schaltet und sich meldet.

„Hallo, mein lieber Schatz, Gott sei Dank bist Du da", meldet sich Beatrice mit einem weinenden Unterton in ihrer Stimme, die Felix kennt und nichts Gutes erwarten lässt.

„Was ist los? Wie geht es Dir? Liegen die histologischen Befunde inzwischen vor?, fragt er aufgeregt.

„Ja, vorhin war der Professor, der mich operiert hat, da und hat mir gesagt, dass er die Krebszellen zwar vollständig entfernt hat, aber man hat in den Randzonen den entnommen Gewebes noch Zellen gefunden, die neuen Krebs auslösen können. Ich soll morgen noch mal operiert werden. Bitte komm doch gleich vorbei. Ich brauche Dich jetzt."

Felix zuckt zusammen. Also doch. Beatrice Vorahnung, dass es mit einer Operation nicht getan ist, hat sich also bewahrheitet.

„Es tut mir sehr leid, mein lieber Schatz", stammelt er, nach Worten suchend, in den Apparat. „Ja, ich komme sofort. Ich habe den ganzen Nachmittag im Garten gelegen und war eingeschlafen. Ich bin in wenigen Minuten bei Dir."

Im Krankenhaus findet er Beatrice völlig aufgelöst vor. Er nimmt sie in den Arm. Sie weint hemmungslos, als sie ihm mit schluchzender Stimme die neue Situation schildert:

„Ich hatte so sehr gehofft, dass es mit einer Operation vorbei ist. Und nun geht es weiter. Man kann noch nicht einmal sicher sein, dass es mit zwei Operationen getan ist. Hier meine Zimmergenossin hat schon vier Operationen im Abstand von einer Woche hinter sich und nun soll ihre Brust doch noch vollständig amputiert werden. Ich habe Angst."

Felix fühlt sich, wie immer in solchen Situationen, sehr hilflos. Es hat aber von Clara gelernt, nicht wegzulaufen und auch nicht gute Ratschläge zu geben. Einfach da sein, den anderen in den Arm nahmen und ihn dort festhalten, darauf kommt es jetzt an. So hält er die Spannung aus und wartet einfach geduldig, während er Beatrice in seinem Arm festhält und sie leicht auf dem Rücken streichelt. Sie drückt sich fest an ihn und beruhigt sich allmählich.

Felix hält sie noch lange an den Händen fest. Sie küssen sich innig, bevor er sie schließlich mit den besten Wünschen für einen guten Operationsverlauf am nächsten Tag verlässt. Zu Hause sitzt er noch lange in Gedanken verloren auf seiner Terrasse.

16 Missglückter Hochzeitstag

Juni 2010 / August 2001

Wieder zurück in seinem Haus und Garten versucht Felix, sich von dem anstrengenden Krankenhausbesuch ein wenig zu erholen. Aber gleich kommen ihm die schnell wechselnden Situationen des ereignisreichen Jahres 2001 wieder wie schwirrende Insekten in den Sinn. Er packt seine Haare mit beiden Händen und zieht sie nach außen in die Länge, um seine Kopfhaut zu lockern und sich dadurch ein wenig zu entspannen. Wenn er seine gegenwärtige Lebenslage im Jahr 2010 mit dieser Zeit vor fast zehn Jahren vergleicht, wird ihm jetzt deutlicher als je zuvor bewusst, wie bedeutend all diese verschiedenen Ereignisse für die weitere Entwicklung seiner Beziehungen zu Dorothea, Beatrice und auch zu Clara waren. An vielen Stellen hätte damals die Chance bestanden, die alten Verhältnisse wieder zu stabilisieren und damit die chaotischen und schmerzhaften Entwicklungen des komplexen Beziehungsgeflechts zwischen ihm, den drei Frauen und Norbert zu vermeiden.

Es geschah aber nicht, weil alle daran Beteiligten es wohl auch nicht wollten. Nicht nur die Beziehung zwischen Dorothea und Felix war über viele Jahre immer wieder starken Belastungen ausgesetzt gewesen, sondern auch Beatrice' und Norberts Ehe hatte wiederholt auf der Kippe gestanden und war wohl nur deshalb fortgesetzt worden, weil es keine echte Alternative gegeben hatte. Ergaben sich jetzt durch die neuen Begegnungen zwischen Felix und Beatrice einerseits und zwischen Dorothea und Norbert andererseits solche Alternativen? Diese Frage stellte allerdings keiner der Beteiligten im Jahr 2001. Sie alle wurden vom Sog der Ereignisse einfach mit gezogen.

In Felix' Kopf tauchen die Bilder von seinem 28. Hochzeitstag im August 2001 vor seinen geschlossenen Augen auf. Dieser Tag spielte eine weitere Schlüsselrolle in seinem Beziehungsdrama.

In den vielen Jahren ihrer Ehe hatten Dorothea und Felix keine Methode gefunden, um über ihre häufigen Konflikte konstruktiv miteinander zu sprechen und ihre jeweilige Betroffenheit dem andern in verständlicher und annehmbarer Weise darzulegen. Meist waren es nur Kleinigkeiten, über die sie sich aufregten. Durch ihre ständigen Wiederholungen wurden sie aber immer häufiger Ausgangspunkt teils heftiger Auseinandersetzungen. Statt zu versuchen, solche Konflikte als Chance zu nutzen, um die Differenzen zwischen ihnen zu überwinden und als Ausgangspunkt eines Neuanfangs zu nutzen, wurde die Kluft zwischen ihnen immer breiter und tiefer.

Es fehlte ihnen beiden ganz offenbar an Distanz und auch an Größe, eigene Fehler einzugestehen und dem anderen zu verzeihen. Oder hatte sich die Liebe zueinander in 28 Jahren Ehe aufgebraucht?

Felix grübelt und sucht nach dem Anfang des weiteren Konflikts, der durch ihren 28. Hochzeitstag ausgelöst wurde. Er begann mit dem 60. Geburtstag seines älteren Bruders Johannes, den dieser Anfang August in seiner Villa feierte. Dorothea und er fuhren nach den getrennt verbrachten Sommerferien gemeinsam mit dem Wagen in die vier Stunden entfernt liegende Stadt seines Bruders, um an dem Fest mit teilzunehmen. Sein Bruder gehörte zu den angesehenen Bürgern seiner Stadt und hatte, wie es sich gehörte, etliche Größen der Stadt ebenfalls zu der Feier eingeladen.

Nach einiger Zeit des Nachdenkens fällt Felix ein, dass der neue Konflikt bereits auf der Hinfahrt zur Geburtstagsfeier seines Bruders seinen Anfang nahm, als Felix gegenüber Dorothea zwei Bitten vortrug:

Bei der ersten Bitte ging es um die zukünftige Nutzung des von Felix für Töchter Daniela und Katharina ausgebauten Dachbodens in ihrem gemeinsamen Haus.

„Jetzt, wo Daniela und Katharina studieren und nicht mehr bei uns wohnen, möchte ich den Dachboden gerne umbauen und für mich als Arbeitszimmer nutzen. Ich könnte dann endlich den Kellerraum verlassen, in dem ich bisher meine häuslichen Büroarbeiten erledigt habe. Bist Du damit einverstanden?", fragte Felix.

Dorotheas Antwort kam spontan:

„Nein, da bin ich dagegen. Die Zimmer gehören Daniela und Katharina. Wenn sie nach Hause kommen, sollen sie ihr Elternhaus so vorfinden, wie sie es gewohnt sind. Es soll doch ihr Elternhaus bleiben."

„Aber sie leben nicht mehr zu Hause, und ich möchte gern endlich einmal aus dem Kellerraum heraus und auch mal durch das Fenster nach draußen schauen können. Ich habe die Zwischenwand zwischen den beiden Zimmern extra so gebaut, dass man sie problemlos beseitigen kann, um einen großen durchgehend Raum zu schaffen", entgegnete Felix bereits etwas gereizt.

„Du bist doch meist nur abends in dem Raum, deshalb musst Du den Kindern doch ihre Räume nicht nehmen", war die abschließende Antwort von Dorothea. Felix ging darauf nicht weiter ein, um die ohnehin belastete Stimmung nicht weiter anzuheizen.

Nach einiger Zeit äußerte er seinen zweiten Wunsch:

„Du weißt, dass Beatrice und Norbert ein Ferienhaus haben", fing er vorsichtig an. „Soweit ich weiß, hast Du mit Norbert auch bereits einmal dort übernachtet."

„Ja, das stimmt", gab Dorothea zu, „ein schönes Haus. Und jetzt möchtest Du wohl gern mit Beatrice auch einmal dort zusammen sein?"

„Genau, erstaunlich, wie Du das so schnell erraten hast", antwortete Felix. „Beatrice hat mich eingeladen, Ende August mit ihr dort ein Wochenende zu verbringen. Hast Du etwas dagegen?"

„Nein, da ich mit Norbert bereits auch einmal dort gewesen bin, kann ich es Dir wohl schlecht verwehren. Also viel Spaß zusammen mit Beatrice dort", kam es leicht schnippisch aus ihrem Mund.

Damit war das Erforderliche gesagt. Schweigend fuhren sie den Rest der Strecke weiter, um an dem Geburtstagsfest von Felix' Bruder Johannes teilzunehmen.

An das merkwürdige Fest selbst hatte Felix nur noch bruchstückhafte Erinnerungen. Felix und Dorothea hatten sich getrennt unter die Gäste gemischt und sich – jeder auf seine Weise – mit ihnen unterhalten. Irgendwann saßen sie auch mal wieder nebeneinander, weil sie in dem Ambiente nirgendwo einen für sie interessanten Anknüpfungspunkt gefunden hatten und sich ziemlich fremd vorkamen.

Die darauf folgende Nacht war ebenso wenig anregend. Sie übernachteten auf eigene Kosten in einem teuren Hotel, einige Kilometer von der Villa von Johannes entfernt, das Johannes für sie reserviert hatte und wohin sie mit dem Taxi fahren mussten. Die gemeinsame Nacht in diesem Hotel verlief kühl und distanziert wie schon die gemeinsamen Nächte bei der Radtour an der Ruhr oder in England.

Schweigend fuhren sie nach der Feier wieder nach Hause zurück. Sie machten noch einen Abstecher zu ihrer ältesten Tochter Daniela, deren Universitätsstadt auf dem Heimweg lag, aber am

Ende waren sie froh, als die Fahrt beendet war und sie nicht mehr zusammen sein mussten.

Das letzte Wochenende im August verbrachten Felix und Beatrice, wie vereinbart, zusammen in Beatrice' und Norberts Ferienhaus, das etwa eine Autostunde von Felix' Wohnort entfernt in einer schönen Mittelgebirgslandschaft lag.

Sie verbrachten dort zwei angenehme Augusttage. Beatrice führte Felix durch das Haus, das sie zusammen mit Norbert und ihren Kindern renoviert und entsprechend ihren eigenen Wünschen eingerichtet hatten. Es war für sie und ihre Kinder zur zweiten Heimat geworden. Sie zeigte ihm die schöne Umgebung, und abends trafen sie sich mit den befreundeten Nachbarn zum gemeinsamen Abendessen, bei dem sich alle gut verstanden. Die Nachbarn zeigten Verständnis für Beatrice, die sie darüber informierte, dass sie sich von Norbert getrennt und nun Felix als neuen Freund habe. Sie akzeptierten Felix bereitwillig und behandelten ihn so, als würden sie sich schon seit langem kennen.

Der nächste Tag, ein Sonntag, war zufällig Felix' und Dorotheas 28. Hochzeitstag. Felix wachte mit einem Schuldgefühl auf, das ihn auch nach dem gemeinsamen Frühstück nicht verließ. Als er laut in Erwägung zog, Dorothea anzurufen, um ihr trotz ihrer Differenzen zu diesem Tag zu gratulieren, zeigte sich Beatrice verwundert:

„Das gibt doch keinen Sinn und wirkt eher heuchlerisch nach all dem, was in den letzten Wochen passiert ist. Du verbringst das Wochenende hier mit mir und nun willst Du Dorothea anrufen, nur weil heute euer Hochzeitstag ist. Welche Bedeutung hat das noch für Dich und sie? Dorothea wird sich über Deinen Anruf bestimmt nicht freuen."

Felix fühlte sich unsicher.

‚Soll ich anrufen oder nicht?', fragte er sich. ‚In all den Jahren zuvor habe ich ihr an diesem Tag gratuliert und ihr Blumen geschenkt, meist einen großen Strauß roter oder bunter Rosen, je nach Stimmung. Wir hatten doch trotz vieler Differenzen auch immer wieder gute Zeiten zusammen gehabt.'

Die Situation jetzt war für Felix neu und gänzlich ungewohnt. Er grübelte hin und her und wusste nicht recht, wie er sich entscheiden sollte. Schließlich rang er sich zu einer Entscheidung durch:

‚Ja, ich bin nun in Beatrice' Ferienhaus und nicht bei Dorothea zu Hause. Außerdem habe ich Dorothea vorher gefragt, ob sie einverstanden sei, dass ich dieses Wochenende mit Beatrice zusammen verbringen darf, was sie mir auch zugestanden hat. Darüber hinaus hatten wir in den letzten Wochen erhebliche Differenzen miteinander und Dorothea hat sich sichtbar Norbert zugewandt. Wenn ich sie jetzt anrufe, um ihr zu unserem gemeinsamen Hochzeitstag zu gratulieren, wäre ich tatsächlich inkonsequent, und es konnte als heuchlerisch empfunden werden. Beatrice hat Recht, es gibt keinen Sinn, Dorothea jetzt anzurufen.'

So rief Felix Dorothea an diesem Sonntag nicht an, aber der Zweifel und die Unsicherheit über sein Tun verfolgten ihn den ganzen Tag über und erzeugten bei ihm ein ungutes Gefühl.

Als Felix am späten Sonntagabend nach Hause kam, war er zunächst allein. Als Dorothea und die 16 jährige Tochter Cecilia später nach Hause kamen, begrüßten sie ihn mit abweisender Miene. Cecilia fragte mit einem vorwurfsvollen Unterton:

„Wie konntest Du an Eurem Hochzeitstag mit Beatrice zusammen in ihr Ferienhaus fahren? Du hättest Mama wenigstens anrufen können, um ihr zu gratulieren."

Felix fiel nichts anderes ein als verlegen zu murmeln: „Aber das war doch so abgesprochen gewesen."

17 Aussprache zwischen Vater und Tochter

Juni 2010 / September 2001

Felix schläft in der Nacht nach dem Besuch von Beatrice im Krankenhaus nur schlecht. Immer wieder wird er wach. Zusätzlich beschäftigen ihn jetzt verstärkt seine drei Töchter Daniela, Katharina und Cecilia und sein gestörtes Verhältnis zu ihnen. Er öffnet seine Augen und versucht, seine Gedanken zu ordnen und sich klar zu machen, wie sich seine Beziehung zu ihnen entwickelt hat und wo er heute steht:

Cecilia, mit 27 Jahren die Jüngste, arbeitet als Ärztin in Norddeutschland, unverheiratet und ohne Kinder. Katharina, die Mittlere, lebt mit ihrer Familie in der Nähe und arbeitet ebenfalls als Ärztin. Gleichzeitig muss sie sich um ihre beiden kleinen Mädchen, Lucia und Olga, kümmern. Daniela, die Älteste, ist erst vor wenigen Wochen mit ihrer Familie aus Süddeutschland ins Ruhrgebiet gezogen, wo sie als Raumplanerin eine neue Stelle gefunden hat. Sie erwartet in wenigen Tagen nach ihrer Tochter Jasmina ein zweites Kind. Felix freut sich auf sein viertes Enkelkind. Diesmal soll es erstmals ein Junge werden. Bislang war er nur von Frauen umgeben. Auch Dorothea war mit drei Schwestern in einem Viermädelhaus groß geworden.

„Was habe ich meinen Kindern als Vater mit auf ihren Lebensweg gegeben?" fragt er sich. „Unsere Trennung von uns Eltern war sicher kein gutes Vorbild für sie. Daniela und Katharina wohnten aber damals bereits außerhalb von uns, als sich unsere Trennung in Etappen vollzog. Solange sie noch zu Hause wohnten, hatte ich ihnen doch immer ein familiäres Nest geboten. Aber für Cecilia war unsere Trennung sicherlich am schwierigsten zu verkraften gewesen. Sie war damals noch Schülerin und stand kurz vor dem Abitur, als ich von zu Hause auszog.

Ich weiß noch, wie erleichtert ich war, als sie ihr Abitur dennoch mit guten Noten abschloss.

Seit meinem Auszug aus unserem gemeinsamen Haus habe ich verstärkt darauf geachtet, dass der Kontakt zu meinen Töchtern nie abriss. Nach meiner Wahrnehmung ist er sogar besser geworden, weil ich seitdem ohne das Filter von Dorothea mit ihnen direkt kommunizieren konnte. Bis jetzt ist es mir aber nicht möglich gewesen, über meine Beweggründe offen und ausführlich mit ihnen zu sprechen und um Verständnis für meine Entscheidung zu werben. Sie haben genug damit zu tun, ihr eigens Leben zu bewältigen und ihre eigene Lebensgrundlage zu gestalten. Ich kann gut verstehen, dass sie deshalb mit dem Thema nichts zu tun haben wollen. Ich hoffe aber, dass sie anerkennen, dass ich mich stets bemüht habe, ihnen ein guter Vater zu sein und alles für ihre positive Entwicklung getan zu haben, was in meinen Kräften stand."

Felix schließt seine Augen und versinkt nach kurzer Zeit wieder in einen Traumzustand, in dem die Bilder der Zeit, als Daniela geboren wurde und er seine erste Arbeitsstelle im Umweltschutz antrat, an ihm vorbei laufen.

Felix war bei der Geburt von Daniela im Jahr 1974, nur zwei Wochen nach seinem Berufsbeginn, dabei gewesen. Es war eine schwere und lange Geburt gewesen. Als er sein erstes Kind, Daniela, schließlich im Arm hatte, war er glücklich. Er kam ihm wie ein Wunder vor, nun selbst Vater zu sein. Von da an fuhr er abends und an Wochenenden, immer wenn er Zeit hatte, die Kleine stolz im Kinderwagen spazieren. Die eigentliche Betreuung lag aber dennoch bei Dorothea, die damals völlig in ihrer Mutterrolle aufging.

Trotz seines großen beruflichen Engagements für den Umweltschutz widmete sich Felix so oft und so lang es ihm möglich war, seiner kleinen Tochter. Er führte sie im Kinderwagen spazieren, nahm sie auf den Arm, gab ihr die Flasche und erneuerte auch ihre Windeln, wenn die Mutter gerade mal nicht anwesend war. Er spielte mit ihr, sang oder spielte ihr auf dem Klavier Lieder vor. Er trug sie in einem Tragegestell auf dem Rücken, wenn er mit Dorothea Spaziergänge unternahm. Sie besuchten zusammen die Großeltern, Freunde und Verwandte und unternahmen häufig Ausflüge, wobei Daniela immer im Mittelpunkt stand.

Schon 16 Monate nach Danielas Geburt wurde ihr Schwesterchen Katharina geboren. Die Schwangerschaft war ebenso wenig geplant gewesen wie die von Daniela. Das neue Baby zog sofort viel von der Aufmerksamkeit ab, die bisher Daniela allein gegolten hatte. Felix führte Danielas mitunter störrisches Verhalten, welches schon im Kleinkindalter ihre Eltern in besonderer Weise gefordert hatte, vor allem auf diese neue Familienkonstellation zurück. Daniela empfand die wegen ihrer Schwester geringer gewordene Zuwendung offenbar als Liebesentzug. Felix konnte sie aufgrund seiner beruflichen Belastung nicht kompensieren. Dennoch blieb Daniela bis zu ihrem vierten Lebensjahr vor allem ein Papakind, auf dessen Schoß sie besonders gerne saß.

Bereits in dieser Zeit entwickelten sich zunehmend Maße Spannungen zwischen Dorothea und Felix. Dorothea war mit Felix nicht zufrieden, weil er zu wenig zu Hause war und ihr deshalb nicht zur Verfügung stand. Hinzu kam, dass sie in ihrer neuen Wohnumgebung im Anfang kaum andere Menschen fand und sie deshalb oft allein war. Von ihrem Elternhaus, einem kleinen Bauernhof, war sie gewohnt, ständig Bekannte und Verwandte um sich herum zu haben. Umgekehrt war Felix mit Dorothea nicht zufrieden, weil sie den Haushalt nicht so ordentlich führte, wie er es von seiner Mutter her gewohnt war. Außerdem gefiel ihm der „laissez-faire" Stil ihrer Kindererziehung nicht, die sich zum Beispiel darin äußerte, dass in der Wohnung laufend Spielsachen herumlagen und die Kinder keine ordentlichen Tischmanieren lernten.

So erlebte Felix einmal, als er einen befreundeten Kollegen, einen Universitätsprofessor, zu sich nach Hause zum Abendessen eingeladen hatte, dass Daniela über den mit Töpfen und Geschirr voll gestellten Küchentisch klettern durfte, ohne dass Dorothea intervenierte. Felix schämte sich damals sehr über diesen Vorfall. Das wäre in seinem Elternhaus so nicht passiert. Er fühlte sich aber hilflos, weil die Erziehung von Daniela nach seiner Erfahrung und Auffassung vor allem in den Händen von Dorothea lag, zumal diese selbst Pädagogin war und im Gegensatz zu ihm immer zu Hause war.

Auch auf dem kleinen Bauernhof von Oma und Opa, der Eltern von Dorothea, durften die Kinder alles machen, was sie wollten. Als beim Mittagessen wieder einmal das für Felix unerträgliche Chaos ausbrach, ohne dass Dorothea eingriff und ohne dass Daniela auf seine Ermahnungen hörte, platzte ihm der Kragen. Er verließ mit der zappelnden Daniela den Raum und wies sie draußen in heftigen Worten zurecht, so dass sie schließlich laut schreiend und weinend wieder zurück lief und bei ihrer Mutter Schutz suchte.

„Vielleicht habe ich durch diese Szene oder eine ähnliche Szene damals den Kontakt zu meiner Tochter, die in den ersten Jahren doch immer Papa-Kind war, verloren?", sagt sich Felix in seinen Gedanken. „Was für eine Tragik!"

Denn leider wiederholten sich solche unschönen Szenen immer wieder. Mit dem zunehmenden Ärger kam es dann auch schon mal vor, dass Felix die Hand ausrutschte und er Daniela einen Klaps gab, den sie jedes Mal mit lautem Gebrüll beantwortete.

„Ich muss mich nicht wundern, dass sich Daniela dadurch mehr und mehr von mir entfernte und immer weniger Interesse zeigte, zu mir auf den Schoß zu kommen", geht es Felix selbstkritisch durch den Sinn.

Eine andere wesentliche Ursache für die zunehmenden Spannungen zwischen Felix und Dorothea lagen aber in Felix' Unzufriedenheit über ihre sexuellen Beziehungen. Seit der Geburt ihrer zwei Kinder war Dorothea vollauf mit den Kindern beschäftigt und zeigte sich zunehmend gegenüber Felix frigide. Darüber hinaus lehnte sie es ab, weiter die Pille zu nehmen. Mit der Verwendung von Kondomen kam Felix wiederum nicht gut zurecht. Er kaufte daraufhin Bücher über Sexualität und Verhütungsmethoden, die in den 70er Jahren zunehmend auf den Markt kamen, um mehr zu dem Thema zu erfahren.

Eines Tages schenkte er Dorothea ein Buch über Temperaturmessungen nach Knaus-Ongino zur Feststellung des Zeitpunkts des Eisprungs. Nachdem er es ihr überreicht und sie die ersten Zeilen gelesen hatte, warf sie es wütend an die Wand. Felix hat diese Szene in seiner Erinnerung immer noch so lebendig vor Augen, als wäre es eben erst passiert.

„Ich weiß noch gut, wie fassungslos und hilflos ich mich damals fühlte", erinnert sich Felix.

Während Felix die damaligen Ereignisse durch den Kopf gehen, kann er nachempfinden, warum es Daniela in diesem Klima von Spannungen, Unzufriedenheit und Frust auch an Liebe und Zuwendung fehlte. Er hat den Eindruck, dass sie bis heute als erwachsene Frau noch unter diesem Mangel leidet. Die 16 Monate jüngere Katharina und erst recht Cecilia, die als Nachkömmling acht Jahre nach Daniela auf die Welt kam, machten diese negativen Erfahrungen nicht. Beide fanden von ihrer Mutter und von den jeweils älteren Geschwistern viel Liebe und Aufmerksamkeit, die gerade kleine Kinder benötigen, um sich behütet zu fühlen. So lernten sie auch leichter und schneller als Daniela, da sie sich in den jeweils älteren Geschwistern Vorbilder hatten, an denen sie sich orientieren konnten. Daniela dagegen musste alles ohne ein solches Vorbild mühsam erlernen und sich aneignen.

Als Daniela und Katharina noch klein waren, erzählte Felix ihnen abends im Bett selbst erfundene Gute-Nacht-Geschichten, zum Beispiel über die Schwalbe Trobi, was diese bei der Aufzucht ihrer Jungen und später auf ihrer Wanderung nach Afrika so alles an Abenteuern erlebte. Er schlüpfte in verschiedene Rollen selbst erfundener Fabelwesen mit skurrilen Eigenschaften. Da war zum Beispiel die Kitzelkatze oder das Singtier, die die Kinder verstanden und immer auf Seiten der Kinder standen.

Solche Geschichten gehörten längere Zeit zum Einschlafritual. Als die Kinder größer waren, organisierte Felix Abenteuerwanderungen und Geschicklichkeitstourniere bei ihren Kindergeburtstagen. Er baute den Kindern Klettertürme im Kinderzimmer und im Garten. Bei allen seinen drei Kindern ließ er sich in der Schule zum Klassenpflegschaftsvorsitzenden wählen, um aktiv das Leben in der Schule mitverfolgen und beeinflussen zu können. In dieser Funktion organisierte er Klassenfeste und gemeinsame Wanderungen und vertrat die Interessen der Eltern und der Kinder gegenüber den Lehrern.

Besonderen Wert legte Felix in all den Jahren auf die gemeinsamen Familienurlaube. Obwohl sie ständig mit wenig Geld auskommen mussten, verstand es Felix immer wieder, interessante Familienferien im In- und Ausland zu organisieren, die auf die Kinder zugeschnitten waren und in denen er sich intensiv seinen Kinder widmen konnte. Sehr beliebt waren Campingurlaube an Seen oder am Meer, wo er mit den Kindern schwimmen konnte, und Skiurlaube, wo er den Kindern das Skifahren beibrachte. Weniger beliebt waren Wanderungen in den Bergen. Als die Kinder älter waren, machten sie gemeinsame Fahrradtouren und Segeltörns auf Segelyachten. Alle drei Töchter nahmen an Segelkursen teil und erwarben Segelscheine.

Um ausreichend Wohnraum für die Familie zu haben, hatte Felix schon früh trotz knapper Finanzmittel ein Reihenhaus mit einem kleinen Garten gekauft, in dem jedes Kind ein eigenes Zimmer hatte. Bei der Finanzierung halfen ihm zwar seine Eltern und zu einem geringeren Teil auch die Eltern von Dorothea. Trotzdem gerieten sie Anfang der 80er Jahre in große Finanzierungsschwierigkeiten, als die Zinsen für seine mit variablem Zinssatz abgeschlossenen Kredite für ihr Haus bis auf über 11 % stiegen. Nur knapp entgingen sie dem Zwangsverkauf des Hauses.

Als Dorothea ihm im Jahr 1982 überraschend die Nachricht von der dritten Schwangerschaft mit Cecilia übermittelte, war seine erste Reaktion: „Dann baue ich den Dachboden aus." Mehrere Monate war er daraufhin nach Dienstschluss bis spät in die Nacht damit beschäftigt, Wände und Fenster im Dachboden sowie eine Treppe dorthin zu bauen, Elektroleitungen zu legen und die Wände mit Holzpaneelen zu verkleiden. Für Handwerker hatten sie zu der Zeit kein Geld, da Felix Alleinverdiener war. Rechtzeitig zur Geburt von Cecilia war der ausgebaute Dachboden fertig, und Felix hatte für Daniela und Katharina zwei neue Kinderzimmer dazu gewonnen.

„Warum nur kommen mir diese ersten Jahre meiner Ehe jetzt in Erinnerung, wo ich doch gerade versuche, die dramatischen Ereignisse des Jahres 2001, die das Ende meiner langjährigen Ehe einleiteten, nachzuvollziehen und zu verstehen?", fragt sich Felix im Halbschlaf und versucht, den roten Faden seiner Erinnerungen wieder zu finden. Nach einiger Zeit fällt ihm der Bezugspunkt wieder ein. Es ging um sein Verhältnis zu meinen Töchtern, insbesondere zu Daniela.

„Nach dem missglückten 28. Hochzeitstag im August 2001 habe ich Daniela Anfang September 2001 in ihrem Studienort besucht, weil ich das Gefühl hatte, etwas an ihr wieder gut machen zu müssen, und auch, um ihr zu zeigen, dass sie mir wichtig war. Mein Besuch verlief aber in einer angespannten Stimmung. Ich wusste, dass die Konflikte zwischen mir und Dorothea Daniela nicht verborgen belieben waren, da die Töchter regelmäßig miteinander telefonierten und auch Dorothea sie immer wieder anrief."

Felix lud Daniela zu einem Ausflug ins Grüne ein, um dort in der freien Natur ungezwungener miteinander sprechen zu können. Außerdem wollte er gern mit ihr in einem schönen Restaurant zu Mittag essen.

Bei dem gemeinsamen Spaziergang versuchte er Daniela etwas von seinem Leben und Träumen zu vermitteln. Er wünschte sich, dass sie von seiner Lebensphilosophie etwas mehr verstand. Er erzählte ihr von seinen Anstrengungen beim Studium, um eine gute Ausbildung zu haben, seinen Bemühungen im Umweltschutz, seiner Rolle als Vater, in der er sich immer trotz seiner beruflichen Belastungen bemüht hatte, für seine Familie da zu sein. Dabei habe er auch Fehler gemacht, die ihm heute Leid tun würden. Er bat Daniela um Verständnis und Verzeihung, wenn er sich dabei ihr gegenüber nicht immer so verhalten habe, wie sie es sich von ihrem Vater gewünscht habe.

Felix erinnert sich, dass Daniela seinen Ausführungen zuhörte, aber insgesamt doch nur wenig darauf einging. Sein Bekenntnis schien ihr sogar eher peinlich zu sein, was es ihm nicht leichter machte, ihr seine Gedanken und Gefühle zu vermitteln.

Nach dem gemeinsamen Essen im Restaurant kam er auf sein zentrales Anliegen zu sprechen:

„Du weißt, dass Deine Mama und ich seit geraumer Zeit Probleme miteinander haben", fing er an.

„Ja, das ist kein Geheimnis", entgegnete Daniela ein wenig unterkühlt.

„Es tut mir Leid, wenn ich Dorothea mit meinem Verhalten verletzt habe", fuhr Felix fort. „Was kann ich soll ich in dieser Situation nun tun? Vielleicht kannst Du mir dabei helfen."

„Da geht mich nichts an, was zwischen Dir und Mama ist. Das müsst ihr schon alleine untereinander klären", entgegnete Daniela.

Felix wurde es bei diesem Gespräch zunehmend unbehaglich. Er fühlte sich mit seinen Problemen – wie so oft - allein auf weiter Flur. Immer wieder hatte er erlebt, dass zwischen Dorothea und seinen Töchtern eine intensive Kommunikation lief, dass sie über alle Dinge, die sie bewegten, miteinander sprachen. Er ging auch davon aus, dass Dorothea ihre Probleme mit ihm mit ihren Töchtern besprochen hatte. Er hatte aber niemanden, mit dem er darüber sprechen konnte, außer vielleicht Beatrice und Clara, aber die waren von seinem Familienkonflikt nicht betroffen.

Felix machte einen letzten Vorstoß:

„Meinst Du, dass wir uns trennen sollten oder dass ich zumindest für eine Zeit mal in eine andere Wohnung ziehen sollte?", fragte er Daniela.

„Das wäre bestimmt nicht die schlechteste Lösung", erwiderte Daniela. „Mama fühlt sich durch dich sehr verletzt, und wenn ihr mal eine Weile auseinander seid, könnte das sicher nicht schaden."

„Danke, liebe Daniela, ich werde darüber nachdenken". Mit diesen Worten beendete Felix das Gespräch und fuhr schon bald wieder nach Hause, nachdem er Daniela zu ihrer Studentenwohnung zurück gefahren hatte.

18 World Trade Center und Küchenkauf

11. September 2001

Genau am 11. September 2001, an dem die beiden Türme des World Trade Centers in New York durch den Terrorakt zusammenstürzten, bekam Felix' mehr als 25 jährige Ehe die entscheidenden Risse, die schließlich ebenfalls zum Einsturz führen sollten.

Der Tag begann ganz normal: Aufstehen, Frühstücken, Fahrt ins Büro, Büroroutine, Feierabend, keine besonderen Vorkommnisse. Am Abend, auf dem Weg nach Hause, erfuhr Felix im Autoradio von den schrecklichen Ereignissen in New York, wo zwei Flugzeuge, von Terroristen in ihre Gewalt gebracht, in die Türme des World Trade Centers gelenkt worden und diese schließlich zum Einsturz gebracht hatten. Über 3.000 Menschen kamen bei dem Ereignis zu Tode.

Der Rundfunkreporter begann seinen Bericht mit den Worten: „Nach diesem Tag wird nichts mehr so sein wie vorher." Felix konnte nicht ahnen, dass sich diese Worte auch auf sein Leben beziehen sollten.

Zu Hause machte er den Fernseher an und schaute fassungslos und erstaunt auf die Bilder der brennenden und in sich zusammen stürzenden Türme. Wie konnte so etwas geschehen?

Wie zufällig fiel sein Blick auf eine Rechnung, die vor dem Fernseher lag und entfaltete sie. Es war eine Rechnung eines bekannten, größeren Möbelgeschäfts, das Beatrice ihm auch schon empfohlen hatte, über den Kauf einer teuren Küche im Wert von über 15.000 DM. Die Rechnung konnte nur von Dorothea dort hingelegt worden sein.

Felix zuckte zusammen. Seit vielen Jahren hatte sich Dorothea eine neue Küche gewünscht, nachdem sie bisher immer nur gebrauchte Küchenmöbel gehabt hatten. Jetzt, im Zusammenhang mit ihrer Ehekrise, hatte Felix zugestimmt, dass Dorothea eine neue Küche bekommen sollte. Er hoffte, damit einen sichtbaren Beitrag für eine bessere Stimmung zwischen ihnen zu leisten. Dorothea verbrachte eindeutig mehr Zeit in der Küche als er, und er wusste, dass ihr eine neue Küche trotz der bestehenden anderen finanziellen Belastungen, z.B. zur Hausfinanzierung, viel bedeutete.

Sie hatten ausgemacht, am nächsten Samstag gemeinsam zu verschiedenen Möbelgeschäften zu fahren, um nach einer neuen Küche zu schauen. Und nun lag da eine Rechnung über den Kauf einer besonders teuren Küche. Felix hatte an eine preiswertere Küche gedacht. Offenbar hatte Dorothea aber bereits ohne ihn den Kauf getätigt.

Felix' Inneres zog sich zusammen. Ein bleiernes Gefühl legte sich über ihn. Was bedeutete dieser Kauf für ihn und ihre Beziehung? Benutzte Dorothea ihn und ihre Ehe jetzt als Selbstbedienungsladen?

Im Zeitraffer liefen in diesem Augenblick die entscheidenden Ereignisse seiner Ehe mit Dorothea an seinen Augen vorbei.

Dreimal war sie schwanger geworden, obwohl sie ihm jedes Mal versichert hatte: *„Es kann nichts passieren"*. Jedes Mal hatte sich Felix blauäugig darauf verlassen. Dorothea suchte schon kurz nach ihrer Hochzeit ganz ihre Rolle als Mutter. Sie fühlte sich durch Felix' gute Ausbildung als Chemiker und Umweltschutzexperten finanziell gut abgesichert. Ihr erlernter Beruf als Lehrerin war ihr völlig unwichtig. Gegen seinen Willen war Felix so zum Alleinverdiener gezwungen. Zur Finanzierung ihres Hauses musste er über Vorträge und Publikationen zusätzlich

Geld verdienen, da sein monatliches Einkommen im öffentlichen Dienst vorn und hinten nicht ausreichte.

Da sie sich keine Handwerker leisten konnten, baute er während der Schwangerschaft seiner Frau mit seiner dritten Tochter den Dachboden alleine aus und führte auch viele andere Arbeiten im Haus selbst aus. Dies alles geschah neben seiner anstrengenden und engagierten Arbeit für den Umweltschutz, für den er sich dank seiner umfassenden Ausbildung gegenüber der ganzen Menschheit verantwortlich fühlte. Nutznießer seines Fleißes waren seine Frau und seine Töchter. Für ihn blieb in seinem Haus nur der Kellerraum als „sein" Zimmer übrig.

„Warum vertrauen Männer ihrer Frau, wenn sie beim Liebesakt sagt, es könne nichts passieren?", geht es Felix ein wenig verbittert durch den Sinn. „Offenbar hat die Natur es so eingerichtet, dass sie dann ihren Verstand ausschalten. Um den Fortbestand der Menschheit zu sichern, ist das sicher ein guter Trick."

Trotz laufender finanzieller Engpässe hatte sich in dieser Anfangszeit ihrer Ehe und Familie darum bemüht, jedes Jahr preiswerte Abenteuerurlaube zu ermöglichen, mit gebrauchten Zeltausrüstungen auf Campingplätzen oder in Jugendherbergen, an denen sie alle, Kinder und Eltern, ihre Freude hatten. Felix' Blick ging zu den Fotoalben im Bücherschrank mit den vielen schönen, überwiegend von ihm selbst aufgenommenen Familienbildern aus dieser Zeit, meist mit seinen lachenden und fröhlichen Kindern.

Dorothea nahm erst Anfang der 90er Jahre, als Daniela und Katharina bereits an den Universitäten studierten, ihre seit Beginn ihrer Ehe unterbrochene Tätigkeit als Lehrerein in Teilzeitarbeit wieder auf. Obwohl das zu einer gewissen finanziellen Entlastung führte, mussten sie auch danach weiter gut rechnen, um finanziell über die Runden zu kommen. Aber so waren sie es seit jeher gewohnt. Es gehörte mit zur Routine ihrer Ehe.

Und nun, als ein Höhepunkt ihrer Ehekrise, tauchte auf einmal eine solch teure Rechnung für eine neue Küche auf.

Felix hatte Dorothea eigentlich gebeten, sich schon einmal nach neuen Küchen zu erkundigen, um dann am folgenden Wochenende gemeinsam über den Kauf zu entscheiden. Dorothea hatte herausgefunden, dass neue Küchen zwischen 10.000 und 12.000 DM kosten. Wie konnte es sein, dass schon jetzt, am Dienstag vor dem besagten Wochenende, eine Küchenrechnung über 15.000 DM vorlag? Das musste eine Luxusküche sein, die Dorothea bestellt hatte. Warum hatte sie mit dem Kauf nicht – wie vereinbart – bis zum nächsten Samstag warten können?

Während sich Felix diese Fragen stellte, klingelte das Telefon. Am anderen Apparat meldete sich Beatrice: „Hast Du die Fernsehbilder vom World Trade Center gesehen? Ich habe heute Morgen den Einsturz life miterlebt und bin noch völlig schockiert. Ich habe daraufhin Norbert per Handy angerufen, um mit ihm darüber zu sprechen. Was glaubst Du, wo er zu dem Zeitpunkt war?"

„Woher soll ich das wissen? Wo war er denn?"

„Er sagte mir, dass er zusammen mit Dorothea in einem großen Möbelgeschäft sei, um eine Küche auszusuchen. - ‚Norbert', sagte ich zu ihm, ‚was hast Du mit dem Küchenkauf von Dorothea zu tun? Das geht Dich doch gar nichts an. Das ist doch Sache von Dorothea und Felix. Er antwortete, dass Dorothea ihn gebeten habe, ihn zu begleiten, weil er das Geschäft doch kenne. Und so habe er sie eben als Berater begleitet."

„Danke für die Nachricht, liebe Beatrice. Ich kann es nicht fassen. Dorothea und ich wollten am nächsten Samstag zusammen eine Küche aussuchen und bestellen, und nun finde ich hier eine Rechnung über eine Luxusküche im Wert von über 15.000 DM. Ich hatte mit maximal 12.000 DM gerechnet."

Felix fasste sich an den Kopf. Die Ereignisse um das World Trade Center traten für ihn in den Hintergrund.

„Warum hat Dorothea das getan?", ging es ihm durch den Kopf. „Ich fühle mich ausgenutzt, in die Ecke gedrängt, zutiefst gekränkt. War das ihre persönliche Rache, ihre Antwort auf irgendwelche Verhaltensweisen durch mich, die sie vielleicht auch als Kränkung empfunden hat?"

Er konnte keine klaren Gedanken mehr fassen und sah die schrecklichen Fernsehbilder nur noch verschwommen, wie in einem Film, der aus Gewohnheit nebenbei im Fernsehen lief.

Später, als Dorothea nach Hause kam, zeigte er ihr die Rechnung.

„Was ist das für eine Rechnung?"

„Ich war mit Norbert in dem Möbelgeschäft. Du hattest mir doch gesagt, ich solle schon mal nach Küchen Ausschau halten. So habe ich auch Norbert um Rat gebeten, der diese Firma kannte und sie mir empfahl. Er bot sich an, mir den Weg dahin zu zeigen. Dort fand ich genau die Küche, die ich mir schon immer gewünscht habe. Sie hatten sie nur noch an diesem Tag im Angebot, und ich musste mich sofort zum Kauf entscheiden. Bitte habe dafür Verständnis und bezahle die Rechnung. Wir haben doch das Geld."

Felix schluckte, schüttelte seinen Kopf und entfernte sich. Er war nicht in der Lage, Dorothea um weitere Erklärungen zu bitten. Auch in den Tagen danach fand er nicht die Kraft zu einer Aussprache über diesen Vorfall. Der Zerfall ihrer Ehe nahm ungebremst weiter ihren Lauf.

Am nächsten Wochenende nahm Felix wie im Trancezustand die bereits zur Seite gelegte Tageszeitung in die Hand und begann im Immobilienteil nach angebotenen Mietwohnungen zu suchen. Er fand ein preiswertes Angebot einer Wohnungsbaugesellschaft in der Nähe seiner Dienststelle. Einen Tag später rief er dort an, vereinbarte einen Besichtigungstermin und unterschrieb einen Mietvertrag zum November 2001.

19 Auszug aus dem eigenen Haus

Oktober 2001

Nachdem Felix nach den für ihn unerfreulichen Ereignissen im September 2001 den Mietvertrag für eine Etagenwohnung unterschrieben hatte, begann er, seine persönlichen Sachen in Umzugskartons zu packen und diese im Kellerbüro seines Hauses zu stapeln.

Jeden Abend nach Dienstschluss füllte er einen oder zwei neue Kartons. So wuchs der Stapel der Umzugskartons von Tag zu Tag, während sich die Schränke und Regale im Kellerraum immer mehr leerten. Felix kam sich komisch vor. Es war dabei, sein Haus, für das er viele Jahre geschuftet hatte, zu verlassen. Den Dachboden hatte er ausgebaut und so zwei zusätzliche Räume geschaffen. An die Garage hatte er einen Anbau für Gartengeräte und Gartenmöbel gebaut, zur Terrasse hin eine Stützmauer, die er mit Kieselsteinen verkleidet hatte, die er einzeln am Rhein gesucht hatte. Im Garten hatte er eine zusätzliche Sitzecke geschaffen und einen Süßkirschbaum gepflanzt, der inzwischen regelmäßig reichliche Früchte trug. Die Fläche vor der Haustür hatte ein schönes Steinmuster erhalten. Die Waschküche hatte er mit weißen Fliesen und mit hellem Licht ausgestattet, um sie auch als Bügelraum nutzen zu können. Zusätzlich hatte er dort eine kleine Haussauna mit einer Dusche daneben installiert. Auch in den Zimmern und den zwei Bädern seines Hauses hatte er immer wieder Verbesserungen vorgenommen.

Während er sich innerlich jeden Tag ein wenig mehr von seinem Haus verabschiedete, dachte er an seine Sorgen und Mühen zur Finanzierung des Hauses, das er nun im Begriff war zu verlassen. Anfang der 80er Jahre waren die Zinsen für seinen Kredit zur Finanzierung des Hauses auf über 11 % gestiegen, und sie standen kurz vor einem Zwangsverkauf des Hauses. Als zur selben Zeit auch noch Dorothea überraschend mit Cecilia, ihrer dritten Tochter, schwanger geworden war, hatte er fast ein Jahr lang jeden Abend nach Dienstschluss an dem Ausbau des Dachbodens gearbeitet, um für seine drei Töchter genügend Wohnraum zur Verfügung zu haben. Er hing an dem Haus. Im Laufe der Jahre war es ein Teil seiner selbst geworden.

Aber nachdem das Zusammenleben mit seiner Frau Dorothea immer schwieriger wurde, fühlte Felix sich mehr und mehr wie ein Fremdkörper in seinem eigenen Haus. Seine Versuche, daran etwas zu ändern, halfen nicht weiter sondern verursachten eher noch weitere Spannungen.

Beruflich ging es Felix in dieser Zeit auch nicht gut. Schon seit geraumer Zeit lief es für ihn nicht mehr so wie früher. Seine neuen Vorgesetzten, die nach dem letzten Regierungswechsel in die politisch einflussreichen Schlüsselpositionen gekommen waren, verhielten sich nach Felix' Empfinden gegenüber ihren Mitarbeitern wie Gutsherren gegenüber ihren Dienern. Ohne selbst fachlich qualifiziert zu sein, benutzten sie ihn und andere Mitarbeiter oft als reine Erfüllungsgehilfen eigener Ideen, ohne ihre Expertise als Fachleute einzuholen. Das empfand Felix nicht nur als unklug sondern auch als entwürdigend. Er war es seit vielen Jahren gewohnt gewesen, eigenständig und mit hoher Eigenverantwortung für den Umweltschutz zu arbeiten. Schon in seinen ersten Berufsjahren war ihm eine beachtliche Eigenverantwortung abverlangt worden, der er auch immer gerecht geworden war. Nun aber fühlte er sich zunehmend entmündigt, obwohl er in all den Jahren einen beachtlichen Erfahrungsschatz angesammelt hatte. Seine eigenen Leistungen und eigenverantwortlichen Initiativen fanden bei seinen neuen Vorgesetzten jedoch kaum Beachtung.

In dieser Zeit fuhr Felix oft müde und frustriert mit dem Fahrrad nach Hause. Die Strecke betrug über zehn Kilometer. Die frische Luft tat ihm gut. Er hätte sich gern auf ein behagliches zu Hause gefreut, um sich im Kreis seiner Familie wieder zu regenerieren. Aber zu Hause wartete niemand auf ihn. Wenn er sein Haus betrat, saßen Dorothea und seine jüngste Tochter Cecilia, die ein Jahr vor dem Abitur stand, gewöhnlich vor dem Fernsehapparat, um sich - so jedenfalls empfand es Felix - irgendeine Seifenoper anzusehen. Wenn er mit ihnen sprechen wollte, wurde ihm bedeutet, dass er sie bitte nicht stören möge. Da in der Regel für ihn kein Essen zubereitet war, ging er allein in die Küche, um sich irgendetwas Essbares aus dem Kühlschrank zuzubereiten. Oft hatte er deshalb auf dem Heimweg noch schnell selbst etwas zum Essen gekauft, das er dann für sich zubereitete.

Wiederholt zog er sich dann in schlechter Stimmung in sein Kellerbüro zurück, um dort die tagsüber angefallene private Korrespondenz zu erledigen oder sich um die Bezahlung der diversen Arztrechnungen seiner Frau und seiner Töchter zu kümmern. Während er dort missmutig arbeitete, wünschte er sich oft, dass ihn seine Frau oder seine Tochter aufsuchten, zärtlich ihre Arme um seinen Hals legten und ihn aus dem Keller nach oben einluden. Bis auf wenige Ausnahmen wartete er vergebens und ging mit dieser unglücklichen Stimmung nach getaner Arbeit allein ins Bett.

Während Felix jetzt – zehn Jahre später - diese Bilder durch den Kopf gehen, stöhnt er leise.

„War es tatsächlich so gelaufen oder bilde ich mir das jetzt nur ein?", fragt er sich. „Und wenn es so gewesen war, welchen Anteil hatte ich selbst an diesem Geschehen? Hätte ich mich nicht auch anders verhalten können? War ich nicht selbst auch zunehmend unfreundlich geworden? Was konnte ich von Dorothea und Cecilia erwarten, wenn ich als schlecht gelaunter Mensch abends zu unterschiedlichen Zeiten nach Hause komme? Warum sollten sie freundlich zu mir sein, wenn ich zu ihnen selbst auch nicht freundlich war?"

So fühlte er sich zu Hause zunehmend unglücklich. Dorothea schenkte ihm nicht die Aufmerksamkeit und liebevolle Fürsorge, nach der er sich sehnte. Das war ein entscheidender Grund, warum er sich Menschen wie Clara und Beatrice gern anvertraute, die ihm wohl gesonnen waren und ihm die liebevolle Zuwendung widmeten, die ihm zu Hause fehlte. Die Kontakte zu diesen beiden Frauen missfielen jedoch wiederum Dorothea, die ihn dafür mit weiterer Missachtung strafte. Es war ein circulus virtiosus entstanden, aus dem Felix und Dorothea nicht mehr herausfanden.

Felix´ Gedanken kreisen unruhig. Immer neue Bilder aus den letzten Jahren ziehen in schneller Folge an seinen Augen vorbei, die er nicht festhalten, geschweige denn deuten kann. Er dreht sich dabei im Kreise, sieht sich dabei immer wieder als Fremdkörper im Kellerraum seines eigenen Hauses sitzen, umgeben von den inzwischen zahlreichen Umzugskartons, die sich in mehreren Reihen übereinander stapelten.

„Hätte ich den Auszug abwenden können? Ende September 2001 hatte ich den Mietvertrag unterzeichnet. In den Herbstferien im Oktober hatten Dorothea und ich ursprünglich vorgehabt, zusammen mit einem befreundeten Ehepaar eine Woche Urlaub auf Malta zu verbringen. Nach dem Ärger mit dem Kauf der Küche hatte ich Dorothea mitgeteilt, dass ich die Reise nicht mitmachen würde und ihr mit einem inneren Grimm vorgeschlagen, doch stattdessen zusammen mit ihrem neuen Freund Norbert, Beatrice' Ehemann, nach Malta zu fahren. Anfang Oktober, die ersten Umzugskisten waren bereits gepackt, fragte mich Dorothea dann aber überraschend – ich erinnere mich an einen kleinen verzweifelten Unterton in ihrer Stimme - , ob ich nicht doch mit ihr nach Malta fahren möchte. Ich lehnte das aber spontan ab. Die Enttäuschungen und Verletzungen der letzten Wochen saßen bei mir so tief, dass es mir in dieser Situation unmöglich war, alles zu vergessen und mit Dorothea gemeinsam Urlaub zu machen, so als ob nichts gewesen wäre. Ihre Gegenwart oder auch nur Gedanken an sie erzeugten bei mir damals nur noch Spannungen."

So kam es, dass Norbert an Felix' Stelle im Oktober 2001 mit Dorothea und einem befreundeten Ehepaar nach Malta fuhr.

Ende Oktober, nach der Malta-Reise, erhielten Dorothea und Felix erneut eine Einladung zu einer Paarberatung bei einer anderen Familien-Beratungsstelle. Sie hatten über eine solche Beratung in den letzten Jahren wiederholt gesprochen. Im Juli hatten sie bereits ein solches Angebot gehabt. Damals hatte es Dorothea vorgezogen, mit Norbert zusammen zu verreisen. Jetzt gab es wieder eine solche Chance, quasi fünf vor zwölf, und diesmal willigte Dorothea überraschend ein.

Gleich in der ersten Beratungsstunde ging alles schief. Zuerst berichteten Dorothea und Felix der Paarberaterin von ihrer komplizierten Viererbeziehung: Dorothea mit Norbert und Felix mit Beatrice. Daraufhin bat diese Felix, vier Stühle für die vier beteiligten Personen einmal so zu stellen, wie Felix sich wohl fühlen würde. Felix ging auf diesen psychologischen Trick arglos ein und stellte die Stühle so, dass sein Stuhl etwas näher an dem von Beatrice stand als an dem von Dorothea. Dorothea wurde von der Paarberaterin dagegen nicht gefragt, wie sie die Stühle stellen würde. Schon nach einer kurzen Interpretation dieser Szene gab die Beraterin den beiden Eheleuten die Empfehlung, sich doch ruhig mal eine Weile zu trennen, um zu klären, in welcher Beziehung beide in Zukunft weiter leben wollten.

„Eigentlich hat die Paarberaterin alles falsch gemacht, als sie mich in Gegenwart von Dorothea bat, die Stühle nach meiner Gefühlslage zu stellen. Sie hätte dies in Abwesenheit von Dorothea machen sollen und danach dasselbe auch mit Dorothea wiederholen müssen, ohne dass ich dabei war," denkt Felix, während er diese merkwürdige Art der Beratung noch einmal an seinen Augen vorbeiziehen zieht.

Zur nächsten Stunde erschien Dorothea nicht wieder und Felix unterhielt sich allein mit der Beraterin über seine Situation.

Nach dieser unbefriedigenden Paarberatung gingen Felix' Vorbereitungen zum Auszug aus dem gemeinsamen Haus ungehindert weiter.

In der neuen Wohnung, eine Dreizimmerwohnung in der zweiten Etage einer Altbauwohnung aus den 50er Jahren, gab es keinen Internetanschluss. Felix musste in der Wohnung zunächst selbst eine Leitung vom Telefonanschluss bis in sein zukünftiges Arbeitszimmer verlegen. Bei dieser Arbeit leistete ihm Clara Gesellschaft, worüber Felix sich sehr freute.

Sie saß auf der Fensterbank im leeren Wohnzimmer und schaute ihm zu, wie er Schlitze in den Fußboden stemmte und die neue Leitung entlang der Fußbodenleiste und durch die Schlitze von der Telefon-Empfangsdose zum neuen Arbeitszimmer verlegte und verkabelte.

Felix arbeitete wie in einem Trancezustand.

„Ich fühle mich wie in einem falschen Film", sagte er zu Clara. „Zu Hause habe ich alles, was ich brauche. Dort habe ich über Jahre alles nach meinen Wünschen eingerichtet. Und nun ziehe ich aus meinem eigenen Haus aus, um hier in eine solche einfache Mietwohnung zu ziehen."

„Das kann ich verstehen", erwiderte Clara. „Es fällt dir bestimmt nicht leicht. Aber hier findet du vielleicht deine innere Ruhe, die dir zu Hause abhanden gekommen ist."

„Ich wünsche es mir. Danke, dass du hier bei mir bist. Das hilft mir sehr, mit dieser kuriosen Konstellation fertig zu werden."

„Ich bin gern gekommen", antwortete Clara und schaute ihn freundlich an.

Er ging zu ihr und nahm sie in den Arm. Sie schmiegte sich an ihn, und so verharrten sie eine Weile. Dann küsste er sie zärtlich auf den Mund, bevor er die Arbeit fortsetzte.

In seinem eigenen Haus hatte Felix bis dahin über 20 Jahre gelebt. In dieser Zeit hatten er und Dorothea viele gemeinsame Freunde gewonnen, die meisten in der näheren Umgebung, wo sie wohnten. Von diesen wollte er sich nicht sang- und klanglos verabschieden, zumal er den Kontakt zu ihnen nicht einfach abbrechen wollte. Er hoffte er, dass sie ihn verstehen und die Freundschaft zu ihm aufrechterhalten würden.

Als Zeichen der Verbundenheit lud er diese Freunde einige Tage vor seinem Umzug Ende Oktober 2001 zu einem Abschiedsabend mit Klavierkonzert ein. Er spielte seit seiner Kindheit gerne Klavier. Besonders hatte es ihm Beethoven angetan, von dem er auch einige Klaviersonaten spielen konnte.

Das Wohnzimmer war voll. Bis auf Helma und Rainer, mit denen Felix die Auseinandersetzung über die Radtour an der Ruhr gehabt hatte, waren alle eingeladenen Freunde gekommen. Helma entschuldigte sich später bei Felix für ihr Fernbleiben mit den Worten, sie hätte die Abschiedsszene nicht verkraften können. Nachdem alle anwesenden Freunde gegessen hatten und die Gläser gefüllt waren, erhob sich Felix. Er räusperte sich und suchte nach Worten:

„Liebe Freunde. Ich danke Euch, dass Ihr gekommen seid. Es fällt mir nicht leicht, jetzt zu Euch zu sprechen. Ihr wisst, dass Dorothea und ich seit einiger Zeit Probleme miteinander haben. Wir hatten eine Paarberatung und dort wurde uns empfohlen, einige Zeit auseinander zu gehen. Ich habe mir eine separate Mietwohnung gesucht, in die ich Ende des Monats einziehen werde. Es ist eine vorläufige Entscheidung, um Abstand zu gewinnen. Unsere Freundschaften sollen davon unberührt bleiben. Heute möchte ich Euch zum Abschied den ersten Satz der Klaviersonate von Ludwig van Beethoven mit dem Titel „Das Lebewohl" vorspielen."

Während sich Felix an das Klavier setzte, ging Dorothea nach draußen auf die Terrasse. Felix sah, dass sie Tränen in den Augen hatte. Es rührte ihn, aber er konnte jetzt nicht mehr zurück. Eine Freundin, die bereits zwei gescheiterte Ehen hinter sich hatte, folgte Dorothea.

Felix spielte den ersten Satz der Sonate in starker emotionaler Anspannung. Am liebsten hätte er selbst geweint. Er bemühte sich, so gut es ging, seine Gefühle zu unterdrücken, sie hätten ihn sonst vielleicht von seinem Vorhaben abbringen können. Diesmal wollte er keine weiteren Kompromisse, wie so oft, eingehen. Diesmal wollte er einen klaren Schnitt ziehen und damit für jedermann, vor allem für Dorothea, sichtbar machen, dass er nicht so weiterleben wollte wie bisher.

Entweder fanden Dorothea und er zurück zu neuer Partnerschaft oder er fand einen neuen Anfang mit einer anderen Partnerin, vielleicht mit Beatrice oder Clara oder mit einer anderen, noch unbekannten Frau. Er wollte das jetzt alles in Ruhe auf sich zukommen lassen und sich dabei Zeit lassen.

Felix spielte bewusst nur den ersten der drei Sätze der Sonate „Das Lebewohl" von Beethoven. Der erste Satz „Das Lebewohl" beschreibt musikalisch den Schmerz des Abschieds von einer geliebten Person, der zweite, langsame Satz „Die Abwesenheit" drückt den Schmerz der Trennung aus, und der dritte, sehr schnelle und leidenschaftliche Satz „Das Wiedersehen" bringt die unbändige Freude bei der Rückkehr der geliebten Person zum Ausdruck.

Die anderen beiden Sätze, vor allem den dritten, wollte er spielen, wenn es einen Neuanfang seiner Beziehung mit Dorothea, mit der er inzwischen 27 Jahre lang verheiratet war, geben würde. Insgeheim hoffte er darauf, dass Dorothea und die Freunde dieses als Symbol verstehen würden, denn im Grunde seines Herzens wollte er seine Familie und seine langjährigen Freunde nicht verlieren.

Keiner der Anwesenden hatte aber dieses musikalische Symbol verstanden, und so kam es in diesem Kreis nie mehr zur Aufführung der gesamten Sonate. Erst einige Jahre später spielte Felix in seinem neuen Haus vor neuen Freunden die Sonate mit allen drei Sätzen.

Am nächsten Tag transportierten zwei starke Männern einer Transportfirma das Klavier von Felix' eigenem Haus in die gemietete Etagenwohnung. Dorothea begeleitete Felix dabei und gemeinsam standen sie schließlich in der neuen Wohnung und betrachteten das Klavier, welches in diesem Augenblick als einziges Möbelstück in den sonst leeren Räumen stand. Felix spielte einige Takte auf dem Klavier, die sich in dem leeren Raum mit einem fremdartigen Klang verloren. Die Stimmung war traurig und lastete auf beiden, die sie schweigend auf sich einwirken ließen. Felix spürte, wie sich seine Brust schmerzhaft zusammen zog.

In seinem Hause hinterließ das Klavier eine Lücke im Wohnzimmer. Es sah ohne Klavier, welches dort viele Jahre gestanden hatte, ebenfalls leer aus.

Am Tag vor dem Umzug baute Felix zusammen mit einem gemeinsamen Freund die alte Küche ab, um sie mit in seine neue Wohnung zu nehmen. Dorothea hatte ja eine neue Küche bestellt, die bald kommen sollte.

Der Umzug fand am letzten Wochenende im Oktober 2001 statt. Ein Freund, der ein Speditionsunternehmen betrieb, hatte Felix einen Umzugswagen preiswert zur Verfügung gestellt und half selbst mit beim Ein- und Auspacken der Möbel. Der Freund, der beim Küchenabbau geholfen hatte, und Felix' jüngste Tochter Cecilia, halfen ebenfalls mit.

Außer der Küche nahm Felix nur Möbel aus dem gemeinsamen Elternschlafzimmer und aus seinem Arbeitszimmer im Keller mit. Die Möbel im Wohnzimmer und in den drei Kinderzimmern blieben zurück. Dorothea hatte sich bereits ein eigenes Bett und Kleiderschränke angeschafft.

Als die Möbel und die vielen Umzugskartons am Nachmittag bereits in der neuen Wohnung waren, brachte Dorothea den Helfern einen Topf Gulaschsuppe. Das war die letzte Unterstützung, die sie für Felix leistete. Von einem der alten Freunde erfuhr Felix später, dass Dorothea, nachdem das letzte Möbelstück die alte Wohnung verlassen hatte, dem Umzugswagen hinterher geblickt und gemurmelt hatte: „Der braucht nicht wieder zu kommen."

Nach dem Essen half ein Freund beim Aufbau des Schlafzimmerschrankes, als die Türglocke klingelte. Felix öffnete. Vor der Tür stand Beatrice. Der Freund blieb nun nicht mehr lange, dann waren Felix und Beatrice allein in dem Umzugsdurcheinander. Nur das Bett stand bereits an der vorgesehenen Stelle im Schlafzimmer.

20 Ausgesetzt im Ferienhaus

Juni 2010 / Dezember 2011

Felix pendelt im Halbschlaf zwischen Traum und Bewusstsein, in seinem Kopf wechseln Bilder, Gedanken, Erinnerungen in wirrer Folge. Er macht sich Sorgen um Beatrice. Wird die Operation morgen wieder gut gelingen? Werden dann die Krebszellen vollständig beseitigt sein? Was ist, wenn nicht?

Dann wieder denkt er an den ungebremsten Zersetzungsprozess seiner Ehe mit Dorothea und an seine Töchter, die der zunehmenden Auflösung ihrer Familie hilflos zusehen mussten. Die Chancen, sich mit Dorothea zu versöhnen und wieder in ihrem Haus zusammen zu leben, waren seit seinem Auszug aus dem gemeinsamen Haus im November immer weiter gesunken und standen inzwischen nahezu bei Null. An eine Rückkehr in sein Haus war inzwischen überhaupt nicht mehr zu denken.

Dorothea und er hatten sich immer weiter auseinander gelebt. Hier und da hatten noch Begegnungen stattgefunden, aus denen sich Ansätze für eine Versöhnung hätten entwickeln können, aber sie hatten doch immer nur den Charakter von Strohfeuer und waren genau so schnell wieder verpufft, wie sie entstanden waren.

Felix erinnert sich, wie Dorothea, die auf ihre neue Küche wartete, seinen Auszug genutzt hatte, um die weitgehend leer stehenden Schlafräume der oberen Etage nach fast 20 Jahren grundlegend zu renovieren. Er hatte ihr geholfen, die alten Teppichböden herauszureißen, und zusammen mit Dorothea im Baumarkt neue Fußbodenbeläge gekauft und auch bezahlt. Insgeheim hatte er damit die Hoffnung verbunden, nach der Renovierung wieder in das Haus zu ziehen. Er hatte das Haus verlassen, nicht um seine Ehe endgültig aufzukündigen sondern weil es ihm wesentlich darauf angekommen war, Abstand zu Dorothea und seiner inzwischen 28-jährigen Ehe zu finden. Er wollte daraus neue Kräfte für einen Neuanfang – wie immer er aussehen mochte – zu finden. Diese Vorgehensweise hatte ja auch die Eheberaterin empfohlen, die sie kurz vor seinem Auszug gemeinsam aufgesucht hatten.

Dorothea hatte ihn bei der Vorbereitung der Renovierung zwar um Hilfe gebeten und diese auch angenommen, hatte aber dabei kein Signal zur Versöhnung gesendet. So blieb alles beim Alten, und sie gingen weiter getrennte Wege. Weihnachten, das Fest des Friedens und der Familie, stand inzwischen vor der Tür.

Je näher Weihnachten rückte, desto mehr verbreitete sich überall die übliche Hektik und Nervosität, auch bei Felix, Dorothea, Beatrice und Norbert. Sind alle Geschenke beisammen? Wann und wo wird der Tannenbaum gekauft? Ist das Haus in Ordnung? Welches Essen wird gekocht? In Felix' Dienststelle setzte sich diese Stimmung fort mit Weihnachtsfeiern, dem üblichen Jahresabschluss von allen möglichen Projekten und Bilanzen sowie wichtigen Besprechungen vor dem Abschied in den Urlaub. Stress pur für alle Beteiligten.

Felix lebte nun bereits seit einigen Wochen allein in seiner kleinen Mietwohnung. Er hatte sein eigenes Haus verlassen, weil er die ehelichen Spannungen nicht mehr ausgehalten hatte. Nun aber sehnte er sich nach einem weihnachtlich geschmückten Zuhause und familiärer Geborgenheit. Um sich seine eigene weihnachtliche Atmosphäre zu schaffen, kaufte er einen kleinen Adventskranz, den er mit vier Kerzen und Tannenzapfen dekorierte. Kurz vor Weihnachten kam auch noch ein kleiner Tannenbaum mit Wurzeln in einem Topf hinzu, den er mit Kerzen, Kugeln, Sternen und sonstigem Weihnachtsschmuck dekorierte. An die Fenster und Türen seines neuen Zuhauses hängte er Holzsterne und Lichterketten und stellte den geschmückten Tannenbaum vor das große Fenster in seinem Wohnzimmer. Beim Licht der vier Kerzen des Adventskranzes saß so abends allein in seinem Zimmer, hörte klassische Musik, trank ein Glas Rotwein und versuchte meditierend, sein seelisches Gleichgewicht zu finden.

Die Kommunikation zwischen Felix und Dorothea hatte sich auf das Notwendigste reduziert. Sie hatten sich kaum noch etwas zu sagen. Es fanden auch keine klärenden Gespräche statt, die dringend notwendig gewesen wären, um den Fortbestand ihrer Beziehung zu sichern. Aber weder Felix noch Dorothea unternahmen irgendwelche Anstrengungen, um ihre Beziehung zu retten.

Im Büro versuchte Felix, sich auf seine Arbeit zu konzentrieren. Er freute sich, wenn er Beatrice gelegentlich traf und wenn er mittags mit Clara essen gehen konnte. Mit beiden Frauen hatte er die Kommunikation, nach der er sich immer gesehnt hatte und die ihm mit Dorothea in 25 Ehejahren nur selten gelungen war.

Kurz vor Weihnachten passierte dann plötzlich etwas Merkwürdiges.

Es begann am letzten Freitag vor Weihnachten, als Felix nach Dienstschluss zu seinem früheren Wohnort fuhr, um dort im Sportverein, dessen Mitglied er seit vielen Jahren war, Skigymnastik zu machen. Felix freute sich jedes Mal auf diesen Sportabend als körperlichen Ausgleich zu seiner stressigen Büroarbeit. In seinem Haus in der Nähe der Turnhalle wohnte jetzt seine Frau Dorothea allein mit der jüngsten Tochter Cecilia, die ein Jahr vor ihrem Abitur stand. In den ersten Wochen nach seinem Auszug hatte er in Verbindung mit dem Sportabend noch regelmäßig seine Frau und Tochter besucht, um den Kontakt zu ihnen nicht ganz zu verlieren.

An diesem Freitag vor Weihnachten fuhr Felix zuerst zum Einkaufen in die Stadt, um noch einige Weihnachtsgeschenke zu kaufen. In einem Schaufenster hatte er eine Salzlampe gesehen, deren gedämpftes orangefarbenes Licht ihm gefiel. Er wollte sie für Dorothea als Weihnachtsgeschenk kaufen. Als er gerade losfahren wollte, klingelte das Telefon. Am anderen Apparat meldete sich Beatrice mit aufgeregter und mit Weinkrämpfen durchsetzter Stimme:

„Felix, Felix, was soll ich nur tun? Norbert hat mich in unserem Ferienhaus ausgesetzt und allein zurück gelassen. Wie soll ich hier wieder wegkommen?"

„Was ist passiert? Was machst Du dort und warum hat Norbert das getan?"

„Er war plötzlich wütend auf mich. Wir sind hierher gefahren, um nach dem Rechten zu sehen und das Haus winterfest zu machen, weil wir doch in den nächsten Tagen zu meinen Eltern in Süddeutschland und unserer Tochter Susanne in der Schweiz fahren wollen. Dabei haben wir auch über Dich und Dorothea gesprochen und uns darüber gestritten. Norbert und Dorothea treffen sich, wie ich vermute, regelmäßig. Jedenfalls telefonieren sie oft miteinander. Kannst Du mich hier herausholen?"

Felix' Puls begann merklich höher zu schlagen. Was für ein Drama. Jetzt noch in der Nacht bei Winterwetter zu Beatrice' Ferienhaus, das 100 km entfernt in einer bergigen Landschaft lag, zu fahren, passte ihm überhaupt nicht. Er war ziemlich fertig vom Tagesgeschäft und von all den komplizierten Umständen, in denen er jetzt lebte, und hatte sich auf seinen Sportabend gefreut. Außerdem wollte er noch seine Weihnachtseinkäufe machen. Andererseits konnte er Beatrice nicht einfach hängen lassen. Was sollte er tun? Viel Zeit zum Nachdenken blieb nicht, weil die Geschäfte auch bald schlossen und sein Sportabend begann.

„Ich lasse Dich schon nicht im Stich. Aber ich muss erst noch einige Besorgungen machen und möchte dann auch noch wie jeden Freitagabend zum Sport gehen. Vielleicht besinnt Norbert sich eines Besseren und kommt zurück. Lass uns erst noch in Ruhe abwarten. Wenn sich Norbert bis nach dem Sport nicht meldet, komme ich zu dir."

„Ich danke, Dir, mein lieber Schatz. Ich liebe dich."

Der letzte Satz brachte Felix' Innenleben in Wallung. Sein Herz schlug höher und er konnte keinen klaren Gedanken mehr fassen. Er antwortete stammelnd:

„Ja, ... Danke ... Ich liebe dich auch ... Also ich melde mich dann nach dem Sport".

Verwirrt stieg er ins Auto, hatte plötzlich kein Gefühl mehr für Raum und Zeit und fuhr wie in einem Trancezustand zu dem Geschäft mit den Salzlampen. Er konnte sich später nicht erinnern, wie er dort hingekommen war. Vor dem Geschäft gab es keinen regulären Parkplatz. Er stellte seinen Wagen provisorisch halb auf dem Bürgersteig ab und ging in den Laden, um die Salzlampe zu kaufen. Als er den Laden verließ, stand eine voll besetzte Straßenbahn vor seinem Auto und kam nicht daran vorbei. Der Straßenbahnfahrer klingelte wütend, gestikulierte wild mit den Händen und beschimpfte ihn laut hörbar.

Felix sprang schnell ins Auto, rief dem Fahrer einen Entschuldigung zu und machte der Straßenbahn Platz. Inzwischen hatten sich auch zahlreiche Passanten um die Stelle versammelt, die ihre aufgebrachten Kommentare abgaben:

„Das sollte streng bestraft werden."

„Das ist ja eine Unverschämtheit."

„Sie Idiot."

„Dem sollte man den Führerschein entziehen."

„Anzeigen sollte man den."

Felix verließ fluchtartig den Ort des Geschehens und war noch tagelang danach in Sorge, von der Polizei oder irgendwelchen Ämtern wegen der Blockade der Straßenbahn und seines unerlaubten Parkens auf dem Bürgersteig verfolgt zu werden. Glücklicherweise passierte nichts dergleichen.

In dieser aufgewühlten und unkontrollierten Stimmung gelangte er schließlich zum Haus seiner Ehefrau Dorothea, die ihm die Tür öffnete. Sie spürte seine Verstörtheit und bat ihn in den Flur. Dort stand er und suchte nach Worten.

„Bald ist Weihnachten. Feiern wir Heiligabend zusammen wie immer?"

„Gern, wenn Du das auch möchtest. Unsere Kinder werden sich sicher freuen. Kommst Du hierher?

„Ja, okay. Können wir uns noch wegen der Geschenke abstimmen? Hast Du schon alles besorgt oder soll ich noch bestimmte Sachen kaufen?"

„Ich habe das Meiste schon. Jetzt habe ich nicht viel Zeit, weil ich noch Besuch erwarte. Ich sage Dir noch Bescheid."

„Wenn ich Heiligabend zu Euch komme, möchte ich Euch gern zum Weihnachtessen am ersten Weihnachtstag zu mir einladen."

„Danke für die Einladung. Von mir aus gern, unsere Töchter musst du aber selbst fragen."

„Gut, dann lasse ich Dich jetzt in Ruhe und gehe zu meinem Sport."

Kaum hatte er das ausgesprochen, klingte es an der Haustür. Dorothea machte die Tür auf. Draußen stand Norbert, der vor einer Stunde seine Frau in ihrem Ferienhaus allein zurück gelassen hatte.

Felix starrte ihn erstaunt an. „Was läuft hier ab?", fragte er sich. „Norbert lässt seine Frau im Ferienhaus alleine sitzen und fährt dann zu meiner Frau? Was ist das nur für ein Mensch?"

Er wollte jetzt aber keinen neuen Konflikt los treten, grüßte Norbert nur flüchtig und beeilte sich, zu seinem Sporttreffen zu kommen. Er brauchte jetzt die Bewegung, um seinen Kopf wieder klar zu bekommen. Was er erlebt hatte, konnte kaum wahr sein. Er kam sich vor wie in einem Panoptikum.

Eine Stunde später, nach dem Sport, rief er bei Beatrice an:

„Hat sich inzwischen irgendetwas Neues ergeben?"

„Norbert hat inzwischen hier angerufen und mir mitgeteilt, dass er zurückkomme, um mich hier wieder abzuholen. Du brauchst also nicht zu kommen."

„Ich habe vor dem Sport Dorothea getroffen, um mit ihr einige Vereinbarungen für Weihnachten zu treffen. Gerade, als ich zum Sport gehen wollte, klingelte es an der Haustür. Was glaubst Du, wer vor der Tür stand?"

„Norbert?"

„Ja".

„So ein Schuft!"

Nachdenklich und seinen Kopf schüttelnd fuhr Felix nach Hause. Er zündete die Kerzen vom Adventkranz an, schenkte sich ein Glas Wein ein und schaute nachdenklich in die Flammen. Schließlich blies er die Kerzen aus und ging zu Bett.

21 Das Foto von Bern

Dezember 2001

Zu Weihnachten verursachte ein an sich harmloses Foto einen heftigen Eklat zwischen Felix und Dorothea, der in ihrer gesamten Auseinandersetzung eine entscheidende Schlüsselrolle spielen sollte. Der Eklat besiegelte den Bruch zwischen ihnen beiden endgültig und zerstörte endgültig das zarte Pflänzchen einer bis dahin vielleicht doch noch möglich gewesenen Annäherung zwischen ihnen beiden.

Ausgangspunkt war eine Dienstreise von Felix nach Süddeutschland im September 2001, kurz nach seinem missglückten Hochzeitstag. Es ging um ein Umweltschutztreffen zwischen Deutschland und der Schweiz, bei dem Felix eine tragende Funktion hatte. Felix war mit seinem eigenen Wagen zu dem Treffen gefahren, Nach dem erfolgreich verlaufenden Treffen lud ihn der Leiter der schweizerischen Delegation, mit dem er befreundet war, zu einem privaten Treffen zu sich nach Hause in Bern ein.

Zufällig weilte zur selben Zeit Beatrice in der Nähe des Tagungsortes, um ihre Eltern, die nach dem Ruhestand ihres Vaters in diese schöne Gegend Deutschlands gezogen waren, zu besuchen. Felix wusste, dass Beatrice in der Nähe war, und so hatten die beiden vereinbart, sich nach dem Dienstgeschäft zu treffen und zusammen in Felix' Auto nach Hause zu fahren. Jetzt aber hatte überraschend noch der Abstecher nach Bern auf dem Programm gestanden.

Beatrice hatte sich über diese Möglichkeit sehr erfreut gezeigt, weil sie ihr die Gelegenheit gab, einen befreundeten Künstler aus Bern, von dem sie einige Bilder besaß, zu besuchen und dessen Galerie kennen zu lernen. Sie waren also zusammen nach

Bern gefahren, um dort zuerst Felix' schweizerischen Kollegen in seinem wunderschönem Schweizer Haus mit Alpenpanorama zu besuchen und anschließend Beatrice' befreundeten Künstler in seiner Galerie.

Nach dem Galeriebesuch hatte ihnen der Künstler bei einem gemeinsamen Rundgang durch Bern seine Stadt gezeigt. Dabei hatte der Künstler vor einer für Bern typischen Häuserkulisse mit der Kamera von Beatrice ein Foto von Beatrice und Felix gemacht. Niemand hätte ahnen können, welche schicksalhafte Rolle dieses Foto in seinem Beziehungsdrama mit Dorothea einige Wochen später spielen sollte.

Zu Hause in Deutschland hatte Felix von Beatrice einen Abzug dieses Fotos aus Bern geschenkt bekommen, auf dem sie wie ein glückliches Paar aussahen. Felix hatte dieses Foto fortan als Lesezeichen in den Büchern benutzt, die er abends vor dem Schlafengehen oder auf der Toilette zu seiner Entspannung las.

Der Eklat ereignete sich am 1. Weihnachtstag 2001, nur wenige Tage, nachdem Norbert Beatrice in ihrem gemeinsamen Ferienhaus ausgesetzt hatte.

Felix verbrachte den Heiligen Abend zusammen mit Dorothea und ihren Kindern in ihrem gemeinsamen Haus, wo sie sich – wie immer - gegenseitig beschenkten. Das Fest verlief überraschend harmonisch, als ob in den Monaten vorher nichts vorgefallen war. Konnte Weihnachten als Fest der Liebe und der Familie vielleicht als Brücke dienen, um das monatelange Schweigen zwischen Felix und Dorothea zu überwinden und als Neuanfang ihrer Ehe dienen?

Sie aßen und tranken zusammen und waren fröhlich und ausgelassen. Ihre drei Kinder, die unter den Spannungen ihrer Eltern in den letzten Wochen gelitten hatten, empfanden die heitere Stimmung als wohltuend und trugen ihrerseits durch

Freundlichkeit und Aufmerksamkeit mit dazu bei, dass es für alle insgesamt ein harmonischer Weihnachtsabend wurde.

Bei der gemeinsamen Feier hatte Felix Alkohol getrunken und konnte deshalb mit seinem Wagen nicht mehr zurück in seine Etagenwohnung fahren. Dorotheas Angebot, die Nacht in ihrem gemeinsamen Haus zu verbringen, nahm Felix gern an. Als Felix und Dorothea allein im Schlafzimmer waren, fühlten sich beide gehemmt, wie beim ersten Mal am Anfang ihrer Beziehung vor vielen Jahren, als sie zum ersten Mal zusammen eine Nacht verbrachten. Felix verhielt sich zurückhaltend und vorsichtig. Auch Dorothea wirkte unsicher. Dann aber lud sie ihn ein, zu ihr unter dieselbe Bettdecke zu kommen. Sie berührten sich behutsam. Sanft streichelte Felix ihren Körper. Sie erwiderte die Zärtlichkeit. Plötzlich empfanden sie die alte Vertrautheit vieler Jahre als Ehepartner.

Seit Monaten hatten sie sich so nicht mehr berührt und gefühlt. Alle Verletzungen der letzten Monate, alle gegenseitigen Ablehnungen, alle Wut und Enttäuschungen gegenüber dem anderen schienen plötzlich verschwunden, als hätten sie nie existiert. Ihre Umarmungen und Liebkosungen wurden intensiver. Er küsste ihr Gesicht, ihren Hals, ihren Körper. Irgendwann hatten sie gegenseitig die Schlafanzüge ausgezogen. Ihre nackten Körper schmiegten sie aneinander, wollten dem andern ganz nah sein. Ihre Leidenschaft füreinander wuchs, als ob sie völlig ausgehungert waren.

Bevor sie eng umschlungen einschliefen, sagte Dorothea noch: „Bitte sprich mit keinem darüber. Norbert darf das auf keinen Fall erfahren." Auch ohne diese Bitte wäre es Felix im Traum nicht eingefallen, mit irgendeinem Menschen über diese Nacht zu sprechen. War diese Nacht für sie beide vielleicht doch ein neuer Anfang? Er konnte in dieser Nacht nicht ahnen, welches Drama noch auf ihn wartete und dass es seine letzte Liebesnacht mit seiner Frau sein sollte.

Wie vereinbart kamen Dorothea, Daniela, Katharina und Cecilia am nächsten Mittag, also am 1.Weihnachtstag, zu Felix in dessen Etagenwohnung. Felix hatte sie zu einem weihnachtlichen Mittagessen eingeladen und sich viel Mühe mit der Vorbereitung gemacht, obwohl er selbst nie ein leidenschaftlicher Koch gewesen war.

Seine bescheidene Etagenwohnung in der zweiten Etage eines Wohnblocks aus den 50er Jahren hatte er weihnachtlich geschmückt. Auf dem kleinen Tannenbaum brannten einige Kerzen und der Tisch war festlich gedeckt, als Dorothea und seine drei Töchter erschienen.

Das gemeinsame Essen begann so harmonisch und fröhlich, wie der Abend vorher zu Ende gegangen war. Sie lachten und scherzten miteinander, und die Spannung, die ihre Begegnungen in den letzten Monaten stets begleitet hatte, war wie weggeblasen.

Plötzlich und unerwartet kippte nach dem Hauptgericht die Stimmung. Dorothea war zwischendurch zur Toilette gegangen und hatte sich danach schweigend wieder an den Tisch gesetzt. Felix bemerkte die Veränderung ihrer Stimmung erst allmählich, machte sich aber keine weiteren Gedanken darüber. Er unterhielt sich verstärkt mit seinen Töchtern, die er nur noch selten zusammen sah. Der Stimmungsumschwung bei Dorothea störte ihn auch nicht weiter, weil er sich selbst nicht unmittelbar davon betroffen fühlte. Vielleicht war ihr nicht ganz wohl, oder sie war erneut unsicher, wie sie mit der neuen Situation umgehen sollte. So versäumte er, sie nach den Ursachen für ihren Stimmungswandel zu fragen.

Am Ende des Treffens bat Dorothea Felix, ihm seinen Wagen, einen alten Audi 100, auszuleihen, weil sie am nächsten Tag mit den Töchtern zu ihren Eltern, die etwa zwei Autostunden entfernt wohnten, fahren wollte. Felix gab ihr bereitwillig den Autoschlüssel und die Papiere, richtete schöne Grüße an seine Schwiegereltern aus und lud Dorothea und die Töchter ein, nach ihrer Rückkehr am nächsten Abend wieder zu ihm zu kommen. Dorothea verabschiedete sich von ihm deutlich unterkühlt, eigentlich sogar ziemlich frostig. Felix verstand das nicht, brachte seine Empfindungen aber nicht zur Sprache, weil er von sich aus keinen Anlass für erneute schlechte Stimmung geben wollte.

Den zweiten Weihnachtstag nutzte Felix, um für den Abend wieder ein schönes gemeinsames Familienessen vorzubereiten. Als Dorothea bis zur Abendessenszeit noch nicht zurück war, begann er sich Sorgen zu machen. Draußen war Winterwetter, und die Fahrt von den Schwiegereltern zurück konnte bei glatten Straßen sehr gefährlich sein. Er stellte sich vor, Dorothea hätte einen Unfall und wäre mit dem Wagen irgendwo in den Graben oder vor einen Baum gefahren und verletzt. Schließlich rief er bei seinen Schwiegereltern an, die ihn beruhigten und ihm mitteilten, dass Dorothea gerade los gefahren sei, so dass er sich ausrechnen konnte, zu welcher Zeit sie wohl bei ihm eintreffen werde.

Sie kam zur erwarteten Zeit, diesmal nur begleitet von Cecilia, ihrer jüngsten Tochter. Ihr Gesicht hatte jede Freundlichkeit verloren. Ohne ihren Mantel auszuziehen, kam sie gleich zur Sache:

„Ich möchte, dass du mir auf der Stelle Deine Unterlagen über unsere Vermögenswerte mitgibst."

„Was soll das? Wozu? Was willst Du damit machen?", fragte Felix überrascht.

„Ich möchte sie kopieren", war ihre knappe Antwort.

„Das bringt doch nichts", entgegnete Felix. „Das sind zwei Ordner, die bunt gemischt sind mit alten, überholten Dokumenten und neuen, aktuell gültigen. Das müsste ich erst für Dich aufbereiten, damit Du Dich darin zurecht findest. Ich habe in meinem Computer eine Übersicht, die ich immer wieder aktualisiere. Die könnte ich ausdrucken und dir zur Verfügung stellen. Das müsste doch zu deiner Information reichen. Du weißt, dass ich das immer sehr sorgfältig mache."

„Nein, die Übersicht reicht mir nicht. Ich möchte auf der Stelle beide Ordner haben. Ich entscheide dann selbst, was ich davon kopiere und was nicht", verlangte Dorothea mit entschlossener Stimme.

Felix hasste Ärger. Er überlegte fieberhaft, wie er nun reagieren sollte. Er hielt das Unterfangen von Dorothea für unsinnig und auf unnötige Weise Kosten treibend. Felix hasste es, wenn Geld für Nichts zum Fenster hinaus geworfen wurde. Stets hatte er darauf geachtet, dass sie mit ihren Mitteln sorgfältig umgingen.

Er überlegte aber auch, welchen Eindruck er hinterlassen würde, wenn er Dorothea die Ordner nicht wie gewünscht überlassen würde. Könnte man ihm dann nicht unterstellen, dass er dann die darin enthaltenen Informationen verfälschen oder bewusst Informationen zurück halten würde? Diesen Gedanken, dass sein Ruf als ehrlicher Mensch Schaden leiden würde, fand er schließlich schlimmer als die seiner Meinung nach unnötige Ausgabe von Geld für Kopien überholter Dokumente. Weil ihm sehr daran gelegen war, dass es zwischen ihm und Dorothea weiter fair und transparent zuging, lenkte er schließlich ein und übergab Dorothea die beiden Ordner, so wie sie in seinem Regal standen. Er bat sie, ihm die Ordner nach einigen Tagen vollständig wieder zurück zu geben.

Sie nahm die Ordner und verließ die Wohnung. Cecilia hatte die ganze Zeit schweigend dabei gestanden und die Szene zwischen ihnen mit großen Augen verfolgt. Auch sie verließ mit ihrer Mutter Felix' Wohnung, der diesen zweiten Weihnachtsabend nun allein und nicht im Kreise seiner Familie verbringen musste, was ihn sehr traurig stimmte. Er fand keine Erklärung für das Verhalten von Dorothea und stellte sich vor, dass Dorothea von ihren Familienangehörigen in der Eifel gegen ihn aufgebracht worden war. Die drei Schwestern von Dorothea hatten bereits gescheiterte Ehen hinter sich und dabei wohl schlechte Erfahrungen mit ihren Expartnern bei der Auseinandersetzung um Eigentumswerte und andere Finanzfragen gemacht. Felix wollte nicht mit solchen Menschen verglichen werden, weil ihm unfaires Verhalten von Grund auf zuwider war und es ihm niemals in den Sinn kommen würde, sich gegenüber anderen mit dem Ziel einseitiger Vorteilsnahme unfair zu verhalten. Der Gedanke, dass Dorothea ihm nach 28 Jahren gemeinsamen Lebens ein solches Verhalten zutrauen würde, stimmte ihn sehr traurig.

Einen Tag nach Weihnachten öffnete Felix das Buch, das neben seiner Toilette lag, um darin zu lesen. Dabei fiel ihm auf, dass das Foto, welches der Künstler in Bern von ihm und Beatrice gemacht hatte, nicht mehr als Lesezeichen in dem Buch lag. Er suchte in seiner ganzen Wohnung nach dem Bild, ohne es zu finden. Plötzlich kam ihm der Gedanke, dass Dorothea das Bild gefunden haben könnte, als sie bei ihrem Weihnachtsessen zwischendurch zur Toilette gegangen war.

Kurz entschlossen griff Felix zum Telefonhörer und rief Dorothea an.

„Weißt du etwas von dem Foto in dem Buch auf meiner Toilette?", fragte er Dorothea ohne lange Vorrede.

„Ja, das habe ich mitgenommen. Es ist ein Beweis, dass du mich schon seit langem mit Beatrice betrogen hast, viel länger, als du es mir bisher weisgemacht hast", antwortete sie spitz.

„Wie bitte, ich verstehe dich nicht, was für ein Beweis das sein soll. Seit wann sollte ich dich mit Beatrice betrogen haben?", fragte Felix erstaunt.

„Auf dem Foto ist ein Datum zu sehen, und das zeigt an, dass das Foto bereits im April gemacht worden ist. Seit April gehst Du nun also schon mit Beatrice fremd und hast bisher so getan, als ob in der Zeit zwischen Euch nichts gewesen sein soll," antwortete sie erregt.

„Das kann doch überhaupt nicht sein. Das Foto wurde in diesem Jahr im September gemacht, als ich an dem deutsch-schweizerischen Treffen teilgenommen habe und danach meinen schweizerischen Kollegen in Bern besucht habe. Zufällig war Beatrice zu der Zeit in der Nähe bei ihren Eltern. Wir sind zusammen nach Bern gefahren, weil Beatrice dort einen befreundeten Schweizer Künstler treffen wollte. Der hat dann von uns das Foto gemacht", versuchte Felix klar zu stellen.

„Ich glaube Dir kein Wort. Auf dem Foto ist deutlich das Datum April zu lesen. Was Du mir sagst, ist gelogen."

Jetzt wurde Felix ärgerlich. Mit deutlich erhobener und erregter Stimme herrschte er Dorothea an:

„Ich gebe Dir zwei Tage lang Zeit, das Bild wieder zurück zu schicken. Sonst kannst du dich auf etwas gefasst machen", drohte er ihr.

Sie legte den Hörer auf, so wie sie es in solchen Situationen auch früher immer wieder getan hatte, wenn ihr das Gespräch entglitten war.

Felix wartete die nächsten zwei Tage ungeduldig ab. Er ahnte, dass er Dorothea wohl nun endgültig verloren hatte. Als er bei ALDI ein Angebot für Bettzeug für Doppelbetten entdeckte, kaufte er kurz entschlossen eine Garnitur dieser Bettwäsche, um sich auf eine längere Zeit des Alleinlebens einzustellen. Für das Ehebett, das er mitgenommen hatte, brauchte er nun neue Bettwäsche als äußeres Zeichen für den Beginn eines neuen Lebensabschnittes.

Das Foto kam wie erwartet nach zwei Tagen mit der Post. Es war in der Mitte geknickt. Der Knick verlief zwischen ihm und Beatrice. Felix empfand das Verhalten von Dorothea dreist und unverschämt.

Sein Blick fiel auf das Datum, von dem Dorothea gesprochen hatte: April 2000.

„Wie konnte auf dem Foto als Datum April 2000 stehen, wo das Foto doch erst im September 2001 in Bern aufgenommen worden war", fragte sich Felix. Er dachte nach. „Ich habe Beatrice doch erst im Januar 2001 bei der Kur in Bayern kennen gelernt."

Plötzlich fiel es ihm wie Schuppen von den Augen. Beatrice hatte in ihrem Fotoapparat offenbar die Datumsanzeige nicht aktualisiert. Sie benutzte den Apparat nur selten. Nun verstand Felix auch, warum Dorothea bei seinem Weihnachtsessen so unvermittelt verstimmt war und warum sie nach Rückkehr von ihren Eltern so heftig die Dokumente über ihre Vermögenswerte verlangt hatte.

„Wie soll ich mich ab jetzt weiter gegenüber Dorothea verhalten?", fragte er sich und fühlte eine starke emotionale Blockade.

„Warum nur hat Dorothea mich nicht gleich auf ihren schrecklichen Verdacht angesprochen. Ich hätte das Missverständnis gleich aufklären können. So aber hat sie mich unvermittelt in die Ecke eines Lügners oder gar potentiellen Verbrechers gestellt."

Felix fühlte sich stark verletzt. Ihm war nun jede Kraft und Motivation abhanden gekommen, gegenüber Dorothea einen neuen Vorstoß zur Versöhnung zu machen.

Als Dorothea ihm die Aktenordner mit ihren Vermögensunterlagen zurückgab, informierte er sie darüber, wie das falsche Datum auf dem Foto zu erklären war. Dorothea reagierte darauf nur unverständlich. Offenbar hatte sich bei ihr die Vorstellung über das vermeintliche Fehlverhalten von Felix bereits so stark eingraviert, dass sie für eine Klarstellung nicht mehr empfänglich war.

Kurz vor dem Jahreswechsel rief Beatrice Felix an. Sie war gerade von ihrer Familienreise über Weihnachten zu ihrer Stieftochter in der Schweiz zurückgekommen.

Felix' schlechte Stimmung hellte sich gleich auf.

„Wie geht es dir? Wie war deine Reise?", fragte er interessiert.

„Nicht so gut. Die Reise mit Norbert und Sohn Ulrich war für mich sehr strapaziös. Die Nächte habe ich getrennt von Norbert in Einzelzimmern verbracht. Jetzt freue ich mich, wieder mit dir zusammen sein zu können. Ich liebe Dich."

Die letzten drei Worte hatte sie in den letzten Monaten schon wiederholt zu Felix gesagt hatte und ihn jedes Mal verlegen gemacht, so auch jetzt.

Für Felix waren das große Worte, die ihm während seines ganzen Lebens so gut wie nie über die Lippen gekommen waren, obwohl er sich wiederholt in ein Mädchen verliebt hatte. Er hatte sie bisher nur in Gedichten über ein Mädchen, in das er sich verliebt hatte, verwendet. Er hatte es aber nie fertig gebracht, sie gegenüber dem geliebten Mädchen auszusprechen.

Ein solches Bekenntnis hatte für ihn etwas Absolutes und unumstößlich Endgültiges. Vielleicht war es seine katholisch, sexuell verklemmte Erziehung, die es ihm schwer machte, seine Liebe zu einem Mädchen auszusprechen. So stammelte er als Antwort etwas unbeholfen zurück:

„Ich dich auch." Er schwamm jetzt in einem Wechselbad der Gefühle und war sich überhaupt nicht mehr sicher, was seine Beziehungen zu Dorothea, zu Beatrice und zu Clara ihm genau bedeuteten.

Nach den enttäuschenden Erfahrungen mit Dorothea zu Weihnachten freute er sich aber über die Rückkehr von Beatrice. Sie trafen sich schon bald wieder und tauschten ihre Erlebnisse aus. Sie beschlossen, den Jahreswechsel in Beatrice' Ferienhaus zu verbringen. Als sie dort ankamen, waren das Haus und seine Zufahrt tief verschneit. Sie mussten erst mehr als eine Stunde lang große Schneeberge zur Seite räumen, um überhaupt in das Haus gehen zu können und für Felix' Auto eine Abstellfläche zu schaffen. Umso gemütlicher war es aber dann in dem Haus selbst. Sie entzündeten im Kaminofen ein Feuer, öffneten eine Flasche Wein und genossen die folgenden Tage, in denen sie sich auch mit den befreundeten Nachbarn zum Essen trafen und die Gegend ringsherum auf Langlaufskiern erkundeten.

Bei ihren ausgiebigen Gesprächen, welche sie in dem tief verschneiten Haus bei gemütlichem Kaminfeuer und draußen auf Langlaufskiern führten, sprachen sie auch über Felix' Erlebnisse und Eindrücke von seinen vielen Dienstreisen nach Osteuropa in den letzten Jahren. Die Menschen in Ost und West waren sich in den langen Jahren des eisernen Vorhangs fremd geworden, und Felix hatte den Eindruck gewonnen, dass es noch viele Jahre dauern würde, um die geistigen Gräben, die sich zwischen ihnen aufgetan hatten, zu überwinden. Er hatte inzwischen aber auch viele schöne Begegnungen mit Menschen aus Osteuropa gehabt, die ihm gezeigt hatten, dass es sich für die Menschen aus dem Westen lohnte, ihren Blick jetzt verstärkt nach Osteuropa zu lenken, weil es dort viel Neues zu entdecken gab.

Beatrice griff diese Gedanken auf und schlug vor, den Austausch von Künstlern und deren Werken zwischen ost- und westeuropäischen Künstlern zu fördern, um so die Menschen aus Ost- und Westeuropa stärker miteinander in Kontakt zu bringen. Für eine solche Aufgabe fühlte sie sich als Kunsthistorikerin qualifiziert. Mit dieser Idee hatte sie unbewusst den Startschuss für eine neue gemeinsame Aufgabe gegeben, von der zu dem Zeitpunkt weder Beatrice noch Felix ahnten, welche Bedeutung sie in den nächsten Jahren für ihr weiteres Leben und ihre Partnerschaft bekommen sollte.

Erst zwei Monate nach Jahresbeginn trafen sich Felix und Dorothea wieder und zwar bei einer Geburtstagsfeier einer ihrer gemeinsamen Freunde. Auch Norbert war zu Felix' Überraschung dort. Felix beteiligte sich wie immer an den Kosten des Sammelgeschenks der anderen Freunde aus dem Dorf und unterschrieb die gemeinsame Glückwunschkarte. Dort fand er auch nebeneinander die Unterschriften „Dorothea und Norbert". Dorothea und Norbert traten bereits als neues Paar auf.

Als Felix von dieser Feier wieder in seine Wohnung kam, streifte er den Ehering von seinem linken Ringfinger, den er bis dahin ununterbrochen getragen hatte, und legte ihn in die Schublade.

„Welch kuriose Entwicklung", dachte er nachdenklich. „Wir haben jetzt quasi die Partner getauscht. Ja, das Leben ist wirklich bunt, viel schillernd und voller Überraschungen."

Teil II: **Auf der Suche**

22 Leben in der Mietwohnung
Januar - April 2002

Felix wacht müde und erschlagen auf. Er hat während der ganzen letzten Nacht schlecht geschlafen und verspürt eine große Unruhe. Heute wird Beatrice ein zweites Mal operiert. Früh am Morgen hat er kurz mit ihr telefoniert und ihr nochmals alles Gute gewünscht. Jetzt muss er mindestens bis Mittag warten, bevor er vom Krankenhaus Näheres erfahren kann. Er fühlt sich hundemüde und erschlagen. Draußen scheint inzwischen wieder die Sonne. Er geht in seinen Garten und legt sich wieder in den Liegestuhl, um sich ein wenig von den Strapazen der letzten Stunden zu erholen. Das Träumen in dieser Lage ist ihm inzwischen schon zu einer lieben Gewohnheit geworden. Es hilft ihm, über sein Leben in Ruhe nachzudenken.

Felix kommen die aufregenden Ereignisse der Jahre 2001 und 2002 weiterhin nur Stück für Stück in Erinnerung und wühlen ihn auf. Seit nunmehr fast zehn Jahren ist sein Leben in unerwartet heftiger Weise in Bewegung geraten. Immer wieder drohte er, die Orientierung zu verlieren. Er hatte sich bemüht, dem ganzen Geschehen einen Sinn zu geben und verantwortungsbewusst zu handeln. Er wollte niemandem schaden sondern lediglich erreichen, ein zufriedenes Leben führen zu können. Über die einzelnen Ereignisse hatte er aber immer wieder die eigene Kontrolle verloren und war zum Treibgut im Sog der Geschehnisse geworden. Wenn er nach einem Festhaltepunkt suchte und glaubte, einen rettenden Anker in den Händen zu halten, war er stets wieder losgerissen worden und der Sog hatte ihn weiter gezogen.

Felix war eigentlich immer ein Optimist und Idealist gewesen, in gewisser Hinsicht auch ein Träumer. Er hatte Dorothea

1970 kennen gelernt, und sie hatten drei Jahre später geheiratet. Sie kamen aus verschiedenen sozialen Schichten: Sein Vater hatte in einem größeren Unternehmen mit mehreren Tausend Mitarbeitern eine leitende Stellung gehabt und seine Familie gehörte zur gut bürgerlichen Schicht ihrer Stadt. Die Eltern von Dorothea dagegen bewirtschafteten einen kleinen Bauernhof, lebten bescheiden und zufrieden in einem Dorf in einer hübschen Mittelgebirgslandschaft und versorgten sich sogar weitgehend selbst mit Fleisch, Gemüse und Obst aus eigener Produktion.

Schon kurz nach der Hochzeit von Felix und Dorothea entwickelten sich Spannungen zwischen ihnen. Bei Themen wie Ordnung, Zuverlässigkeit und Lernbereitschaft, die Felix aufgrund seiner eigenen Erziehung wichtig waren, verhielt sich Dorothea deutlich anders als er von ihr erwartete. Auch vermisste er an ihr die emotionale Zuwendung, nach der er sich immer gesehnt hatte, und wenn sie sich mal gestritten hatten, dauerte es oft sehr lange, bis sie sich wieder versöhnten. Im Laufe der Jahre, in denen sich Dorotheas Verhalten nicht grundlegend änderte, hatte Felix deshalb zunehmend aggressiv reagiert und war oft wütend auf sie. Seine Zornesausbrüche berührten sie aber offenbar wenig, denn sie machte einfach immer so weiter, wie sie es gewohnt war. Seine lautstarken Erregungen ließ sie ungerührt an sich abtropfen, was ihn jeweils noch wütender machte.

So tat es Felix gut, jetzt zumindest mal für eine Weile allein in einer eigenen Wohnung zu leben, ohne laufend auf andere Rücksicht nehmen zu müssen oder deren Eigenarten ausgesetzt zu sein. Bis zum Ende seiner Berufslaufbahn waren es nur noch wenige Jahre. Seine Akkus waren immer leerer geworden. Daran hatte auch die Kur in Bayern vor einem Jahr nichts Grundlegendes geändert.

Die Begegnungen mit Dorothea nach der Geburtstagsfeier ihres Freundes, an der sie und Norbert als neues Paar aufgetreten waren und in deren Folge Felix seinen Ehering abgelegt hatte, wurden nun frostiger. Felix zerbrach sich immer wieder den Kopf, wie sie einen Neuanfang schaffen könnten, der für ihn und sie akzeptabel war. Nach seiner Auffassung gehörte dazu die Aufarbeitung ihrer Ehezeit einschließlich all der Dinge, die ihn während dieser Zeit gestört hatten und die er nicht mehr länger „ertragen" wollte. Sie ging aber nicht darauf ein und sprach nur von Vorwürfen, wenn er versuchte, mit ihr über seine Befindlichkeiten zu sprechen.

Schließlich verlangte Dorothea von Felix als Voraussetzung für einen eventuellen Neubeginn ihrer Beziehung, dass sich Felix von Beatrice trennen müsse.

Diese Forderung ohne klare Aussicht auf Besserung war für Felix aber nicht akzeptabel. Beatrice war für ihn zu einer wichtigen Stütze geworden. Mit ihr konnte er sich unterhalten, mit ihr konnte er sich auf einer Ebene verständigen, die er während seiner ganzen Ehezeit schmerzlich vermisst hatte, sie ließ sich von einem Ethikgefühl leiten, das seinen Vorstellungen sehr gut entsprach. Er fühlte sich dadurch nicht an sie gebunden, aber sie bekundete ihm wiederholt ihre Liebe, die er vorsichtig zurückhaltend erwiderte. Nach wie vor war er mit Dorothea verheiratet, hatte mit ihr zusammen drei Kinder, und in den Jahren ihrer Ehe hatten sie sich nach Überwindung anfänglicher großer finanzieller Schwierigkeiten eine gute gemeinsame wirtschaftliche Plattform erarbeitet, die sie nach ihren Planungen sicher durch das Alter bringen sollte und den Kindern später ein schönes Erbe hinterlassen.

Felix fühlte sich in einer Zwickmühle. Er zerbrach sich seinen Kopf und suchte verzweifelt nach einer Lösung.

„Wenn ich mich, wie Dorothea es verlangt, von Beatrice trennen würde, was bekomme ich dafür von Dorothea?", fragte er sich. „Wenn ich mich auf ihre Forderungen einlasse, falle ich dann nicht zurück in das alte Fahrwasser, aus dem ich mich gerade befreien wollte. Nein, die klärenden Gespräche mit Dorothea, auf die ich seit meinem Wegzug hoffe, dürfen nicht belastet werden durch einseitige Vorbedingungen von ihr. Der einseitige Verzicht auf Beatrice wäre ein zu hoher Preis für mich, er wäre wie der Kauf einer Katz im Sack. Es muss doch möglich sein, ohne Bedingungen miteinander über unsere Beziehung zu sprechen und so Wege für einen Neuanfang zu finden."

Ganz offenbar lebten Dorothea und Felix aber inzwischen in verschiedenen Welten. Zunehmend redeten sie aneinander vorbei. Felix verstand Dorothea immer weniger, und auch sie verstand ihn nicht oder wollte ihn nicht verstehen.

Mit Beatrice und auch bei Clara war es dagegen ganz anders. Beide traf Felix in dieser Zeit ziemlich regelmäßig und die Begegnungen mit ihnen taten ihm gut.

Beatrice besuchte ihn jede Woche mindestens einmal und blieb dann meist auch über Nacht bei ihm. In der übrigen Zeit telefonierten sie viel miteinander, morgens vor dem Aufstehen im Bett, aber auch tagsüber im Büro. Die Telefongespräche mit Beatrice im Büro waren für Felix angesichts seiner starken beruflichen Belastung zwar zusätzlich zeitraubend, er genoss sie aber dennoch. Er fühlte sich durch Beatrice in seinem Selbstwertgefühl gestärkt.

Clara war in dieser Zeit für Felix ebenfalls regelmäßig präsent. Fast täglich trafen sie sich beim Mittagessen. Da ihm seine Büroarbeiten nur noch wenig Freude bereiteten, wirkten die mittäglichen Gespräche für ihn jedes Mal wie eine Erholung. Clara war stets eine gute Zuhörerin und zeigte sich an seinen Ausführungen interessiert. Er berichtete ihr offen über den Fortgang der Dinge zwischen ihm und Dorothea. Aus seiner zunehmend enger werdenden Beziehung zu Beatrice machte er kein Geheimnis. Clara selbst stellte weiterhin keine Forderungen oder Bedingungen an Felix. So hatte er immer das Gefühl, in ihr eine besondere Freundin und Vertraute zu haben.

Darüber hinaus besuchte Clara Felix gelegentlich auch in seiner Mietwohnung, seinem neuen zu Hause. Er freute sich sehr über ihre Besuche und spielte ihr dann auf dem Klavier Sonaten von Mozart oder Beethoven vor, wobei sie aufmerksam zuhörte. Mit Kerzen und gedämpftem Licht schaffte er im Wohnzimmer eine anheimelnde Atmosphäre, in der sich beide wohl fühlten. Wenn sie bei ihm übernachtete, richtete er ihr eine eigene Schlafstätte im Wohnzimmer ein. Vor dem Zubettgehen umarmten sie sich und tauschten wie bei ihren früheren Begegnungen Zärtlichkeiten aus, die ihnen beiden gut taten. Auf Felix' Wunsch schliefen sie aber nicht miteinander, was Clara bereitwillig akzeptierte.

In diesen ersten Wochen des Jahres 2002 war Felix vielfach sehr intensiv gefordert, beruflich und privat. Die stressige Büroarbeit, viele Dienstreisen, die Bezahlung der routinemäßigen Rechnungen seines Wohnhauses, in dem nun Dorothea mit Cecilia ohne ihn wohnten, die ihm aber als Besitzer zugeleitet wurden, die Kontaktpflege mit seinen drei Töchtern und die abwechselnden Begegnungen mit Dorothea, Beatrice und Clara hielten ihn ständig in Atem.

Vor allem die Begegnungen mit Beatrice und Clara, die er abwechselnd traf, empfand Felix aber doch insgesamt als sehr angenehm. Sie waren eine schöne Kompensation für die die immer weniger erfreulichen Gespräche mit Dorothea und die zunehmend raue Büroatmosphäre.

Emotional waren es für ihn eher „ruhige" Wochen, da sich an seinen Beziehungen zu den drei Frauen in dieser Zeit zunächst nichts Entscheidendes änderte.

Wegen seiner vielen Aufgaben kam Felix in dieser Zeit leider kaum dazu, über sein Leben näher nachzudenken. Er fand keine innere Ruhe und Abstand zu sich. So war es ihm auch nicht möglich, bessere Klarheit über sein Leben zu gewinnen und Ideen zu entwickeln, wie es wohl mit ihm weiter gehen möge.

Beim Auszug aus seinem Haus und beim Einzug in eine Mietwohnung hatte Felix sich zum Ziel gesetzt, in der neuen Wohnung mindestens ein, aber höchstens drei Jahre zu wohnen. In dieser Zeit sollte sich klären, wohin sein neuer Lebensweg führen sollte. Jetzt waren gerade erst einmal ein paar Wochen vergangen; er hatte also noch Zeit, seinen neuen Lebensweg zu finden. Unbewusst aber erfüllte er inzwischen die Empfehlung der Psychotherapeutin aus der Kur in Bayern ein Jahr vorher, in seinem Leben „mehr Chaos zuzulassen" und nicht immer gleich regulierend in die sich eigendynamisch entwickelnden Prozesse einzugreifen.

Es ist schon Mittag, als Felix endlich vom Krankenhaus die erlösende Nachricht erhält, dass die zweite Operation von Beatrice ebenso erfolgreich verlaufen sei wie die erste. Felix muss noch eine Weile warten, bis Beatrice aus der Vollnarkose erwacht ist. Sie meldet sich bei Felix mit langsamer, dunkler Stimme, der noch die Strapazen der Narkose anzumerken war:

„Mir geht es gut, mein lieber Schatz. Komm' möglichst bald zu mir".

„Ja, ich mache mich sofort auf den Weg", antwortet Felix erleichtert und setzt sich ins Auto.

Wenige Minuten später ist er bei ihr. Beatrice darf aufstehen und zusammen gehen sie vorsichtig in dem kleinen Park hinter dem Krankenhaus spazieren, immer wieder unterbrochen von Pausen der Erholung auf einer der dort aufgestellten Bänke. Sie unterhalten sich über die gute medizinische und menschliche Betreuung im Krankenhaus, über den Sinn des Lebens und sind voller guter Hoffnung, dass die Krebszellen jetzt endlich, nach der zweiten Operation, vollständig aus Beatrice' befallener Brust entfernt sind.

23 Ein ungewöhnliches Gartenfest

Juni 2010 / Juni 2002

Im Juni 2002 veranstaltete Beatrice ein Fest im Garten ihres Hauses, zu dem sie ihre persönlichen Freunde, darunter auch Felix einlud.

Ein Jahr war bereits vergangen, seit sich Beatrice förmlich von Norbert getrennt hatte. Sie wohnte aber immer noch mit ihm zusammen mit Norbert in ihrem Haus, das etwa eine Autostunde von Felix' Wohnung entfernt lag. Das Fest fand an einem Wochenende im Juni 2002 statt, als Norbert und Dorothea zusammen verreist waren. Beatrice wollte mit diesem Fest eine Botschaft an ihre persönlichen Freunde richten, um ihnen zu zeigen: ‚Schaut her, ich habe mich zwar von Norbert getrennt, aber ihr seid meine persönlichen Freunde, und ich möchte, dass Ihr meine Freunde auch ohne Norbert bleibt." Gleichzeitig war es - wenn auch ungewollt - eine Art Abschiedsfest, da ihr Zusammenleben mit Norbert im selben Haus nicht mehr lange fortdauern konnte.

Die eingeladenen Freunde kamen nach und nach, darunter auch Felix. Er fühlte sich in diesem Umfeld allerdings nicht ganz wohl, da er nicht so recht wusste, wie er seine Rolle bei diesem Fest definieren sollte. Er kannte Beatrice zwar inzwischen seit über einem Jahr, sie mochten sich, Beatrice hatte ihm sogar wiederholt gesagt, dass sie in liebe, er aber wollte sich nicht so schnell wieder neu binden und sich auf Beatrice als neuer Partnerin festlegen. Noch war er mit Dorothea verheiratet, und das letzte Wort über die Zukunft ihrer Ehe war noch nicht gesprochen.

Beatrice stellte Felix den anderen Gästen als ihren neuen Freund vor. Er selbst sah sich aber nur als Gast wie alle anderen.

Er beteiligte sich aktiv an den Gesprächen und versuchte dabei, so gut es ging, sich den Themen von Beatrice' alten Freunden anzupassen. Da er sich auf fremdem Terrain bewegte, hielt er sich selbst weitgehend zurück, was von den anderen als sympathisch empfunden wurde, wie er von Beatrice später in den Nachgesprächen erfuhr.

Als das Fest spät in der Nacht zu Ende ging, half Felix Beatrice beim Aufräumen. Über das Ende des Abends hatte er bis dahin nicht weiter nachgedacht. Er hatte einige Gläser Wein getrunken und konnte mit seinem Wagen nicht mehr nach Hause fahren. So nahm er das Angebot von Beatrice gerne an, die Nacht in ihrem Haus zu verbringen.

Felix Teilnahme an dem Fest blieb für die weitere Entwicklung der komplexen Viererbeziehungen zwischen Beatrice, Dorothea, Norbert und Felix nicht ohne Folgen. Es gab nämlich ein nicht unerhebliches Problem: Beatrice's Sohn Ulrich, der sein Studium bereits beendet hatte und berufstätig war, hielt sich zu der Zeit ebenfalls in seinem Elternhaus auf, um alte Freunde zu besuchen.

Ulrich schlief in seinem alten Kinderzimmer, das neben Beatrice' Zimmer lag, in dem Beatrice und Felix die Nacht zusammen verbrachten. Am nächsten Morgen trafen sich alle drei beim Frühstück im Garten. Felix und Ulrich hatten sich zwar vorher schon einmal gesehen, aber nun war es etwas anderes. Über dem Gespräch lag eine Spannung, die jeder von ihnen spürte. Jeder bemühte sich aber auch, sie durch Höflichkeit und Aufmerksamkeit gegenüber den anderen zu überdecken.

Beatrice und Ulrich, Mutter und Sohn, waren seit jeher eine eingeschworene Gemeinschaft. Beatrice war für Ulrich seit seiner Geburt die wichtigste Bezugsperson in seinem Leben. Zu der Übernachtung von Felix im Haus seiner Eltern äußerte er sich bei dem gemeinsamen Frühstück nicht. Es war aber zu spüren, dass er Felix' Gegenwart irgendwie als unangenehm empfand.

Nach diesem Fest sprach sich in Beatrice' Umgebung natürlich schnell herum, dass sie sich von ihrem Mann getrennt und jetzt einen neuen Freund hatte.

Die Nachbarin gratulierte Beatrice zu ihrem neuen Glück und erzählte ihr, dass auch sie sich vor Jahren nach langer frustrierender Ehezeit frisch verliebt hatte, aber dass ihr Liebhaber am Ende nicht den Mut gehabt hatte, sich aus seinen alten Bindungen zu lösen, um mit ihr ein neues Leben anzufangen. Das sei für sie eine der bittersten Enttäuschungen ihres Lebens gewesen, die sie bis heute nicht vergessen hätte. Sie wünschte Beatrice nun, dass es ihr anders erginge und dass es ihr gelänge, ein neues Leben mit neuem Glück zu beginnen.

Ulrich brachte in nachfolgenden Gesprächen mit seiner Mutter zum Ausdruck, dass er schon lange beobachtet habe, dass es zwischen seiner Mutter und seinem Vater seit vielen Jahren kriselte. Er hätte schon immer geahnt, dass die Beziehung irgendwann einmal zu Ende gehen könne. Es wäre für ihn daher also nur bedingt überraschend gewesen, dass Felix plötzlich als neuer Freund und Liebhaber an der Seite seiner Mutter auftauchte. Schwer zu ertragen sei für ihn allerdings gewesen, dass dieser mit ihr in seinem Elternhaus direkt neben seinem Zimmer übernachtet habe. Aber dieses emotionale Problem wollte er mit sich selbst ausmachen und seiner Mutter keine weiteren Vorwürfe machen.

Felix hatte die emotionale Verunsicherung zwischen Beatrice und Ulrich gespürt und sich dabei auch nicht wohl gefühlt. Es blieb ihm aber nichts anderes übrige, als zu versuchen, das Beste aus der Situation zu machen. Er fragte sich allerdings, wie Norbert, Beatrice' Mann, wohl darauf reagieren würde, wenn er von dem Fest und seiner Übernachtung in dessen Haus erfahren würde. Dieser Gedanke bereitete ihm am meisten Unbehagen.

Felix fand sein Verhalten dennoch nicht völlig abwegig, weil doch auch Norbert und Dorothea inzwischen mehrmals zusammen übernachtet hatten, nicht zuletzt in dem gemeinsamen Ferienhaus von Norbert und Beatrice. Außerdem verkehrte Norbert immer häufiger in dem Haus von Felix und Dorothea, das ihm noch immer zur Hälfte gehörte, in dem aber jetzt Dorothea und Cecilia alleine wohnten. Was machte es da für einen Unterschied, dass er nun auch einmal im Haus von Norbert und Beatrice übernachtet hatte?

Aber für Norbert machte es dennoch einen Unterschied. Seine Reaktionen ließen nicht lange auf sich warten. Als er von Felix' Übernachtung in seinem Haus erfuhr, zeigte er sich sichtlich verärgert und beleidigt. Von nun an waren aus Sicht von Felix alle seine Aktionen darauf ausgerichtet, Beatrice und ihm möglichst viele Schwierigkeiten zu bereiten und Schaden zuzufügen. Norbert fühlte sich ganz offenbar in seinem Stolz gekränkt, dass ein anderer Mann in seinem Haus, in Anwesenheit seines Sohnes, mit seiner Frau die Nacht zusammen verbracht hatte.

„Wenn ich die Folgen dieser Übernachtung damals vorhergesehen hätte, hätte ich vielleicht darauf verzichtet", sagt sich Felix in seinem Dämmerschlaf und wälzt sich unruhig hin und her. „Es ist aber so passiert, und nun ist es wie es ist. Mein Leben hat sich danach grundlegend verändert. Haben vor allem solche äußeren Ereignisse zu diesen Veränderungen beigetragen oder haben die eingetretenen Veränderungen doch eher mit mir selbst und meinen eigenen Erwartungen und Handlungen zu tun?", fragt er sich rückblickend, findet aber keine klare Antwort auf diese Frage.

Auch eine neue Reaktion Dorotheas ließ nicht lange auf sich warten. Seit dem Vorfall mit dem Foto von Bern und dem falschen Datum, das sie als Beleg für Felix' Untreue zu einem sehr frühen Zeitpunkt angesehen hatte und immer noch ansah, hatte sie ihre Bemühungen zur Trennung ihrer bis dahin gemeinsamen finanziellen Angelegenheiten verstärkt. Sie stellte gegenüber Felix zunehmend Forderungen, um von ihren gemeinsamen Einkünften einen möglichst großen Anteil für ihren eigenen Lebensbedarf zu erhalten. Bei Felix entstand dadurch erneut das Gefühl, von Dorothea ausgenutzt zu werden, so wie er es in ihrer langen Ehezeit wiederholt empfunden hatte, zuletzt bei ihrem aus seiner Sicht dreisten Küchenkauf am 11. September 2001 zusammen mit Norbert und auch bei der Renovierung des Hauses, in dem sie wohnte, deren Kosten er zum Ausdruck seines guten Willens übernommen hatte.

Ihre Begehrlichkeiten lösten bei ihm erhebliches Unbehagen aus. Vor sechs Jahren hatten sie nach einer Idee von Dorothea zur Verbesserung ihrer Altersversorgung auf einem von Felix' Eltern geerbten Grundstück ein Mehrfamilienhaus als Mietobjekt gebaut. Zur Finanzierung des Hauses hatten sie Kredite von über eine Million DM aufgenommen, deren Zinsen mit den Mieteinnahmen bezahlt wurden. Die Mieteinnahmen und Steuerersparnisse hatten sie seitdem auch zur Finanzierung der Studienkosten für Daniela und Katharina und kaum zur Tilgung der Schulden verwendet. Felix' Devise war deshalb nach wie vor, ihr bescheidenes und sparsames Leben wie bisher fortzusetzen und sich keine größeren Luxusausgaben zu leisten, um ihre finanzielle Grundlage nicht zu gefährden.

Zunächst aber mussten noch die beachtlichen Schulden von dem Mehrfamilienhaus abgebaut werden; die Voraussetzungen dafür waren im Grunde sehr gut, setzten aber voraus, der eingeschlagene Finanzierungsweg über mehr als zehn Jahre noch konsequent weiter verfolgt wurde. Das war aber nur möglich, wenn Felix und Dorothea zusammen hielten und weiter wie bisher zusammen arbeiteten.

Das fordernde Verhalten von Dorothea bereitete Felix deshalb Sorgen. Dorothea hatte sich noch nie ernsthaft mit ihrer wirtschaftlichen Gesamtsituation beschäftigt, was sie auch jetzt nicht tat. Solange sie zusammen gelebt hatten, hatte sie ihm in diesen Dingen stets die Entscheidungsgewalt und Verantwortung gelassen und sich nach seinen Empfehlungen gerichtet. Sie wusste, dass sie sich auf ihn verlassen konnte und brauchte sich daher mit diesen Fragen nicht zu belasten. Damit war es jetzt offenbar vorbei.

Die emotionale „Ruhephase" Anfang 2002 fand nach dem Gartenfest von Beatrice ein jähes Ende: Felix fiel aus allen Wolken, als er eines Tages feststellte, dass Dorothea die Überweisung ihrer monatlichen Bezüge – sie arbeitete inzwischen wieder als Lehrerin - von dem gemeinsam genutzten Girokonto auf ihr eigenes Konto verfügt hatte. Damit entzog sie die Deckung der regelmäßigen Kosten für das gemeinsame Haus und des Unterhaltes für ihre studierenden Töchter und verließ so das gemeinsame Familienwirtschaftsboot. Sie sicherte sich ihre eigene Finanzautonomie, ohne nach den Folgen für ihre wirtschaftliche Gesamtsituation zu fragen, darunter auch für die Finanzierung des Mehrfamilienmiethauses mit seinen hohen Finanzierungskosten.

Felix war entsetzt. Dorothea einseitiges Handeln zerstörte jäh die von ihm über viele Jahre sorgfältig aufgebaute Grundlage ihres gemeinsamen wirtschaftlichen Handelns.

Felix blieb nichts anderes übrig, als sich der neuen Herausforderung zu stellen. Jetzt konnte er die Dinge nicht mehr einfach laufen lassen, wie es ihm die Psychotherapeutin aus Bayern empfohlen hatte. Er musste jetzt handeln, sonst würden seine Töchter im nächsten Monat kein Geld mehr überwiesen bekommen, die monatlichen Abbuchungen für Wasser, Strom und Gas würden nicht mehr gedeckt sein, und ihr bisheriges Gemeinschaftskonto würde in Kürze ins Minus fallen, und sie müssten dann horrende Überziehungszinsen zahlen. Er war nun gezwungen, alle bisherigen Abbuchungsermächtigungen zu ändern und an die neuen Gegebenheiten anzupassen, was mit einem großen Aufwand verbunden war, für den er eigentlich keine Zeit hatte. Die erforderlichen Änderungen nahmen viele Tage in Anspruch, was Felix eine Menge zusätzlichen Stress verursachte.

Dieses ihm aufgezwungene Geschehen machte ihn sehr traurig. Das war es nicht, was er sich von seiner angestrebten neuen Freiheit im Rahmen der Altersteilzeit erhofft hatte. Er war jetzt nicht mehr unabhängiger Akteur, sondern war in die Rolle des passiven Zuschauers gedrängt worden. Die weitere Auflösung seiner Ehe und die schrittweise Zerstörung all dessen, was er über Jahre mühsam aufgebaut hatte, konnte er mit eigenen Kräften nicht mehr aufhalten.

24 Das kenianische Familienurteil

Juni 2010 / Juli - August 2002

Felix öffnet kurz die Augen. Vogelgezwitscher aus den Bäumen ringsherum hatte ihn geweckt. Er braucht eine Weile, um in der Gegenwart anzukommen.

„Meine Güte, was ist in den letzten Jahren nicht alles geschehen", murmelt er leise. „Ich liege hier in meinem Garten und träume, während Beatrice gerade zum zweiten Mal operiert wird Gibt es einen Zusammenhang zwischen ihrem Brustkrebs und den für uns beide aufwühlenden Geschehnissen der letzten Jahre? Vieles ist für mich noch unklar. Ich muss weiter versuchen zu verstehen, wie und warum sich die Dinge so wie sie sind entwickelt haben, Schritt für Schritt."

Er versucht, sich zu konzentrieren, seine Gedanken zu ordnen, den Zusammenhang der Geschehnisse im Einzelnen nachzuvollziehen. Er fühlt sich wie in einem Nebel, aus dem einzelne Geschehnisse für kurze Zeit schemenhaft herausragen, um dann wieder von den weißen Schwaden überdeckt zu werden. Er tastet sich durch den Nebel wie ein Blinder mit seinem Stock auf der Suche nach Orientierung. Er bemüht sich, die komplexen Zusammenhänge zwischen den vielen verschiedenen Ereignissen zu überblicken, den roten Faden zu finden, aber jedes Mal, wenn er glaubt, ein Ende in den Händen zu haben, entgleitet es ihm wieder und wird von einem anderen Ereignis überlagert. Er ist verwirrt und fühlt sich gleichzeitig müde und lebenshungrig.

„Was habe ich in meinem Leben falsch gemacht? Habe ich überhaupt etwas falsch gemacht? Ist das, was ich erlebt habe, charakteristisch für ein erfülltes Leben? Gehören Sieg und Niederlage immer zusammen?"

Er schließt wieder die Augen und lässt es zu, dass seine Gedanken schweifen:

„Jetzt haben wir Juni 2010. Die Fußballweltmeisterschaft findet in diesem Jahr erstmals in einem afrikanischen Land, in Südafrika, statt. Mit Afrika fühle ich mich in besonderer Weise verbunden, seit Beatrice und ich mit einigen Verwandten vor acht Jahren an einer unvergesslichen dreiwöchigen Rundreise durch Kenia teilgenommen haben."

Die Bilder dieser Reise tauchen jetzt deutlich vor Felix' Augen auf.

Felix' Cousin Siegfried hatte die Reise organisiert. Er hatte mehrere Jahre in Kenia gelebt und dort viele Freunde gewonnen. Seine Familie und die kenianische Familie, bei der er gewohnt hatte, hatten seitdem intensive Beziehungen untereinander gepflegt. Ein junger Kenianer aus der Familie war mit Unterstützung von Siegfrieds Familie Priester und später sogar katholischer Bischof in Kenia geworden. Siegfried war der leibliche Neffe von Tante Irmgard, die Felix' Vater in zweiter Ehe geheiratet hatte.

Felix hatte Siegfried ein Jahr vorher, bei dem denkwürdigen 90. Geburtstag von Tante Irmgard gefragt, ob sie nicht einmal zusammen auf den Gipfel des Kilimandscharo steigen könnten. Siegfried hatte die Anregung sofort begeistert aufgegriffen und danach die dreiwöchige Rundreise durch Kenia geplant, als deren Höhepunkt sie schließlich allerdings nicht auf den Gipfel des Kilimandscharo gestiegen waren sondern auf den Gipfel des über 5.000 Meter hohen Mount Kenia.

Die Rundreise fand im Sommer 2002, gut ein Jahr, nachdem Felix und Beatrice sich kennen gelernt hatten, statt. Neben Felix, Beatrice und Siegfried nahmen fünf Familienangehörige von Felix, darunter auch Tante Irmgard, teil. Tante Irmgard hatte genau am Tag der Ankunft in Nairobi wieder Geburtstag und wurde 91 Jahre alt.

Bei der Ankunft auf dem Flughafen in Nairobi wurde die kleine Gruppe von einer größeren Zahl festlich gekleideter Kenianer wie Staatsgäste empfangen. Zum Empfangskomitee gehörte auch der Bischof, der bei seiner Ausbildung zum Priester von Siegfrieds Familie unterstützt worden war. Deren Ehrerbietung galt vor allem Tante Irmgard, deren Bruder seinerzeit den Zusammenschluss der deutsch-afrikanischen Familie besiegelt hatte. Nachdem er gestorben war, war sie als nunmehr Älteste der deutsch-kenianischen Großfamilie an seine Stelle gerückt und wurde nun als Familienoberhaupt empfangen. Noch am selben Abend wurde die ganze Gruppe zu einer stilvollen Feier in dem noblen Haus eines ehemaligen Ministers, welches zur Kolonialzeit Englands gebaut worden war, eingeladen, und es wurden mehrere bewegende Reden zu Ehren von Tante Irmgard gehalten. Alle Reiseteilnehmer wurden wie Familienangehörige behandelt.

Die Rundreise führte sie auch auf eine Farm im Landesinneren, auf der Siegfried als junger Mensch eine Weile gelebt hatte. Über viele Jahre hatte er die freundschaftlichen Beziehungen zu der Familie der Farmbesitzerin gepflegt und war wiederholt dort hin gereist. Die Farmbesitzerin war eine der beiden Schwägerinnen des katholischen Bischofs, dessen Bruder mit zwei Frauen verheiratet war. Die beiden Frauen verstanden sich gut und lebten getrennt, aber nicht weit entfernt voneinander, während ihr gemeinsamer Mann jedoch viele hundert Kilometer weit entfernt in Nairobi arbeitete.

Vom Bischof wurden Felix und Beatrice auf der Farm ein gemeinsames Zimmer zugeteilt. „Ein Bett für Euch beide reicht", hatte der Bischof dabei mit einem freundlichen Lächeln gesagt. Sie verbrachten auf der Farm mehrere Tage, in denen sie auch den Bruder des katholischen Bischofs und dessen zwei Frauen kennen lernten.

Drei Tage später, als Felix sich zu einem Mittagschlaf in sein Zimmer, in dem er mit Beatrice wohnte, zurückgezogen hatte, wurde er von Beatrice abrupt geweckt.

„Felix, Felix, Du musst sofort aufstehen. Der Familienrat ist zusammen gekommen und will über uns beide sein Urteil fällen."

„Was für ein Urteil? Welcher Familienrat?"

„Komm schnell, Du musst sofort mitkommen. Der Bischof, sein Bruder und seine beiden Frauen sitzen schon zusammen und warten auf uns."

„Was soll der Quatsch? Wie kommen die dazu, über uns ein Urteil zu fällen? Wir können doch wohl über uns allein entscheiden."

„Felix, die meinen es ernst. Du bist mit Siegfried verwandt, und wir gehören nach ihrem Verständnis dadurch zu ihrer Familie. Sie fühlen sich deshalb für uns mit verantwortlich. Komm, beeil dich."

Noch schlaftrunken und ein bisschen widerwillig erhob sich Felix von seinem Bett und machte sich für das „Urteil" fertig. Die Aktion bereitete ihm Unbehagen, er wollte aber in die bis dahin sehr freundliche und familiäre Stimmung keinen Missklang bringen. So folgte er Beatrice in den Empfangsraum mit den großen Fenstern, hinter denen der parkähnliche Garten lag. Wie es Beatrice gesagt hatte, warteten dort der Bischof, sein Bruder und dessen zwei Frauen auf sie.

Der Bischof bat beide, ihnen gegenüber Platz zu nehmen. Eine spürbare Spannung lag über der Szene. Felix schaute seine afrikanischen „Familienangehörigen" mit Neugier und innerer Unruhe an. Er versuchte, sich die Unruhe nicht anmerken zu lassen und wartete gespannt, was passieren würde.

Der Bischof erhob als Erster das Wort und sprach auf Englisch, zu Beatrice und Felix gewandt:

„Liebe Beatrice, lieber Felix. Ihr seid nun bereits seit drei Tagen auf der Farm, und wir hatten Gelegenheit, Euch zu beobachten und kennen zu lernen. Da Felix zu unserer Familie gehört und Ihr nicht miteinander verheiratet seid, haben wir uns über Euch und Eure Zukunft Gedanken gemacht. Es ist eine alte Tradition bei uns, dass der Familienrat über ein neues Paar sein Urteil abgibt. Vor allem die beiden Frauen hier haben dafür ein gutes Gespür. Sie werden Euch jetzt sagen, was wir von Euch als Paar halten."

Die Farmbesitzerin, die ältere der beiden Frauen, übernahm jetzt das Wort.

„Ja, wir hatten in diesen drei Tagen Gelegenheit, Euch zu beobachten, wie ihr Euch verhaltet und vor allem, wie Ihr miteinander umgeht. Eure Zuneigung zueinander und Euer Miteinander haben uns gut gefallen. Wir sind davon überzeugt, dass Ihr gut zusammen passt. Wir möchten Euch gern den familiären Segen für Eure gemeinsame Zukunft geben."

Die andere Frau, der Bischof und sein Bruder nickten lächelnd und bekräftigten die Worte der Sprecherin.

Felix spürte, wie sich seine Brust zusammen zog und seine Haare sich aufrichteten. Es war eine Energiedichte im Raum, die sich wie Magie anfühlte. Was geschah hier mit ihm und Beatrice. Er fühlte sich gleichzeitig gerührt und war den Tränen nah.

Er und Beatrice waren noch mit ihren langjährigen Ehepartnern verheiratet. Die gemeinsame Keniareise hatte nur deshalb stattgefunden, weil sie beide zu ihren jeweiligen Ehepartnern immer mehr den emotionalen Bezug verloren hatten. Diese wiederum hatten sich auch zusammengetan und verbrachten zur selben Zeit einen gemeinsamen Urlaub in der Toskana.

Wie konnte die afrikanische Familie, die sie erst jetzt kennen gelernt hatten, und die ihn wie ein Familienmitglied angenommen hatte, nach so kurzer Zeit über sein noch junges Verhältnis zu Beatrice ein solch weit reichendes Urteil abgeben?

Er erinnerte sich, dass sein Cousin Siegfried, der die Reise organisiert hatte, ebenfalls ein solches Urteil über sich hatte ergehen lassen müssen, sogar zweimal. Beim ersten Mal war seine neue Partnerin von den afrikanischen Familienangehörigen abgelehnt worden. Seine zweite Partnerin Vera, mit der er später erneut erschien, wurde dagegen akzeptiert. Und mit dieser war er inzwischen seit mehreren Jahren glücklich verheiratet. Vera und ihre gemeinsame Tochter Tina, die sie sehr liebten, nahmen auch mit an der Rundreise durch Kenia teil.

Felix schaute seine afrikanischen Gastgeber, seine neuen „Familienangehörigen", unsicher und ein wenig überrascht an, während sein Gehirn arbeitete:

„War das für ihn und Beatrice ein gutes Omen? Waren sie tatsächlich füreinander bestimmt, obwohl sie noch jeweils mit einem anderen Partner verheiratet waren? Hatten die Afrikaner tatsächlich einen besseren Instinkt als die Europäer, um herauszufinden, wer füreinander bestimmt ist?"

Felix spürte, wie ihn alle erwartungsvoll anschauten und darauf warteten, dass er sich zu dem soeben ausgesprochenen Segen äußerte. Ohne weiter nachzudenken, ergriff er schließlich das Wort:

„Ich danke Euch für Eure lieben Worte. Sie haben Beatrice und mich sehr berührt. Wir freuen uns über Eure positive Beurteilung von uns beiden als Paar. Ihr wisst, dass wir beide jeweils noch mit einem anderen Partner verheiratet sind. Wir kennen uns selbst noch nicht sehr lange, fühlen uns aber nun durch Euch bestärkt, unseren Weg gemeinsam fortzusetzen."

„Gott segne Euch", sagte abschließend der Bischof.

Diese Begebenheit wirkte in Felix und Beatrice lange nach. Für den Rest der Reise durch Kenia fühlten sie sich jetzt mehr als zuvor wie ein Paar und genossen die gemeinsame Reise. Den Bischof trafen sie später noch zweimal bei seinen Besuchen in Deutschland. Bei jedem Besuch wurde das Erlebnis des afrikanischen Segens wieder lebendig.

Im Spätsommer 2002, einige Wochen nach der Reise durch Kenia verließ Beatrice das Haus, in dem sie jahrzehntelang mit Norbert, ihrem Sohn Ulrich und ihrer Stieftochter Susanne gelebt hatte, und zog in eine Mietwohnung in der Nähe von Felix' Wohnung.

Felix half Beatrice beim Umzug. Als sie die Tür ihres bisherigen Hauses zum letzten Mal von außen abschloss, hatte Beatrice Tränen in den Augen.

25 Vergebliche Rettungsversuche

Juni 2010 / Januar - März 2003

Gedankenverloren öffnet Felix in seinem Liegestuhl die Augen und schaut zur Spitze seiner Lieblingstanne in der Hoffnung, dass seine Amsel dort sitzt und wieder ihre schönen Lieder singt. Die Amsel ist aber nicht zu sehen. Währenddessen arbeitet sein Gehirn weiter.

„Die Zeit in der Mietwohnung sollte für mich eine Zeit der Neuorientierung werden. In den ersten Monaten - oder waren es Jahre? - habe ich versucht, mich nach allen Seiten offen zu halten. Eine Rückkehr zu Dorothea schien mir ebenso möglich wie die Fortsetzung meiner neuen Beziehung zu Beatrice, aber auch eine andere, völlig neue Lebensgestaltung."

Die Augen fallen ihm schließlich wieder zu, während seine Gedanken im Halbschlaf weiter fließen:

„In den Jahren 2001 und 2002 wurde meine Bindung zu Dorothea immer weniger und meine Beziehung zu Beatrice immer enger. Das aber lag nicht allein an mir. Auf viele Entwicklungen hatte ich irgendwann keinen aktiven Einfluss mehr. Aber so einfach wollte ich meine Ehe mit Dorothea und damit meine Familie, für die ich so viel getan hatte, doch nicht aufgeben."

Der Gedanke, dass es doch noch möglich sein müsste, Dorothea trotz ihrer ablehnenden Haltung ihm gegenüber zu einem konstruktiven Handeln zum Nutzen aller Familienangehörigen umzustimmen, ließ ihn nicht los. Er war nicht von Zuhause ausgezogen, um seine Familie zu verlieren, sondern doch eigentlich nur, um sich selbst neu zu finden und seinem Leben und auch seiner Ehe neue Impulse zu verleihen.

„Würde es vielleicht helfen, wenn ich Dorothea die Bilanz unserer Ehe und unsere jetzige Situation aus meiner Sicht einmal in freundlichen Worten schriftlich darlege? Sie könnte den Text dann in Ruhe lesen, und es würde sie vielleicht bewegen, auch ihre Gedanken und Gefühle nieder zu schreiben? Wir könnten dann darüber sprechen und es dadurch hoffentlich schaffen, an unseren Konfliktthemen gemeinsam zu arbeiten und eine neue gemeinsame Zukunftsperspektive zu entwickeln. Es geht doch für uns beide um sehr viel: Den Erhalt unserer Familie, die Zukunft ihrer Töchter, unserer gemeinsamen Vermögenswerte, unsere Alterssicherung ...", fragte er sich eines Tages bei seinen Überlegungen, was er selbst noch tun könne, nachdem wieder mehrere Monate vergangen waren.

Am Tag des 20. Geburtstags seiner jüngsten Tochter Cecilia im Januar 2003 setzte sich Felix hin und brachte seine Gedanken zu seiner Ehe in einer selbstkritischen Bilanz zu Papier:

Gedanken zu meiner Ehe mit Dorothea

Die nachfolgenden Ausführungen sind konstruktiv gemeint. Ich habe kein Interesse an Provokationen oder am Waschen schmutziger Wäsche. Ich möchte auch nicht unbedingt Recht behalten. Ich suche nur nach einem Weg, wie es mit einer vernünftigen Zukunftsperspektive sowohl für Dorothea als auch für mich und unsere Kinder weitergehen kann.

Wir sind jetzt seit fast 30 Jahren verheiratet. Wir haben drei Kinder, die wir alle drei sehr gern haben. Daniela und Katharina sind praktisch mit dem Studium fertig und werden hoffentlich bald auf eigenen Füßen stehen. Cecilia, unser drittes Kind, hat heute Geburtstag, sie wird 20 Jahre alt. Sie hat sich in ihrem ganzen Leben aktiv dafür eingesetzt, uns als Partner und damit die Familie zusammen zu halten. Vermutlich wurden ihre chronischen Krankheiten, Neurodermitis und später Asthma, durch diese Anspannung mit verursacht. Ich werde nie ver-

gessen, wie Cecilia als kleines Kind im Bett zwischen uns lag und ihre kleinen Ärmchen rechts und links jeweils um unseren Hals legte und uns quasi symbolisch zusammenhielt. Es täte mir gerade für Cecilia sehr Leid, wenn ihre Bemühungen vergebens gewesen sein könnten.

Dorothea und ich haben es nicht gut verstanden, uns gegenseitig dauerhaft zu achten, zu stützen und zu lieben. Wir haben in den letzten Jahren vorrangig unsere eigenen Wege verfolgt und dabei den Partner zunehmend aus den Augen verloren. So haben wir auch unsere Antenne für Alarmsignale des anderen verkümmern lassen.

Die Gründe für diese Versäumnisse sind vielfältig. Sie haben ihre Ursprünge sicher bereits im Kindesalter und im Elternhaus, aber auch in vielen Enttäuschungen - auf beiden Seiten - im Verlauf unserer 30jährigen Partnerschaft. Als wesentlich erscheinen mir dabei grundsätzlich unsere unterschiedlichen Erwartungen an den Partner, an die Ehe und an die Familie, die sich allerdings erst allmählich im Laufe unseres Zusammenlebens offenbarten. Sie hätten vielleicht durch eine bessere Streitkultur überwunden werden können; leider haben wir diese nicht ausreichend entwickelt.

Ich war bedingt durch das Vorbild meiner Eltern sehr stark auf den Beruf fixiert, ohne darin ein Defizit oder gar ein Fehlverhalten zu vermuten. Ganz im Gegenteil sah ich in einer konsequenten Weiterentwicklung meines beruflichen Engagements eine wesentliche Säule für meine Familie. Ich wollte meinen Beruf gut erfüllen und gleichzeitig ein guter Ehemann und guter Familienvater sein; das entsprach auch dem Vorbild meines Vaters. Im Umweltschutz sah ich für mich darüber hinaus eine übergeordnete Aufgabe zur „Rettung der Menschheit", der ich mich verpflichtet fühlte und die mich sehr in Anspruch nahm. Ich bedaure mein Engagement in diesem Gebiet nicht. Glücklicherweise hatte ich einige berufliche Erfolge, auf die ich heute stolz bin. Ohne die geleistete große physische und psychische Kraftanstrengung wäre mir das nicht möglich gewesen.

Dorothea war von Anfang an mehr auf die Familie, vor allem auf die Kinder, orientiert. Beruf war für sie etwas, was man eher am Rande mit erledigte, ohne es in den Vordergrund zu rücken, quasi eine Notwendigkeit, der man sich möglichst geräuschlos widmen sollte. Viel wichtiger als Beruf waren und sind für sie soziale Kontakte zu Familienmitgliedern, Freunden, Nachbarn.

Ich fühle mich trotz intensiven beruflichen Engagements dennoch als Familienmensch. Ich habe mich immer bemüht, auch in der Familie meine Aufgaben, wie ich sie sah, nach Kräften zu erfüllen, und für Dorothea und die Kinder da zu sein, wenn ich benötigt wurde. Ich bin aber auch empfindlich und verletzbar. Ich benötige als Kraftquelle Resonanzen, emotionale Zuwendungen, Akzeptanz, seelische und körperliche Nähe, Zuverlässigkeit, Nähe, ohne davon erdrückt zu werden, und auch ein gewisses Maß an Freiheit. In den letzten Jahren habe ich zunehmend unter dem Mangel an solchen Rückkopplungen gelitten.

Unsere Partnerschaft bekam in Etappen Risse, die anfangs gekittet, am Ende eher als solche hingenommen wurden, wie ein nicht zu änderndes Schicksal. Beispiele für schlecht oder wenig gut funktionierende Ehen kannten wir in unserem Freundeskreis zur Genüge. Da erschien uns unsere Ehe noch zu den zu gehören, die relativ gut funktionierte, hatten wir doch eine Reihe vorzeigbarer Elemente: Drei nette Kinder, die sich gut entwickelten und in der Ausbildung vorankamen, sichere Berufe mit soliden Einkommen, zwei Häuser, interessante Urlaubsreisen, viele Freunde, Feste u. a., kurz alles, wovon viele Menschen nur träumen.

Ich lebe jetzt bereits seit 15 Monaten allein in meiner Mietwohnung und habe dort inzwischen ein wenig Abstand zu meinem bisherigen Leben gefunden, was ich auch wollte. Ich hatte die Wohnung von Anfang an als neutralen Ort definiert, von dem aus ich mein Leben neu ordnen wollte.

Bezüglich meiner zukünftigen Lebensweise möchte ich gern weiter in einer Partnerschaft leben. Drei mögliche Wege habe ich dafür von Anfang an für mich vorgegeben und auch nach außen kommuniziert: 1. Zurück zu Dorothea, aber unter neuen Randbedingungen, 2. Partnerschaft mit Beatrice, 3. oder ein dritter, noch unbekannter Weg. Im

Grundsatz ist diese Vorgabe noch immer gültig, aber inzwischen haben sich die Dinge weiter entwickelt: Zu Dorothea sind die Bindungen schwächer, zu Beatrice stärker geworden. Ein dritter Weg hat sich bisher nicht gezeigt.

In den vergangenen 15 Monaten ist mir klar geworden, dass ich nicht ausgezogen wäre oder mit Dorothea erneut ein gemeinsames Zusammenleben versucht hätte, wenn es von ihrer Seite das gleiche Interesse und entsprechend deutliche Signale gegeben hätte. Entscheidend für meinen Auszug waren für mich meine empfundenen Defizite an gegenseitigen Zärtlichkeiten, an emotionaler Zuwendung und auch an gemeinsamer sexueller Erfüllung in unserer Beziehung. Wie oft habe ich in unserem gemeinsamen Haus in den letzten Jahren in meinem Kellerbüro gesessen und mir gewünscht, Dorothea käme zu mir, würde ihre Arme um meinen Hals legen und ihren Kopf an meinen schmiegen und würde mir so zeigen, dass sie mich mag. Stattdessen saßen Dorothea und unsere Kinder meist im Wohnzimmer vor dem Fernsehapparat und wollten nicht gestört werden, falls sie nicht gerade telefonierten oder Freunde empfingen, was für sie immer Priorität hatte.

Gerade die Bedeutung der sexuellen Gemeinsamkeit für mich hat Dorothea erheblich unterschätzt. Sätze wie „Unsere Ehe war laff" oder „Wenn Du willst, kannst Du mit einer anderen Frau schlafen, aber bitte nicht aus unserem engeren Umfeld" oder „In deinem Alter braucht man nicht so viel Sex" waren Gift für unsere Beziehung. Das Buch „Warum Männer nicht zuhören und Frauen schlecht einparken" gibt dazu nachvollziehbare Erklärungen. Ich habe es Dorothea zu ihrem 53. Geburtstag geschenkt, aber sie hat es als neumodische amerikanische Literatur abgetan.

Als Dorothea in unser gemeinsames Haus, das ich über Jahre mit viel persönlichem Aufwand mit aufgebaut hatte (Dachbodenausbau, Kellerausbau mit Sauna, Garagenanbau, Gartengestaltung, Anstreicherarbeiten u.a.), Norbert mit aufnahm, ohne auf mögliche Befindlichkeiten von mir und auch von Cecilia, die dort immer noch wohnte, Rücksicht zu nehmen, wurde unsere Kommunikation stark behindert oder sogar unmöglich gemach. Möglichkeiten für ein diskretes Sich-wieder-Annähern wurden dadurch praktisch verhindert. Die so entstandene „Vierer-Gemengelage", wo quasi jeder jeden durch Querinformationen kontrollieren konnte, erwies sich für eine neue Entwicklung der Beziehungen zwischen Dorothea und mir als sehr hinderlich. Es hat unser Sich-Voneinander-Entfernen sogar verstärkt.

In den letzten Jahren hat sich Dorothea immer mehr von mir abgewandt, nicht erst seit meinem Auszug, aber verstärkt sicher danach. Gleichzeitig hat sie mit Norbert eine auch nach außen deutlich sichtbare neue Partnerschaft entwickelt und sich mit ihm vor mir zunehmend abgeschottet. Begründet hat sie ihre Ablehnung an ein Zurück in unsere alte Partnerschaft mit meinen diversen „Affären" mit anderen Frauen, vor allem aber mit meiner „Partnerschaft" zu Beatrice, eine Beschreibung, die ich bisher bewusst so vermieden habe, um die Möglichkeit eines Neuanfangs mit Dorothea nicht zu gefährden. Ich habe mich allerdings stets zu meiner Sympathie für Beatrice bekannt und tue das auch heute noch.

Es stimmt, dass ich mich zu bestimmten Frauen hingezogen fühle, vor allem, wenn sie - wie Beatrice - eine sympathische Ausstrahlung haben und für bestimmte Ideen stehen, die mich interessieren. Ich sehe darin eine natürliche Reaktion und nichts Verwerfliches, auch dann nicht, wenn ich mich von diesen Frauen sexuell angezogen fühle. Niemals habe ich den Kontakt zu anderen Frauen gesucht, um meine Ehe und Familie damit aufzugeben und schon gar nicht, um Dorothea damit zu verletzen.

Dorothea hat seit meinem Auszug mehrere meiner Vorstöße zur gemeinsamen Erörterung von Möglichkeiten zur Rückkehr strikt abgelehnt.

Anfang 2002 sah ich zufällig eine Glückwunschkarte von unseren langjährigen gemeinsamen Freunden zu Dorotheas Geburtstag, die ausdrücklich auch an Norbert gerichtet war. Ich war erstaunt, wie schnell unsere damals noch gemeinsamen „Freunde" die neue Konstellationen gleich als neue „Fakten" akzeptierten. Es tat mir weh, bereits drei Monate nach meinem Auszug von ihnen abgeschrieben worden zu sein. Bei der Geburtstagsfeier von einem anderen Freund im März 2002 traten Dorothea und Norbert in meiner Gegenwart bereits als Paar auf. Daraufhin legte ich den Ehering ab, den wir uns erst im Jahr 1992 als Zeichen für einen Neuanfang unserer Ehe neu geschenkt hatten.

Ich verstehe, dass Dorothea sich durch meine eher zufällige Südtirolreise mit Beatrice sehr verletzt fühlte und seitdem versuchte, sich vor weiteren Verletzungen zu schützen. Konnte ich Ihr nachfolgendes Verhalten mit ihrer Protestreise mit Norbert nach München im Juli 2001 noch als Revanche auf die Südtirolreise „verstehen", waren ihre weiteren Aktionen zusammen mit Norbert doch deutlich mehr als nur eine Schutzreaktion. Dazu zählten unter anderem das mit Norbert verbrachte Wochenende im Ferienhaus von Norbert und Beatrice, wo Dorothea sogar ihre Bettwäsche im gemeinsamen Ehebett zurückließ, der Kauf der Küche zusammen mit Norbert und schließlich auch ihre Urlaubsreise mit unseren Freunden Nina und Jürgen nach Malta. Ich sah und sehe darin ein aktives Bemühen von Dorothea, sich von mir zu trennen und ihr Leben ohne mich neu zu gestalten. Nicht zuletzt dieses Verhalten hat mich immer näher zu Beatrice gebracht.

Als Beatrice und ich uns kennen gelernt haben, konnten wir unsere partnerschaftlichen Defizite zunächst in vielen Gesprächen lindern, was uns gut bekam. Lange haben wir dabei nicht an eine gemeinsame Zukunft gedacht. Wir beide wollten unsere Familien nicht verlassen. Wir hofften beide darauf, unsere Ehepartner dazu zu gewinnen, sich diesen Fragestellungen ebenfalls zu widmen. Dies ist uns beiden nicht gelungen.

Zu Hause fühlte ich mich in den letzten Jahren in meinem Aktionsradius immer mehr eingeengt, was sichtbar vor allem durch meinen zunehmenden Rückzug in den Kellerraum in unserem Haus zum Ausdruck kam.

Ich hatte darüber hinaus aus dem Buch „Zum Glück geht's geradeaus" wichtige Anregungen gewonnen, z.B. dass es wichtig ist, einige klare Eckdaten, die für das eigene Wohlergehen entscheidend sind, nach außen zu setzen und sichtbar zu machen. Bestärkt wurde ich darin durch die Psychotherapeutin in der Kurklinik in Bayern bei meiner Kur im Jahr 2001, in der ich Beatrice und Norbert kennen lernte.

Ich wurde von Dorothea bereits im Jahr 2001, als ich Beatrice erst wenige Monate lang kannte, vor die Wahl gestellt, entweder ganz auf sie zu verzichten oder mich auf einen Konflikt mit Dorothea einzustellen. Ich kann mich aus dieser Zeit an keine Signale von Dorothea erinnern, die mir gezeigt hätten, dass sie mich liebte und gern weiter mit mir zusammen leben wollte. Ich hätte es damals und lange danach vorgezogen, mit Dorothea eine gute Ehe zu führen und mit Beatrice eine gute Freundschaft mit gemeinsamen Aktivitäten, z.B. gemeinsame kulturelle Aktivitäten, zu pflegen.

Die Beziehung zwischen Dorothea und mir bewerte ich aus heutiger Sicht als tragisch. Dorothea ist ein guter Mensch, und ich schätze sie als einen solchen. Ich selbst fühle mich auch nicht als schlechten Menschen; eigentlich wollte ich in meinem Leben nur Gutes bewirken. Leider wurden meine Wertmaßstäbe und Bedürfnisse von Dorothea nicht in dem Maße mit getragen und unterstützt, wie ich es mir gewünscht hätte.. Damit begann unser gemeinsames Drama. Ich habe es früh gespürt, aber zu spät oder falsch reagiert, z.B. durch Aggression oder Schweigen. Ich habe viel zu spät gelernt, auch einmal freundlich und bestimmt „nein" zu sagen, oder meine Bedürfnisse stärker zu artikulieren.

Dorothea und ich sind wohl doch sehr verschieden und haben verschiedene Lebensmodelle und Erwartungen an das Leben. Leider haben wir das nicht rechtzeitig gemerkt. Später ist es uns nicht gelungen, darüber zu sprechen und unsere Vorstellungen gegeneinander abzugleichen.

Ich möchte, dass Dorothea und die Kinder eine gute Lebensgrundlage behalten und ihre Zukunft gut gestalten können. Das möchte ich aber auch für mich beanspruchen. Was bedeutet das und welche Möglichkeiten gibt es?

Der Zug für eine mögliche Rückkehr scheint nach Dorotheas klarer Aussage leider abgefahren zu sein. Daher bleibt wohl nur die anständige und nach Möglichkeit kooperative, vielleicht sogar freundschaftliche Trennung. Was heißt das? Es gibt eine emotionale und eine materielle Seite, letztere bestehend aus einem fairen Vermögensausgleich und einem Versorgungs- und Pensionsausgleich.

Wir leiden sicher beide unter dem Verlust von Familie. 30 Jahre Ehe und Familie kann man nicht einfach so vergessen oder wegstecken. Es waren auch gute Zeiten dabei. Lasst uns die Erinnerung an die guten Zeiten nicht nehmen. Damit wir auch in Zukunft gute Zeiten haben können, sollten wir uns nach Möglichkeit gegenseitig unterstützen, zumindest nicht behindern, eine neue emotionale Plattform zu finden und aufzubauen. Da ich nicht allein durchs Leben gehen möchte, brauche ich die Akzeptanz von Dorothea, mit einer neuen Partnerin ein neues Leben zu beginnen. Dasselbe gilt auch umgedreht. Ich werde mich auch bemühen, einen neuen Partner an der Seite von Dorothea, und sei es Norbert, zu akzeptieren und mit diesem freundlich umzugehen.

Felix schickte dieses Papier an Dorothea, bekam aber keine Antwort von ihr.

Einige Zeit später war Felix zu einem Karnevalsfest bei Freunden an seinem alten Wohnort eingeladen, an dem auch Dorothea ohne Norbert teilnahm. Ihre Begegnung begann mit einigen Beklemmungen und Verkrampfungen, die sich aber im Laufe des Abends im Zuge der ausgelassenen Karnevalsstimmung lösten, vor allem, als sie - wie früher so oft - miteinander tanzten. Sie waren immer noch gut aufeinander eingestimmt und bewegten sich leicht und locker über die Tanzfläche. Felix genoss das gemeinsame Erlebnis und hatte den Eindruck, dass auch Dorothea Gefallen daran fand. Einige Tage nach dem Fest – im März 2003 - schrieb Felix an Dorothea einen weiteren Brief, in dem er versuchte, an dieses schöne Erlebnis anzuknüpfen und neue Brücken zwischen ihnen zu bauen:

Liebe Dorothea,

Nach der schönen Karnevalsfeier habe ich – wie Du weißt – bei unseren Freunden Nina und Jürgen übernachtet. Wir haben uns noch spät in der Nacht über unsere Situation unterhalten. Dabei informierte mich Nina über ein Telefongespräch mit Dir vor kurzer Zeit, in dem die Auseinandersetzung vor 1,5 Jahren zwischen uns noch einmal zur Sprache kam. Ich hatte damals zum Ausdruck gebracht, dass Du doch froh sein konntest, dass ich in all den Jahren bei Dir und unseren Kindern geblieben bin. Nina vermittelte mir jetzt, wie sehr Dich das damals getroffen hat und dass ich zu dieser Angelegenheit alles versuchen solle, um mit Dir wieder so weit wie möglich ins Reine zu kommen. Wir beide haben zwar schon wiederholt darüber gesprochen, konnten uns aber bisher nicht entscheidend einander annähern.

Ich glaube, nach dem Gespräch mit Nina jetzt besser als bisher verstanden zu haben, wie sehr und warum meine Aussage Dich damals so sehr getroffen hat. Dazu möchte ich Dir jetzt folgendes sagen:

Mir tut es leid, dass ich Dich offensichtlich damit sehr verletzt habe. Ich habe das nicht gewollt und bitte Dich deshalb um Entschuldigung.

Auch wenn Du es vielleicht anders sehen magst, liegt im Verständnis meiner Aussage und meiner Intention ein erhebliches Missverständnis vor, worin ich eine weitere große Tragik unserer Beziehung sehe.

Du hast die Aussage so verstanden, als ob ich Dich nie geliebt hätte und nur aus Pflichtbewusstsein bei Dir geblieben wäre. Das ist nicht so, und ich finde es jetzt selbst sehr schlimm, dass Du das so verstanden hast.

Wir hatten in den 30 Jahren unserer Ehe gute und schlechte Zeiten. In den schlechten Zeiten haben wir uns sicher weniger geliebt. Aber wir hatten auch viele gute Zeiten, und in denen haben wir uns – auch sichtbar – geliebt. Du wirst Dich sicher daran erinnern; schau Dir doch so manche Bilder aus dieser Zeit an. Kannst Du im Ernst glauben, dass man es ohne Zuneigung und Sympathie solange miteinander aushalten kann?

Meine Aussage „Du kannst doch froh sein, das ich bei Dir geblieben bin" (so oder so ähnlich habe ich mich wohl ausgedrückt) sollte im Grunde etwas Positives ausdrücken. Auch wenn unsere Kinder ungeplant zur Welt kamen, hatte ich mich ihrer stets liebevoll angenommen und mich ihnen – wie Du sicher bestätigen wirst– mit allem Engagement gewidmet, wozu ich damals und später fähig war.

Ich wollte, wie ich Dir in meinen Überlegungen zum 20. Geburtstag von Cecilia bereits dargelegt habe, immer in meinem Beruf einen guten Job machen und gleichzeitig ein guter Familienvater und Ehepartner sein.

Ich habe deshalb bis zu meinem Gespräch mit Nina und Jürgen gestern nie richtig verstanden, was genau Dich eigentlich so sehr gekränkt hatte. Ich hoffe, ich habe es jetzt besser verstanden, und betone noch einmal, dass es mir Leid tut. Ich wollte, ich hätte die Aussage damals so niemals gemacht, aber ich kann sie leider nicht zurückholen, wohl aber, sie besser verständlich machen. Ich wollte dich damit nicht verletzen und bitte Dich, das so zu akzeptieren. Vergiss nicht, dass ich damals emotional sehr angespannt war und dass dabei die Gefahr eines Missverständnisses besonders groß war.

Ich bitte Dich auch noch einmal, einen konstruktiven Ansatz zu verfolgen, damit Du und ich eine neue Chance bekommen, unsere Leben neu zu gestalten und dabei vielleicht ein wenig glücklicher und zufriedener als in der Vergangenheit zu sein. Wenn es zwischen uns keine gemeinsame Zukunft mehr geben kann, werde ich das so annehmen, bitte Dich aber auch, einem neuen Glück für Dich und für mich nicht im Wege zu stehen.

In dieser Hinsicht bitte ich Dich auch, Beatrice in Deiner Umgebung zu akzeptieren und sie nicht wie eine Feindin oder Aussätzige zu behandeln. Beatrice ist nicht schuld an unseren Problemen. Wir beide sind allein dafür verantwortlich. Ich möchte mich gern mit Dir über diese Frage auseinandersetzen und hoffe auf eine positive Reaktion durch Dich.

Herzliche Grüße

Felix

Auf dieses Schreiben erhielt Felix nach einigen Tagen ein kurzes knappes handschriftliches Schreiben von Dorothea. Darin teilte sie ihm mit, dass Sie ihm die Äußerung von damals verziehen habe. Gleichzeitig räumte sie ein, dass einiges, was in ihrer Ehe schief gelaufen sei, sicher auch auf ihre Kappe gegangen sei.

Das war die letzte freundliche Aussage von Dorothea über ihre langjährige Partnerschaft, an die sich Felix erinnern kann.

Felix wird wieder durch das plötzliche Läuten seines Telefons aus seinem Schlaf gerissen. Benommen hält er den Telefonhörer ans ein Ohr und ist im nächsten Augenblick hellwach, als er Beatrice' verstörte Stimme hört. Sie weint.

„Um Himmels Willen, was ist passiert?", fragt Felix besorgt.

„Ich muss ein drittes Mal operiert werden. Man hat immer noch Krebszellen in dem entnommenen Gewebe gefunden", schluchzt Beatrice am anderen Ende.

„Das ist ja entsetzlich. Du armer Schatz, was musst Du alles durchmachen. Ich komme sofort zu Dir", versucht Felix sie zu trösten, bevor er sich auf den Weg zu ihr ins Krankenhaus macht.

26 Die Töchter werden erwachsen

Juni 2010 / April - November 2003

Beatrice wird ein drittes Mal operiert. Die psychische und physische Belastung für sie, aber auch für Felix, steigt enorm. Sie haben aber keine andere Wahl, als alle ihre Kräfte zusammen zu reißen und sich der Herausforderung zu stellen. Zusammen schaffen sie es letztlich ganz gut. Felix gibt sich alle Mühe, für Beatrice eine stabile Stütze zu sein. Täglich ist er bei ihr im Krankenhaus. Wenn die alten Blumen anfangen zu verwelken, bringt er ihr einen neuen Strauß, meist zusammen mit roten Rosen. Das Krankenhauspersonal und die anderen Patienten bewundern wiederholt die Sträuße und geben Beatrice zu verstehen, dass sie im Vergleich zu vielen anderen Patienten ganz offenbar in guten Händen ist, was sie dann auch immer mit einem Lächeln im Gesicht bestätigt. Es tut ihnen beiden gut, als Paar so positiv wahrgenommen zu werden.

Felix verbringt aber auch viel Zeit allein zu Hause. Dort ist er mit sich und seinen Gedanken beschäftigt. Er kann sich nicht davon befreien, über sich und sein Leben, vor allem über die Ereignisse der letzten Jahre nachzudenken. Er sieht darin eine gute Chance, mit sich selbst besser ins Reine zu kommen und seinem Leben eine neue positive Ausrichtung zu geben. Dazu gehört es, einen sauberen Schlussstrich unter alles das zu ziehen, was sich bisher in seinem Leben ereignet und ihn dahin gebracht hat, wo er jetzt steht.

Die Ruhepausen im Garten gehören inzwischen zu seinem täglichen Ritual.

Als er wieder in seinem bequemen Liegestuhl liegt, über sich den blauen Himmel, und die warme Luft auf seiner Haut spürt, versucht er an seine letzten Gedanken anzuknüpfen:

Während der Zeit seiner Auseinandersetzungen mit Dorothea kam Felix oft müde aus dem Büro nach Hause, nicht nur, weil sich die Randbedingungen seiner Arbeit von Jahr zu Jahr verschlechtert hatten, sondern weil ihm die parallel laufenden Verhandlungen mit Dorothea über ihre Trennung zu schaffen machten. Die in dieser Zeit fast regelmäßigen Treffen mit Clara zum Mittagessen in einer Kantine in der Nähe seines Büros und abends mit Beatrice zum Abendessen taten ihm aber weiter gut.

Um den Schmerz des Verlustes seiner Familie in Grenzen zu halten, bemühte sich Felix in seiner Mietwohnung, so gut es ging, den Kontakt zu seinen Töchtern auf direktem Weg zu pflegen, nachdem früher meist Dorothea als Filter zwischen ihm und seinen Töchtern gestanden hatte.

Das verlief nicht immer reibungslos, da die Töchter unter der Trennung ihrer Eltern litten und die zunehmend unerfreulicher verlaufenden Auseinandersetzungen ihrer Eltern um Vermögenswerte und laufende Kosten hilflos verfolgten.

Im Frühjahr hatten Daniela und Katharina ihre Studienzeit erfolgreich beendet. Cecilia, die jüngste, hatte inzwischen Abitur gemacht und ein Universitätsstudium begonnen. Die Finanzierung des Unterhalts von drei Kindern im Studium wurde für Felix, insbesondere angesichts der zunehmend harten Auseinandersetzung mit Dorothea, immer schwieriger. In all den Jahren zuvor hatte sich Felix um die Finanzen der Familie allein gekümmert. Nachdem Dorothea seit einigen Jahren wieder als Lehrerein arbeitete, hatten sie es zuletzt gut geschafft, die vielen verschiedenen Verpflichtungen, zu denen auch noch die Restfinanzierung ihres gemeinsamen Hauses und die Finanzierung des Mehrfamilien-Miethauses gehörten, in der Balance zu halten. Als Dorothea aber auf die strikte Trennung ihrer Finanzen drängte, geriet das gesamte Wirtschaftsgebäude seiner Familie in eine Schieflage und Felix machte sich Sorge, wie es künftig weiter gehen sollte.

In dieser Situation drängte Felix seine Töchter Daniela und Katharina, die inzwischen ihre Studien erfolgreichen abgeschlossen hatten, möglichst bald auf eigenen wirtschaftlichen Füßen zu stehen und sich von den monatlichen Zuwendungen der Eltern unabhängig zu machen. Das blieb nicht ohne Reaktion

Als Felix am Ostersonntag 2003 mit Katharina, die inzwischen vorübergehend wieder zu ihrer Mutter in ihr Elternhaus gezogen war, telefonierte und sie erneut auf dieses Thema ansprach, verlor sie die Fassung und beendete das Gespräch abrupt mit einem hysterisch lauten Schrei. Felix war über dieses Verhalten konsterniert und wusste zunächst nicht, was er tun sollte. Nachdem er sich gefasst hatte, setzte er sich hin und schrieb ihr folgenden Brief:

Liebe Katharina,

Unser Telefongespräch am Ostersonntag wirkt immer noch in mir nach, sicher auch in Dir. Ich wollte Dich eigentlich zu einem persönlichen Gespräch einladen, da ich gespürt hatte, dass etwas zwischen uns nicht in Ordnung war. Aber das führte am Ende zu deiner heftigen Explosion, die auf mich wie ein hysterischer Anfall wirkte. Das hat mich völlig unvorbereitet getroffen, und es hat mich sehr berührt. Irgendetwas ist zwischen uns in Schieflage geraten. Ich wünsche mir sehr, dass wir daran etwas ändern, sonst befürchte ich, dass sich solche Emotionen verfestigen und auf Dauer unsere Beziehung belasten.

Ich verstehe völlig, dass es Dir angesichts Deiner vielen aktuellen Probleme nicht gut geht: Die trotz deines großen Aufwandes nicht erhaltenen Stellen in Berlin und Hamburg, die Anstrengungen der Nachtdienste, Finanzierungssorgen, möglicherweise zusätzliche Gesundheits- und Beziehungsprobleme belasten Dich. Das alles ist wirklich sehr viel, was Du zurzeit bewältigen musst.

Ich möchte Dir jetzt keinen Roman schreiben, sondern Dir nur folgende Anliegen vermitteln:

Ich bin Dein Vater und werde Dir im Rahmen meiner Möglichkeiten immer zur Verfügung stehen, wenn Du mich brauchst, vor allem wenn Du Unterstützung brauchst, auch finanzieller Art

Ich habe Dich, Daniela und Cecilia alle sehr lieb.

Ich möchte, dass es Dir gut geht und Du Dein Leben glücklich und zufrieden meistern kannst.

Ich wünsche Dir einen guten Lebenspartner, mit dem Du Dein Leben harmonisch teilen kannst.

Ich könnte Dich noch besser verstehen und Dir zur Seite stehen, wenn ich über Dein Leben und das, was Dich bewegt, besser Bescheid wüsste. Ich kann beim besten Willen nicht immer erahnen, wie es Dir gerade geht und welche Probleme Du mit Dir herumträgst, wenn ich darüber nicht informiert bin

Wenn Du meine Unterstützung brauchst, wäre es hilfreich, wenn wir dazu möglichst frühzeitig terminliche Absprachen treffen könnten, damit ich mich zeitlich darauf einstellen kann. Oft kommt Ihr auf mich zu und erwartet spontan meinen Einsatz, zu dem ich dann aber häufig aus verschiedenen Gründen nicht sofort in der Lage bin. Wenn ich dann abweisend reagiere, hat das nichts damit zu tun, dass ich nicht zur Hilfe bereit bin.

In Deinem eigenen Interesse wünsche ich Dir, dass Du Deiner Verantwortung für Dich selbst gerecht wirst und Deine Rolle als erwachsene Frau und auch als angehende Ärztin tatkräftig in die eigenen Hände nimmst.

Zur eigenverantwortlichen Lebensgestaltung gehört vor allem finanzielle Unabhängigkeit. Dazu ist es jetzt wichtig, dass Du möglichst bald eine Stelle antrittst, damit Du Dich beruflich weiter entfalten kannst. - Ich möchte gern mit Dir als erwachsenden Menschen umgehen, nicht nur in einer abhängigen Vater-Tochter-Beziehung.

Zum guten Miteinander gehört ein respektvoller Umgang mit seinen Mitmenschen, unabhängig davon, ob sie einem gerade sympathisch sind oder nicht. Es ist sehr wichtig, laufend eine gute Kommunikationsebene zu erhalten, sonst riskiert man, sich ins eigene Fleisch zu schneiden. Das gilt auch mir gegenüber. Ich kann nicht akzeptieren, dass Du bei Telefongesprächen mitten im Gespräch den Hörer aus lauter Wut und Erregung auflegst, mich wiederholt anschreist oder auf Gesprächsangebote überhaupt nicht oder gar ablehnend reagierst.

Es ist auch wichtig, wahrzunehmen und anzuerkennen, dass auch andere Menschen Probleme haben. Was mich betrifft, so ist mein Beruf im Umweltschutz nach wie vor mit erheblichen körperlichen und seelischen Anstrengungen und Anspannungen verbunden. Ich bin oft abends und an Wochenenden erschöpft und habe ein Bedürfnis nach Ruhe. Wie Du weißt, habe ich ziemliche Probleme mit meinen Augen. Aufgrund eines ärztlichen Gutachtens sollte ich nicht länger als zwei Stunden am Tag Bildschirmarbeit leisten, tatsächlich sind es aber regelmäßig mehr als sechs Stunden pro Tag.

Ich möchte gern, dass Du die Grundlagen unserer familiären Finanzen besser verstehst. Sie basieren neben dem Einkommen von Deiner Mutter und mir wesentlich auf unserem Mehrfamilien-Mietshaus. Wir haben bei dem Mietshaus aber immer noch hohe Schulden abzutragen. Du musst wissen, dass das Wechselspiel zwischen Vermögen und Schulden z.T. mit erheblichen Risiken verbunden ist, wie der drastische Fall der Aktienkurse in den letzten Jahren zeigt, der uns auch empfindlich getroffen hat. Auch die Dauervermietung unseres Miethauses ist mit Risiken verbunden und bereitet mir immer wieder große Mühe (Ärger mit Mietern und Handwerkern, Finanzierungs- und Steuerfragen u.a.) ....

Ich würde mich sehr freuen, wenn dieser Brief mit dazu beiträgt, dass wir unseren Konflikt überwinden. Ich wünsche mir ein herzliches Einvernehmen zwischen Dir und mir.

Liebe Grüße Dein Papa

Erst nach fast einem Monat – im Mai 2003 - erhielt Felix von Katharina ein Antwortschreiben. Felix freute sich über das Lebenszeichen und las den von Hand geschriebenen Brief mit großer Aufmerksamkeit und erheblicher innerer Anspannung:

Hallo Papa!

Ich weiß, ich habe mich lange nicht gemeldet nach meinem hysterischen Verhalten am Telefon. Einerseits lag es sicherlich daran, dass ich dem Problem aus dem Weg gegangen bin und es vor mir her geschoben habe, mit dir zu reden. Dann hatte ich natürlich auch viel zu erledigen, hatte „keinen Kopf" für längere Diskussionen oder lange Briefe. Letztendlich hatte ich auch wieder Sorge, dass es mir nach einem Telefonat schlechter gehen könnte als vorher. Also kurz noch einmal die Fakten, die du sicherlich schon von Mama und Cecilia übermittelt bekommen hast.

Ich fange zum 01.06.2003 eine Stelle in Berlin an. Zunächst hieß es, dass ich am 15. Mai beginnen sollte, so dass ich mir Hals-über-Kopf eine Wohnung gesucht habe ...(es folgten einige Angaben zu ihrer weiteren Ausbildung).

Die letzten Monate waren sehr schwer für mich ... Mein Selbstbewusstsein schwindet von Tag zu Tag. Ich hatte nicht wie gewohnt eine Schulter zum Anlehnen. Befand mich in einer ständigen Übergangssituation. Fühlte mich unglücklich dadurch, dass ich „zurück nach Hause ziehen musste". Hatte große Schwierigkeiten, mich für einen Job und für eine Stadt zu entscheiden. Fühlte mich allein mit meiner Entscheidung.

Auch die familiäre Situation war nicht einfach. Es lief alles anders, als ich es wollte und die Zeit lief mir immer wieder davon.

Ich litt und leide immer noch unter Versagensängsten. Ich habe große Angst davor, mein Leben mit der Entscheidung für einen Job oder einen anderen zu „verpfuschen". Die Entscheidung ist ähnlich wie bei der Studienwahl. Ich habe Angst vor den ersten Arbeitswochen. ich fühle mich häufig sehr alleine.

In dieser Zeit hätte ich mir von dir ein wenig mehr Zuspruch erwartet, dass du mir mehr Selbstvertrauen schenkst, mir klarmachst, dass es alles gar nicht so schlimm ist und dass es für alle Probleme eine Lösung gibt - dass alles nur eine „Phase" ist, die ich durchwandern muss.

Stattdessen hast du mir das wenige Selbstvertrauen noch genommen, indem du mir ständig vor Augen gehalten hast, wie unselbstständig, wie verantwortungslos ich sei und wie wenig ich mein Leben in eigene Hände nehmen würde. Ich kann dir nicht beschreiben, wie sich alles in mir dagegen gewehrt hat, deine sicherlich wohlgemeinten „Ratschläge" zu akzeptieren. Die erstbeste Stelle anzunehmen, ohne über die Konsequenzen dieses Schrittes nachdenken zu dürfen.

Ich hätte mir so sehr mehr Möglichkeiten gewünscht, mich bei dir anzulehnen. Stattdessen hatte ich das Gefühl, dass mir der Boden unter den Füßen weggerissen würde bei unseren Telefonaten. Als würdest du Salz in offene Wunden streuen. Du hast meine Versagensängste noch geschürt. Die Ängste sind auch bisher nicht gewichen, sie haben sich breit gemacht. Ich überlege deswegen, eine Therapie zu beginnen. Ich weiß nicht, ob es die Zeit zulassen wird, aber sinnvoll ist es sicherlich.

Ich wünschte, auch du würdest dich vielleicht für Hilfe von außen öffnen. Ich habe das Gefühl, dass du dich immer weiter von mir entfernst und auch von Mama, Cecilia und Daniela. Du brauchst nicht zu denken, dass wir uns „gegen dich verschwören". Im Gegenteil! Wir appellieren immer an das Verständnis dir gegenüber! Ich habe aber eine Grenze in mir selbst erreicht, an der ich Dich nicht mehr verstehen kann und es auch nicht mehr möchte.

Ich verstehe, dass du auch Probleme hast. Ich verstehe dennoch dein Verhalten nicht. Ich habe mir von meinem Vater etwas anderes gewünscht, als gezwungenermaßen ins Leben „geschubst" zu werden. Damit entsagst du mir jegliches Vertrauen!

Ich habe mich zermürbt gefühlt und habe mich bewusst distanziert von dir, da es mir dann besser geht. Ich kann sehr wohl auf eigenen Füßen stehen. Ich kann mir auch finanziell von anderen Stellen helfen lassen und bin auch heute nicht auf dich angewiesen.

Ich möchte nicht, dass du denkst, du müsstest uns mit Geld zeigen, dass du „für uns da bist". Dasein füreinander ist etwas ganz anderes als mit Geld zu bezahlen wäre. Das schafft nur Abhängigkeit!!! Ich habe mir jetzt einen Kredit von einer Freundin gewähren lassen, um die Kosten zu überbrücken. Ich werde mein Auto verkaufen und ihr so das Geld zurückzahlen können. Mein erstes Gehalt kommt erst im Juli. Zuvor entstehen natürlich laufend Kosten, zumal ich im Monat Mai nicht arbeiten kann.

Ich denke, dass es gut ist, wenn wir in der nächsten Zeit Ruhe in unser Verhältnis kommen lassen und möglichst nur schriftlich kommunizieren. Ich empfinde jedes Gespräch als anstrengend und nicht förderlich für meine Gemütsverfassung. Es tut mir Leid, dass es zu meinem hysterischen Anfall am Telefon gekommen ist. Ich weiß, dass es bei dir auf völliges Unverständnis gestoßen ist und du es als kindisch bezeichnen musst.

Sieh es als Hilfeschrei - ich wusste zu dem Zeitpunkt nicht mehr weiter! Dachte, ich würde keine Stelle mehr bekommen können!

Nun denn, ich wünsche dir erst mal alles Gute.

Gruß

Katharina

Dem Brief war noch ein aus Papier ausgerissenes weißes Herz beigefügt, auf dem Katharina in grüner Schrift geschrieben hatte:

„Hallo Papa!

Vielen Dank für Dein Verständnis und Deine Unterstützung. Es tut mir Leid, dass ich so schrecklich gelaunt war!!!

Lieben Gruß

Katharina"

Felix hielt inne. Er schaute auf das Schreiben in seiner Hand, dann richtete er seinen Blick über seine Fensterblumenbank nach draußen.

„Was für ein Schreiben!", dachte er. „Was für eine Botschaft! Wieder sitze ich auf der Anklagebank. Ich bin - wie schon oft - an allem Schuld."

Er spürte, wie sich seine Brust und sein Magen zusammen zog.

„Was habe ich nicht alles falsch gemacht in meinem Leben? Wie soll es nur weiter gehen? Wo soll ich die Kraft nehmen, mit all den Anforderungen, die gleichzeitig an mich gestellt werden, fertig zu werden. Meinen hohen beruflichen Anforderungen bin ich nur mit Mühe gewachsen. Gleichzeitig drängt Dorothea verstärkt auf die Aufteilung unserer Vermögenswerte und Finanzen. Dazu die Auseinandersetzungen mit Katharina und Daniela, die Finanzierung und Verwaltung unseres Mietshauses, bei dem es immer wieder Probleme mit einigen Mietern gibt? Wenn nicht dazwischen die freundlichen und liebevollen Begegnungen mit Beatrice und mit Clara wären, würde ich jetzt durch drehen."

Als er sich ein wenig gefasst hatte, las er den Brief nochmals in Ruhe und größerer innerer Distanz. Jetzt erst wurde ihm klar, dass er keine Anklage gegen ihn war sondern vielmehr ein Hilfeschrei seiner Tochter nach ihm als Vater. Katharina brauchte seine Hilfe. Er musste jetzt seine eigenen Emotionen zur Seite schieben und den Ball aufgreifen.

Spontan nahm er ein Blatt Papier und schrieb eine kurze Notiz an Katharina:

Liebe Katharina,

Dies ist nur eine erste kurze Antwort auf Deinen langen Brief, der mich sehr bewegt hat. Morgen früh fahre ich für einige Tage dienstlich nach Breslau. Bevor ich Dir ausführlicher antworte, möchte ich mich doch noch intensiver mit Deinen Botschaften auseinandersetzen. Folgende erste Reaktion aber bereits jetzt:

Danke für den Brief. Er ist sehr hilfreich für unser Verhältnis. Ich sehe in unserer Krise eine tolle Chance für die Zukunft. Ich habe Dich sehr lieb und das äußert sich nicht nur in Geldzuwendungen (bitte denke nach). Ich habe Dir - so gut ich es konnte - immer hilfreich zur Seite gestanden und werde dies auch in Zukunft tun. Mein Hauptanliegen ist, dass Du aus eigener Kraft Dein Leben meisterst und Dein persönliches Glück (in Dir) findest. Bitte sehe mir den Schubs ins kalte Wasser nach. Ich glaube, dass er für Dich eher hilfreich sein wird. Du hast tolle Potentiale und wirst es schaffen.

Dein Papa"

Als Felix Katharina bei seiner nächsten Dienstreise in Berlin traf, war ihr Verhältnis wie ausgewechselt. Katharina hatte sich an ihren neuen Job gewöhnt und fühlte sich ihrer neuen Aufgabe gewachsen. Sie stand jetzt finanziell auf eigenen Füßen und hatte neue Freunde gefunden. Zusammen besuchten sie ein Konzert in der Philharmonie in Berlin und aßen anschließend in einem Restaurant ihrer Wahl zu Abend, wozu Felix sie einlud. Danach genossen sie noch zusammen das neue Nachtleben im Ortsteil Prenzlauer Berg.

Mit Daniela verlief die Auseinandersetzung dagegen nicht ganz so reibungslos. Sie fand einige Monate später – im Oktober und November 2003 - statt.

Daniela hatte im Sommer 2003 ihr Studium abgeschlossen und Felix erwartete von ihr nun genauso wie bei Katharina, dass sie sich um eine Anstellung bemühte, um für sich selbst zu sorgen. Felix bot ihr seine Unterstützung bei der Stellensuche an, aber sie lehnte seine Vermittlungsbemühungen ab und wollte lieber unabhängig von ihrem Vater etwas finden. Da sich der Prozess für Felix länger als erwartet hinzog, kündigte Felix schließlich seine monatliche Unterstützung für sie auf die Hälfte an und setzte ihr eine Frist, bis zu der er ihr noch Geld überweisen würde.

Als Reaktion darauf erhielt Felix im November 2003 von Daniela eine E-Mail ohne Anrede und abschließende Grußformel, in der sie ihn in heftigen Worten beschimpfte und von der monatlichen Unterstützung abfällig von „ein bisschen Kohle" sprach. Felix war konsterniert und empfand diese E-Mail als ungehörig, zumal Daniela zu diesem Zeitpunkt bereits 29 Jahre alt war und sogar zwei Ausbildungen – zunächst als Versicherungskauffrau und dann noch ihr Hochschulstudium - erfolgreich abgeschlossen hatte.

Er suchte lange nach seiner Fassung, bevor er ihr - ebenfalls in einer E-Mail - antwortete. Darin gab er zu verstehen, dass er einen solchen Umgangston mit ihm nicht akzeptiere. Einige Tage später informierte sie ihn wiederum per E-Mail, diesmal aber in einem etwas freundlicherem Tonfall, dass sie inzwischen eine Stelle in Karlsruhe gefunden habe, aber dass sie sich immer noch in einer schwierigen Lage befinde und auf seine Hilfe hoffe. Sie reklamierte aber weiterhin seinen aus ihrer Sicht geschäftsmäßigen Antwortstil und machte geltend, dass man innerhalb der

Familie doch wohl einen etwas lockeren Umgangston verwenden könne.

Felix antwortete ihr nach der Rückkehr von einer erneuten Dienstreise nach Berlin mit folgendem Brief:

Liebe Daniela,

Sicher war es gut, dass ich Ende letzter Woche zwei Tage in Berlin war und auf die Weise Abstand zu unserer „Auseinandersetzung" gefunden habe. Inzwischen habe ich auch Deine zweite Antwort erhalten, die ich aber auch erst einmal auf mich einwirken lassen musste. Zunächst einmal freue ich mich, dass Du den Ball angenommen hast und mir Deine Lage aus Deiner Sicht beschreibst. Das ist für mich hilfreich und dafür danke ich Dir. Die Ansprache, der Tonfall und die Art der Darstellung in dieser E-Mail ist für mich jetzt erheblich besser zu akzeptieren als in Deiner ersten E-Mail, die mich zunächst sprachlos gemacht hat. Sie ermöglicht es mir, inhaltlich darauf einzugehen, obwohl auch sie Unterstellungen enthält, die ich so nicht ganz für akzeptabel halte.

Du wirst mir sicher einräumen, dass ich mich gerade in den letzten Monaten – seit Deiner Diplomarbeit - intensiv für Deine Belange aktiv eingesetzt habe, um Dich zu unterstützen. In der Zeit habe ich wiederholt von Dir E-Mails erhalten, die ich als unfreundlich und respektlos empfunden habe; dasselbe ist bei mehreren Telefongesprächen der Fall gewesen. Ich hatte aber immer die Hoffnung, dass sich das ändern würde. Leider gab es immer wieder Rückfälle, zuletzt mit Deiner vorletzten E-Mail, bei der ich dann die Notbremse gezogen habe. Ich möchte mit Dir keineswegs einen Stil pflegen, wie er unter Geschäftsleuten üblich ist, und bin durchaus offen für einen offenen und freien „Familienton"; er darf aber nicht unfreundlich und respektlos sein, wie ich es erlebt habe.

Ich möchte Deine Position, wie Du sie in Deiner letzten E-Mail darlegst, gern so hin nehmen, wie Du sie darstellst, erwarte dasselbe aber auch von Dir bezüglich meiner Position. Das Wort „Vorwurf", das Du wiederholt benutzt und mir zuordnest, hast Du in dem Zusammenhang aber von mir nicht gehört, und ich möchte es auch weiter vermeiden. Auch sollte nicht von „Schuld" gesprochen werden. Mit Schuldzuweisungen kommt man in der Regel nicht weiter, das führt nur zu einem gegenseitigen Schlagabtausch nach dem Muster „Ich habe Recht und Du hast Schuld."

Ich habe mich natürlich darüber gefreut, dass Du die Stelle in Karlsruhe, die Dir offenbar gefällt, bekommen sollst. Warum zweifelst Du daran? Ich hätte mich aber auch gefreut, wenn Du mich zeitnah selbst darüber informiert hättest. So habe ich erst mit einiger Zeitverschiebung und über Dorothea über Deinen Erfolg erfahren.

Mit Begriffen wie „nörgelnder und drängelnder Vater" wirst Du wohl kaum von mir mehr Wohlwollen erwarten können. Solche Ausdrücke wirken aggressiv und reizen zur entsprechenden Gegenreaktion. Du scheinst mein Bemühen, Dir zu einem eigenverantwortlichen Leben zu verhelfen, vielleicht auch, um Dich ein wenig dahin zu drängen (nicht „drängeln"), miss zu verstehen. Vielleicht wirst Du einmal verstehen, dass auch dieses Bemühen von mir durchaus wohlwollend gemeint ist.

Es ist schön, vor Dir auch einmal zu hören, dass Du dankbar dafür bist, dass ich Dich bisher nicht habe hängen lassen. Du schränkst das aber leider gleich wieder mit einer weiteren Unterstellung ein, dass ich Dir „Schuld für Deine derzeitige Lage" zuweise. Das ist nicht der Fall, da ich sehr gut weiß, wie schwer es heute geworden ist, eine gute Stelle zu bekommen. Aber es gibt nicht nur die Wahl zwischen idealer Stelle oder Unterstützung durch die Eltern. Dazwischen liegen viele Möglichkeiten, vor allem in Deinem Alter, sein Leben selbst und unabhängig in die Hand zu nehmen, auch in unserer konjunkturell schwierigen Zeit. Ausschließlich das Schreiben von Bewerbungen über einen Zeitraum von mehreren Monaten scheint mir da nicht ausreichend zu sein.

Ein Problem Eurer Generation scheint wohl zu sein, dass Ihr in einer Wohlstandsgesellschaft groß geworden seid, wo Ihr gewohnt seid, dass jederzeit alles vorhanden ist. Das war früher, auch noch zu meiner Zeit, nicht der Fall. Mein erster Chef hat von morgens 6 Uhr bis mittags 14 Uhr in der Fabrik gearbeitet, um Geld zu verdienen, mit dem er nachmittags studiert hat. Er hat es bis zum Professor gebracht. In der Hinsicht ging es mir schon besser. Aber ich habe z.B. meinen Eltern, die mir als Student einmal Geld für den Kauf eines Wagens für meinen Frankreichaufenthalt geliehen haben, das Geld nach dem Aufenthalt komplett wieder zurückgezahlt. Außerdem habe ich fast mein ganzes Studium durch Stipendien, um die ich mich selbst intensiv selbst bemüht habe, um von meinen Eltern unabhängig zu sein, finanziert.

Ich habe Dir des Öfteren gesagt und wiederhole es hiermit gerne noch einmal, dass ich keine meiner Töchter in einer Notlage im Rahmen meiner Möglichkeiten hängen lassen würde. Was aber ist eine Notlage? Ich kann nicht erkennen, dass Du Dich akut in einer Notlage befindest. ...... (Es folgten Hinweise auf zeitbefristete Arbeitsstellen, die Felix ihr in der Zwischenzeit vermittelt hatte). *Wenn Du mit 29 Jahren mit einer abgeschlossenen Ausbildung immer noch erwartest, von Deinen Eltern unterstützt zu werden, darf ich doch auch erwarten, dass Du mir Deine Lage offen legst, mich umfassend über Deine Situation informierst und mir die Gründe für Deine Notlage erläuterst.*

Ich möchte auch gern, dass Du die Eckdaten unserer familiären Finanzgrundlagen besser verstehst..... (Es folgten Erklärungen zur aktuellen Finanzlage von Danielas Eltern, insbesondere über die noch sehr hohen Schulden beim Mietshaus, sowie Informationen über Felix' Anstrengungen der letzten 25 Jahre zur Finanzierung des Lebensstandards seiner Familie und der Studien ihrer Töchter).

Vor diesem Hintergrund kann ich mir selbst nicht ohne weiteres eine teurere Wohnung als meine jetzige bescheidene Mietwohnung leisten. Ich möchte Dich in diesem Zusammenhang bitten, die Gründe, warum ich dort wohne, nicht mit dem Begriff Schuld in Verbindung zu bringen. Ich würde mich freuen, wenn Du stattdessen versuchen würdest, meine Gründe dafür besser zu verstehen.

Abschließend möchte ich Dir noch ein paar versöhnliche Worte meinerseits übermitteln, die es erleichtern mögen, mit mir einen freundlichen und vertrauensvollen Umgang zu pflegen.

Ich möchte gern mit Dir als erwachsenden Menschen umgehen, nicht nur in einer abhängigen Vater-Tochter-Beziehung.

Ich werde Dir im Rahmen meiner Möglichkeiten immer zur Verfügung stehen, wenn Du mich brauchst.

Ich könnte Dich besser verstehen und Dir mit zur Seite stehen, wenn ich über Dein Leben und das, was Dich bewegt, besser Bescheid wüsste. Ich kann beim besten Willen nicht immer erahnen, wie es Dir gerade geht und welche Probleme Du mit Dir herumträgst.

Ich wünsche Dir in Deinem eigenen Interesse, dass Du Deiner Verantwortung für Dich selbst gerecht wirst und Dein Leben als erwachsene Frau tatkräftig in die eigenen Hände nimmst. Ich freue mich, dass Du dazu bereit bist.

Zur eigenverantwortlichen Lebensgestaltung und für den eigenen Stolz gehört vor allem finanzielle Unabhängigkeit. Dazu ist es jetzt wichtig, dass Du möglichst bald finanziell auf eigenen Füssen stehst, damit Du Dich beruflich weiter entfalten kannst.

Ich wünsche Dir desgleichen, dass Dir ein respektvoller Umgang mit Deinen Mitmenschen gelingt, unabhängig davon, ob sie Dir gerade sympathisch sind oder nicht.

Es gehört zum Erwachsenensein, dass man wahrnimmt und anerkennt, dass auch andere Menschen Probleme haben. Was mich betrifft, so ist mein Beruf nach wie vor mit erheblichen körperlichen und seelischen Anstrengungen und Anspannungen verbunden. Ich bin oft abends und an Wochenenden erschöpft und habe ein Bedürfnis nach Ruhe.

Ich möchte, dass es Dir gut geht und Du Dein Leben glücklich und zufrieden selbst meistern kannst, allein oder mit Partner.

Ich habe Dich, Katharina und Cecilia sehr lieb.

Ich würde mich sehr freuen, wenn dieser Brief mit dazu beiträgt, unser Verhältnis wieder zu verbessern. Ich wollte Dir und Deinen Schwestern immer ein guter Vater sein und möchte das auch weiterhin. Ich wünsche mir deshalb ein herzliches Einvernehmen zwischen Dir und mir.

Es grüßt Dich herzlich

Dein Papa

Die letzten Sätze waren ähnlich denen, die Felix einige Monate vorher seiner Tochter Katharina geschrieben hatte und auf die sie mit ihrem „Hilfeschrei"-Brief geantwortet hatte, der schließlich erfolgreich dazu beigetragen hatte, ihr Vater-Tochter-Verhältnis neu zu definieren und zu entspannen. Felix hoffte, bei Daniela eine ähnliche Wirkung zu erzielen.

Von Daniela erhielt er zwar keinen Brief mehr wie von Katharina, aber die Wogen zwischen ihnen glätteten sich dennoch fühlbar, auch ohne dass es zu einer versöhnlichen Aussprache kam. Einige Wochen später trat Daniela ihre neue Stelle in Karlsruhe an und war damit finanziell ebenfalls von ihren Eltern unabhängig, wie Felix es sich gewünscht hatte. Später zog auch ihr Studienfreund nach Karlsruhe und sie bezogen eine gemeinsame Wohnung.

Mit Cecilia hatte Felix solche Auseinandersetzungen glücklicherweise nicht. Sie hatte die Trennung ihrer Eltern am intensivsten miterlebt, weil sie nach dem Auszug ihres Vaters noch mehr als ein Jahr bis zu ihrem Abitur in ihrem Elternhaus leben musste. Da Norbert bereits kurz nach dem Auszug von Felix zu Dorothea gezogen war, musste sie dessen Gegenwart während dieser Zeit ertragen. Besonders bei der Nutzung des Badezimmers und bei den gemeinsamen Essen war das für sie eine ziemliche Zumutung gewesen, gegen die sie sich aber nicht hatte wehren konnte. Von allen Familienangehörigen hatte sie in dieser Zeit am intensivsten den Kontakt zu ihrem Vater gepflegt, den sie wiederholt besuchte. Sie hatte ihm sogar beim Umzug in seine Mietwohnung geholfen.

Glücklicherweise war Cecilia trotz ihrer schweren Asthma-Erkrankung robust genug, all diese zusätzlichen Belastungen wegzustecken und ihr Abitur erfolgreich zu bestehen. An der Abschlussfeier hatten Felix und Dorothea zusammen teilgenommen, da sie in dieser Zeit noch relativ viel miteinander kommunizierten. Unmittelbar nach dem Abitur flog Cecilia mit Felix' Unterstützung und mit Hilfe der Organisation „Work and Travel" für einige Monate nach Australien, wo sie abwechselnd jeweils für einige Tage Jobs annahm, um danach wieder weiter zu reisen. Im Laufe von drei Monaten lernte sie so die gesamte Ostküste Australien kennen, sogar mit einem Abstecher zum berühmten Great Barrier Reef im Stillen Ozean.

Felix hatte Cecilia zu Beginn ihrer Reise nach Frankfurt zum Flughafen gefahren. Nach Beendigung der Reise holte er sie zusammen mit Dorothea und ihrem damaligen Freund auch dort wieder ab.

Cecilia begann danach ihr Medizinstudium. Vor ihrer ersten Prüfung kam sie regelmäßig zu Felix, der mit ihr die vorliegenden Testaufgaben übte. Sie bestand die Prüfung, bei der sehr viele Studenten scheiterten, gleich im ersten Durchgang.

Felix war stolz auf Cecilia. Seit ihrer Kindheit verbanden sie viele gemeinsame schöne Erlebnisse. Er war als Vater immer gern mit ihr zusammen, weil sie seine Anregungen stets positiv aufgriff und für sich das Beste daraus machte. So hatte sie viele zusätzliche Fähigkeiten und damit eine hohe Flexibilität erworben, die ihr halfen, sich immer schnell auf neue Situationen einstellen zu können. Weil sie eine offene und Optimismus ausstrahlende Art hatte, kam sie bei anderen Menschen in der Regel gut an. Sie hatte ein gesundes Selbstvertrauen entwickelt und wagte sich an neue Dinge heran, worüber selbst Felix immer wieder ins Staunen geriet. So fuhr sie einige Semester später mit einem Ersamus-Stipendium nach Valencia in Spanien, um dort für einige Monate zu studieren. Zu Beginn konnte sie kein Spanisch, das lernte sie parallel zum Studium vor Ort.

Cecilia bereitete Felix immer wieder Freude, indem sie zu ihren Geschenken oder Mitbringseln kleine Bilder malte und Begleittexte wie „Meinem liebsten Papa" verfasste. Felix freute sich jedes Mal, wenn sie sich telefonisch meldete oder ihn besuchte.

In diesen Monaten bekam Felix in seiner Mietwohnung weiterhin regelmäßig Besuch von Beatrice und gelegentlich auch von Clara. Mit Beatrice traf er sich seit ihrem Umzug in Felix' Nähe fast jeden Tag zum gemeinsamen Abendessen, entweder in ihrer oder in seiner Wohnung.

Dank der persönlichen Zuwendungen von Beatrice, Clara und auch Cecilia konnte Felix die vielen Herausforderungen und Unannehmlichkeiten, mit denen er insbesondere in der zweiten Hälfte des Jahres 2003 zu tun hatte, körperlich und seelisch halbwegs unbeschadet ertragen, obwohl ihn zeitweise eine heftige Erkältung heimsuchte.

27 Mut tut gut

Juni - Dezember 2003

Felix atmet schwer und stöhnt. Die Bilder vom ungebremsten Zerfall seiner Ehe erscheinen wieder und wieder vor seinen geschlossenen Augen. Er spürt seinen Selbstzweifel, der ihn seit seiner Schulzeit so oft geplagt hat. Er denkt an ein Zitat von Siegfried Lenz, das ihn damals tief beeindruckt hat und das er danach nie wieder ganz vergessen hat: ‚*Der Zweifel und nicht die Sicherheit ist das, was unser Leben erträglich und lebenswert macht.*' Er hatte den Text als Schüler sogar kunstvoll auf einen Zeichenblock übertragen und zeitweise in seinem Zimmer aufgehängt.

„Was war mein Anteil an den Geschehnissen?", fragt er sich wieder und wieder. „Was hätte ich anders machen sollen? Ich habe noch die Stimme von Norbert in den Ohren, der sich in eine meiner Auseinandersetzung mit Dorothea überraschend eingemischt hatte und mir ins Gesicht gesagt hatte: „Du hast mir meine Frau geklaut." Ich war über diesen unerwarteten Vorwurf sprachlos geblieben, da mir keine passende Antwort eingefallen war. Erst später fiel mir ein, was ich darauf hätte antworten sollen: „Deine Frau lässt sich nicht klauen. Sie entscheidet allein über sich." Aber ich hatte es nicht gesagt, und so war der Vorwurf an mich im Raum stehen geblieben.

Habe ich mich, als ich mich Beatrice und vorher bereits Clara zugewandt und mit ihnen Zärtlichkeiten ausgetauscht habe, gegenüber Dorothea „schuldig" gemacht? Aber ich habe damals doch nur nach einem Ausweg aus meinen emotionalen Defiziten, unter denen ich zu Hause litt, gesucht, ohne meine Ehe damit aufgeben zu wollen. Und habe ich nicht etliche Anstrengungen unternommen, um meine Ehe zu retten? Sie sind aber leider alle im Sande verlaufen."

Im Juni 2003 hatte sich überraschend noch ein Ereignis ergeben, das bei Felix eine allerletzte Chance geweckt hatte, seine Ehe vielleicht doch noch zu retten.

Unmittelbar vor diesem Ereignis hatte Felix allerdings zuerst noch einen neuen, beachtlichen Schock zu verkraften: Seit seinem Umzug in eine eigene Etagenwohnung war er wie gewohnt weiterhin jede Woche regelmäßig zu seinen früheren Wohnort gefahren, um in seinem alten Sportverein zusammen mit anderen Sportsfreunden Gymnastik zu machen, der ihm als Ausgleich zu seiner Bürotätigkeit gut tat. Dabei hatte er gelegentlich auch Dorothea besucht. Bei einem dieser seltenen Besuche fiel sein Blick zufällig auf eine Rechnung, die genau an derselben Stelle lag wie knapp zwei Jahr zuvor die Rechnung über den Kauf der Luxusküche. Es war die Rechnung eines bekannten Scheidungsanwalts.

Sofort war die Erinnerung an den für Felix unerfreulichen Küchenkauf wieder da. Sein Inneres zog sich zusammen, und es lief ihm kalt und heiß den Rücken herunter.

„Was bezweckt Dorothea damit, warum tut sie so etwas?", fragte er sich. „Will sie sich jetzt von mir scheiden lassen?"

Felix hatte bis dahin immer noch gehofft, sich mit Dorothea auch ohne ein Rechtsverfahren einigen zu können, sei es, dass sie sich wieder versöhnten, sei es, dass sie sich gütlich voneinander trennten. Bei der Inanspruchnahme von Anwälten sah er dagegen nur horrende Rechnungen auf sich zukommen, die sein und Dorotheas Vermögen schmelzen ließen und ihnen beiden und letztlich auch ihren Kindern schaden würden. Er suchte nach einer für sie beide fairen Lösung und hatte auch genau aus diesem Grund Dorothea bereits vor über einem Jahr bereitwillig sämtliche Dokumente über ihre Vermögenswerte zur Verfügung gestellt. Dorotheas Gang zum Anwalt war also nun das Ergebnis seines blinden Vertrauens?

Erbost verließ er sofort das Haus und fuhr zurück in seine Wohnung, wo er bei Kerzenlicht und einem Glas Wein versuchte, das Geschehene zu verarbeiten und die Konsequenzen, die sich daraus ergeben würden, zu verstehen.

Aufgestachelt durch dieses Erlebnis suchte Felix nun entgegen seiner ursprünglichen Absicht selbst den Rat eines Scheidungsanwalts, um sich auf die zu erwartenden Auseinandersetzungen rechtlich vorzubereiten. Dabei wurde ihm erstmals bewusst, dass er sich juristisch und finanziell in einer kritischen Lage befand.

Genau in dieser Phase der Ungewissheit erhielt er überraschend von einer ihm wohl gesonnenen Kollegin aus seiner Dienststelle, der seine Eheprobleme offenbar nicht verborgen geblieben war, auf einem kleinen Klebezettel folgende Nachricht zugeschickt:

„Hallo Felix, vielleicht ist das auch etwas für Dich! Es lohnt sich, diesen Vortrag zu besuchen. Eventuell kannst Du Dir Zeit nehmen, den Vortrag anzuhören. Liebe Grüße Hannah".

Der kleine Zettel klebte auf einer Einladung zu einem Vortrag von einem Referenten namens Theo Schoenacker zum Thema „Mut tut gut - mehr Frieden in Partnerschaft, Familie, am Arbeitsplatz und in der Gemeinschaft".

Der Inhalt des Vortrags wurde wie folgt beschrieben:

„Darum geht es! Kritisieren, Meckern, Nörgeln, Belehren, Abwerten, Schimpfen tun dem Menschen nicht gut. Solche Verhaltensweisen beruhen auf einer fehlerbezogenen Haltung und einem Streben nach Überlegenheit. Sie tun weder den Kindern in der Schule gut, noch *der/dem Partner/in in Ehe/Partnerschaft, den Mitarbeitern am Arbeitsplatz, den Mitgliedern in einem Team oder in einem Verein. Sie wirken entmutigend. Menschen brauchen Ermutigung wie Pflanzen Sonnenlicht und Wasser brauchen. Ermutigung ist die einzige Kraft, die das natürliche Entwicklungspotential des Menschen zur Entfaltung bringen kann. Sie ist ein Beitrag zum Frieden in allen Lebensbereichen und sie ist erlernbar. Ermutigung bewirkt genau das, was wir zum Leben und zum Abschiednehmen brauchen: M u t. - Ein praktisch orientierter Vortrag der vom Kopf zum Herzen geht."*

Theo Schoenaker stellte sich dabei als erfahrener Logopäde, individual-psychologischer Berater und Ehe-Therapeut vor.

Felix war gerührt. Hannah hatte ins Schwarze getroffen. Der Vortrag kam für ihn genau noch zur richtigen Zeit, auch wenn es mit dem Fortbestand seiner Ehe schon fünf vor zwölf war. Wenn er zusammen mit Dorothea an dem Vortrag teilnehmen könnte, würden sie vielleicht die Probleme ihrer gemeinsamen Vergangenheit besser verstehen lernen und dadurch neue Impulse bekommen, einen gemeinsamen Neuanfang zu starten. Noch waren sie verheiratet, noch verfügten sie zusammen über ihr gemeinsames Eigentum.

Felix dankte Hannah für den Hinweis auf den Vortrag und nahm Kontakt zu Dorothea auf. Zu seiner freudigen Überraschung sagte sie zu, zusammen mit ihm den Vortrag anzuhören. Felix war nun wieder voller Hoffnung, dass über den gemeinsam besuchten Vortrag vielleicht doch noch alles wieder gut werden könne.

Bei schönem, warmem Juniwetter fuhren sie gemeinsam mit Felix' Auto zu dem Vortrag und führten unterwegs entspannte Gespräche über ihren Alltag. Felix lud Dorothea vor dem Vortrag zu einem schönen Abendessen in einem Gartenlokal ein. Er freute sich auf das gemeinsame Erlebnis, von dem er sich so viel versprach. Die Voraussetzungen waren gut, zunächst den Vortrag anzuhören und danach über die neuen Erkenntnisse miteinander zu sprechen.

Sie aßen gut und unterhielten sich dabei entspannt. Dann aber, nach dem Essen, passierte aus heiterem Himmel etwas völlig Unerwartetes, als Dorothea plötzlich und unvermittelt folgende Frage an Felix richtete:

„Ich warte immer noch auf Deinen Vorschlag, wie wir unsere Eigentumsverhältnisse auseinander dividieren. Ich möchte, dass es damit weiter geht. Wann kann ich damit rechnen?"

Die schöne Stimmung brach unvermittelt ein. Felix Inneres zog sich, wie so oft in letzter Zeit geschehen, abrupt zusammen. Ungläubig schaute er sie an. Hatte er sich wieder ein Wolkenkuckucksheim gebaut? Jetzt wurde es deutlich. Dorothea war wild entschlossen, ihre Trennung von ihm mit allen Konsequenzen durchzuziehen. Er fand jetzt keine passenden Worte mehr und stammelte nur noch mit gereiztem Unterton:

„Ja, ja, Du wirst das schon noch alles bekommen. Aber eigentlich hast Du ja bereits alle Unterlagen und könntest mir auch selbst einen Vorschlag unterbreiten. Der Vortrag fängt aber jetzt gleich an, lasst uns gehen."

Er bezahlte die Rechnung, und die beiden gingen wortlos in den Vortragssaal und setzten sich im hinteren Teil nebeneinander.

Der Vortrag lief wie ein Film an Felix vorbei. Felix hörte traurig zu, war nur noch halb bei der Sache. Seine Gedanken schweiften laufend ab. Er bekam nur in Bruchstücken mit, was Theo Schoenacker vortrug. Er beschrieb ein Partnerschafts-Szenario, das soweit Felix es mit bekam, ziemlich genau seiner eigenen Erfahrung entsprach:

„Der Mensch ist ein soziales Wesen, der gern zu einer Gemeinschaft, sei es in der Familie, am Arbeitsplatz oder im Verein, gehören möchte. ... Drei große Aufgaben hat er in seinem Leben zu erfüllen, die den Bereichen Liebe, Arbeit und Gemeinschaft zuzuordnen sind. Die Liebe umfasst dabei vor allem die Partnerschaft, die Eltern und die eigenen Kinder. ... Im Laufe einer langjährigen Partnerschaft entwickelt man sich oft auseinander, weil man zu sehr auf sich selbst und zu wenig auf den Partner achtet. ... Ein Leben wird als gelungen empfunden, wenn es in gelungenen Beziehungen verläuft. ... Es ist wichtig, dem anderen das Gefühl zu vermitteln, dass er einzigartig ist. ...Man muss sich gegenseitig stützen, ohne den anderen zu kontrollieren. In einer Partnerschaft sind gegenseitige Kontrolle, Druck oder Vorschriften immer problematisch. ... Man möchte aber das Gefühl haben, geliebt und gebraucht zu werden. Es ist ein niederdrückendes Gefühl, wenn das nicht der Fall ist, und man wird dann unruhig, angespannt, ängstlich, aggressiv, traurig, bekommt Kopfschmerzen, stottert oder wird passiv nach dem Motto: Sollen es doch die anderen machen. Glück und Leid, Gesundheit und Krankheit, Erfolg und Versagen liegen dicht nebeneinander. ... Man kann den anderen nicht ändern, aber man kann seine Eigenschaften in positiver oder negativer Weise verändern. ... Aus einer Rose kann man keine Lilie machen, wohl aber eine noch schönere Rose. ... Es ist schlecht, über den andern zu meckern, zu nörgeln, ihn unter Druck zu setzen. Statt zu kritisieren, soll man lieber einmal den Mund halten... Von „konstruktiver Kritik" halte ich nichts. ... In vielen Beziehungen entwickelt sich im Laufe der Zeit ein Machtkampf, der oft zu einem „Rachezyklus" führt, der seinen Ausdruck in Vergeltungsaktionen, zu denen auch Fremdgehen gehört, oder in der Abwendung vom anderen findet. Das Ergebnis ist oft Depression, Krankheit, Trennung und Scheidung. ...Um die positiven Eigenschaften des anderen zu fördern, ist es besser zu loben und dadurch dazu beitragen, dass es dem andern besser geht. ... Man sollte auf den anderen zugehen, ihn anlächeln, freundliche Gesten machen, zuhören, dem anderen das Gefühl vermitteln, dass es gut ist, dass er da ist, verzeihen, etwas gemeinsam machen, zum Beispiel gemeinsam Tee trinken, ihn umarmen".

Der Vortrag enthielt viele Impulse und konstruktive Anregungen, die sie hätten aufgreifen können, um ihre eigene Situation zu beleuchten und besser verstehen zu können und um daraus eine Grundlage für einen Neuanfang ihrer Beziehung zu entwickeln.

Mit der Bitte von Dorothea, ihre Eigentumsverhältnisse endlich zu klären und untereinander aufzuteilen, war dem aber der Boden entzogen. Es gab nichts mehr zu besprechen. Felix resignierte. Nach dem Vortrag brachte Felix Dorothea auf direktem Weg nach Hause. Es war bereits dunkel.

Unterwegs sagte er nur noch:

„Eigentlich hatte ich mir ein harmonischeres Treffen vorgestellt und gehofft, der Vortrag könne uns dabei helfen".

„Der Vortrag war ohne Bedeutung für uns, da ja unsere Trennung beabsichtigt ist", antwortete sie nur kühl.

Für den Rest der Strecke schwiegen sie. An ihrer Haustür verabschiedete er sich von ihr mit einem knappen Gruß.

Dorothea selbst hatte keine Anstalten gemacht, an der verkrampften Stimmung etwas zu ändern. Wie Felix es oft in der Vergangenheit erlebt hatte, konnte sie ein solches Stimmungstief problemlos ertragen. Er dagegen fühlte sich wieder einmal völlig hilflos.

Zu Hause starrte er noch lange gedankenverloren ins Leere. Jetzt wurde ihm endgültig klar, dass seine Ehe mit Dorothea zu Ende war.

Der bitteren Enttäuschung über Dorotheas unerbittliches Festhalten an ihrer Trennung folgten in kurzen Abständen mehrere weitere Tiefschläge, die Felix zu verkraften hatte:

In seinem Haus, in dem Dorothea und Cecilia wohnten, hatte sich andererseits Norbert, der bereits im Ruhestand war, inzwischen weitgehend eingenistet, obwohl Cecilia, die jüngste Tochter noch im Haus wohnte. Felix hatte dadurch kaum noch Gelegenheit, mit Dorothea allein zu sprechen. Wenn er bei ihr anrief, kam meist Norbert an den Apparat, was Felix zunehmend störte. Noch gehörte das Haus zur Hälfte ihm, und es war nicht in seinem Sinn, dass Norbert sich dort bereits offenbar wie zu Hause fühlte.

Um seinem Unmut Ausdruck zu verleihen, schrieb Felix einige Wochen nach dem Vortrag von Theo Schoenacker einen Brief an Norbert, von dem er eine Kopie an Dorothea schickte:

20. Juni 2003

Sehr geehrter Herr Dr. Neuberger, lieber Norbert,

Seit einigen Monaten wohnst Du ohne meine Zustimmung als Hausmiteigentümer in meinem Haus und nutzt dessen Infrastruktur (Telefon, Gas, Strom, Wasser, Mobiliar u.a.). Damit bin ich nicht länger einverstanden.

Ich sehe Dein Verhalten als gravierende Einmischung in meine Familienangelegenheiten und als einseitige Vorteilsnahme. Ich möchte Dich bitten, davon unverzüglich Abstand zu nehmen. Das bezieht sich nicht auf gelegentliche Besuche.

Eine neue Situation könnte erst dadurch eintreten, dass meiner Frau Dorothea die alleinigen Besitz- oder Nutzungsrechte über das Haus übertragen werden oder dass Du Deiner Frau Beatrice einräumst, eine neue Partnerschaft einzugehen, und ihr dabei die Fortzahlung ihrer Unterhalts- oder Versorgungsansprüche weiterhin garantierst, unabhängig von ihrer zukünftigen Lebensform.

Ich würde es begrüßen, wenn wir alle eine konstruktive Lösung fänden, die jeden der Beteiligten zufrieden stellt und ihm ausreichende Perspektiven für die Zukunft bietet.

Dorothea erhält einen Abdruck dieses Schreibens.

Mit freundlichen Grüßen Felix Breuer "

Auf dieses Schreiben erhielt Felix keine Antwort und Norbert blieb unbeirrt bei Dorothea wohnen.

Im Sommer des Jahres 2003 beantragte Norbert die Scheidung von Beatrice, die ein Jahr später rechtskräftig wurde. Norbert war danach verpflichtet, Beatrice einen monatlichen Unterhalt zu zahlen, weil sie bereits zu Beginn ihrer Ehe ihren Beruf aufgegeben und sich voll und ganz der Erziehung von Norberts Tochter Susanne und später auch ihres gemeinsamen Sohnes Ulrich gewidmet hatte. Sie hatte deshalb in den vielen Jahren ihrer Ehe kein eigenes Einkommen gehabt. Beatrice akzeptierte die Scheidung bereitwillig und fühlte sich danach befreit. Über den Verlust ihrer Familie trauerte sie aber noch lange.

Im September fiel Felix eine Karte mit einem Herzen in die Hände, auf dem der Spruch stand: ,*Glück ist Liebe, nichts anderes. Wer lieben kann, ist glücklich.*' Diese Karte schickte er Dorothea am 29. September 2003 mit folgendem Begleittext:

Liebe Dorothea,

Seit drei Jahren nun beschäftige ich mich mit dem Thema „Glück". Dem Spruch auf dieser Karte messe ich besondere Bedeutung bei. Ja, ich möchte lieben, aus meinem inneren Gefühl heraus. Ich fühle mich glücklich, wenn ich es kann.

In diesen Wochen stellen wir wichtige Weichen für unser weiteres Leben und für unser Glück. Hast Du alles gut gegeneinander abgewogen? Nicht Enttäuschung und Rache sollten unser Handeln bestimmen sondern Zuversicht, Hoffnung und Liebe.

Felix

Auch darauf erhielt er keine Antwort.

Einige Monate später, zeitgleich zu seiner Auseinandersetzung mit Daniela, erlitt Felix die schlimmste Demütigung seiner gesamten 30jährigen Berufszeit. Felix hatte freiwillig eine dienstliche Beurteilung beantragt, nachdem er mehrere internationale Aufgaben trotz seiner privaten Probleme sehr erfolgreich zu einem guten Ende gebracht hatte. Er erhoffte sich davon eine lang erwartete Beförderung. Sein Vorgesetzter, der sich für Felix' Arbeit immer nur wenig interessiert hatte, verweigerte ihm aber die gute Beurteilung und bescheinigte ihm sogar Defizite in der Urteilsfähigkeit. Für Felix brach die Welt zusammen. Über 30 Jahre lang hatte er enorme Anstrengungen bis an die Grenzen seiner Belastbarkeit unternommen, um sich für den Schutz der Umwelt einzusetzen. Er war dabei sehr erfolgreich gewesen und hatte im In- und Ausland stets große Anerkennung erfahren. Und nun musste er erfahren, dass seine Leistung von seinem Vorgesetzten nicht nur nicht anerkannt wurde sondern dass er sogar von diesem gedemütigt wurde. Für Felix brach eine Welt zusammen, und er wurde zwei Wochen lang krank.

Fast zu derselben Zeit, gegen Ende 2003, bekam Norbert plötzlich und unerwartet einen Herzinfarkt, von dem Beatrice über Dorothea erfuhr.

In der Erinnerung an dieses Erlebnis wälzt sich Felix heftig hin und her und fasst sich an die Stirn. Sein Herz schlägt schneller und er bricht in Schweiß aus. Schließlich fängt er sich und richtet sich stolz auf.

„Vorbei, vorbei", sagt er mit lauter, entschlossener Stimme, „das alles ist vorbei, es ist Vergangenheit. Vergiss das alles ein für alle Mal. lasse es hinter dir! Das Leben ist weiter gegangen. Und hast Du nicht durch diese schrecklichen Ereignisse sogar neue Kräfte gewonnen? Hättest Du ohne diese Enttäuschungen und Demütigungen danach sonst so viele wertvolle, neue Anregungen bekommen, die dein Leben positiv verändert haben?"

Wieder etwas ruhiger geworden, schaut er in den Himmel und fragt sich:

„Wer hat sich nur eine solche Dramaturgie ausgedacht? Mehrere Ereignisse von existentieller Bedeutung ereigneten sich nahezu gleichzeitig und unabhängig voneinander? Liegt darin ein tieferer Sinn oder eine versteckte Botschaft?"

Ohne den Gedanken zu Ende zu denken, schläft Felix schließlich erschöpft ein.

28 Ein neues Zuhause

2004

Am Anfang des neuen Jahres 2004 wartete auf Felix eine positive Überraschung, die sein weiteres Leben erneut entscheidend und zwar positiv verändern sollte. Beatrice rief ihn im Büro an und informierte ihn über eine Entdeckung, die sie soeben gemacht hatte. Felix konnte bereits am aufgeregten Tonfall erkennen, dass es sich um etwas Außergewöhnliches handeln musste. Sie machte es aber spannend und holte ziemlich weit aus, so dass Felix, auf dessen Schreibtisch sich wie üblich viele unerledigte Aufgaben türmten, schon ungeduldig wurde.

„Du glaubst nicht, was ich heute erfahren habe."

„Was denn? Du machst mich neugierig."

„Meine Schwester war beim 60. Geburtstag unseres gegnerischen Anwalts eingeladen, der Norbert und auch Dorothea bei unseren Trennungs-Angelegenheiten vertritt."

„Ja, und was hat das mit uns zu tun?"

„Dort traf sie eine Künstlerin, die demnächst ihre Bilder ausstellen will. Sie kannten sich über die gemeinsame Schule ihrer Kinder. Diese Künstlerin fragte meine Schwester, ob sie nicht jemanden kennt, der zur Eröffnung ihrer Ausstellung sprechen kann."

„Und da hat sie dich vorgeschlagen."

„Richtig, ich habe so etwas ja schließlich schon öfter gemacht. Die Künstlerin zeigte sich interessiert, mich kennen zu lernen, und so hat meine Schwester ihr meine Adressdaten mitgeteilt. Heute Morgen habe ich die Künstlerin in ihrem Haus besucht.

Sie wohnt gleich um die Ecke von meiner Wohnung in der hübschen Allee zum Bahnhof, die du auch kennst."

„Und weiter, ich sehe immer noch nicht, was daran so aufregend sein soll?"

„Wir waren uns sofort sympathisch und haben nicht nur über die Ausstellung gesprochen, sondern auch über andere Dinge aus ihrer und meiner Wohnumgebung, die ich ja noch nicht so gut kenne."

„Seid ihr euch einig geworden?"

„Ja, ich finde ihre Bilder interessant und werde zur Vernissage sprechen."

„Glückwunsch. War es das, was Du mir so unbedingt jetzt mitteilen wolltest?", fragte Felix schon ein bisschen ungehalten, weil er den Berg an Arbeit auf seinem Schreibtisch vor Augen hatte.

„Nein, der Knüller kommt noch."

„Nun bin ich aber gespannt."

„Wir haben über die Bewohner der Häuser in ihrer Straße, das heißt in der Allee, gesprochen. Die Häuser dort haben ja alle, wie du weißt, einen sehr schönen Charakter. Du erinnerst dich, wir waren im letzten Herbst einmal zu einem Gartenfest eingeladen gewesen. Das war im Garten eines der Häuser aus der Reihe, wo auch die Künstlerin wohnt."

„Ah, ja, ich erinnere mich. Das war ein schönes Gartenfest bei herrlichem Wetter und gutem Essen in einem tollen Haus mit einem wunderschönen Garten, ruhig und zentral gelegen. Die Gastgeber haben dabei ein schönes Foto von uns beiden geschossen."

„Ja, genau. Wir waren gerade aus dem Urlaub im Süden gekommen und waren noch richtig entspannt und von der Sonne gebräunt. Ich habe mich also bei der Künstlerin erkundigt, wer sonst noch in den anderen Häusern auf ihrer Reihe wohnt, weil ich ja interessiert bin, neue Bekannte hier zu finden. Und was glaubst du, was ich dabei herausgefunden habe?"

„Ja, was denn? Du spannst mich schon sehr auf die Folter. Ich sehe immer noch, was das alles mit mir zu tun haben soll und warum Du mich mitten in meiner Dienstzeit anrufst. Ich stehe hier ziemlich unter Druck."

„In der Reihe dieser Häuser steht auch ein kleineres Einfamilienhaus. Hast Du eine Vorstellung, welches ich meine?"

„Ja, ich kann mir denken, was du meinst, ein schnuckeliges Haus mit einer schönen Fassade. Was ist damit?"

„Du wirst es nicht glauben, aber dieses Haus steht seit zwei Jahren leer. Niemand wohnt seitdem in dem Haus."

„Das gibt es doch nicht. Ein so schönes Haus in einer solch guten Lage. Der Besitzer muss wohl ziemlich vermögend sein, wenn er das nicht nutzt. Wer hat denn bisher darin gewohnt?"

„Also, von der Künstlerin, die direkt daneben wohnt, habe ich erfahren, dass zuletzt eine ältere Dame darin gewohnt hat. Sie ist vor zwei Jahren gestorben. Ihr einziger Sohn wohnt weit entfernt von hier und hat sich bisher nicht entscheiden können, was er mit dem Haus machen will. Es war sein Elternhaus, in dem er groß geworden ist. -

Nun komme ich zum Punkt: Du suchst doch nach einer neuen Wohnmöglichkeit. Wäre das nicht etwas für Dich?"

„Ja, das hört sich interessant an. Aber ich glaube nicht, dass ich ein solches Haus in einer solchen guten Lage bezahlen könnte. Damit kann der Besitzer doch Liebhaberpreise erzielen."

„Schau es Dir doch erst mal an. Dann sehen wir weiter", ermunterte Beatrice Felix.

Felix war nun völlig von seiner Arbeit abgelenkt. Ja, er suchte inzwischen dringend nach einer neuen Wohnmöglichkeit. Es war jetzt Januar 2004. Als er im November 2001 aus seinem Haus in eine Mietwohnung umgezogen war, hatte er sich damals vorgenommen, dass dies ein Provisorium von maximal drei Jahren sein sollte. Die Mietwohnung war lediglich als Übergang von seinem alten Leben in ein neues Leben gedacht. Dabei hatte er sich offen gehalten, wie das neue Leben aussehen sollte. Sowohl die Rückkehr zu Dorothea in ihr gemeinsames Familienhaus, als auch ein neues Leben in einem neuen Haus oder in einer neuen Wohnung waren damals für ihn als Optionen in Frage gekommen.

So wie sich die Beziehung zwischen ihm und Dorothea aber entwickelt hatte, kam die erste Alternative inzwischen nicht mehr in Betracht. Dorothea war nur noch an der Trennung von ihm und an der Aufteilung ihrer Vermögenswerte und sonstigen Finanzen interessiert. Die von Felix selbst vorgegebenen maximal drei Jahre näherten sich allmählich dem Ende und eine andere Wohnalternative hatte sich für ihn bisher nicht ergeben.

Nun tauchte auf einmal wie aus dem Nichts eine fantastische Möglichkeit auf, von der Felix nicht zu träumen gewagt hätte. Er glaubte allerdings nicht ernsthaft, eine realistische Chance zu haben, in ein solch traumhaftes Haus in zentraler Lage einziehen zu können. Aber es konnte ja nicht schaden, sich das Objekt einmal näher anzusehen.

An diesem Tag, als Beatrice ihm die wundersame Nachricht von dem leeren Haus übermittelt hatte, konnte er es kaum erwarten, endlich Feierabend zu haben, um das Haus zusammen mit ihr in Augenschein zu nehmen. Es war genau das Haus, an das er nach der Beschreibung von Beatrice gedacht hatte, das er aber bisher im Vorbeigehen nur vage wahrgenommen hatte. Es war noch schöner, als er es sich vorgestellt hatte, auch wenn es schon etwas in die Jahre gekommen war. Der Rollladen an dem zur Straße liegenden Fenster war hochgezogen, an den Fenstern hingen Gardinen, auf der Fensterbank standen Blumen, in dem Raum dahinter sah man Möbel stehen, der Rasen auf der kleinen Wiese vor dem Haus war geschnitten, Unkraut war nur wenig zu sehen. Wenn man es nicht wusste, konnte man nicht ahnen, dass das Haus unbewohnt war.

Es bestand die Möglichkeit, um das Haus herum zu gehen. Felix und Beatrice nahmen sich die Freiheit und schlichen in den Garten auf der Rückseite des Hauses. Der überwiegende Teil bestand aus Rasen, um den herum Beete mit Blumen und Sträuchern angelegt waren, die seit längerer Zeit nicht mehr beschnitten worden waren und sich unkontrolliert ausgedehnt hatten. Der hintere Teil des Gartens wurde überragt von einer schönen, großen Tanne, die dem ganzen Ensemble einen schön anzusehenden Gesamteindruck verlieh. Der Garten hatte für Felix eine sympathische mittlere Größe. Am Haus selbst befand sich eine Terrasse aus Natursteinen, die von Unkraut zugewachsen war. In der ersten Etage des Hauses war ein schön geschwungener Balkon zu sehen.

Felix verliebte sich sofort in das zauberhafte Anwesen und stellte sich schon vor, im Sommer auf der Terrasse zu sitzen und in den Garten hinauszuschauen. Er sah sich auch schon darin als Gärtner wirken, um die verwilderte, aber in ihrer Grundstruktur an sich schön gestaltete Anlage wieder in Ordnung zu bringen. Er liebte gelegentliche Gartenarbeit als Ausgleich zu seiner Bürotätigkeit und sah sich schon als Hobbygärtner in der Erde buddeln. Auch müsste es herrlich sein, dort Gartenfeste zu feiern. Da die Rollläden an den Fernstern zur Gartenseite geschlossen waren, konnten sie von dort in das Haus selbst nicht hinein sehen.

„Ein wunderbares Haus", sagte Felix zu Beatrice, die lächelnd nickte. „Es wäre ja zu schön, hier zu wohnen."

„Ich war mir sicher, dass es dir gefallen würde", erwiderte Beatrice mit fühlbarem Stolz in der Stimme.

„Wir müssen unbedingt mit dem Besitzer sprechen und ihn fragen, was er mit dem Haus vorhat. Da er hier nicht wohnt, kann man davon ausgehen, dass er es selbst nicht nutzen will. Wie bekommen wir seine Adresse heraus?", sagte Felix spontan.

„Lass mich das mal machen", ergriff Beatrice die Initiative. Ich werde mich hier in der Nachbarschaft weiter erkundigen. Da ist doch auch noch das nette Ehepaar, bei dem wir vor einigen Monaten das schöne Gartenfest erlebt hatten.

Felix hatte Feuer gefangen. Das Haus und seine Lage hatten es ihm gleich angetan. Das war eine Wohnkonstellation, wie er sie in den letzten zwei Jahren noch nirgendwo so ideal vorgefunden hatte. Auch wenn die Renovierung des Hauses sicher mit sehr viel Arbeit verbunden und nicht preiswert sein würde, so öffnete sich hier doch eine neue Perspektive für sein weiteres Leben. In diesem Hause wohnen zu können, wäre Lebensqualität pur, wie er sie bisher so nicht gehabt hatte, auch nicht an seinem früheren Wohnort.

Es dauerte nur zwei Tage, da hatte Beatrice Name und Adresse des Besitzers, Walter Schwartz, ausfindig gemacht. Felix fand im Internet seine Telefonnummer und rief ihn unverzüglich an. Er stellte sich Herrn Schwartz freundlich vor und sprach ihn dann auf sein Anliegen an, in dem schönen Haus wohnen zu dürfen. Herr Schwartz reagierte freundlich aber zögerlich. Felix entnahm seinen Worten, dass er immer noch unentschlossen war, was er mit seinem Elternhaus anfangen sollte, obwohl seine Mutter bereits vor zwei Jahren gestorben war. Der Vater, so erfuhr Felix, war schon einige Jahre früher gestorben. Herr Schwartz informierte ihn auch darüber, dass seine Frau schwer erkrankt sei und er zurzeit andere Sorgen habe. Er habe deshalb bisher keine Zeit gefunden, sich mit der weiteren Verwendung des Hauses zu beschäftigen. An einen Verkauf denke er aber nicht. Er bat Felix aber, ihm sein Anliegen einmal schriftlich zu schicken.

Felix setzte sich gleich an den Computer und schrieb ein freundliches Bewerbungsschreiben, in dem er seine große Sympathie für das Haus und sein Interesse, darin zu wohnen, bekräftigte.

Dem Brief legte er das Foto bei, welches bei dem Gartenfest der Nachbarn im September 2003 von ihm und Beatrice gemacht worden war und auf dem sie gut getroffen waren, da sie ja gerade aus dem Urlaub nach Hause gekommen waren.

Sie warteten über einen Monat auf die Antwort von Herrn Schwartz. Ende Februar rief Beatrice Felix wieder einmal voller Aufregung im Büro an:

„Stell Dir vor, ich habe zufällig Herrn Schwartz vor seinem Haus getroffen. Ich kannte ihn nicht, aber habe mir gleich gedacht, dass er es sein müsse. Er konnte sich auch sofort an meinen Namen und unser Anliegen erinnern. Ich habe ihn gefragt, ob ich mir das Haus nicht auch einmal von Innen anschauen dürfe. Nach einigem Zögern stimmte er zu, und so konnte ich mir die Räume im Einzelnen ansehen. Ich weiß schon, wo Dein Arbeitszimmer sein wird: Ein wunderschönes Zimmer nach Süden mit dem geschwungenen Balkon, den wir gesehen haben und mit Blick in den Garten. Du wirst begeistert sein. Das Haus ist zwar seit Jahrzehnten nicht renoviert worden, aber es hat eine gute Aufteilung und wirkt sehr solide. Herr Schwartz wollte es mir deshalb nicht sofort zeigen, weil es voller Unrat und Gerümpel ist und fürchterlich stinkt. Das war ihm wohl peinlich. Ich habe mir dazu aber nichts anmerken lassen und habe nur davon geschwärmt, wie schön es sein müsse, in diesem Haus zu wohnen."

„Prima", erwiderte Felix, „vielleicht kannst Du ja mal einen groben Plan malen, auf dem man sich die Zimmerverteilung vorstellen kann. Ich hoffe, bald auch mal selbst Herrn Schwartz persönlich kennen zu lernen und das Haus besichtigen zu können."

Der selbst gemalte grobe Plan, den Beatrice ihm am Abend zeigte, fand Felix' volle Zustimmung. Er wurde immer neugieriger, das Haus möglichst bald selbst besichtigen zu können. Aber er musste sich noch einen weiteren Monat lang gedulden, bis Herr Schwartz ihm endlich einen Besichtigungstermin anbot. Es ging schon auf Ostern zu. Im Haus fand er alles so vor, wie Beatrice es ihm beschrieben hatte. Obwohl der Zustand der Zimmer alles andere als einladend war, konnte er sich doch schnell vorstellen, wie sie wohl im renovierten Zustand aussehen würden. So hielt seine Begeisterung für das Haus nicht nur an, sondern steigerte sich noch. Das Haus stammte aus dem Jahr 1954 und erinnerte Felix in vielen Elementen an sein Elternhaus, welches seine Eltern mit viel Liebe ebenfalls Anfang der 50er Jahre gebaut hatten.

„Es wäre zu schön, wenn wir bereits das nächste Weihnachtsfest in diesem Haus feiern könnten", schwärmte er gegenüber Herrn Schwartz, der dazu freundlich lächelte.

Felix und Herr Schwartz blieben in Kontakt. Erfreulicherweise führte Herr Schwartz keine Verhandlungen mit anderen Interessenten. Es war schon Hochsommer, als Herr Schwartz Felix überraschend das Haus zum Kauf anbot. Sie einigten sich schnell auf einen Kaufpreis und schlossen den notariellen Kaufvertrag im September 2004.

Noch vor dem Kaufvertrag fing Felix mit Zustimmung von Herrn Schwartz mit der Entrümpelung und Sanierung des Dachbodens sowie der Reparatur der Schornsteine, bei denen die Fugen zwischen den Steinen zum Teil ausgehöhlt waren, so dass bei einem Sturm einzelne Steine hätten herausfallen können. Es war eine Schweiß treibende Arbeit im August bei extremer Hitze vor allem unter den unisolierten Dachziegeln. Aber Felix war hoch motiviert, das Haus so schell wie möglich bewohnbar zu machen. Die Arbeiten gingen noch wochenlang so weiter. Es wurde Felix zur Angewohnheit, abends nach Dienstschluss in das Haus zu gehen und Arbeiten zu machen, die er selbst leisten konnte und für die er keine Handwerker brauchte, wie alte Tapeten abzureißen, alte Linoleumteppiche zu beseitigen oder die Räume und den Keller zu entrümpeln. Er arbeitete meist bis nach 23 Uhr, ohne viel zu essen und zu trinken. Am Ende der viermonatigen Renovierung hatte er fünf Kilo Gewicht abgenommen..

Inzwischen hatte er auch verschiedene Handwerker und Helfer gefunden, die neue Wasser- und Stromleitungen sowie Fußbodenbeläge verlegten, Bäder, Fliesen, Wandfarben und vieles andere mehr erneuerten und so das Haus das Haus von Grund auf renovierten.

Die Arbeiten taten Felix auch unter dem Aspekt gut, dass ihm nach der enttäuschenden Beurteilung seiner Arbeit durch seinen Vorgesetzten sein Beruf keine rechte Freude mehr bereitete. Inzwischen wartete er mit Ungeduld auf seinen letzten Arbeitstag.

Im Dezember 2004 war die Renovierung des Hauses weitgehend abgeschlossen und am 11. Dezember 2004 bezog Felix stolz sein neues Domizil. Sein Wunsch, in diesem schönen Haus Weihnachten 2004 zu feiern, war in Erfüllung gegangen. Es wurde sein schönstes Weihnachtsfest seit langer Zeit. Felix hatte ein neues Zuhause gefunden.

Einige Monate später, im April 2005, ging Felix' aktive Berufszeit zu Ende. Jetzt stellte sich ihm verstärkt die Frage, wie die Beziehung zwischen ihm und Beatrice weiter gehen sollte. Sie hatten sich weiterhin regelmäßig getroffen, und Beatrice, die in ihrer Zweizimmerwohnung nicht weit von Felix' neuem Haus lebte, hatte ihm bei der Renovierung und Einrichtung des Hauses tatkräftig zur Seite gestanden. Das neue Haus war ideal für zwei Personen, und so war es war nahe liegend, dass sie darüber nachdachten, dort zusammen zu wohnen.

Das Problem war allerdings, dass Beatrice nach ihrer Scheidung von Norbert monatliche Unterhaltszahlungen bezog. Wenn Beatrice zu Felix ziehen würde, würden sie eine „sozio-ökonomische Lebensgemeinschaft" - so lautete rechtliche Fachbegriff, der ihnen inzwischen recht vertraut war - bilden. Dies würde Norbert nach dem deutschen Familienrecht die rechtliche Möglichkeit einräumen, seine Unterhaltszahlungen an Beatrice einzustellen. Dieser Gedanke bereitete Felix, der weiterhin mit Dorothea verheiratet war, reichlich Unbehagen.

Er sprach das Problem offen gegenüber Beatrice an:

„Norbert könnte dir die Unterhaltszahlungen entziehen, wenn wir in einem Haus zusammen lebten".

Sie antwortete: „Das macht der Norbert nicht. Ich kenne ihn, er ist ein anständiger Mann."

Felix schaute sie zweifelnd an. „Und wenn doch?", fragte er. „Kannst du dir nicht von ihm schriftlich geben lassen, dass er damit einverstanden ist, dass wir zusammen ziehen, ohne dir den Unterhalt zu entziehen?"

„Ich halte das nicht für nötig. Norbert lebt doch auch mit Dorothea in deinem Haus zusammen. Dann wird er doch wohl akzeptieren, dass wir beide dasselbe tun. Außerdem glaube ich nicht, dass Norbert eine solche Erklärung schriftlich von sich geben würde. Du musst Dich entscheiden, ob du mit mir zusammen leben möchtest oder nicht", entgegnete Beatrice.

Felix fühlte sich in einer Zwickmühle. Einerseits wollte er gern mit Beatrice in seinem neuen Haus zusammen wohnen, zumal er ihr zu verdanken hatte, dass er das Haus überhaupt gefunden hatte. Andererseits wollte er sich nicht auf neue finanzielle Verpflichtungen einlassen. Allzu lange durfte er allerdings mit seiner Entscheidung nicht zögern, sonst könnte Beatrice seine Unentschlossenheit als Zweifel an ihrer Beziehung und Liebe füreinander verstehen. Das wollte Felix nicht riskieren. Seine Beziehung zu Beatrice war ihm inzwischen sehr wichtig geworden. Keine Frau zuvor hatte sich so eindeutig zu ihm bekannt und ihm ihre Liebe offenbart. Durfte Felix ein solches Glück von einem finanziellen Risiko abhängig machen?

Nach einer kurzen Zeitspanne des Nachdenkens und inneren Ringens mit sich selbst sagte er schließlich, seinem Bauchgefühl folgend:

„Also gut. Ich glaube dir und vertraue deiner Einschätzung von Norberts Verhalten. Es wäre schön, wenn du zu mir ziehst und wir gemeinsam in meinem neuen Haus wohnten."

So zog Beatrice im Mai 2005 zu Felix und gab ihre bisherige Mietwohnung auf. Unter ihrer Regie veränderte sich nun das Innere von Felix' Haus, wie es ihrer Vorstellung von einem gepflegten Wohnhaus entsprach. Felix verzichtete auf viele seiner mitgebrachten Möbel zugunsten der schöneren Einrichtungsgegenstände von Beatrice. Sie brachte viele wertvolle Bilder und Kunstwerke mit, die sie geschmackvoll auf die verschiedenen Räume verteilte und die Felix nach ihren Vorgaben dort anbrachte. In kürzester Zeit verwandelte sich das Haus in ein richtiges Schmuckkästchen.

Felix und Beatrice erfreuten sich an ihrem neuen, glücklichen Zusammenleben und arbeiteten Hand in Hand nicht nur bei der weiteren Gestaltung des Hauses sondern auch des schönen Gartens. Sie genossen ihr neues Leben und entwickelten neue Ideen, wie sie ihr Leben zusammen weiter verbringen wollten. Felix, der jetzt nicht mehr unter dem Druck der täglichen Büroarbeit stand, hatte schon am Ende seiner Berufszeit Interesse bekundet, sich nach seiner Freistellung verstärkt mit kulturellen Themen aus dem Bereich Kunst und Musik zu beschäftigen.

Bereits zwei Jahre vor dem Ende von Felix' aktiver Berufszeit hatten er und Beatrice und Felix zusammen mit fünf anderen Bekannten den Verein „Kunst verbindet Europa" gegründet, der sich zur Aufgabe machte, öffentliche Kunstausstellungen mit Werken zeitgenössischer Künstlerinnen und Künstlern aus verschiedenen kulturellen Regionen Europas zu organisieren. Sie wollten auf diese Weise Brücken zwischen Menschen verschiedener kultureller Herkunft bauen und die friedliche Verständigung zwischen den Völkern in Europa fördern. Die Idee zu diesem Vereins hatten sie nach den unerfreulichen Ereignissen zu Weihnachten 2001 geboren, als sie in Beatrice' Ferienhaus einige schöne Wintertage zusammen verbracht hatten. Da Felix nun nicht mehr beruflich gebunden war, konnte er sich nun verstärkt dieser Organisation widmen und übernahm bei nächster Gelegenheit auch das Amt des Vorsitzenden. Beatrice brachte als Kunsthistorikerin ihre Erfahrung als Kunstexpertin in die Vereinsarbeit ein. So bildeten die beiden ein gutes neues Gespann, um sich fortan gemeinsam der neuen, selbst gestellten Aufgabe zu widmen.

Am Ende des Jahres 2004 einigten sich Felix und Dorothea endlich auch über die Aufteilung ihrer Vermögens- und Einkommensverhältnisse und schrieben diese in einem Notarvertrag fest. Der Einigung waren lange Auseinandersetzungen vorangegangen, bei denen Dorothea nicht nachgelassen hatte, auf eine rechtliche Festschreibung der Aufteilung zu drängen. Sie bekam in dem Vertrag das bisher gemeinsame Haus für eine geringe Ausgleichszahlung als alleiniges Eigentum zugeschrieben. Sie hatte an Felix appelliert, auf die ihm eigentlich zustehende deutlich höhere Ausgleichszahlung zu verzichten, weil sie diese nicht bezahlen könne und damit das Haus doch bitte ihren Kindern als Elternhaus erhalten bleiben möge.

Felix hatte dieser Bitte zugestimmt, da er hoffte, auf dieser Grundlage seine weitere Zukunft friedlich und in freundschaftlicher Verbundenheit mit Dorothea gestalten zu können. Leider erfüllte sich diese Erwartung nicht, wie Felix später leidvoll zu spüren bekommen sollte.

Zur Vorbereitung des Notarvertrages hatte Dorothea im Gegensatz zu Felix einen Anwalt eingeschaltet, der den Vertrag an einigen Stellen juristisch umgestaltete. Insbesondere erweitere er den Vertrag um eine Regelung zum Versorgungsausgleich zugunsten von Dorothea. Felix hatte wegen der hohen Kosten auf einen eigenen Anwalt verzichtet und hatte die Vereinbarungen des Notarvertrages nach seinem eigenen Gerechtigkeitsempfinden ausgehandelt. Schließlich hatte er den Text mit den von Dorotheas Anwalt eingebrachten Veränderungen unterschrieben, was ein weiterer Fehler zu seinem Nachteil war, wie sich später herausstellen sollte.

Eine sonnige und schöne gemeinsame Zukunft schien nun vor Felix und Beatrice zu liegen. Sie ahnten nicht, dass Dorothea und Norbert ganz andere Pläne hatten.

Teil III: Stürmische Zeiten

29 Zwischenhoch
2005 - 2006

Nach Beatrice Einzug in Felix' Haus im Mai 2005 lud Felix Verwandte, Nachbarn und Freunde zu einem Gartenfest zur Feier seines 60. Geburtstages und zur Einweihung des neuen Hauses ein, welches bei herrlichem Wetter und bester Stimmung stattfand. Felix und Beatrice begrüßten die Gäste gemeinsam. Diese staunten über die positive Verwandlung des Hauses und des Gartens und sprachen ihre Anerkennung aus. Sie beglückwünschten Felix und Beatrice zu ihrem neuen Zuhause und wünschten ihnen viel Glück für ihre gemeinsame Zukunft.

Im Juli 2005, wenige Wochen nach diesem schönen Gartenfest, erhielt Felix von Dorothea einen Brief von Dorothea mit einer für Felix erstaunlichen Bitte:

Hallo Felix,

Nachdem wir uns alle Kosten, die mit unserer Trennung verbunden waren, je zur Hälfte geteilt haben, schlage ich vor, dass wir auch mit den bei meinem Anwalt angefallenen Kosten so verfahren. Die Arbeit des Anwalts hat ja auch für uns beide den Vorteil gehabt, dass die von dir verfasste Trennungsvereinbarung letztendlich eine für uns beide annehmbare juristisch gültige Form bekam.

Die Höhe der Honorarforderungen des Anwalts von über 6.000 € hat mich schlicht fassungslos gemacht. Ich kann sie zusätzlich zu den bereits bezahlten Gerichtskosten, den Notargebühren und der Ausgleichszahlung an dich auch gar nicht aufbringen,

Ich würde mich wirklich sehr freuen, wenn du die Hälfte der Anwaltskosten übernimmst. Ich bin mir durchaus im Klaren, dass dies ein

Appell an deine Großzügigkeit ist, doch wenn du, wie ich hörte, das Mietshaus verkaufst, bist du doch alle Geldsorgen los.

Mit freundlichen Grüßen

Dorothea

Felix schaute das Schreiben ungläubig an. Er hatte zur Einsparung unnötiger Kosten auf einen eigenen Anwalt verzichtet. Dorothea hatte dagegen schon früh einen eigenen Anwalt eingeschaltet, als Felix überhaupt noch nicht an eine endgültige Trennung von Dorothea gedacht hatte. Es reichte Dorothea offenbar nicht, dass er ihr bei der Hausübertragung bereits viel Geld geschenkt hatte. Nun wollte sie noch mehr von ihm mit der Begründung, dass die Arbeit des Anwalts sogar auch für ihn Vorteile gebracht habe. Felix empfand das Schreiben als ziemlich dreist und legte es erst einmal zur Seite.

Im September 2005 machte Felix in Griechenland einen Segeltörn, zu dem er anlässlich seines 60. Geburtstages Beatrice und seine drei Töchter sowie Peter, Danielas Partner, mit dem sie inzwischen zusammen wohnte, eingeladen hatte. Daniela und Peter hatten sich in ihrer Studienzeit kennen gelernt. Einen Monat vor dem Törn bekam Felix überraschend einen Anruf von Katharina. Sie teilte ihm mit, dass sie seit kurzem einen neuen Freund Richard habe, der auch gern an dem Törn mit teilnehmen möchte, und fragte, ob das noch möglich sei. Obwohl das bereits gecharterte Boot für sieben Personen eigentlich zu klein war, sagte Felix spontan zu. Er freute sich über Katharinas Anruf, weil er ihm Katharinas Verbundenheit mit ihrem Vater zeigte. Jetzt war sein Improvisationstalent gefordert.

Eine Woche vor Beginn des Segeltörns starb nach längerer Krankheit Dorotheas Vater, Felix' Schwiegervater, zu dem Felix immer ein gutes Verhältnis gehabt hatte. Die Beerdigung sollte genau an dem Tag stattfinden, an dem er und die anderen Segelteilnehmer ihre Flüge nach Athen gebucht hatten. Felix als Skipper verhandelte nun mit der Versicherung, die er vorsorglich abgeschlossen hatte, über eine Übernahme der Kosten für eine Umbuchung der Flüge auf einen Flug einen Tag nach der Beerdigung und hatte Erfolg. Die Versicherung erklärte sich erfreulicherweise zur Übernahme der Zusatzkosten bereit.

Als Felix gegenüber Dorothea sein Interesse zur Teilnahme an der Beerdigung ihres Vaterszum Ausdruck brachte, bat sie ihn, auf seine Teilnahme zu verzichten, um in ihrem Heimatdorf nicht unnötigen Redereien ausgesetzt zu sein. Felix war über Dorotheas Haltung enttäuscht, akzeptierte aber ihren Wunsch, und so fand die Beerdigung seines Schwiegervaters ohne ihn statt. Felix' Töchter mit ihren Freunden Peter und Richard konnten aber dank der Flugumbuchungen an der Beerdigung ihres geliebten Opas teilnehmen. Wie Felix später erfuhr, wurde Dorothea dabei von Norbert begleitet. Felix empfand das als ziemlich taktlos ihm gegenüber. Erst einige Wochen später konnte Felix, begleitet von Cecilia, zum Grab seines Schwiegervaters fahren und in Gegenwart seiner Schwiegermutter ein Blumengebinde dort nieder legen.

Der Segeltörn fand nach der Beerdigung wie geplant im Bereich der westgriechischen Inseln Lefkas, Kephalonia und Ithaka statt. Er sollte für ihn und seine Kinder zu einem schönen, unvergesslichen Erlebnis werden. Es fing auch gut an, weil alle äußeren Umstände - Ausstattung der Segelyacht, Wetter, pittoreske Häfen und einsame Buchten mit kristall-klarem Wasser - für alle sehr angenehm waren. Richard, der neue Freund von Katharina, brachte sich konstruktiv in die Crew ein und packte überall beherzt mit an, wo dies erforderlich war. Katharina und Richard verbreiteten in ihrer frischen Verliebtheit viel gute Stimmung. Auch Cecilia, die schon öfter an Segeltörns mit Felix teilgenommen hatte, verhielt sich sehr konstruktiv.

Die gelöste Stimmung wurde leider nach zwei Tagen überraschend getrübt, weil Daniela und Peter, die vor einiger Zeit eigene Segelscheine erworben hatten, Felix' Rolle als Skipper nicht respektierten und auf ihre Art ihre frisch erworbenen Segelfähigkeiten unter Beweis stellen wollten. So stellten sie die vorher abgestimmte Routenplanung von Felix in Frage und warfen Felix diktatorisch-autoritäres Verhalten vor. Felix begriff schnell, dass hier andere Ereignisse aus der Vergangenheit, in der es zwischen ihm und Daniela immer wieder Spannungen gegeben hatten, mit hinein spielten. Unter solchen Spannungszuständen wollte Felix als Skipper den Törn nicht fortsetzen.

Nachdem sie den sicheren Liegplatz erreicht hatten und das Boot fest verankert war, zog Felix die Notbremse und bat die Crew um eine offene Aussprache, wobei er sie vor die Wahl stellte, den Törn entweder sofort abzubrechen oder sich konstruktiv zusammen zu raufen und die Rundfahrt wie geplant fortzusetzen.

Bei dieser Aussprache flossen Tränen. Peter stand plötzlich seinen drei Töchtern gegenüber, die sich untereinander solidarisierten. Cecilia brachte es schließlich weinend auf den Punkt:

„Es ist für uns in dieser ungewohnten Konstellation nicht leicht. Früher war unsere Mama bei solchen Segeltörns dabei, und jetzt ist an ihrer Stelle Beatrice, die wir doch gar nicht richtig kennen. Das bereitet uns Schwierigkeiten."

Felix und Beatrice äußerten dazu ihr Verständnis. Dann aber begann Beatrice plötzlich auch an zu weinen.

„Auch für mich ist es hier nicht leicht. Ich fühle mich ebenfalls hier wie ein Fremdkörper. Ich verstehe ja, dass ihr eure Mutter vermisst. Aber jetzt sind Felix, euer Papa, und ich zusammen. Ich vermisse auch meine Familie. Das ist für uns alle ungewohnt. Ich würde mich freuen, wenn wir uns alle gut verstehen könnten."

Sie rauften sich schließlich als Crew zusammen und versprachen, zueinander nett und freundlich zu sein. Felix war erleichtert, und so konnte der Törn schließlich fortgesetzt werden.

Daniela, unterstützt von Peter, blieb dennoch gegenüber ihrem Vater Felix als Skipper und Beatrice als seiner neuen Partnerin reserviert. So blieb immer noch eine gewisse Spannung innerhalb der Crew. Sie entlud sich am vorletzten Tag des Törns erneut. Bei einem Routine-Anlegemanöver zum Auffüllen der Wassertanks verstand Daniela ein Kommando von Felix nicht, und als Felix selbst mit Hand anlegte, schrie sie laut auf: „Nun hättest Du mich bald ins Wasser gezogen." So endete der Törn leider mit einem Missklang, worüber Felix sehr traurig war.

Die Auseinandersetzung zwischen Felix und Daniela hatte glücklicherweise keine Auswirkungen auf die neue Beziehung zwischen Katharina und Richard. Wie Felix erst später erfuhr, war Katharina bei dem Segeltörn bereits im ersten Monat schwanger. Katharina und Richard waren miteinander sehr glücklich.

Nach dem Segeltörn musste sich Felix vorrangig um einige dringliche Finanzgeschäfte bekümmern, die zur Sicherung seines zukünftigen Lebens wichtig waren. Um sein neues Haus und dessen Renovierung bezahlen zu können, bot Felix sein Mehrfamilienmietshaus zum Verkauf an. Er konnte es schließlich zu einem angemessenen Preis verkaufen und sich so von seinen hohen Schulden befreien, die noch auf dem Mietshaus lasteten, was für ihn eine große Erleichterung war. Mit dem Rest des Erlöses konnte er auch sein neues Haus bezahlen, ohne neue Schulden machen zu müssen.

Von dem Verkaufserlös für das Mehrfamilienhaus war nach dem Abbezahlen aller Verbindlichkeiten außerdem noch so viel übrig geblieben, dass Felix jeder seiner drei Töchter 10.000 Euro schenken konnte.

In Erwartung der Hochzeiten ihrer beiden ältesten Töchter, bemühten sich Dorothea und Felix beide, freundlich miteinander umzugehen. Felix war über diese Entwicklung froh, weil sie ihm das Gefühl vermittelte, seinem Traum eines friedlichen Miteinanders nach dem Partnertausch näher gekommen zu sein. Er hatte den Ärger über das zunächst als dreist empfundene Bittschreiben von Dorothea vom Vorjahr verdrängt und in Erwartung, dass sie sich alle durch die Hochzeiten ihrer Töchter wieder näher kommen würden, überwies er zusätzlich auf Dorotheas Konto 5.000 Euro zur nachträglichen Erstattung ihrer hohen Anwaltskosten. Damit waren Felix' finanzielle Reserven aus dem Verkaufserlös des Mehrfamilienhauses aufgebraucht.

Felix Großzügigkeit und Vertrauen auf eine friedliche und freundliche gemeinsame Zukunft der zwei Paare, Dorothea mit Norbert und Beatrice mit ihm, wurden leider nicht erfüllt. Auf der Fahrt zur Hochzeit von Katharina und Richard im April 2006 teilte Beatrice Felix überraschend mit, dass Norbert ihr geschrieben habe, ihr den monatlichen Unterhalt deutlich zu kürzen, weil sie ja nun zusammen mit Felix in einem Haus leben würde.

Felix zuckte zusammen. Da war es wieder, das Schreckgespenst, vor dem er sich von Anfang an gefürchtet hatte. Diesmal stand es in voller Größe vor ihnen. Er hielt den Wagen abrupt an und schaute Beatrice fragend an:

„Und was bedeutet das nun für uns?"

„Ich weiß es auch nicht", antwortete Beatrice, „Ich werde mit Norbert am Rande der Hochzeit sprechen."

„Ich bin gespannt, was dabei heraus kommen soll. Hoffentlich lenkt er ein. Du warst dir doch so sicher, dass er das nicht tun würde."

„Ja, ich hatte tatsächlich nicht damit gerechnet. So kenne ich Norbert nicht. In finanziellen Dingen war er immer sehr großzügig."

„Ich wünsche Dir und uns viel Glück", sagte Felix, bevor er den Motor wieder anließ und schweigend weiter fuhr, um rechtzeitig bei den Hochzeitsfeierlichkeiten zu sein.

Trotz des Missklangs erlebten sie eine schöne und ausgelassene Hochzeit mit Katharina als Braut, die inzwischen im neunten Monat schwanger war. Bei der Hochzeitszeremonie hatte Felix die ehrenvolle Aufgabe, den Ein- und Auszug des Brautpaars auf dem Klavier feierlich zu begleiten. Er spielte beim Einzug eine Etüde von Schubert und beim Auszug den Hochzeitsmarsch von Mendelssohn-Bartholdy. Zahlreiche Fotos wurden geschossen, darunter Familienfotos mit dem Brautpaar in der Mitte und den Familienangehörigen rechts und links daneben. Dabei standen Dorothea und Felix als Brautmutter und Brautvater wie in alten Zeiten wieder einmal nebeneinander. Beim Abendessen gab es einen Familientisch, an dem das Brautpaar zusammen mit ihren Eltern und deren Partnern an einem Tisch saßen. Felix als Brautvater hielt eine bewegende Rede, in der er dem jungen Brautpaar lebenslanges Glück wünschte und ihm die stete Unterstützung ihrer Eltern zusicherte. Die Freunde des Brautpaars gestalteten ein buntes Programm, in dem das Brautpaar immer im Zentrum stand. Es wurde bis spät in die Nacht getanzt. Niemand, der nicht die Vorgeschichte kannte, merkte etwas von dem Konflikt zwischen den Eltern der Braut und deren neuen Partnern.

Beatrice nutzte zwischendurch die Gelegenheit, um mit Norbert über die Fortführung der Unterhaltszahlungen zu sprechen, die ihr bei der Scheidung zugesichert worden waren. Sie wusste, dass sie aufgrund der Tatsache, dass sie mit Felix nun in einer „sozio-ökonomischen Lebengemeinschaft" wohnte, rechtlich chancenlos war und auf das Wohlwollen von Norbert angewiesen war. Sie einigten sich schließlich auf eine Reduktion der monatlichen Zahlungen um einige hundert Euro. Beatrice musste das Angebot Norbert zähneknirschend akzeptieren.

Sie berichtete Felix in der Nacht nach der Hochzeitsfeier über ihren „Erfolg". Er reagierte nur mit einem kurzen Kommentar: „Da bist du ja noch einmal mit einem blauen Auge davon gekommen."

Zum Ausgleich des monatlichen Verlustes bot Felix Beatrice an, ihre monatliche Beteiligung an den Wohnkosten um den von Norbert gekürzten Betrag zu reduzieren. Dadurch blieb die Summe, die Beatrice für ihr eigenes Leben zur Verfügung stand, unverändert gleich.

Felix war über das Verhalten von Norbert und Dorothea sehr enttäuscht, zumal Norbert inzwischen seine Wohnung, in der er viele Jahre lang mit Beatrice gelebt hatte, vollständig aufgegeben hatte und mit all seinen Möbeln zu Dorothea gezogen war. Er lebte nun mit ihr zusammen kostenlos in dem schuldenfreien Haus, das einmal Felix zur Hälfte mit gehört hatte und für dessen Erhalt er sich über viele Jahre krumm gelegt hatte.

Felix sah in der Kürzung eine gezielte Racheaktion von Norbert gegen ihn und erinnerte sich an den Satz, den dieser ihm einmal in Erregung ins Gesicht geschleudert hatte: „Du hast meine Frau geklaut."

„Was bin ich doch für ein Traumtänzer", sagte er sich und begann, seine Großzügigkeit zu bereuen. Er erinnerte sich plötzlich an das Partnerschaft-Horoskops zur Jahrtausendwende 2000, das er nach dem 50. Geburtstag von Dorothea gelesen hatte. Es hatte besagt, dass für eine Frau, die im Sternzeichen des Steinbocks geboren ist, Reichtum und Besitz sehr wichtig sind. Jetzt verstand er die Bedeutung dieser Worte, die so etwas wie eine Prophezeiung waren.

Fortan lebte Felix mit der Sorge, dass das nicht die letzte Aktion von Norbert und Dorothea gegen ihn und Beatrice gewesen war. Seine Sorge war nicht unbegründet, wie sich schon einige Monate später zeigen sollte.

Kurz nach der Hochzeit bekam Katharina ihr erstes Kind, ein kräftiges und gesundes Mädchen, Felix' erstes Enkelkind Lucia. Aufgrund der unerfreulichen Unterhaltskürzung gegenüber Dorothea ging Felix jetzt wieder deutlich sichtbar auf Distanz zu Dorothea und Norbert. Eine Folge davon war, dass die frisch gebackenen Großeltern ihr erstes Enkelkind getrennt besuchten, wobei Felix der frisch gebackenen Großmutter Dorothea den Vortritt ließ.

Bald danach heirateten auch Daniela und Peter. Die Hochzeit fand im August 2006 statt und verlief ähnlich großzügig und repräsentativ wie einige Wochen zuvor die Hochzeit von Katharina und Richard. Es gab aber einen nicht unwesentlichen Unterschied zur vorherigen Hochzeit: Die Eltern von Braut und Bräutigam saßen diesmal mit ihren Partnern an drei verschiedenen Tischen.

Während Felix an diese aufregende Zeit mit ihren rasch wechselnden Ereignissen zurückdenkt, wird ihm bewusst, dass der Frieden, der eine Weile zwischen den vertauschten Partnern Dorothea mit Norbert und Beatrice mit Felix geherrscht war, nur ein vorübergehender Burgfrieden war, um die beiden Hochzeiten und die Kindgeburt nicht zu stören. Jetzt, nachdem diese Ereignisse glücklich überstanden waren, gab es keinen Grund mehr, die scheinbare Idylle länger fortzusetzen.

Die Schonfrist dauerte nur noch wenige Wochen. Sie endete am Jahresende 2006.

30 Ende der Schonfrist

Juni 2010 / Dezember 2006

Am 1. Weihnachtstag kamen Felix' drei Töchter mit ihren Partnern und der kleinen Lucia in Felix' neues Haus zu einem festlichen Mittagessen, das Beatrice liebevoll vorbereitet hatte. Sie tauschten Geschenke aus, hatten alle gute Stimmung und freuten sich über das Zusammensein.

Daniela, die ungewohnt gelöst wirkte, überraschte Felix in gewohnt direkter und knapper Art mit einer unerwarteten Mitteilung:

„Übrigens, ich bin schwanger."

„Was?" entfuhr es Felix, dem der Mund vor Staunen offen blieb, „das ist ja unglaublich. Wann ist es denn soweit?"

„Im Juli", antwortete Daniela mit sichtbarem Stolz.

„Das ist ja eine freudige Überraschung! Fantastisch. Ich wünsche Dir und Peter viel Glück. Das ist das schönste Weihnachtsgeschenk, das ihr mir machen konntet", sagte Felix und lachte Daniela und Peter dabei an. Er bückte sich zu Daniela, die auf dem Sofa saß und umarmte sie herzlich. Sie ließ die Umarmung nicht nur zu, sondern erwiderte sie ebenso herzlich, was nach Felix' Erfahrung mit ihr beim letzten Segeltörn nicht unbedingt selbstverständlich war.

Zwei Tage später ging für Felix die Schonfrist der letzten Monate abrupt zu Ende.

Nach dem Weihnachtsfest fuhr Beatrice wie üblich zu ihrer Mutter nach Süddeutschland, die nach dem Tod ihres Mannes dort allein lebte. Felix war allein zu Hause, als am 27. Dezember 2006 morgens das Telefon klingelte. Am Apparat war Dorothea, die sich mit einer betont kurz vorgetragenen Bitte bei ihm meldete:

„Ich habe unsere Scheidung beantragt und benötige dafür noch die Kopie unserer Hochzeitsurkunde, die bei dir ist. Ich komme in zwei Stunden bei Dir vorbei und ich bitte Dich, mir die Urkunde dann zu übergeben, damit ich sie an meinen Anwalt weiter leiten kann."

Felix Inneres zog sich krampfhaft zusammen. Ihm blieb die Sprache weg. Er schaffte es nur noch, kurz in den Apparat zu stammeln, dass er die Urkunde heraussuchen und auf Dorothea warten werde. Die Welt begann sich um ihn zu kreisen. Er verlor jegliche Orientierung und wusste eine unbestimmte Zeit lang nicht mehr, wo er sich befand. Er fühlte sich haltlos und lief ziellos herum. Er fasste sich an den Kopf und wusste nicht, ob er träumte oder in der Realität lebte.

Auf der Straße traf er zufällig seinen Nachbarn Franz, dessen Garten an seinen grenzte. Er berichtete ihm von der Bitte Dorotheas.

„Stell dir vor, meine Frau hat die Scheidung beantragt. Mir passt das gar nicht, weil eine Scheidung vor meiner Pensionierung zu einer erheblichen Kürzung meiner Pension führen würde. Was soll ich tun?"

„Dann gib ihr die Urkunde doch einfach nicht, wenn dir das nicht passt", riet ihm Franz wohlwollend.

„Das wird wohl nicht gehen. Sie hat doch ein Anrecht auf die Urkunde. Ich würde sicherlich rechtlichen Ärger bekommen, wenn ich ihr die Aushändigung verweigere."

„Dann sprich mit ihr und versuche ihr die Scheidung auszureden", versuchte in sein Nachbar zu trösten.

Felix fühlte sich hilflos ans Messer geliefert. Er hatte mit dem Notarvertrag und den freiwilligen Zuwendungen an seine Töchter und an Dorothea alle Verhandlungstrümpfe aus den Händen gegeben. Er hatte sich großzügig gegenüber Dorothea, seinen Kindern und auch gegenüber Beatrice gezeigt hatte, ohne eine Gegenleistung einzufordern. Er hatte gehofft, damit zu einer freundlichen Gesamtatmosphäre beizutragen, um ein freundschaftliches Zusammenleben aller Beteiligten in Zukunft zu ermöglichen. Jetzt tauchte wieder das Gefühl auf, ausgenutzt zu werden, wie er es in den vielen Jahren seiner Ehe oft gehabt hatte.

Wie im Trancezustand suchte er nach der Kopie der Hochzeitsurkunde und steckte sie in einen Umschlag, den er im Hausflur zur Abholung bereithielt. Dann kochte er Kaffee und bereitete einen freundlichen Kaffeetisch mit dem noch vorhandenen Weihnachtsgebäck.

Wie von Dorothea angekündigt, klingelte pünktlich nach zwei Stunden die Hausklingel. Vor der Tür stand Dorothea, in ihrer Begleitung Norbert. Felix zuckte zusammen, ließ sich aber nichts anmerken. Hatten die beiden extra die Abwesenheit von Beatrice abgewartet, um ihn nun zu zweit zu überfallen? Er bat sie dennoch freundlich in sein Haus und lud sie ein, an der Kaffeetafel Platz zu nehmen. Dort plauderten sie eine Weile über dies und das, bevor sie schließlich zum eigentlichen Thema kamen.

„Ich hatte erwartet, dass Du mit einer eventuellen Scheidung zumindest bis nach meiner Pensionierung in vier Jahren wartest. Du weißt doch, dass ich bei einer Scheidung vor meiner Pensionierung erhebliche finanzielle Einbußen erleiden werde", versuchte Felix, Dorothea zum Nachdenken über ihre Entscheidung zu bewegen.

„Darauf kann ich jetzt keine Rücksicht mehr nehmen", sagte Dorothea. „Wir haben einen Notarvertrag, der alles Finanzielle zwischen uns geregelt hat. Du lebst nun mit Beatrice zusammen in einem eigenen Haus und ich mit Norbert. Wir wollen jetzt klare Verhältnisse haben. Zu Deiner Befürchtung, durch die Scheidung finanzielle Nachteile zu haben, kann ich Dich beruhigen. Mein Anwalt hat mir mitgeteilt, dass es eine Härtefall-Regelung gibt, um die von Dir befürchteten finanziellen Einbußen abzuwehren. Du müsstest mir dazu allerdings einen Unterhaltszuschuss bezahlen. Also gib mir jetzt die Heiratsurkunde, um die ich dich gebeten habe."

Sie wechselten noch einige Worte hin und her, ohne dass es Felix gelang, ihre Entschlossenheit, sich scheiden zu lassen, zu verändern. Schließlich überreichte er ihr den Umschlag mit der Heiratsurkunde.

Dorothea bedankte sich kurz und verließ sofort danach mit Norbert das Haus. Felix schaute ihnen konsterniert nach. Eine ganze Weile blieb er apathisch und ohne sich zu bewegen stehen. Sein Inneres zog sich wieder wie so oft in den letzten Jahren zusammen, und er fühlte sich blutleer. Wirre Erinnerungen und Bilder früherer Zeiten sprangen durch sein Gehirn und verursachten ihm Kopfschmerzen:

Das Foto mit ihm und Dorothea am Kaffeetisch bei ihrer Hochzeit vor 31 Jahren, auf dem sie ihn triumphierend ansah, als wollte sie sagen: „Ich hab's geschafft, jetzt habe ich ausgesorgt"..... Seine Absicht schon wenige Wochen nach der Hochzeit, sich wieder von Dorothea zu trennen, was aber wegen ihrer überraschenden Schwangerschaft nicht möglich war..... Sein langjähriges intensives Bemühen um seine Familie mit seinen drei Töchtern..... Sein großzügiger Verzicht auf viele tausend Euro bei ihrem Zugewinnausgleich und bei ihrer Anwaltgebühr
....

Dann dachte er an den Anfang ihres sich Kennenlernens beim Studentenfest vor 40 Jahren. Im November 1970 am Buß- und Bettag (was für ein symbolischträchtiges Ereignis zum Auftakt ihrer Beziehung!) hatten sie zum ersten Mal miteinander getanzt. Nach dem Fest hatte er Dorothea spät in der Nacht höflicherweise einige Kilometer weit nach Hause begleitet. Damit war die Begegnung mit ihr eigentlich für Felix abgeschlossen gewesen, aber Dorothea hatte, wie sie vor ihrer Haustür feststellte, ihren Haustürschlüssel vergessen. „Was für eine kühle Berechnung, mich als Partner einzufangen", ging es Felix durch den Kopf. Da sie die Nacht nicht draußen verbringen konnte, hatte er ihr angeboten, zu ihm zurück zu kommen und in seinem Bett zu übernachten, während er auf einer zusammenklappbaren Liege brav neben ihr schlief. Danach hatten sie sich weiter getroffen. Schließlich hatten sie - eigentlich eher aus Gewohnheit - geheiratet. Besonders ärgerlich war damals für Felix, dass Dorothea schon nach kurzer Zeit der Ehe ihren Lehrerberuf aufgab und sie danach schwanger wurde, obwohl er noch in der Ausbildung war. Lange Jahre war er danach gezwungen, als Alleinverdiener seine Familie mit drei Kindern finanziell über die Runden zu bringen. Mit viel Fleiß und großen Anstrengungen hatte er es geschafft, seiner Familie ein gutes Zuhause zu bieten mit vielen schönen Urlauben und anderen Annehmlichkeiten. Lange Zeit hatte er fest daran geglaubt, dass sie sich im Laufe der Zeit einander annähern würden, was ein verhängnisvoller Irrtum war. Jetzt, nach 31 Jahren Ehe, trennte sich Dorothea von ihm, nachdem sie alles von ihm bekommen hatte, was sie fortan zu einem angenehmen Leben brauchte.

„Was war ich für ein Esel! Wie habe ich mich doch von Dorothea ausnutzen lassen!", murmelte er und spürte gleichzeitig in seinem Inneren Wut, Bitternis, Ärger, Trauer, Enttäuschung und Hilflosigkeit.

Felix Enttäuschung war begründet. Die Scheidung seiner Ehe <u>vor</u> seiner Pensionierung in vier Jahren hätte aufgrund der geltenden Rechtslage für ihn die Folge, dass der beachtliche Versorgungsausgleich von über tausend Euro jeden Monat, den er für die Altersversorgung von Dorothea würde bezahlen müssen, von seiner Pension sofort nach seiner Pensionierung abgezogen würde. Nur wenn die Scheidung <u>nach</u> seiner Pensionierung stattfinden würde, würde ihm diese Summe erst dann von seiner Pension abgezogen, wenn die fünf Jahre jüngere Dorothea ebenfalls in den Ruhestand ging. Diese merkwürdige Regelung wurde „Pensionistenprivileg" genannt. Insgesamt ging es um viele zehntausend Euro, die er und damit auch seine Kinder verlieren würden, wenn die von Dorothea angestrebte Scheidung bereits jetzt erfolgen würde. Insgesamt ging es dabei um eine Summe von fast 100.000 €.

Der drohende Verlust dieser großen Summe Geld tat Felix weh. Als noch schmerzlicher empfand er aber die Art und Umstände, die diese Verluste verursachten. Er fühlte sich jetzt als Spielball von Dorothea und Norbert. Beide machten mit ihm, was sie wollten, ohne dass er die Geschehnisse selbst aktiv mit beeinflussen konnte. Er hatte „Chaos" in seinem Leben zugelassen, und das war nun das Ergebnis.

Felix empfand die Regelung des „Pensionistenprivilegs" als unverständlich und ungerecht, da er nicht einsehen konnte, mit welchem Recht der Staat von der Pension eines Geschiedenen den Versorgungsausgleich, der doch eigentlich der Altersversorgung des anderen Ehepartners dienen soll, einfach so für sich einbehalten konnte, ohne dass der empfangsberechtigte Ehepartner das Geld erhielt. Aber so war nun einmal die geltende Rechtslage, mit der er sich abfinden musste und auf die er sich einzustellen hatte.

Er hatte nach seinem großzügigen Entgegenkommen gegenüber Dorothea fest darauf vertraut, dass sie sich nicht vor seiner Pensionierung von ihm scheiden lassen würde. Als er eine entsprechende Zusatzregelung mit in den Notarvertrag aufnehmen wollte, hatte ihm der Notar gesagt, dass eine solche Regelung sittenwidrig und damit rechtlich ungültig sei. Er hatte daher auf die Fairness von Dorothea vertraut. Die überraschende Ankündigung der Scheidung durch Dorothea empfand er deshalb nun als unfairen Vertrauensbruch und einseitige Vorteilsnahme durch Dorothea zu seinen Lasten.

In der folgenden Nacht konnte Felix wieder einmal nicht schlafen. Die mit der Androhung der Scheidung verbundene Enttäuschung gegenüber Dorothea schmerzte ihn noch mehr als der drohende Verlust der hohen Geldsumme, mit dem er nun rechnen müsste.

Felix' Gedanken kreisten und suchten verzweifelt nach einer Lösung, um die gravierenden Nachteile, die sich aus der Scheidung für sein weiteres Leben ergeben würden, abzuwehren:

„Warum nur hat Dorothea mit dem Scheidungsantrag nicht bis nach meiner Pensionierung in drei Jahren gewartet? Vielleicht ist alles nur ein Versehen. Sie hat wohl nicht weiter über die Folgen nachgedacht, so wie ich es früher öfter bei ihr erlebt habe."

Schließlich hielt er es im Bett nicht mehr aus. Er setzte sich an den Computer und schrieb Dorothea einen ausführlichen Brief.

Liebe Dorothea,

Gestern Mittag hast Du mir mitgeteilt, dass Du die Scheidung eingereicht hast. Gleichzeitig hast Du mich gebeten, Dir eine Kopie unserer Eheschließungsurkunde anzufertigen, die Du zwei Stunden später abholen wolltest. Zu der vereinbarten Zeit erschienst Du überraschend mit Norbert. Warum bist Du nicht allein erschienen? Brauchtest Du Unterstützung, weil Du Angst hattest? Angst, eventuell von Deinem betont entschiedenen vorgetragenen Entschluss wieder abzurücken, wenn Du allein mit mir sprichst, wusstest Du doch, dass ich die Scheidung nicht gewollt und angestrebt habe?

Wie dem auch sei, ich habe mich bemüht, zu Dir und Norbert freundlich zu sein und das Unvermeidbare hinzunehmen.

Das Ereignis wirkte dennoch in mir nach. Im Vordergrund stand zunächst Deine Botschaft, Du habest in den Weihnachtstagen „Wut" gehabt. Wut worüber? Über die Entwicklung unserer Partnerschaft und wo wir heute stehen? Vermutlich hat sich Deine Wut vor allem auf mich erstreckt, bin ich doch in Deinen Augen die Ursache für all das Ungemach, das Dich seit 2001 getroffen hat ...

Warum hast Du nicht von Trauer gesprochen? Trauer darüber, dass wir gemeinsam und unsere Töchter die Familie verloren haben, dass wir an verschiedenen Orten und mit anderen Partnern und deren Familienangehörigen Weihnachten feiern und dass unsere Töchter zu Dir und mir getrennt fahren müssen, wodurch die gemeinsame Zeit für jeden deutlich kürzer und der Aufwand beträchtlich größer wird.

War die Wut der entscheidende Auslöser für Deinen Scheidungsantrag? Wut ist kein gutes Handlungsmotiv. Besser erscheinen mir Besonnenheit und Klugheit. Ist Deine Entscheidung das Ergebnis einer besonnenen und klugen Überlegung?

Die Scheidung ist für Dich der logische Abschluss der Entwicklung der letzten Jahre, die ihren Ursprung sicher weit früher hat. Darin liegt eine Logik und Konsequenz, der ich mich auch nicht entziehen kann.

Dennoch habe ich das Bedürfnis, mein Bedauern über die Entwicklung auszudrücken, die ich so nicht gewollt oder angestrebt habe. Die Dinge haben sich aber scheinbar unaufhaltsam und ungebremst auf diesen Punkt zu bewegt. Gab es nur die eine, einzige Möglichkeit zu einem Umlenken, indem ich Deine Forderung nach meiner „Trennung" von Beatrice aus dem Jahre 2001 sofort und bedingungslos er-

füllte? Glaubst Du, das hätte unsere Beziehung gerettet, die immer wieder kriselte? Welche Grundlage hat eine Beziehung, die auf Bedingungen basiert?

Eine Beziehung lebt von der Freude, etwas gemeinsam tun zu wollen, das Leben – Freud und Leid – zu teilen, sich in der Spannung zum anderen selbst weiter zu entwickeln.

Meine eigenen Vorstellungen, unsere Beziehung zu „retten" und auf eine neue Basis zu stellen, zielten darauf, vorwurfsfrei unser ganzes bisheriges Zusammenleben einer kritischen Bestandsaufnahem zu unterziehen, aus Fehlern zu lernen und so einen grundlegend neuen Anfang zu starten. Dafür musste ich mich nicht von Beatrice „trennen", die damals keineswegs meine feste neue Lebenspartnerin war, sondern eine für mich in der damaligen Lebenssituation wertvolle Gesprächspartnerin, die selbst auch unter der Entwicklung ihrer eigenen Ehe mit Norbert litt und gerne bestimmte Dinge anders gestalten wollte.

Hast Du auch schon einmal bewusst wahrgenommen, dass nicht nur Du und Norbert sondern wir alle vier – Du, Norbert, Beatrice und ich – unter dem Verlust von Familie gelitten haben und leiden, und nicht nur wir, sondern auch unsere Töchter und Söhne und deren Familien. Dabei hätte es Möglichkeiten für einen Neuanfang auf beiden Seiten gegeben.

Hast Du mich jemals verstanden, mein Handeln und Streben, welches immer auch schon vor unserer Ehe davon geprägt war, dass ich ein gutes und verantwortungsbewusstes Leben führen und meine Kraft der Familie und der Gesellschaft widmen wollte? In meinem Elterhaus, in der Schule und zahlreichen Fortbildungsveranstaltungen hatte ich dazu viele Anregungen bekommen.

Im Umweltschutz habe ich nach mühevollem Suchen und zusätzlichen Anstrengungen meine berufliche Heimat gefunden. Lange habe ich mich dafür verantwortlich gefühlt, unsere natürlichen Lebensgrundlagen retten zu müssen. Heute sehe ich die Dinge gelassener und distanzierter als damals. Heute weiß ich, dass die Kraft eines Menschen nicht ausreicht, weltweit bestimmte Verhaltensänderungen durchzu-

setzen, die ein langfristiges Leben der Menschen auf Erden ermöglicht, dass dieses sogar praktisch unmöglich ist, weil der Wissensstand der Menschen zu unterschiedlich ist und stark von traditionellen Verhaltensweisen geprägt ist, die nur schwer veränderbar sind. Diese führen in der Summe dazu, dass die Dinge auch global weitgehend ungebremst ihren Lauf nehmen und es auch in Zukunft Kriege und Zerstörungen geben wird, möglicherweise bis hin zur Selbstausrottung der Menschen insgesamt. Der Natur ist das ziemlich egal. Die gesamte Zeitspanne unserer Kulturgeschichte von 5.000 Jahren bezogen auf 4,5 Milliarden Jahren Existenz der Erde entspricht gerade einmal den letzten ca. 30 Sekunden eines Jahres. Selbst wenn daraus in Zukunft noch einige Minuten werden sollten (was ich angesichts des Raubbaus an den Ressourcen der Erde für immer unwahrscheinlicher halte), ist das ein unbedeutend kleiner Zeitraum bezogen auf die Unendlichkeit des Weltraums und der Zeit …

Damals fühlte ich mich jedoch (mich selbst überschätzend) in der Verantwortung des Retters der Menschheit und verpflichtet, etwas von dem, was ich durch Hilfe anderer gelernt hatte, wieder zurück zu geben. Das war nicht gegen die Familie gerichtet, sondern sollte im Gleichklang mit der Familie laufen. Für meine Familie fühlte ich mich aber stets ebenso verantwortlich. Ich hoffe, dass mir niemand ernsthaft vorwerfen kann, dass ich mich nicht zumindest bemüht habe, dieser Verantwortung bis heute gerecht zu werden.

Leider sind unsere Interessen und Ansprüche offenbar früh auseinander gegangen. Du hattest ziemlich andere Vorstellungen von Partnerschaft (einschließlich Sexualität), Familie und Beruf als ich. Darin lag ein grundlegendes Konfliktpotential, das wir nicht auflösen konnten.

Ich hätte mir sehr gewünscht, aus der Geborgenheit einer intakten Familie agieren zu können. Stattdessen wurde meine Rolle innerhalb der Familie zunehmend die eines Krisenmanagers, Geldbeschaffers und Handwerkers. Sogar meine Töchter entfremdeten sich immer mehr von mir, da ich kaum noch Zugang zu ihnen fand, weil dieses Feld komplett durch Dich besetzt war. Die Folge war, dass ich mich zunehmend in den Kellerraum zurückzog, in dem ich mich unwohl fühlte und aus dem ich heraus wollte. Die unerfreuliche Entwicklung an meiner Dienststelle und auch die Verwaltung unseres Mietshauses, mit der ich mich zunehmend allein gelassen fühlte, zehrten zusätzlich an meinen Kräften.

Weil ich spürte, dass ich zunehmend unglücklich war, begann ich damals mich mit dem Thema „Glück" zu beschäftigen. Ich las dazu mehrere Bücher, die mir alle etwas gaben. Am wichtigsten war darin für mich die Botschaft, dass man für sein Glück selbst verantwortlich ist und gegenüber seinen Mitmenschen seine wesentliche Bedürfnisse und Anforderungen klar zum Ausdruck bringen muss. Um das zu ermöglichen, müssen diese Bedürfnisse einem aber zunächst selbst klar werden.

In der Kur im Januar 2001 in Bayern wurde ich in einer psychotherapeutischen Beratung darin bestärkt, nach außen klarere Forderungen zu stellen, sowohl beruflich als auch privat. Die zentrale Empfehlung war schließlich, in meinem Leben mehr „Chaos" zuzulassen. Diese Vorgaben wollte ich nach der Kur mit Leben füllen. Gleichzeitig kreuzten sich meine Wege mit denen von Beatrice, die ebenfalls auf ihre Weise unglücklich war. Da wir uns aufgrund unserer vergleichbaren Familienherkunft und Prägung etwas zu sagen hatten, war es vorprogrammiert und sicher auch verständlich, dass wir uns öfter sehen und sprechen wollten, weil es uns beiden gut tat.

Wie oft aber habe ich in der Zeit damals wach gelegen und darauf gehofft, dass Du zu mir kommen würdest und dass wir den Kontakt zu Beatrice als Katalysator nutzen würden, um unsere eigene Beziehung wieder neu zu beleben. Stattdessen stieß ich auf Ablehnung durch Dich und schlechte Stimmung machte sich zunehmend breit.

Was geschehen ist, ist geschehen. Einen Neuanfang konnte es bei der von Dir aktiv mit gestalteten Konstellation nicht geben und auf Machtkämpfe oder Gänge nach Canossa wollte und will ich mich nicht mehr einlassen.

Ich werde mich weiter um ein faires, freundliches Verhalten bemühen und würde mich freuen, wenn ich dasselbe von Dir erleben kann. Ich würde mich auch freuen, wenn gelegentlich auch mal das Wort „Danke" über Deine Lippen käme.

Hast Du Dich schon einmal gefragt, wie Dein Leben ohne unser Zusammenleben verlaufen wäre und ob Du durch das Zusammenleben mit mir nicht nur Nachteile sondern vielleicht auch einige Vorteile hattest.

Ich wünsche Dir, dass Du Deine Verbitterung und Wut überwinden kannst und in Dir selbst Deinen Frieden und Zufriedenheit finden kannst.

Viel Glück in Zukunft

Felix

Diesen Brief schickte Felix am 30.12.2006 an Dorothea ab. Den Jahreswechsel und die Tage danach verbrachte er in großer innerer Unruhe in Erwartung der offiziellen Bestätigung des Scheidungsantrags durch das Familiengericht.

Felix spürt, wie ihn die Erinnerung an dieses und die nachfolgenden Ereignisse noch immer innerlich erschüttert. Sein Herz beginnt schneller zu schlagen, und er bricht in Schweiß aus. Er wälzt sich hin und her und öffnet die Augen.

Dann denkt er an Beatrice, die im Krankenhaus auf den Befund ihrer dritten Operation wartet. ‚Sind jetzt alle Krebszellen beseitigt oder müssen wir uns auf weitere schlechte Nachrichten einstellen?', fragt er sich besorgt. In ihrer Umgebung hat Beatrice mehrere Frauen kennen gelernt, denen es so erging. Eine von ihnen hatte am Ende mehrerer Operationen doch eine Vollamputation ihrer befallenen Brust hinnehmen müssen. „Hoffentlich bleibt uns das erspart", murmelt er leise vor sich hin.

Er schaut auf die Uhr. Es ist höchste Zeit, Beatrice im Krankenhaus zu besuchen.

31 Scheidungsantrag und Scheinschwangerschaft
Juni 2010 / Januar 2007

Beatrice wartet schon ungeduldig auf Felix. Er küsst sie zur Begrüßung liebevoll auf die Lippen. Sie erwidert den Kuss leidenschaftlich. Dann sprudelt es aus ihr heraus:

„Wo warst Du während des ganzen Nachmittags? Ich habe mehrfach versucht Dich anzurufen, aber Du hast den Hörer nicht abgenommen. Ich habe Dir etwas Wichtiges mitzuteilen."

„Ich habe im Garten geschlafen und dabei wilde Sachen geträumt. Da muss ich das Telefon wohl überhört haben. Was gibt es Wichtiges? Liegt der Befund über das letzte Operationsergebnis vor?"

„Ja, stell Dir vor", lacht sie ihn mit strahlenden Augen an, „der Krebs ist vollständig entfernt und hat auch nicht im Körper gestreut. Ich bin sozusagen vom Krebs geheilt."

„Das ist ja fantastisch. Ich habe nie daran gezweifelt, dass das so sein wird, da der Krebs ja glücklicherweise in einem frühen Anfangsstadium entdeckt worden ist. Das müssen wir feiern. Wirst Du nun rechtzeitig zu unserem Gartenfest Ende Juni entlassen werden?"

„Ich hoffe ja, aber da ist noch etwas anderes. Ich werde morgen leider noch mal operiert."

„Warum denn das? Ich dachte, nach den drei schweren Operationen hättest Du es überstanden", antwortet Felix besorgt.

„Ja, schon. Der Krebs ist raus, aber Du erinnerst Dich, dass mich in den letzten Monaten ein Abszess gequält hat und ich deshalb nicht Fahrrad fahren konnte. Dieser Abszess hat sich in den letzten Tagen deutlich vergrößert, während wir uns auf die

Brust konzentriert haben. Die Ärzte haben mir zu einer operativen Entfernung geraten. Das bietet sich auch schon deshalb an, weil ich ja ohnehin bereits im Krankenhaus bin und dieses zusätzliche Problem nun gleich mit gelöst werden kann. Ich habe sofort zugestimmt und soll bereits morgen operiert werden. Die Operation soll allerdings länger dauern als an der Brust."

Felix schaut Beatrice entsetzt an. „Mein Gott, nimmt das denn überhaupt kein Ende?"

Während er das mit einem

Seufzer sagt, nimmt er Beatrice erneut in den Arm und hält sie eine Weile fest. Schließlich küsst er sie auf die Wange und sagt zu ihr aufmunternd:

„Das werden wir auch noch schaffen. Es ist sicher die beste Entscheidung. Wat mut, dat mut." Damit spricht er sich selbst auch Mut zu.

„Danke. Ich bin froh, dass Du an meiner Seite bist", antwortet Beatrice, wobei ihr die Tränen in die Augen kommen. „Diesmal habe ich ein wenig Angst. Ich fühle mich ziemlich schwach."

„Du schaffst das. Wir schaffen das zusammen. Die Ärzte wissen, was sie tun. Das ist doch reine Routine für sie."

„Ja, das sage ich mir auch. Bleibe doch bitte heute ein wenig länger hier", bittet Beatrice Felix.

Felix erfüllt Beatrice' Bitte gern. Zusammen spazieren sie - wie in letzter Zeit des Öfteren - in dem kleinen Park des Krankenhauses Arm in Arm langsam einige Runden. An diesem Tag kommt Felix erst nach Sonnenuntergang nach Hause. Bevor er Schlafen geht, öffnet er eine Flasche Wein und setzt sich auf seine Terrasse.

„Wo stehen wir jetzt?", fragt er sich. „Was passiert mit uns?" Gedankenverloren schaut er in den Garten und beobachtet „seine" Amsel, die noch spät auf seinem Rasen nach Futter sucht. Allmählich wird es dunkel und Felix' Augen schließen sich.

Nach kurzer Zeit sind seine Gedanken wieder beim Jahreswechsel 2006/2007, als Dorothea ihm ihre Absicht, sich nach 28 Jahren Ehe von ihm scheiden zu lassen, mitgeteilt hatte.

„Warum tut Dorothea mir so etwas an?", hatte er sich gefragt. „Warum habe ich mich damals überhaupt auf sie eingelassen? ... Hätte ich sie doch nur nicht geheiratet. ... Aber ich habe sie nun einmal geheiratet. ... Die Suppe habe ich mir selbst eingebrockt, und nun muss ich sie auch selbst auslöffeln. ... Aber warum will Dorothea sich jetzt überhaupt von mir scheiden lassen?"

Plötzlich kam ihm ein furchtbarer Verdacht.

„Natürlich, darum geht es. Es geht ihr nur darum, Norbert möglichst bald zu heiraten, um dann als dessen Frau später möglichst auch noch von ihm eine Witwenrente zu beziehen. Da Norbert 14 Jahre älter ist als sie, ist die Wahrscheinlichkeit, dass er vor ihr sterben wird, ziemlich groß. Sie möchte also keine weitere Zeit verlieren, da man zum Bezug einer Witwenrente vorher lang genug verheiratet gewesen sein muss."

Bei dieser Vorstellung über Dorotheas mögliche Motive fand Felix ihr Verhalten ihm gegenüber jetzt erst recht als richtig schäbig. Mit dieser Frau hatte er 28 Jahre zusammen gelebt und sich für den Unterhalt der Familie bis an die Grenzen seiner gesundheitlichen Belastbarkeit aufgerieben. Schon seit vielen Jahren lang litt er unter Kopf- und Nackenverspannungen, Ohrgeräuschen und zunehmenden Sehstörungen, die ihm im Büro in den letzten Jahren erhebliche Mühen bereitet hatten. Dadurch hatte er zunehmend Schwierigkeiten gehabt, seine umfangreichen täglichen Aktenberge abzuarbeiten.

Mit Gymnastik, Yoga, Wandern, Radfahren, Jogging, Massage und auch Kuren, die seinem Körper gut taten, war es Felix aber gelungen, mit seinen körperlichen Defiziten zu leben und sich immer wieder körperlich und seelisch zu stabilisieren. Jetzt aber, mit dem Scheidungsantrag von Dorothea, waren sie unvermittelt alle wieder präsent. Felix fühlte sich mit einem Male wieder abgespannt, müde, kraftlos, ja sogar lebensmüde. Die alten Kopf- und Nackenverspannungen traten in aller Heftigkeit wieder auf, in seinen Ohren piepste und dröhnte es, vor seinen Augen flimmerte es. Was sollte er nur tun?

Er setzte sich mit der von Dorothea erwähnten Härtefall-Regelung auseinander und stellte fest, dass sie keine echte Lösung bot und ihm daher auch nicht weiter helfen würde. Es gab nur einen sinnvollen Weg: Er musste Dorothea dazu bewegen, den Scheidungsantrag zurück zu nehmen.

Da Felix auf sein Schreiben vom 30.12.2006 von Dorothea keine Antwort bekam, schrieb er ihr einige Tage nach Jahresbeginn einen zweiten Brief:

Liebe Dorothea,

Inzwischen ist mehr als eine Woche vergangen, seitdem Du mir mitgeteilt hast, dass Du die Scheidung beantragt hast. Ich hoffe, dass Du mein Schreiben vom 30. Dezember 2006 erhalten hast, in dem ich Dir die Entwicklung unserer Beziehung aus meiner Sicht geschildert habe. Ich würde mich freuen, wenn ich dazu eine wohlwollende Reaktion von Dir erhielte.

Ich habe mich seitdem um weitergehende Informationen über die Auswirkungen einer Scheidung bemüht. Im Ergebnis sind dabei meine Vorinformationen bestätigt worden. Danach wird meine Pension sofort um den Versorgungsanteil gekürzt, der dir zur Sicherung Deiner Altersversorgung vom Familiengericht zugesprochen wird, wenn wir <u>vor</u> meiner Pensionierung geschieden werden.

Du weißt, dass ich mich gegenüber unseren Töchtern stets großzügig gezeigt und diese nach Kräften in Ihrer Entwicklung - auch finanziell - unterstützt habe. Dies möchte ich auch zukünftig – vor allem auch im Hinblick auf unsere Enkelkinder – gern tun. Diese Kürzung würde sie alle mit treffen, da mir – uns - dann über 1.000 Euro im Monat fehlen würden.

Welchen Vorteil hast Du davon, Dich jetzt schon scheiden zu lassen? Wenn es einen klaren Vorteil geben sollte, bitte ich Dich, ihn mir verständlich zu machen. Ich hatte mich gefreut, dass inzwischen eine gewisse Beruhigung in unserer komplexen Viererkonstellation eingetreten war. Bitte zerstöre nicht ohne triftigen Grund diesen empfindlichen Zustand, der auch Dir und unseren Töchtern mit ihren Familien zugute kommt.

Ich bitte Dich daher, auch im Interesse unserer Töchter und deren Familien, den Scheidungsantrag zurückzuziehen und die Scheidung, wenn sie für Dich schon wichtig ist, erst nach meiner Pensionierung anzustreben.

Es grüßt Dich herzlich

Felix

Zwei Tage später fand Felix spät abends in seinem Briefkasten ein kurzes, unmissverständliches Antwortschreiben von Dorothea auf Felix' ersten Brief. Sie schrieb im Gegensatz zu ihm nie lange Texte:

4. Januar 2007

Lieber Felix,

Deinen umfangreichen Brief habe ich erhalten, und ich möchte mit einigen Sätzen dazu Stellung nehmen.

Dein ganzer Brief scheint darauf hin zu zielen, Dich zu rechtfertigen, mir Vorwürfe zu machen, und das Scheitern unserer Ehe als unvermeidbar darzustellen.

Im Sommer 2001 habe ich die Entscheidung getroffen, mich von Dir zu trennen. Meine Entscheidung beruhte darauf, dass ich diesmal nicht wieder (wie in der Vergangenheit wiederholt) bereit war, Dir das Ausbrechen aus unserer Ehe zu verzeihen.

Ich habe mich danach konsequent und eindeutig verhalten, und genau deswegen machst Du mir Vorwürfe.

Ich wünsche Dir auch, dass Du in Dir selbst Deinen Frieden und Zufriedenheit finden kannst.

An einem freundlichen Verhältnis zueinander bin ich weiterhin interessiert, insbesondere wegen unserer Kinder,

In diesem Sinne,

Dorothea

P.S. Mit meinem Anwalt konnte ich nicht sprechen, du müsstest Dich also selbst mit ihm in Verbindung setzen.

Felix hatte das Bedürfnis, sofort wieder zu antworten. Obwohl er schon ziemlich müde war, begann er am Computer mit einem neuen Schreiben an Dorothea:

Liebe Dorothea,

Ich freue mich, dass Du auf mein erstes Schreiben reagiert hast. Es enthält immerhin einen freundlichen Ausblick: „An einem freundlichen Verhältnis zueinander bin ich weiterhin interessiert, insbesondere wegen unserer Kinder." Das ist eine gute Ausgangsbasis.

Ich finde allerdings, dass Du es Dir ein wenig einfach machst. Warum stellst Du Dich nicht einer offenen, konstruktiven Auseinander-

setzung? Wovor hast Du Angst? Dass Du am Ende wieder schwach werden könntest, wo Du doch diesmal konsequent bleiben und Dich nicht auf neue Kompromisse einlassen willst? Du kannst Deine Entscheidungen, die zu Deinem Glück beitragen, gerne treffen, wie Du sie für richtig hältst. Ich kann aber nicht akzeptieren, wenn das einseitig zu meinen Lasten geht.

Es ist mir zu wenig, die ganze Entwicklung auf den einen holzschnittartigen Punkt zu reduzieren, ich sei wiederholt aus der Ehe ausgebrochen, und das wolltest Du mir nicht wieder verzeihen.

Das hat überhaupt nichts mit Vorwürfen oder Rechtfertigungen zu tun. Vielmehr hat es etwas damit zu tun, Verständnis !!! für bestimmte Entwicklungen zu finden. Dabei konnte uns der holländische Partnerberater Theo Schoenaker bei der Veranstaltung „Mut tut gut" viele interessante Erkenntnisse vermitteln, über die wir leider nicht sprechen konnten. Seine erste Aussage war: „Kritisieren, Meckern, Nörgeln, Belehren, Abwerten, Schimpfen tun dem Menschen nicht gut."

Wir sind beide Kinder unserer Zeit. Wir ...

Hier brach Felix den Brief ab, weil ihm inzwischen die Augen vor Müdigkeit zufielen.

Am nächsten Tag musste Felix zum Steuerberater seines Vereins fahren, der nicht weit von Dorotheas Haus sein Büro hatte. Auf dem Rückweg traf er zufällig Dorothea, die allein zu Fuß unterwegs war. Sie wechselten durch die herunter gekurbelte Fensterscheibe seines Autos einige Worte.

„Jetzt bist Du an der Reihe", sagte sie ihm, „ich habe Dir von dem Lösungsvorschlag meines Anwalts berichtet. Wenn Du die befürchtete Kürzung Deiner Pension vermeiden willst, musst Du nun etwas unternehmen."

„Ich habe mich schon erkundigt", antwortete er, „das vorgeschlagene Modell funktioniert nicht und enthält unkalkulierbare

Risiken, die für mich mit weiteren Nachteilen verbunden sein können. Bitte ziehe den Scheidungsantrag wieder zurück."

„Lass uns darüber telefonieren", schlug sie abschließend vor. Sie trennten sich mit einem knappen Gruß.

Das Telefongespräch mit Dorothea, das Felix nach Rückkehr in seine Wohnung mit ihr führte, endete leider völlig unbefriedigend. Dorothea blieb bei ihrer Absicht, sich jetzt von ihm scheiden zu lassen und wiederholte nur ihren Vorschlag, ihr einen zusätzlichen Unterhaltszuschuss als Grundlage für die Inanspruchnahme der Härtefall-Regelung zu zahlen, um so die befürchtete Kürzung von Felix' Pension abzuwenden.

Später am Abend telefonierte Felix mit seiner Tochter Katharina, von der er sich Verständnis und Unterstützung erhoffte. Sie berichtete ihm, dass ihr Mann Richard und ihr Baby Lucia erkrankt seien und sie mit den Scheidungsproblemen ihrer Eltern nichts zu tun haben wolle. Auf Felix' Einwand, dass sie davon auch nachteilig betroffen sei, antwortete sie lapidar: „Dann ist das halt so."

Felix ließ diese ablehnende Antwort seiner Tochter keine Ruhe. Sofort sah er sich wieder in seiner langjährigen Rolle als Familienvater, in der er als einziger Mann in der Familie seiner Frau und den drei Töchtern allein gegenüber stand und für seine Anliegen oft kein Gehör fand. Diese ihm zugewiesene Rolle wollte er nicht länger mehr hinnehmen. Er erinnerte sich an die Glücksregeln, die er in dem Buch ‚Zum Glück geht's geradeaus' gelesen hatte. Eine der Empfehlungen lautete, gegenüber seiner Umgebung stets klare Botschaften zu senden und unmissverständliche Grenzen der Zumutbarkeit zu ziehen. Es war höchste Zeit, solche Grenzen seiner persönlichen Zumutbarkeit endlich gegenüber Dorothea und seinen Töchtern deutlich zu machen. Gleichzeitig hoffte er darauf, seine Töchter im eigenen Interesse dafür gewinnen zu können, mit auf Dorothea einzuwirken, damit diese den Scheidungsantrag zurückzog.

Zwei Tage später setzte sich Felix wieder hin und schrieb an jede seiner drei Töchter einen gleich lautenden Brief. Darin erläuterte ihnen, welche Folgen die von Dorothea angestrebte Scheidung auch für sie haben werde, da die dadurch verursachte vorzeitige Kürzung seiner Pension durch Staat am Ende auch sie treffen würde.

9. Januar 2007

Liebe Daniela, liebe Katharina, liebe Cecilia,

Diesen Brief schreibe ich Euch in hoher emotionaler Anspannung. Ich möchte Euch um Unterstützung eines Anliegens bitten, bei dem es auch um mein Verhältnis zu Euch und um meine weitere Lebensplanung geht.

Wie Ihr wisst, will Eure Mutter sich von mir scheiden lassen. Das ist in sofern verständlich, weil wir nunmehr seit über fünf Jahren getrennt leben und wir inzwischen mit anderen Partnern zusammenleben. ....

Ich bitte Euch hiermit um Unterstützung, Eure Mutter zu bewegen, die Scheidung erst nach meiner Pensionierung anzustreben. Andernfalls würde meine Pension um mehr als 1000 Euro pro Monat gekürzt werden, ohne dass das Geld einem von uns zur Verfügung steht; es fließt allein dem Staat zu.

Ich schreibe Euch diesen Brief vor allem auch deshalb, um herauszufinden, inwieweit ich in kritischen Lebenssituationen wie dieser auch mal mit der Solidarität meiner Töchter rechnen kann. Ich bin nicht mehr bereit, weitere Kompromisse oder Gleichgültigkeit wie so oft in der Vergangenheit zu meinen Lasten hinzunehmen.

Ich strebe nichts weiter an, als den gegenwärtigen empfindlichen Frieden in unserer komplexen Viererkonstellation zu stabilisieren und zu verhindern, dass er mit einseitiger Vorteilsmitnahme, wie sie jetzt von Eurer Mutter angestrebt wird, erneut destabilisiert wird, weil das meinen Lebensnerv trifft. Ich bin traurig, dass es wieder soweit gekommen ist, aber ich weiß mir jetzt keinen anderen Rat mehr, als Euch – ausnahmsweise – um Hilfe zu bitten.

Ich bitte Euch um Verständnis, dass ich Euch jetzt um eine klare Stellungnahme und Unterstützung bitte.

Liebe Grüße

Euer Papa

In der Nacht konnte Felix nicht mehr schlafen. Die Gedanken quälten ihn. Warum nur tat Dorothea ihm dies nur alles an? Krampfhaft suchte er nach Auswegen aus dem Dilemma ihres von ihm als unfair und egoistisch empfundenen Scheidungsantrags. Da er Dorotheas angeblichen Lösungsvorschlag für nicht akzeptabel hielt, schrieb er ihr am nächsten Tag erneut einen Brief, um seine Position ihr gegenüber noch einmal zu verdeutlichen:

Liebe Dorothea,

Hiermit bitte ich Dich erneut eindringlich, Deinen Scheidungsantrag zurückzuziehen und bis zu meiner Pensionierung im April 2010 zu verschieben. Ich habe inzwischen unsere Töchter um Unterstützung in dieser Angelegenheit gebeten, um den mühsam erreichten Frieden zwischen uns zu retten und damit ein ungestörtes Leben aller Beteiligter zu ermöglichen.

Falls Du die Scheidung dennoch jetzt durchziehen willst, ist das eine einseitige Vorteilsmitnahme durch Dich, die ganz erheblich zu mei-

nen Lasten geht. Ich sehe darin einen Bruch des Geistes unserer Notarvereinbarung, in der wir einen tragfähigen Kompromiss gefunden hatten. ...

Die unnötige Scheidung würde jetzt alte Wunden aufreißen und den letzten Rest an Solidarität zwischen uns zerstören. Leidtragende wären darüber hinaus unsere Töchter mit ihren Familien. Es würden darüber hinaus Gräben zwischen uns entstehen, die ein zukünftiges friedliches Miteinander nahezu unmöglich machen würde. Unsere Töchter mit ihren Familien würden mit darunter leiden.

Überlege Dir gut, ob es Dir wert ist, diese und andere Nachteile ohne Not zu provozieren, oder ob Du mit dem Scheidungsantrag nicht noch bis nach meiner Pensionierung warten kannst.

Mit freundlichen Grüßen

Felix

Nach diesen Schreiben, die trotz der in ihnen aufgezeigten Folgen bei einer Scheidung vor seiner Pensionierung eigentlich eher ein Hilfeschrei waren, fuhr Felix mit Beatrice für ein paar Tage in die Schweiz, wo sie zu einem Treffen mit guten Freunden von Beatrice aus alten Tagen eingeladen waren. Der Aufenthalt in der frischen Bergluft und unter freundlichen, Ihnen wohlwollend zugeneigten Freunden, tat beiden gut.

Nach ihrer Rückkehr fand Felix als Erstes den erwarteten Brief des zuständigen Amtsgerichts in einem gelben amtlichen Umschlag, in dem ihm der Scheidungsantrag von Dorothea förmlich übermittelt und in dem innerhalb einer bestimmten Frist von ihm umfangreiche Auskünfte über seine finanzielle Situation verlangt wurden. Felix' Hand zitterte, als er den Brief öffnete. Er warf nur einen kurzen Blick auf das Schreiben und legte es erst einmal zur Seite.

Die Urlaubspost enthielt auch einen handschriftlichen Brief von Cecilia, den diese als Antwort auf sein Schreiben an seine Töchter geschrieben hatte. Ihre Schriftzüge zeugten von ihrer starken emotionalen Bewegtheit während des Schreibens:

Lieber Papa,

Heute haben wir Deinen Brief bekommen und ehrlich gesagt, ich habe ihn noch nicht gelesen.

Ich habe mit Daniela und Katharina darüber gesprochen und Katharina hat mir stellenweise Passagen daraus vorgelesen.

Es tut mir leid, wenn ich im Moment einfach die Kraft nicht aufbringe, Deinen Brief zu lesen. Ich habe solche Angst davor, weiter von unseren Familienproblemen verletzt zu werden, dass ich momentan die zusätzliche Belastung eines solchen Briefs nicht aushalte.

Ich hoffe sehr, dass Du mich verstehst. Seit einer Woche bin ich nicht mehr mit meinem Freund zusammen, den ich vorher jeden Abend gesehen habe.

Keine Minute musste ich alleine sein. Und jetzt liege ich also auf dem Boden auf meiner alten Kindermatratze, da diese nicht in den Bettkasten passt, schaue auf den Wecker: 23 Uhr 51. Denke daran, dass ich morgen früh aufstehen muss, um für meine Prüfungen zu lernen, die ich bereits in drei bis fünf Wochen habe! Freitag und Samstag werde ich also nicht lernen, sondern im Labor stehen. Aber das nur nebenbei.

Kannst Du Dich erinnern, als ich zu Dir gekommen bin; am Tag, als Mama die Scheidung wollte?

Als ich Dir einen Bilderrahmen mit Fotos von Deinen drei Töchtern geschenkt habe? Mit einem Herz, wo drinsteht: „Papa, wir haben Dich sehr, sehr lieb!"

Dieser Satz ist nicht nur so daher geredet, lieber Papa.

Du weißt hoffentlich genau, wie sehr ich Dich mag, wie sehr ich Dich brauche und wie sehr ich mir wünsche, dass wir uns immer gut verstehen.

Ich sagte Dir am selben Abend, dass ich die Belastung von Dingen, die zwischen Dir und Mama vorfallen, vorgefallen sind und weiter passieren werden, im Moment nicht gut ertragen kann.

Es treibt mich zu Tränen, krämpfenden Tränenanfällen wie vor zehn Minuten ...

Wollt Ihr das?

Papa, bei aller Liebe ...

Bitte versuch, mich da raus zu halten.

Ich ergreife weder Partei für Mama, noch für Dich, und das werde ich auch in Zukunft so tun.

Es tut mir sehr leid, dass es nicht das ist, was Du wahrscheinlich gerne von mir gehört hättest - aber so ist es nun mal.

Ich habe Dich und Mama gleich lieb!!!

Daran wird sich nie etwas ändern, aber zwinge mich bitte nicht, für irgendwen Partei zu ergreifen!!

Wenn es Dir finanziell Probleme bereiten wird, was in Zukunft auf Dich zukommt, verzichte ich gerne auf etwas Unterhalt und gehe in den Ferien arbeiten ...

Bitte, liebster Papa, versteh' mich mit diesem Brief nicht falsch.

Ich kann und will es nicht länger ertragen, mir andauernd auszumalen, wie glücklich unsere Familie einmal war, und zu sehen, was heute daraus geworden ist ...

Ich <u>kann</u> es nicht mehr!

Bitte versteh mich, es zerreißt mich!

Mit jedem Male, wenn ich neue „Geschichten" wie diese im Moment höre, zerbricht ein Teil in mir, und ich versuche es mit Kälte, mit einer Art "Abblockungsreaktion" von mir fern zu halten.

Bitte erspare mir diese Qual, immer wieder von neuem Wunden aufzureißen, die gerade dabei waren zu verheilen oder zumindest zu ruhen.

Vielleicht übertreibe ich in manchen Dingen, das mag sein.

So ist das eben, um 12 Uhr nachts, wenn man weint, ...

um eine Familie, die es so nicht mehr gibt, wie man sie sich in seinen Träumen schön malt ...

In Liebe

Deine Cecilia

Felix setzte sich hin, den Brief in der Hand. Er zitterte und fühlte sich blutleer. Er ließ den Inhalt des Briefes eine Weile auf sich einwirken, während er mit leerem Blick in seinen Garten hinausschaute. Hatte er nicht vor einigen Jahren einen ähnlichen Brief von Katharina erhalten? Was richtete er nur bei seinen Töchtern an? Wie konnte er erwarten, sie als Verbündete gegen ihre Mutter zu gewinnen. Ihm wurde klar, dass er wohl einen großen Fehler begangen hatte. Andererseits musste er Cecilia für die offenen Worte dankbar sein. Sie machte ihm mit diesem Schreiben ihre Position mehr als deutlich. Es tat ihm nun Leid, sie in diese Lage getrieben zu haben.

Aber enthielt das Schreiben nicht auch eine klare Sympathie-, ja sogar Liebesbekundung seiner Tochter zu ihrem Vater? Felix war gerührt und glücklich über die lieben Worte, die Cecilia für ihn gefunden hatte. Da gab es keine Anklage und keinen Vorwurf, da war nur die verständliche Erklärung, wie sehr sie unter dem Streit ihrer Eltern litt und wie sehr sie sich ein intaktes Familienleben wünschte. Felix musste sofort etwas tun, um den Schaden, den er angerichtet hatte, zu beseitigen oder zumindest zu verringern. Spontan ergriff er den Telefonhörer und rief Cecilia an.

„Hallo Cecilia, hier ist Papa. Ich war einige Tage mit Beatrice in der Schweiz, wo wir alte Freunde von Beatrice getroffen haben. Jetzt nach meiner Rückkehr habe ich Dein Schreiben vorgefunden. Ich möchte Dir für Deine bewegten, mir zugewandten Worte danken und mich gleichzeitig entschuldigen, Euch in die Auseinandersetzung zwischen Eurer Mutter und mir hineingezogen zu haben. Ich verstehe, dass Ihr keine Partei ergreifen wollt und könnt und werde mich in Zukunft danach verhalten", gab Felix ihr gleich zu Beginn des Gesprächs zu verstehen.

„Ja, danke, ich freue mich, dass Du uns verstehst und bitte Dich auch um Entschuldigung für meine Aufregung", griff Cecilia den Ball gleich mit auf, den Felix ihr zugespielt hatte. Felix spürte, wie sie nach diesen Worten erleichtert wirkte. Sie tauschten noch ein paar Anmerkungen zu dem Vorfall aus, der damit für sie erledigt war.

Bevor das Gespräch aber zu Ende ging, hatte Cecilia noch etwas Wichtiges mitzuteilen.

„Da Du ja abwesend warst, weißt Du wohl noch nicht, dass Daniela leider doch kein Baby bekommt. Es war nur eine Scheinschwangerschaft und sie musste deshalb vor wenigen Tagen operiert werden. Jetzt ist sie sehr geknickt. Geh bitte behutsam mit ihr um."

„Ist das wahr? Das ist ja schrecklich für Daniela. Sie hatte sich so gefreut, und ich auch. Meine Güte, die Arme. Ja, natürlich werde ich jetzt noch rücksichtsvoller mit ihr umgehen. Danke für die Information, liebe Cecilia. Und viel Glück bei Deinen Prüfungen."

So verabschiedeten sich Felix und seine Tochter Cecilia in gutem Einvernehmen.

Felix war einerseits erleichtert, dass er den guten Draht zu Cecilia nicht verloren hatte, andererseits bedrückte ihn die traurige Nachricht über Daniela. Er fragte sich, ob es einen Zusammenhang zwischen der nicht geglückten Schwangerschaft und seiner Auseinandersetzung mit Dorothea gab. Bereits vorher hatte Katharina hatte ihm von den Krankheiten in ihrer Familie berichtet. Felix machte sich Vorwürfe und fühlte sich mit schuldig an den zusätzlichen Problemen seiner Töchter.

Da Dorothea während seiner Abwesenheit in der Schweiz Geburtstag gehabt hatte, hatte Felix einen guten Anlass, um erneut mit ihr zu sprechen. Nach dem erfreulichen Gespräch mit Cecilia rief er sie als Nächstes an, um ihr zum Geburtstag zu gratulieren und sie erneut zu bitten, den Scheidungsantrag zurück zu ziehen.

Nachdem er ihr gratuliert hatte, fragte Felix Dorothea: „Bist Du noch an einer friedlichen Einigung mit mir interessiert?"

Sie antwortete in reserviertem Ton zurück: „Worin könnte diese liegen?"

Jetzt war Felix an der Reihe. Innerlich kochte er vor Wut und Enttäuschung über das nach seinem Empfinden einseitig egoistische Verhalten von Dorothea. Er schaffte es nicht, sich seine Emotionen nicht anmerken zu lassen. Stattdessen wiederholte er erregt alle seine Anliegen und Argumente, die er bereits mehrfach vorgetragen hatte:

„Ich bitte dich, die Scheidung bis nach meiner Pensionierung auszusetzen….. Du nimmst einseitig Vorteile zu meinen Lasten in Anspruch…..Du hast die Basis des gemeinsamen Notarvertrages verlassen, mit dem du dir bereits mit dem Erwerb des Hauses Vorteile verschafft hast….. Jetzt langst du erneut zu….."

usw. Schließlich beendete er seine aufgeregte Aufzählung mit einer Drohung:

„Wenn du bis nächsten Montag nicht einlenkst, gehe ich selbst zu einem Anwalt. Dann werden die Dinge ihren Lauf nehmen, das verspreche ich dir."

Mit diesen sehr emotional vorgetragenen Ausführungen hatte Felix wieder alles falsch gemacht, was er nur falsch machen konnte. Damit war Dorothea nicht beizukommen. Er hätte es eigentlich aus seiner langjährigen Ehe mit ihr wissen können. Aber genau das war ja seine Schwachstelle. Er fand einfach nicht mehr den richtigen Umgangston mit ihr, um seinen Anliegen Gehör zu verschaffen. So war es nicht weiter verwunderlich, dass Dorothea wieder nur sehr knapp und kühl antwortete:

„Ich will nur noch von Dir geschieden werden. Über dein Schreiben an die Kinder bin ich maßlos enttäuscht. Mir reicht es jetzt. Außerdem ist meine Mutter da."

Mit diesen Worten legte sie den Hörer auf. Felix war konsterniert. Er fühlte sich jetzt klar auf der Verliererstraße und wusste keinen Rat mehr.

Felix brauchte einen ganzen Tag, um sich von dem Gespräch mit Dorothea zu erholen. So konnten sie nicht auseinander gehen. Er musste es weiter versuchen. Verzweifelt schrieb er ihr wieder einen Brief:

Liebe Dorothea,

Es tut mir leid, Dir erneut schreiben zu müssen, aber im Gespräch haben wir bisher leider keine gemeinsame Grundlage finden können. Da ich Frieden und keinen Streit möchte, was ich auch von Dir vermute, versuche ich es mit diesem Schreiben erneut, Dich zu einem gemeinsamen Handeln zu gewinnen.

Hatten wir nicht einen Status erreicht, der es jedem von uns möglich machen sollte, endlich seinen inneren und äußeren Frieden zu finden und einen friedlichen und freundlichen Neuanfang zu starten? Wenn es daran etwas zu verbessern gab, hätte man das nicht im Konsens anstreben können? Warum musst Du diese große Chance ohne Not zerstören?

Ich habe Dich nach Deinen Motiven für die Scheidung zum jetzigen Zeitpunkt gefragt, aber keine verständliche Antwort erhalten. Ich sehe nur eine plausible Erklärung für Deine Beweggründe, jetzt – und nicht erst in drei Jahren nach meiner Pensionierung – die Scheidung zu beantragen: Weil Du neben dem Versorgungsausgleich jetzt auch noch zusätzlich die Witwenrente von Norbert anstrebst, was Dir ein deutlich höheres Altersruhegeld sichern würde als mir. ...

Hast Du mein erhebliches finanzielles Entgegenkommen Dir gegenüber einfach so vergessen, als Du jetzt - wohl aus einer Stimmung der Wut heraus - über Weihnachten die Scheidung beantragtest? Macht es Dir nichts aus, dass damit ohne Not für Dich meine Pension drastisch gekürzt wird?

Was erreichst Du mit Deinem Vorgehen? Glaubst Du, das zusätzlich von anderen Menschen erworbene Geld wird Dich in Deinem Alter glücklicher machen, wenn der Preis dafür ist, dass Lebensgrundlagen anderer und auch Beziehungen zerstört oder zumindest empfindlich beeinträchtigt wurden?

Es ist fünf vor zwölf. Ich bin nicht bereit, Deinen Scheidungsantrag mit seinen negativen Folgen einfach nur so hinzunehmen. Wenn der Krieg am Ende zwischen uns doch noch ausbricht, kann es nur Verlierer geben, zu denen auch Du gehören wirst. Willst Du das wirklich?

Was tun wir unseren Töchtern und deren Familien an? Welches Beispiel geben wir? Wir wollten doch eigentlich gute Großeltern sein. Nun präsentieren wir uns nur noch als zerstrittene Eltern, die einen Rosenkrieg führen. Noch können wir das Schlimmste verhindern, wenn Du von Deinem Vorhaben abrückst und mit der Scheidung zumindest bis zum April 2010 wartest (oder besser: wenn Du Dir einen Ruck gibst, Deine Verbitterung zugunsten von Bemühungen um Versöhnung und Ausgleich aufzugeben).

Ich warte noch bis Montag auf Dein versöhnendes Einlenken. Dann muss ich zu einem eigenen Anwalt gehen, um für meine Rechte, wo es auch um Schadensersatz geht, zu kämpfen. Dann aber beginnt ein Kampf, bei dem keiner von uns gewinnen kann.

Bitte springe über Deinen Schatten. Es wird am Ende auch Dir helfen und Dir gut tun.

Viele Grüße Felix

Nach diesem erneuten Kraftakt war es nun vordringlich, dass sich Felix seiner Tochter Daniela zuwandte. Ihm war klar, dass sie angesichts ihrer unglücklichen Scheinschwangerschaft sehr traurig sein musste. Sie hatte sich so auf das Baby gefreut. Felix sah noch ihre strahlenden Augen, als sie ihm zu Weihnachten ihr Geheimnis verriet. Unklar war auch, wie es ihr jetzt gesundheitlich ging. Sie tat ihm sehr Leid. Mit seinem Rundschreiben an seine Töchter hatte Felix ihre Lage zusätzlich erschwert. Er musste etwas tun, um sie zu trösten und ihr verfahrenes Verhältnis zu entspannen.

Felix sammelte alle seine Kräfte, griff zum Telefonhörer und rief Daniela an. Niemand nahm den Hörer auf. Vielleicht war Daniela ja noch im Krankenhaus?

„Was soll ich nur tun?", fragte er sich ein wenig verzweifelt. „Am besten, ich schreibe ihr einen persönlichen und ihr zugewandten Brief."

Er holte sich Briefpapier und griff zum Füllfederhalter, um dem Brief mit der Hand zu schreiben und ihm dadurch eine persönlichere Note zu geben. Er startete mehrere Ansätze, die er verwarf, bevor er schließlich zu schreiben begann:

Liebe Daniela,

Gestern Nacht habe ich erstmals von Cecilia erfahren, dass Du einen Eingriff hattest und nun doch nicht im August ein Baby bekommst. Das hat mich sehr betroffen gemacht, sehe ich doch noch Dein glückliches Gesicht vor mir, als Du mir zu Weihnachten die frohe Kunde von Deiner Schwangerschaft mitteiltest. Ich kann mir gut vorstellen, wie traurig Du und Peter jetzt seid, und ich bin es auch. Wir alle hatten uns schon sehr auf das Baby gefreut.

Es tut mir Leid, dass dieses Ereignis mit meiner Auseinandersetzung mit Dorothea, die ich selbst so nicht wollte, zusammen fiel und dass ich Euch um Unterstützung bat, die Euch aber wohl alle überfordert. Ich wusste mir beim Schreiben des Briefs an Euch keinen anderen Rat und bitte Euch um Verständnis. Ich möchte allerdings, dass Ihr die Hintergründe und Fakten meiner neuen Auseinandersetzung mit Dorothea, die ich für völlig unnötig halte, informiert seid. Ich werde Euch deshalb weitere Informationen dazu zukommen lassen. Ich würde mich freuen, wenn Ihr diese wenigstens zur Kenntnis nehmt und versucht, mich ein wenig zu verstehen.

Dir und Peter wünsche ich von Herzen, dass Ihr Euren Kummer und Schmerz bald überwinden könnt und einen neuen Anlauf wagt. Viel Glück!

Liebe Grüße – auch an Peter

Dein Papa

Danach schrieb Felix noch die folgende E-Mail an alle seine drei Töchter.

Liebe Daniela, liebe Katharina, liebe Cecilia,

Diesmal schreibe ich Euch diese E-Mail, weil ich möchte, dass Ihr die Botschaft darin ohne Verzögerung empfangt.

Nach meinem Kurzaufenthalt in der Schweiz habe ich einen herzzerreißenden Brief von Cecilia als Antwort auf mein Schreiben von Anfang Januar an Euch drei vorgefunden, der mich zu Tränen gerührt hat. Ich habe Cecilia sofort angerufen und ihr dafür gedankt. Ich glaube, wir haben uns gegenseitig verstanden.

Gestern Nacht habe ich dann nachträglich von Cecilia erfahren, dass Daniela auf tragische Weise doch kein Baby bekommen wird. Das hat mich sehr traurig gestimmt, sehe ich doch noch Danielas glückliches Gesicht zu Weihnachten vor mir, in der sie mir die frohe Kunde über ihre Schwangerschaft mitteilte. Da ich Daniela heute Morgen telefonisch nicht erreichen konnte, habe ich ihr spontan einen persönlichen Brief geschrieben, in dem ich ihr mein Mitgefühl zum Ausdruck gebracht und ihr Mut für die Zukunft ausgesprochen habe.

Ich habe inzwischen verstanden, dass ich Euch mit meiner Bitte um Unterstützung meiner Bitte gegenüber Dorothea, die von ihr angestrebte Scheidung bis zum April 2010 zu verschieben, offenbar überfordere. Ich verlange nun nichts mehr von Euch und bitte Euch um Nachsicht für die Offenlegung meiner eigenen Emotionen.

Ich habe lediglich eine Bitte an Euch:

Ich möchte, dass Ihr versucht, das jetzt ablaufende und das zukünftige Geschehen auch aus meiner Sicht zu verstehen.

Liebe Grüße

Euer Papa

Kaum hatte Felix die E-Mail an seine Töchter abgeschickt, klingelte das Telefon. Auf dem Display sah Felix die Telefonnummer von Dorothea. Würde sie vielleicht doch einlenken? Sein Herz begann stärker zu klopfen. In freudiger Erwartung nahm er den Hörer auf und sprach in die Muschel, ohne sich selbst vorzustellen:

„Hallo Dorothea, bist Du es?"

„Nein, hier ist Norbert. Jetzt hör mir mal gut zu."

Felix blieb die Sprache weg. Wie benommen hörte er, was Norbert ihm zu sagen hatte. Nur bruchstückhaft – wie aus einem Nebel – erinnert er sich an Sätze, die wie Keulenschläge auf ihn einhämmerten:

„Dorothea und ich bitten Dich, die Scheidung mit Anstand durchzustehen. ... Du und Beatrice haben das ganze Dilemma verursacht. ... Es ist ungeheuerlich, was Du der Dorothea in den Jahren Eurer Ehe alles angetan hast. ... Wir haben uns die Scheidung reiflich überlegt. Wenn Du Dorothea weiter so belästigst, werden wir zum Anwalt gehen und Dich wegen Belästigung verklagen. ... Wir wollen nicht, wie Du es wünscht, noch drei Jahre bis zu Deiner Pensionierung warten. ... Du bist doch ein geldorientierter Egozentriker."

Bei diesen letzten Worten legte Felix den Hörer auf. Das war zuviel. Das konnte und wollte er nicht weiter ertragen und widerspruchslos hinnehmen.

Am nächsten Tag nahm er Kontakt zu dem Anwalt auf, der Beatrice bereits bei ihrer Scheidung zur Seite gestanden hatte und vereinbarte mit ihm ein Beratungsgespräch, welches bereits wenige Tage später stattfand. Dabei machte ihm der Anwalt klar, dass er gegen die beantragte Scheidung und die damit verbundene Kürzung seiner Versorgungsbezüge rechtlich überhaupt nichts unternehme könne.

Felix war erneut verzweifelt. Er war Dorothea in erheblichem Umfang finanziell entgegen gekommen, um den Frieden zwischen ihnen zu erhalten und eine Plattform für ein gutes Miteinander in Zukunft zu erhalten. Konnte er nicht von Dorothea erwarten, dass sie sein großzügiges Verhalten jetzt ihrerseits honorierte und die Scheidung um drei Jahre bis zu seiner Pensionierung aussetzte. Eigentlich kannte er sie doch eigentlich als im

Grunde friedfertigen Menschen, die es nicht unbedingt auf materiellen Reichtum absah.

Aber jetzt war da zusätzlich noch Norbert mit im Spiel. Dieser hatte bereits seine Scheidung von Beatrice mit rechtlichen Mitteln durchgesetzt und ihr den Unterhalt gekürzt, weil Beatrice mit ihm, Felix, zusammen wohnte. Spielte Norbert jetzt die entscheidende treibende Kraft? Wie aber sollte er erreichen, erst nach Pensionierung geschieden zu werden, um den zu erwartenden Verlust seiner Pension zu vermeiden? Er wusste keinen Rat.

Erst Ende Januar 2007 erhielt Felix von Daniela per E-Mail die lang erhoffte Antwort auf sein Schreiben.

Lieber Papa,

danke für Deinen Brief. Über Dein Mitgefühl habe ich mich sehr gefreut. Ja, leider gibt es dieses Jahr wohl noch keinen Nachwuchs, sollte wohl noch nicht sein. ... Mal sehen, wozu das Ganze gut war, ob ich im Nachhinein noch einen Sinn darin erkennen werden kann.

Inzwischen geht es mir wieder ganz gut, nachdem ich über eine Woche krankgeschrieben war und mit großen Schmerzen im Bett lag. Die ersten beiden Tage nach dem Eingriff waren noch O.K., da war Katharina mit ihrer kleinen Lucia ja auch bei uns in Karlsruhe, um mir beizustehen.

Sorry, dass ich erst jetzt auf den Brief antworte. Letzte Woche war ich aber noch sehr schlapp und konnte mich abends nach der Arbeit nicht mehr aufraffen, darauf zu reagieren. Aber dafür wirst Du ja Verständnis haben.

Viele liebe Grüße,

Daniela

Felix antwortete ihr spontan und schrieb ihr die folgende E-Mail:

Liebe Daniela,

Danke für Deine Antwort mit der Schilderung, was Du durchgemacht hast und wie es Dir geht. Ich habe mich gefreut, dass Du mir so ausführlich geantwortet hast, über den Inhalt konnte ich mich natürlich nicht freuen. Ich wünsche Dir weiterhin gute Genesung. Dir und Peter wünsche ich Mut und Zuversicht für einen neuen Anfang.

Für ein Telefongespräch fühle ich mich jetzt nicht gut gerüstet, weil es mir zurzeit selbst nicht so gut geht. Ich habe aber das Leitmotiv der letzten 14 Zage aus einem Kalender vor Augen: „Du hast viele Gründe, glücklich zu sein, und viele Gründe, unglücklich zu sein. Es liegt bei dir, wofür du dich entscheidest."

Konzentrieren wir uns also auf das Glück.

Dein Papa

Die zwischen Felix und seinen Töchtern aufgetretenen Spannungen lösten sich nach diesen emotional aufwühlenden Briefwechseln glücklicherweise auf. Ihre weitere Beziehung entwickelte sich fortan erfreulicher als zuvor. Daniela, Katharina und Cecilia fühlten sich von ihrem Vater besser verstanden, und Felix wurde von seinen Töchtern mehr geachtet und respektiert. Die Probleme, die ihre Eltern miteinander hatten, wurden bei ihren folgenden Gesprächen und Begegnungen weitgehend ausgeklammert. Felix selbst konzentrierte sich von nun an darauf, die berufliche und persönliche Entwicklung seiner Töchter und ihrer Partner und Kinder verständnisvoll und unterstützend zu begleiten, ohne dabei aufdringlich zu werden. Sie sahen ihn weiter in der Rolle ihres Vaters und zunehmend auch des Opas, gestalteten ihr Leben aber immer selbstständiger und unabhängiger von ihm. Das war genau in Felix' Sinn, und mit Freude verfolgte er von nun an, wie sie ihr Leben in die eigene Hand nahmen und gestalteten.

Das Problem der Scheidung zum falschen Zeitpunkt war damit für Felix allerdings noch nicht gelöst. Damit musste er allein fertig werden.

32 Auf der Suche nach dem inneren Halt
Februar - April 2007

Die ersten Tage des Februar 2007 waren für Felix schrecklich. Er fühlte sich hilflos ausgeliefert und suchte verzweifelt nach einem Anker, an dem er sich festhalten konnte. Wo war der Ausweg? Wie hatte er sich nur so in Dorothea täuschen können? Was hatte er alles falsch gemacht in seinem Leben, was machte er jetzt erneut falsch. Tausend Fragen verfolgten ihn nachts in seinen wilden Träumen. Wiederholt wachte er schweißgebadet auf und irrte dann durch das Haus. Normalerweise war er ein Mann der Tat. Was aber konnte er jetzt tun? Dorothea und Richard hatten alle Trümpfe in der Hand, während er mit leeren Händen da stand. Er hatte alle seine Trümpfe im guten Glauben an die Anständigkeit seiner Mitmenschen aus den Händen gegeben.

Nachdem er sich schon in seinen letzten Berufsjahren von seinem Vorgesetzten gedemütigt gefühlt hatte, kam jetzt eine weitere Demütigung hinzu. Wie sollte er damit fertig werden, ohne daran zu zerbrechen? Unter diesen Randbedingungen weiter zu leben, erschien ihm plötzlich sinnlos. Gedanken, seinem Leben freiwillig ein Ende zu bereiten, gingen Felix durch den Kopf.

Hatte er sich nicht immer für gute und hehre Ziele eingesetzt, in denen er einen höheren Wert sah und die auch für andere Menschen von Nutzen waren, sei es während seiner Studienzeit als Sozialreferent im Allgemeinen Studentenausschuss und im Studentenparlament, sei es während seiner langjährigen Berufszeit für den Umweltschutz, sei es für seine Familie unter schwierigen finanziellen Randbedingungen, sei es für seine Freunde bei vielen gemeinsamen Unternehmungen? Waren ihm Werte wie

Verantwortung, Zuverlässigkeit, Ehrlichkeit, Fairness, vor allem auch gegenüber Schwächeren, nicht immer hoch und heilig gewesen? Und nun galten diese Werte ihm gegenüber plötzlich nicht mehr. Er war enttäuscht und fühlte sich kraftlos bei diesen Gedanken.

Nach einigen Tagen intensiven Zweifels an sich und der Welt ereigneten sich aber plötzlich wundersame Dinge. Sie eröffneten ihm völlig neue Perspektiven, ähnlich wie der Erwerb seines neuen Hauses, in dem er mit Beatrice nunmehr bereits seit zwei Jahren wohnte und das in einer anderen schwierigen Phase seines Lebens wie aus dem Nichts plötzlich aufgetaucht war.

Der Reihe nach hoben sich Schleier vor seinen staunenden Augen, und es zeigten sich völlig neue Sichtweisen auf sein Leben. Er musste an seinen alten Milchmann denken, zu dem er als Schüler oft sonntags gegangen war, um Sahne für den Nachmittagskuchen zu holen. In seinem Laden hing ein kleines hölzernes Schild mit der Aufschrift: „Wenn Du glaubst, es geht nicht mehr, kommt von irgendwo ein Lichtlein her." Jetzt war es nicht nur ein Lichtlein, nein, es war gleich ein Kranz voller strahlender Lichter, die Felix mit einem Male einen neuen Weg wiesen.

Und wieder vermischen sich die Bilder in Felix Kopf, als ob sich alles fast gleichzeitig ereignet hätte. In Wirklichkeit war es aber ein Prozess, der mehrere Wochen, ja Monate andauerte, in dem die Ereignisse sich gegenseitig durchdrangen und ergänzten.

Begonnen hatte es mit Clara, mit der sich Felix immer wieder, wenn auch seit Beendigung seiner aktiven Berufszeit nur noch seltener, getroffen hatte. Bei einer gemeinsamen Autofahrt hatte sie ihm von ihrer neuen Entdeckung berichtet, dem tibetanischen ZEN. Felix hatte es zuerst als eine abgewandelte Methode seiner Erkenntnisse zum Thema Glück empfunden und deshalb nur halbherzig hingehört, was Clara ihm dazu sagte.

Genau an dem Tag, als Felix seinen Brief an Daniela geschrieben hatte, in dem er ihr sein Mitgefühl über die unglückliche Schwangerschaft zum Ausdruck gebracht hatte, erhielt Felix von Clara eine E-Mail. Sie enthielt die folgende Aussage:

„Für deine familiäre Situation wünsche ich dir in der nächsten Zeit Kraft. Möge sich ein Weg auftun, der dich zum leichteren Loslassen führt und außerdem zum Aufbruch zu neuen Zielen."

Felix' Auge blieb an dem Wort „Loslassen" hängen. Was aber sollte er loslassen? Sollte er sich freiwillig scheiden lassen und damit weitere Verluste von über viele tausend Euro hinnehmen? Dass konnte doch nicht sein weiterer Weg sein. Aber welchen Weg sollte er einschlagen?

Seine Antwort an Clara wirkte etwas hilflos:

„Ich kann Deine Aussagen irgendwie nachvollziehen und – glaube ich – auch weitgehend auch verstehen. Gefühle und Verstand klaffen allerdings manchmal auseinander, da ist es nicht so einfach, wieder einen Gleichklang herzustellen. .... Ich hatte gedacht, inzwischen wieder eine neue Lebensplattform gefunden zu haben; jetzt sehe ich, dass ich weiter intensiv daran arbeiten muss. Leider bin ich ein bisschen kraftloser geworden. .... Loslassen ist sicherlich ein richtiger Ansatz, aber leichter gesagt als getan."

Drei Tage später erhielt er von Clara eine neue verschlüsselte Botschaft:

„'Wenn er kommt, heißen wir ihn willkommen, wenn er geht, verfolgen wir ihn nicht.'

Um Beziehungen und ihre möglichen Schräglagen geht es in dem ZEN-Buch, das ich gerade lese. Um die Fähigkeit, sich einzulassen und loszulassen. Mich faszinieren die Gedanken. Sie fordern zu innerer Klärung auf, dazu, den Blick nach innen zu lenken, statt ein Gegenüber mit Erwartungen zu überhäufen. Vielleicht kannst du nachvollziehen, dass ich hin und wieder beim Lesen an dein aktuelles altes Beziehungsringen denke. - Und dann hilft mir das Buch, bei den äußeren Wirren und Verwerfungen, die mir auch gesundheitlich zusetzen, ein wenig zur Ruhe zu kommen. Ja, vielleicht mich einer anderen Weisheit zuzuwenden."

Felix sah auch in dieser Botschaft noch keinen Weg für ihn selbst, wohl aber fühlte er aus den Worten von Clara, dass sie für sich selbst nach neuen Wegen suchte und dabei anscheinend auch begann, von ihm, Felix, loszulassen. Das stimmte ihn zusätzlich traurig. Clara bedeutete ihm nach wie vor viel, auch wenn er jetzt mit Beatrice zusammen lebte. Aber welche Perspektiven konnte er Clara schenken? In einer Dreiecksbeziehung mit Beatrice und Clara zu leben war unmöglich. Bis jetzt hatte Felix den Eindruck, dass Clara mit ihrer „Freundschaft besonderer Art", wie Felix es gern ausdrückte, zufrieden gewesen war. Aber das musste nicht auf Dauer gelten. Die Beziehung zwischen Beatrice und Clara hatte sich nach ihrer gemeinsamen Radtour und dem Segeltörn im Jahr 2001 nicht weiter entwickelt, und Felix hatte zuletzt mitunter sogar eher den Eindruck, dass sie sich gegenseitig mieden.

Bevor Felix Clara antwortete, erhielt er von ihr eine weitere Nachricht:

"*'Den Frieden kann man weder in der Arbeit noch im Vergnügen, weder in der Welt noch in einem Kloster, sondern nur in der eigenen Seele finden,' sagte William Somerset Maugham. Sehr treffend, oder?*"

Felix hatte Clara immer als besondern feinfühlig empfunden. Sie konnte beim Telefonieren schon an seinem Tonfall spüren, in welcher Gemütsverfassung er sich befand. Offenbar hatte sie auch jetzt den 7. Sinn für Felix verworrene Gefühlslage. Felix fühlte sich von den Worten Claras gerührt und getröstet. Diesmal antwortete er ihr bereits am nächsten Tag:

„*Dem kann ich wohl zustimmen. Wir leben aber auch noch in dieser (körperlichen) Welt, wo es schwer fällt, sich nur auf das Geistige zu konzentrieren. Ich kann mich jedenfalls auf das Geistige besser konzentrieren, wenn ich im Materiellen keine signifikanten Defizite habe. Sonst könnten wir ja von Anfang an gleich für Gotteslohn arbeiten. Aber über den Geist haben wir sicher auch Einfluss auf das Materielle. Lassen wir uns also von unserer Spiritualität leiten.*"

Ohne zu ahnen, welche Bedeutung das Wort „Spiritualität" noch in seinem Leben gewinnen sollte, hatte Felix den Begriff in seine Antwort mit einfließen lassen, obwohl er bis jetzt eigentlich nicht zu seinem Standardvokabular gehörte.

Sie antwortete erst einige Tage später. Ihre E-Mail enthielt erneut eine tiefsinnige Botschaft:

„Neben den von dir angesprochenen wichtigen materiellen Fragen findest du hoffentlich auch die Zeit, dich den immateriellen Dingen zu widmen - und nicht zuletzt warst du es neulich, der das Wort Seele in die Diskussion warf."

Jetzt wurde Felix allmählich bewusst, dass er sich von der Frage nach den materiellen Verlusten als Folge seiner Scheidung lösen und sich stärker seinem seelischen Befinden und damit immateriellen Werten zuwenden müsste, wenn er sein inneres Gleichgewicht und seine mentale Stärke wieder gewinne wollte. Auch Beatrice hatte ihm geraten, sich professionelle Hilfe zu holen und in eine psychotherapeutische Behandlung zu begeben. Zunächst hatte sich Felix dagegen gesträubt. Er erinnerte sich an die psychotherapeutische Beratung bei der Kur im Jahr 2001 in Bayern, wo er Beatrice kennen gelernt hatte. Die Empfehlung der Psychotherapeutin an ihn, nicht alles im Griff haben zu wollen und in seinem Leben auch mal „Chaos zuzulassen", hatten wesentlich mit zu der verworrenen Situation beigetragen, in der er sich jetzt befand. Chaos hatte er jetzt mehr als ihm lieb war. Auch die psychologischen Paargespräche, an denen er zusammen mit Dorothea später teilgenommen hatte, hatten den Konflikt zwischen ihm und Dorothea eher verschärft als verringert. Was konnte er also von einer weiteren psychotherapeutischen Beratung erwarten?

Andererseits wurde Felix klar, dass sich die Probleme zwischen im und Dorothea in fast dreißigjähriger Ehe nicht gelöst hatten. Und was konnte er jetzt tun? War es die vertiefte Beschäftigung mit sich selbst, die vielleicht den Schlüssel zum dauerhaften Erfolg enthielt? Eine solche Botschaft hatte er auch in dem Buch „Liebe dich selbst und es ist egal, wen du heiratest" gefunden, das er zwischendurch gelesen hatte.

Am nächsten Tag schickte Felix die folgende Antwort an Clara:

„Ja, auf die Seele möchte ich mich verstärkt konzentrieren. Ich fühle mich dabei auf einem guten Weg. Den materiellen „Ballast" muss ich dazu aber erst noch loswerden. Das geht natürlich umso leichter, je mehr unter dem Strich an materiellen Lebensgrundlagen erhalten bleibt. Sonst könnten wir uns ja auch sofort nur mit der Seele beschäftigen. Die lebt aber nun mal zu unseren Erdenzeiten in einem Körper, der auch Essen und Trinken und Wärme zum Leben braucht."

Unter dem Druck der Ereignisse und auf sanfte Weise hatten gute Geister begonnen, Felix auf einen neuen Lebensweg zu bringen. Er wollte aber keineswegs von allen irdischen Dingen so einfach loslassen.

Noch am selben Tag begab er sich in die Behandlung eines bekannten psychotherapeutischen Arztes, den ihm ein Freund empfohlen hatte.

Diesem schilderte er sein „Krankheitsbild" mit folgenden Stichworten:

„Ich fühle mich geistig und seelisch, auch körperlich krank, leide unter Schlafstörungen und Alpträumen (Katastrophenszenarien, Angstzustände, Bilder der Vergangenheit), habe in der Nacht Schweißausbrüche, mein Kreislauf sackt immer wieder ab, ich ermüde schnell, die chronischen Verspannungen im Hals-Nacken-Bereich (HWS-Syndrom) haben wieder zugenommen, ebenso meine chronische Augenprobleme, die ich seit meiner Kindheit habe, beim Joggen habe ich Schmerzen im Kniegelenk."

Als mögliche Ursachen berichtete er über seine privaten und ehemals beruflichen Probleme, seine gescheiterte Ehe, den akuten Scheidungsantrag seiner noch Ehefrau, seine schwierigen Beziehungen zu seinen drei Kindern, die bestehende komplexe Viererbeziehung zwischen ihm, Beatrice, Dorothea und Norbert, sein Gefühl, ausgenutzt und ausgebeutet zu werden, sein Elternhaus als Vorbild und die erlittene Demütigung durch seinen letzten Vorgesetzten. Er beschrieb dem Arzt auch seine Charaktereigenschaften, wonach er immer alles richtig und gut machen wollte, wobei er dabei wohl zu wenig auf sich geachtet habe und möglicherweise dem Beruf eine zu hohe Priorität gegenüber der Familie bewidmet habe.

Der Arzt hörte Felix aufmerksam zu und empfahl ihm dann eine längere Therapie bei einem erfahrenen Psychoanalytiker, die sich möglicherweise über einige Jahre hinziehen könne. Felix zuckte zusammen. Auf was würde er sich da einlassen? Aber gab es eine Alternative? Schließlich willigte er ein.

Von da an ging er regelmäßig zu dem von dem Arzt empfohlenen Psychoanalytiker, mit dem er systematisch sein vergangenes und aktuelles Leben besprach. Die Behandlung dauerte fast drei Jahre. Anfangs trafen sie sich öfter, später nur noch einmal pro Monat. Meist war es Felix, der sprach und von sich und seinem Leben berichtete. Die Gespräche halfen ihm, allmählich mehr Klarheit über sich selbst und sein Verhältnis zu seinen Mitmenschen zu finden.

Überlagert wurden die Gespräche zunächst aber von neuen einschneidenden Ereignissen, die sich ab Februar 2007 in kurzer Folge nacheinander abspielten.

Zunächst erhielt er von Clara eine E-Mail mit folgendem Zitat:

„Damit der Mensch Großes vermöge, muss er erst von all dem Drum und Dran seines Lebens zu seinem Selbst gelangen, er muss sich selber finden, nicht das selbstverständliche Ich des egozentrischen Individuums, sondern das tiefe Selbst der mit der Welt lebenden Person. . . . . Martin Buber"

Felix erschien dies zu abstrakt, zu abgehoben, zu weltfern. Er antwortete erst drei Tag später:

„Gut gesprochen. - Wir müssen nur aufpassen, dass wir bei all der Suche nach uns selbst das Leben auf dieser Erde nicht verpassen. Oder wollen wir uns damit zufrieden geben, nur Philosoph(in) zu sein? Dann wird es aber sicher schwierig, Großes (von dem auch andere etwas haben) zu leisten.

Es ist wahrlich nicht so einfach, für sich selbst den rechten Weg zu finden. Wir sollten ihn aber aufrecht gehen und das Gesicht möglichst oft der Sonne zuwenden."

Felix fühlte sich nach diesen kurzen philosophischen Gedankenaustauschen inzwischen schon selbst als kleiner Philosoph. Er war sich aber unsicher, ob er gegenüber Clara mit seinen Kommentaren zu den Zitaten, die ihr offenbar viel bedeuteten, die richtigen Worte gewählt hatte.

Bei ihrer nächsten Begegnung schenkte ihm Clara das Buch „Zen und die Kunst, sich zu verlieben" und empfahl ihm, es doch einmal zu lesen. Vielleicht würde er sie danach besser verstehen und vielleicht auch für sich selbst etwas Nützliches darin finden. Felix begann gleich begierig darin zu lesen und fand es von Seite zu Seite immer spannender. Die Empfehlungen des Buches gingen deutlich über die Aussagen der Bücher zum Thema „Glück" hinaus, die Felix bereits früher gelesen hatte. Er versuchte, die Kernaussagen zum ZEN zu begreifen und zu verinnerlichen. Von einigen Aussagen fühlte er sich in seiner gegenwärtigen angespannten Verfassung besonders angesprochen:

„Wesentliches Ziel des ZEN ist die Mobilisierung geistiger Kräfte. Durch spirituelle Übungen sollen wir zu uns selbst finden. Die ZEN-Übungen bestehen vorwiegend aus stillem Sitzen und Befreiung des Geistes vor störenden Gedanken. Sie vermitteln einen Respekt vor dem inneren Wesen des Menschen und ein tiefes Gefühl für die Einheit mit allem was ist, das Universum eingeschlossen.

Im ZEN wird jeder, der kommt, willkommen geheißen, ohne Tadel, Forderungen oder Enttäuschung, vielmehr in dem Wissen, dass jeder Mensch ein kostbares Geschenk ist. Im ZEN lassen wir alles Störende los. Das ist nicht leicht zu realisieren, ist aber ein erprobter Weg, dauerhaft seinen inneren Frieden zu finden.

Das ZEN lehrt uns, stets aufmerksam und angemessen zu handeln. Dazu ist es wichtig, die Gegenwart zu leben und sich nicht von Zukunftsängsten aus der Bahn werfen zu lassen. Die Zukunftsangst und die Sehnsucht nach der Vergangenheit sind die Hauptfaktoren, die angemessenes Handeln behindern. Ein Sprichwort im ZEN lautet sinngemäß: Die Vergangenheit ist Traum, die Zukunft Vision, lebe in der Gegenwart so, dass Du immer von etwas Gutem träumen kannst.

In der ZEN-Praxis geht es darum, zu seinen Wurzeln zurückzukehren. Es handelt sich dabei um die Fähigkeit, hoffnungsvoll, vertrauensvoll, offen zu sein, zu vergeben und zu lieben, in allen und allem das Beste zu erkennen und zu achten.

Wenn wir lernen, in unserem eigenen Haus und in unserem Leben gründlich aufzuräumen, dort das Durcheinander zu beseitigen und die Vergangenheit loszulassen, entsteht neuer Raum, in dem unsere Beziehungen frei atmen können und die Liebe erscheinen kann.

Das ZEN will den kindlichen Geist in uns (wieder) erwecken. Der kindliche Geist ist offen, natürlich und erwartungsvoll. Er entdeckt das

Schöne im Leben und im Abenteuer und erwartet nicht, dass er andere verletzt oder selbst verletzt.

Das ZEN zeichnet das Bild vom Schlamm unseres bisherigen Lebens, auf dem unser weiteres Leben wie eine wunderschöne Lotusblume gedeiht. Wenn wir nach dem ZEN etwas tief im Innern erwarten und darauf beharren, schaffen wir die Voraussetzung, dass es geschieht und dass wir es uns zuziehen.

Im ZEN stellt sich uns nicht mehr die Frage, was der andere gibt oder nicht gibt. Vielmehr fragen wir uns, was wir ihm bieten können. Eine ZEN-Weisheit lautet: „Geben Sie voll und ganz, ohne Vorbehalt, ohne zu schauen, was Sie zurückbekommen. Je mehr Sie geben, desto erfüllter, glücklicher und selbstgenügsamer werden Sie."

In einer weiteren ZEN-Weisheit hieß es: „Es gibt kein größeres Geschenk, als die Geschenke und die Liebe eines anderen Menschen zu empfangen. Wenn Sie in einer Beziehung geben und im Gegenzug nichts zurückbekommen, hören Sie auf, so viel zu geben und verbringen Ihre Zeit damit, zu sein."

Besonders gut gefiel Felix das Bild von der schönen Lotusblüte, die vom Schlamm früherer Lotusblüten lebt und aus ihm ihre neue Lebenskraft bezieht. Das Bild ließ sich unmittelbar auf sein eigenes Leben übertragen, wo der „Schlamm" seines Lebens gleichbedeutend war mit all seinen Erfahrungen, guten und schlechten, die er in seinem bisherigen Leben gemacht hatte und die ihm nun Kraft für sein künftiges Leben gaben.

Felix dankte Clara für dieses schöne Buchgeschenk zur rechten Zeit, worüber sie sich sehr freute. Er verstand sie nun wieder besser, und sie hatten eine weitere gemeinsame Plattform ihres freundschaftlichen Zusammenlebens gefunden. Aber fortan schwebte über dieser Plattform auch das Damokles Schwert des „Loslassens". Felix war besorgt, Clara verlieren zu können. Er kannte ihre Kompromisslosigkeit in wichtigen Fragen.

33 Neue spirituelle Erfahrungen
Mai - Juli 2007

In diesen Tagen und Wochen, in denen Felix auf der Suche nach einem neuen inneren Halt war, reichte ihm seine Nachbarin Hildegard, der Felix' Suche nach einem neuen Halt nicht verborgen geblieben war, ein Buch von Clemens Kuby mit dem Titel „Unterwegs in die nächste Dimension" über den Gartenzaun. „Das brauchst du jetzt. Es kann dir in deiner gegenwärtigen Gemütsverfassung bestimmt helfen", sagte sie ihm mit einem freundlichen Lächeln. „Es geht um die Förderung von Selbstheilungskräften."

Sofort nach dem ZEN-Buch begann Felix mit der Lektüre des neuen Buches. Der Autor beschrieb in dem Buch, wie er nach einem Sturz vom Dach seines Hauses aus Sicht der Ärzte unheilbar querschnittsgelähmt war. Aufgrund der intensiven geistigen Anstrengungen während der vielen Monate, in denen er nur hilflos liegen konnte, hatte er es am Ende geschafft, wieder gehen zu können. Für ihn war das ein Beweis, dass der Mensch primär ein geistiges Wesen ist, welches seinen Körper durch geistige Kräfte so sehr beeinflussen kann, dass selbst scheinbar unheilbare Krankheiten geheilt werden können. Auf nachfolgenden Reisen in die ganze Welt hatte er für diese Erfahrung bei vielen Wunderheilern und Schamanen vielfältige Bestätigung gefunden.

Felix war auch über diese interessante Erkenntnis tief beeindruckt und nahm sich vor, fortan stärker auf seine eigenen „spirituellen" Selbstheilungskräfte zu achten und zu hören.

Nicht lange danach reichte ihm Hildegard ein weiteres Buch über den Gartenzaun. Der Autor war Willigis Jäger, und das Buch hatte den geheimnisvollen Titel „Die Welle ist das Meer,

Mystische Spiritualität". Auch dieses Buch verschlang Felix mit großer Neugierde und zunehmenden Erstaunen. Er war Hildegard sehr dankbar für die zwei Bücher, die für sein weiteres Leben fortan eine große Bedeutung gewinnen sollten.

Felix lernte von Willigis Jäger, welche Erkenntnisse dieser als junger Benediktinerpater beim Durchstöbern der Bibliothek seines Ordens und später bei einem mehrjährigen Aufenthalt in Japan im Auftrag seines Ordens in einer ZEN-Schule im Bereich der Mystik gewonnen hatte. Schon im Mittelalter hatte die Mystik mit ihren spirituellen Deutungen unseres Lebens eine wichtige Rolle gespielt. Die christliche Amtskirche hatte der Mystik aber später weniger Aufmerksamkeit geschenkt, sie sogar zugunsten dogmatischer Vorgaben verdrängt. Willigis Jäger hatte nun bei seinen Studien erstaunliche Ähnlichkeiten des spirituellen Verständnisses unserer Existenz zwischen dem Christentum und dem Buddhismus entdeckt. In seiner langjährigen Studien hatte er erkannt, dass die christliche Mystik in ihrem Kern im Wesentlichen das Gleiche lehrt wie die ZEN-Schulen und dass auch die verschiedenen Varianten des Yoga im Hinduismus vergleichbare Elemente enthalten.

Ohne dass Felix es erwartet hatte, fügten sich beim Lesen des Buches plötzlich verschiedene scheinbar unabhängige Ereignisse aus seinem Leben wie die Perlen einer Kette zu einer Einheit zusammen. Schon immer hatte es Felix als unbefriedigend empfunden, dass seine Erkenntnisse, die er als Naturwissenschaftler zum Verständnis des Lebens gewonnen hatte, nicht deckungsgleich waren mit den Lehren des Christentums und auch anderer Religionen. Mit den mystischen Visionen von Willigis Jäger über das Wesen und den Ursprung des Lebens lösten sich für Felix diese Widersprüche plötzlich auf, und es fiel ihm wie Schuppen von den Augen. Jetzt auf einmal fühlte er sich in einem geistigen Raum, in dem alle seine geistes- und naturwissenschaftlichen Erkenntnisse sich einander ergänzten und in dem er, Felix, sich selbst als untrennbarer Teil eines Großen und Ganzen fühlte.

Felix faszinierten die mystischen Visionen von Willigis Jäger, nach dessen Verständnis es zwischen „Gott" und dem kosmischen Geschehen und damit auch zwischen „Gott" und dem Menschen als untrennbaren Teil des Universums keinen Unterschied gibt. Nach Auffassung von Willigis Jäger hebt die Mystik die Dualität zwischen Gott und Mensch auf und sieht beide als Einheit, so wie die Welle zum Meer gehört und das Meer zur Welle. In der Mystik verschmilzt alles zu einer Einheit. Der Begriff „Gott" steht damit lediglich für etwas, dass der Mensch nicht begreifen und in Worte fassen kann. „Gott" ist überall und zu jeder Zeit, im Großen wie im Kleinen, präsent. Die Natur, der Kosmos, jedes Lebewesen, jedes Ding, ja jedes Atom ist Ausdruck der göttlichen Präsenz.

Diese Visionen deckten sich problemlos mit den Erfahrungen, die Felix bei seiner Ausbildung und seinen Tätigkeiten als Naturwissenschaftler, bei seinen langjährigen Tätigkeiten im Umweltschutz und bei vielen anderen persönlichen Erlebnissen in vielfältiger Form gemacht hatte. Er erinnerte sich spontan an Beispiele aus seiner Schulzeit, seinem Studium der Chemie und Biochemie, seinem Zusatzstudium als Umweltexperte und seiner mehr als 30 Jahre beruflichen Aktivitäten zum Schutz von Wasser, Boden und Luft als Grundlage des Lebens. Als Naturwissenschaftler hatte er im Laufe seines Lebens viele Einzelheiten der Geschehnisse in der Natur kennen und schätzen gelernt. Ihre wundersame Komplexität und ihr harmonisches Zusammenwirken hatten ihn schon immer zum Staunen gebracht.

Felix fühlte mit einem Male, wie sich all seine Erfahrungen, die er bei seinen Studien und in seinem Leben gemacht hatte, wunderbar einander ergänzten und wie sie sich problemlos in die spirituell geprägte Vorstellung von der mystischen Einheit alles Bestehenden einordnen ließen.

Bei jeder dieser Erfahrungen hatten sich Felix stets auch grundsätzliche Fragen zum Grundverständnis des Erlebten gestellt, die nicht mehr mit den rationalen Argumenten der Naturwissenschaft zu erklären bzw. zu verstehen waren. Durch die mystischen Visionen Willigis Jägers fand Felix nun einen neuen Zugang, um Antworten auf seine eigenen „transrationalen Fragestellungen", wie er diese nun nannte, zu finden. Das Prinzip bestand darin, seinem Geist, seiner Seele oder seinen Gefühlen freien Raum zu lassen.

Felix lernte bald, dass dies umso besser gelang, je mehr er sein Gehirn bzw. sein Bewusstsein frei machte von konkreten Gedanken oder rationalen Erklärungsbemühungen und gleichzeitig zuließ, alles Sein, auch sich selbst, und alles Geschehen als untrennbaren Teil des kosmischen Seins und Geschehens zu betrachten und zu verstehen. Felix fand diese Erkenntnis in seiner verworrenen Gefühlslage tröstlich und hilfreich. Egal, was mit ihm geschah, er war und blieb untrennbarer Teil des Großen und Ganzen. Auf wundersame Weise gelang es ihm nun, neue immaterielle, also geistige Erfahrungen zu sammeln, die er von nun an „spirituelle Erfahrungen" nannte.

Mit der mystischen Vision von der allgegenwärtigen Präsenz des Göttlichen als Einheitsgedanke war es Felix nun problemlos möglich geworden, seine naturwissenschaftlichen und sonstigen Erkenntnisse zum besseren Verständnis unserer Welt zu nutzen und mit der Vorstellung der Allgegenwärtigkeit des Göttlichen in Einklang bringen. Sie erlaubte es ihm auch, an der „Evolution des Geistes" als laufenden Prozess aktiv und bewusst mit teilzunehmen.

Die aktive Auseinandersetzung Felix' mit Fragen der Spiritualität fand während des ganzen Jahres 2007 statt, nachdem Clara Felix erstmals Ende Januar darauf angesprochen hatte. Es war für Felix zunächst ein mühsamer Prozess, dem er sich aber zunehmend und mit großer Freude widmete, weil er spürte, darin einen Ausweg aus seinem Dilemma zu finden, in dem er sich als Verlierer und Ausgenutzter fühlte.

Felix war nun auch begierig, Willigis Jäger, den er bisher nur über seine Schriften kannte, auch persönlich kennen zu lernen. Schon bald danach konnte er an einem fünftägigen Seminar mit dem Titel „Kontemplation" unter Leitung von Willigis Jäger in dessen Schulungszentrum „Benediktushof" bei Würzburg teilnehmen. Bei diesem Seminar verbrachten die Teilnehmer die Zeit damit, über viele Stunden am Tag schweigend auf einer kleinen Matte zu sitzen, wobei sie an nichts denken sollten.

Bei den langen Sitzfolgen ohne weitere Aktivitäten gelang es Felix von Mal zu Mal immer besser, seine innere Ruhe zu finden, zu sich selbst zu kommen, ohne von äußeren Einflüssen abgelenkt zu werden. Es gelang ihm sogar, sich in einen Zustand von Raum- und Zeitlosigkeit zu versetzen.

Nach dem Seminar hatte Felix das Gefühl ein anderer Mensch geworden zu sein. Er hatte einen Weg zu sich selbst gefunden.

Während dieser Zeit intensiver Beschäftigungen mit Fragen der Spiritualität und immaterieller Werte veränderte sich Felix' Gemütszustand sichtbar. Er wurde innerlich ruhiger und gelassener, und er lernte neue Menschen kennen, wie sie ihm früher nie begegnet waren. Er fühlte sich jetzt besser als zuvor in der Lage, die Fakten, wie sie entstanden war, hinzunehmen und das Vergangene loszulassen.

34 Neue innere Kraft

April-Juli 2007

Im April 2007 fand Felix die Kraft, gegenüber Dorothea einen neuen Vorstoß zu machen, der es ihr leichter machen sollte, freundlich zurück zu reagieren. Angeregt durch die Beschäftigung mit dem ZEN, der einen sanften und stets liebevollen Umgang mit den Mitmenschen empfahl, schrieb Felix ihr einen Brief mit einer völlig neuen Botschaft:

Liebe Dorothea,

Nachdem ich nun seit einigen Wochen eine psychotherapeutische Beratung in Anspruch nehme und mich auch mit weitergehender Literatur wie ZEN und Förderung der Selbstheilungskräfte beschäftigt habe, stellt sich bei mir allmählich ein anderer Seelenzustand ein. Dieser gibt mir neue Kraft und hilft mir, mein Leben neu zu verstehen und neu zu gestalten.

Mit dieser neuen inneren Einstellung habe ich den tiefen Wunsch, dauerhaft meinen Frieden mit Dir zu machen. Ich möchte gern unter alle Bitternis, Schmerzen, Kränkungen und Enttäuschungen, die im Laufe der Jahre zwischen uns entstanden sind, einen Schlussstrich ziehen und aufhören, mit solchen belastenden Gedanken in der Vergangenheit herumzurühren. Ich möchte gedanklich und seelisch frei werden für die Gestaltung meiner Gegenwart und Zukunft.

Ich möchte Dich von Herzen um Verzeihung bitten für alles, was Du durch mich – bewusst oder unbewusst - an Verletzungen erlitten hast. Ich kann diese leider nicht ungeschehen machen aber daraus lernen, solche „Fehler" in Zukunft so weit wie möglich zu vermeiden.

Ich danke Dir für alles Gute, was ich durch Dich in über 30 Jahren des Zusammenseins erfahren konnte. Das war sehr viel Positives, viel mehr, als ich in all den Jahren bewusst wahrgenommen habe. Es tut mir Leid, nicht ausreichend darauf geachtet zu haben.

Ich reiche Dir hiermit meine Hand zur Versöhnung. Ich möchte gern zu Lebzeiten meinen Seelenfrieden finden. Ich werde mir fortan auch alle Mühe geben, Dir und anderen Mitmenschen möglichst nur noch freundlich zu begegnen.

Können wir uns nicht direkt – ohne Moderator – verständigen? Ich lade Dich gern irgendwohin dazu ein. Mich würde vor allem interessieren, wie Deine weitere Lebensplanung aussieht und wie wir in Zukunft im Hinblick auf unsere Töchter, Schwiegersöhne und Enkelkinder zusammenwirken können. Bitte schlage mir – möglichst noch für die nächste Woche - Ort und Zeit für ein Treffen vor.

Das Buch über ZEN, was mir persönlich viel gegeben hat, lege ich als kleines Geschenk bei; es wurde mir auch geschenkt. Es handelt von der Fähigkeit zum Loslassen und der umfassenden Bedeutung der Liebe.

Herzliche Grüße

Felix

Diesmal hatte Felix offenbar einen besseren Tonfall getroffen, der bei Dorothea offene Ohren fand. Schon nach wenigen Tagen erhielt Felix eine handgeschriebene Antwort mit einer ungewöhnlich freundlichen Begrüßung von ihr:

Hallo lieber Felix,

Ich freue mich über Deinen Brief und über den neuen Ton und die Veränderungen, die daraus zu lesen sind.

Genau wie Du wünsche ich mir, das Negative der Vergangenheit ruhen zu lassen und wenn möglich zu vergessen. Ich finde es anrührend, dass Du mich um Verzeihung bittest. Ich habe Dir verziehen und das ein oder andere wird wohl auch auf mein Konto gegangen sein (an Fehlern oder Verfehlungen).

Wenn wir für die Zukunft als Grundlage nehmen, was es Gutes in unserer Beziehung gegeben hat, wird es uns sicher besser gelingen, unseren Kindern, Schwiegersöhnen und Enkeln zu ersparen, zwischen uns hin und her gerissen zu werden.

Zu Deinem Vorschlag für ein Treffen: Ich habe Donnerstag einen Termin bei meinem Anwalt, bei dem ich herausfinden will, wie und ob man den von Dir befürchteten Schaden begrenzen kann.

Danach wäre ein Treffen sicher sehr sinnvoll.

Dein Buch über den ZEN lese ich gerade. Ich kann verstehen, was Du darin findest, glaube ich wenigstens.

Mit herzlichen Grüßen

Dorothea

Nachdem Felix dieses Schreiben staunend gelesen hatte, atmete er tief durch. Das war ein völlig neuer Tonfall. Die Methode ZEN hatte also gewirkt. Nicht mit Gewalt und Verbissenheit konnte er etwas erreichen, sondern eher mit Sanftheit und persönlicher Zurücknahme. Dankbar schloss er die Augen. Ja, jetzt schien es erstmals wieder eine Perspektive zwischen ihnen beiden zu geben, die Hoffnung auf ein neues Einvernehmen machte. Gespannt wartete er ab, was die nächsten Tag bringen würde.

Anfang Mai 2007 erhielt er das nächste Schreiben von Dorothea. Dieses war nicht von Hand geschrieben, wie der letzte Brief, sondern mit dem Computer. Es enthielt auch nicht die freundliche Anrede wie das Schreiben zuvor, sondern war wie ein förmliches Geschäftsschreiben abgefasst. Felix spürte, wie sich sein Inneres wieder zusammenzog und sein Herz stärker zu schlagen begann. Er befürchtete Schlimmes, als er mit dem Lesen begann.

Hallo Felix,

Aus Deinen Briefen geht hervor, dass Du die Scheidung jetzt nicht willst, weil Dir durch die Übertragung von Teilen Deiner Rentenanwartschaften auf mich durch den Versorgungsausgleich dann Pensionsanteile nicht mehr ausgezahlt werden und Du damit erhebliche finanzielle Einbußen erleiden würdest. Ich habe durchaus Verständnis dafür, dass Dich das belastet.

Kein Verständnis habe ich allerdings dafür, dass Du unsere Kinder in einer für mich unverzeihlichen Weise in Deine Auseinandersetzungen mit mir hineingezogen hast.

Ich habe mit meinem Anwalt ausführlich beraten, welche Möglichkeit es gibt, diese finanziellen Verluste für Dich zu vermeiden. Mein Anwalt hat uns folgenden Ausweg aufgezeigt:

(Es folgte der Vorschlag für ein kompliziertes juristisches Verfahren, das darauf basierte, dass er Dorothee einen Unterhalt zahlen sollte. Dieses Verfahren hatte Felix bereits geprüft und als unrealistisch gefunden, um auf diese Weise die Kürzung seiner Pension zu vermeiden.)

Da dieser Weg so möglich ist, bitte ich Dich schon um Verständnis dafür, dass ich das Scheidungsverfahren auch fortsetzen möchte.

Mit freundlichen Grüßen

Dorothea

Felix schaute das Schreiben ungläubig an. Er zitterte am ganzen Leib. Was war zwischen dem letzten und diesem Schreiben geschehen? Ihn störte weniger der förmlich abgefasste „Lösungsvorschlag", den offenbar Dorotheas Anwalt so formuliert hatte, sondern der Satz

"Kein Verständnis habe ich allerdings dafür, dass Du unsere Kinder in einer für mich unverzeihlichen Weise in Deine Auseinandersetzungen mit mir hineingezogen hast."

Hatten sie sich nicht gegenseitig alles verziehen, was zwischen ihnen vorgefallen war? Hatte er die Probleme, die zwischen ihm und seinen Kindern entstanden waren, als er versuchte, sie als Verbündete zu gewinnen, nicht bereits auf direktem Wege mit ihnen geklärt. Warum musste Dorothea jetzt, wo sich zwischen ihnen gerade eine neue offene und freundliche Gesprächsbasis entwickelte, in dieser Weise nachkarten? Felix konnte es nicht verstehen. Mit einem Male war das kleine Pflänzchen der neuen Annäherung, welches gerade hoffnungsvoll zu wachsen begonnen hatte, schon wieder zerstört.

Nur wenige Tage danach erhielt Felix ein Schreiben vom Familiengericht, in dem ihm ein Schreiben des Anwalts von Dorothea an das Familiengericht zur Kenntnis gegeben wurde, aus dem hervorging, dass seine Mandantin (Dorothea) weiterhin beabsichtigte, die Scheidung ohne Wenn und Aber durchzuziehen.

Felix brauchte einen Monat, um sich von diesem Schock zu erholen. Die gestelzten formal-juristischen Formulierungen des Anwalts verfolgten Felix nachts im Schlaf. Seine Gefühle, keine Freude mehr am Leben zu haben, kehrten verstärkt zurück. Es war gut, dass er in dieser Zeit die Therapiegespräche bei seinem Psychoanalytiker, von dem er seit Februar betreut wurde, führen konnte. Dieser hörte sich Felix' Sorgen geduldig an und gab ihm den Rat, von Dorothea nun nichts weiter zu erwarten, sondern jetzt unabhängig von ihr seinen eigenen Weg zu suchen.

Am Ende des Monats Mai schrieb er Dorothea den folgenden Brief, mit dem er endgültig einen Schlussstrich unter ihre Auseinandersetzung ziehen wollte.

Hallo Dorothea,

es hat einen Monat gedauert, bevor ich mich jetzt zu einer direkten Antwort auf Dein letztes Schreiben aufraffen kann. Ende April 2007 hatten wir einen handschriftlichen Briefwechsel, welcher zu einer freundlichen Atmosphäre zwischen uns geführt hatte. Ich war danach zuversichtlich, dass wir auf dieser Grundlage eine einvernehmliche Lösung unserer Konfliktlage finden könnten und war auf Deinen „Vorschlag" gespannt.

Dein Vorschlag, Dir einen Unterhalt zu zahlen, würde zu einer weiteren Erhöhung Deiner monatlichen Bezüge ... zu meinen Lasten führen. ...Er ist außerdem nur eine Kann-Regelung, für die es keine Garantie gib, dass er zum Erfolg führt. Im ungünstigen Fall wird mir nicht nur die Pension gekürzt, sondern ich muss Dir auch noch zusätzlich den vereinbarten Unterhalt zahlen.

Ich habe mich bei all meinen Entscheidungen zu Deinen Gunsten und zu Gunsten unserer Töchter davon leiten lassen, im Interesse aller Beteiligten eine neue Lebensplattform mit zu schaffen, auf der jeder zufrieden leben und sich weiter entwickeln kann.

Durch Deinen Scheidungsantrag fühle ich mich nun schutzlos einer einseitigen Vorteilsnahme durch Dich ausgesetzt, die meine eigenen Lebensgrundlagen empfindlich beeinträchtigt, und das nur, weil Du mit der von Dir angestrebten Scheidung nicht bis zu meiner Pensionierung im Jahre 2010 warten willst. Ich empfinde Deine Vorgehensweise als wenig fair und rücksichtsvoll. Seit meiner Kindheit leide ich unter einem Trauma, gedemütigt zu werden, wenn ich selbst in einer schwachen Position bin.

Offenbar leben wir in einer Gesellschaft, in der es chic ist, dass der Stärkere seinen Vorteil gegenüber dem Schwächeren mit allen Mitteln - auch rechtlichen - rücksichtslos durchsetzt und durchsetzen darf. Welchen Sinn macht es dabei eigentlich noch, sich für Andere oder eine gute Sache einzusetzen? Welchen Sinn macht das Leben dabei eigentlich noch?

Mir fehlt die Kraft, Dich noch einmal um etwas zu bitten. Wenn Du weiterhin an Deiner einseitigen Vorteilsnahme festhalten willst, müssen die Dinge nun wohl ihren Lauf nehmen.

Mit freundlichen Grüßen

Felix

Damit war Felix' Stimmungstief noch nicht erreicht. Ein weiterer herber Genickschlag folgte Anfang Juli 2007. Aus heiterem Himmel erreichte ihn eine E-Mail von Clara, die mit einem nichts Gutes verheißenden Text in der Betreffzeile begann:

Die Wirklichkeit sieht anders aus

Hallo Felix.

Im Rückblick auf unsere Begegnung und den Gesprächen der letzten Woche bin ich zu folgendem Schluss gekommen:

Streich mich aus deinen Träumen. Sie sind unrealistisch. Meine Wirklichkeit sieht anders aus. Meine Träume auch. Unehrliche Kompromisse führen zu nichts und kosten mich unnötig Kraft. Streich mich aus deinen Träumen. Aus allen.

Machs gut.

Clara

Was war nur passiert, dass ihm Clara in dieser Situation diese E-Mail schrieb, die das Ende ihrer langjährigen Freundschaft bedeutete, eine „besondere Freundschaft", von der Felix angenommen hatte, dass sie unzerstörbar sei.

Jetzt erinnerte sich Felix daran, welche Bedeutung Clara dem Begriff „Loslassen" beigemessen hatte, seit sie sich selbst mit ZEN beschäftigt hatte. Er erinnerte sich auch, seit dieser Zeit wiederholt ein Unbehagen gespürt zu haben, wenn sie davon sprach, und dass er sich selbst auch gefragt hatte, welche Auswirkungen das auf ihre Freundschaft haben würde. Er hatte sich vorstellen können, dass sie sich zeitweise von ihm zurückziehen würde, um zu sich selbst zu finden, und nicht immer wieder aufs Neue mit seinen Beziehungsproblemen konfrontiert zu werden. Aber ein komplettes Aufkündigen ihrer Freundschaft, das hatte Felix nicht erwartet.

Und doch war es so. Clara blieb konsequent. In den nächsten Monaten gab es noch diesen und jenen E-Mail-Austausch zwischen ihnen, der aber an ihrer Entscheidung nichts änderte.

Tröstlich waren bei diesem weiteren Austausch einige Sätze von Clara, die Felix halfen, ihren Standpunkt etwas besser zu verstehen. So schrieb sie Ende Juli 2007:

„..... Nein, meine Mail war keine Spontanentscheidung: vielleicht erinnerst du dich an Gespräche um Ostern herum. Nein, es gehörte nie zu meinen Träumen, mit dir als Paar zu leben, zu keinem Zeitpunkt unseres Miteinanders. Und: war die Welt vor meiner Mail wirklich in Ordnung? Um welchen Preis? Vor acht Jahren begegneten wir uns, und lange Zeit war die Dreieckssituation für mich tragbar. Ich habe die Kraft dazu nicht mehr, ich habe mich verändert? durch welche Einflüsse auch immer. In jedem Fall viele. Vielleicht hast du mangels Zeit für Gespräche nicht alle mitbekommen können. Und ich war vielleicht auch besonders schweigsam, wenn mich etwas bewegte.

Soweit ein kleines Lebenszeichen von mir. Vielleicht zu wenig, vielleicht auch schon zuviel.

Ich wünsche dir in jedem Fall erfüllte Tage und Wochen und Menschen um dich, die dir wertvolle Spiegel sind und dir Anregungen für weitere Entwicklungen geben.

Mit herzlichen Grüßen

Clara

Felix antwortete darauf spontan:

Liebe Clara,

Für Deine nicht mehr erwartete Antwort und Erklärung danke ich Dir von Herzen. Sie hilft mir, Deine Entscheidung auch emotional zu akzeptieren. Lieber wäre es mir allerdings gewesen, Du hättest mir Deine Beweggründe und Deine Entscheidung in einer persönlichen Begegnung mitgeteilt, und wir hätten uns – vielleicht mit Tränen in den Augen – voneinander verabschiedet. So ist es wie ein plötzlicher Unfall, der auch aus heiterem Himmel kommt, und viel Zeit benötigt, um seine Folgen zu verkraften.

Wie dem auch sei. Es ist tröstlich, von Dir diese Erklärung zu bekommen. Ich selbst war immer offen für alle möglichen Alternativlösungen, die aber alle nicht auf ein endgültiges Sich-nicht-mehr-sehen-wollen hinausgelaufen wären. Auf der Erde leben zwar über sechs Milliarden Menschen, aber nur wenige werden einen so intensiven Gedanken- und Gefühlsaustausch erleben, wie er zwischen uns statt gefunden hat. Deshalb finde ich es schade, zu Lebzeiten –ohnehin nur ein Wimpernschlag der (mystischen) Ewigkeit – auf solche Begegnungen freiwillig zu verzichten.

Ich hoffe, dass Du – ohne unseren Kontakt und Austausch – in Zukunft Dein Glück besser finden wirst und dass Du ein ausgefülltes Leben leben kannst. Dazu wünsche ich Dir das Beste.

Herzliche und traurige Grüße

Felix

Sie antwortete nur wenige Tage später:

Lieber Felix,

Deine schnelle Antwort auf meine verspätete Mail hat mich berührt. Und viele Fragen wieder wachgerufen. Fragen, die mich zu unseren sehr unterschiedlichen Sichtweisen führen. Unterschiede, Meinungsverschiedenheiten, unterschiedliche Gefühlswahrnehmungen, die - ausgelebt, ausgesprochen - die Gefahr von Verletzungen bergen. Und ich wollte dich nicht verletzen.

Dein Gesprächswunsch: Wärest du in der Lage gewesen, meinen Standpunkt stehen zu lassen, meine Gefühle anzunehmen, wohlwollend, verstehen wollend, ohne mich zu bedrängen, und mich so sein zu lassen wie ich bin? Alternativlösungen: Gab es sie wirklich? Sind wir nicht bereits einmal heftig gescheitert? Und ich frage mich, ob du die Vergangenheit nicht ein wenig zu sehr verklärst und die vielen Schattenseiten vergisst, die es für dich, für mich gab.

Es ist sicher müßig, jetzt diese Fragen zu stellen. Vielleicht sind sie dennoch Anknüpfungspunkte zum Nachdenken und Nachfühlen, was war und wie es ist. Und vielleicht kannst du mein Schreiben auch als Ausdruck dafür sehen, dass ich dir trotz allem gewogen bin.

In diesem Sinne grüßt dich

Clara

Das war die letzte inhaltliche Botschaft, die Felix von Clara erhielt. Die Abkehr Claras von ihm machte ihn traurig. Was hatte er falsch gemacht? Aus den Zeilen von Clara konnte er heraus lesen, dass er nicht richtig zugehört hatte, dass er vieles nicht richtig mitbekommen hatte, dass ihnen Zeit für Gespräche gefehlt hatte, dass er sie bedrängt hatte. War er wirklich so ein grober Klotz? War er so rücksichtslos mit ihr umgegangen? War es Utopie, diese „besondere Freundschaft" neben seiner Partnerschaft mit Beatrice aufrecht zu erhalten und mit Leben zu füllen? Warum konnte sie trotz aller Schwierigkeiten nicht einfach weiter existieren? Warum diese „Fallbeil-Reaktion", als die er sie empfand: Die Aufkündigung der Beziehung aus heiterem Himmel, von einem Augenblick zum andern? Oder war der Himmel gar nicht mehr heiter gewesen? Hatten sich in den letzten Monaten nicht immer mehr Wolken am Himmel gezeigt, die er nur nicht hatte sehen wollen? Fragen über Fragen, die Felix quälten.

Clara zwang ihn, von ihr loszulassen, was ihm aber nur schlecht gelang. Felix brauchte lange Zeit, um sich damit abzufinden. In den folgenden Jahren versuchte er immer wieder, den Kontakt mit Clara zu finden, um mit ihr wenigstens ein klärendes Gespräch zu führen. Es gelang ihm nicht. Clara blieb auf für ihn unerbittliche Weise konsequent.

Felix kannte diese Empfindlichkeit von Clara sehr gut, und er hatte sich eigentlich immer bemüht, sie zu respektieren und mit Clara entsprechend behutsam umzugehen. Aber es war ihm offensichtlich nicht gelungen. Auch das quälte ihn. Er machte sich Vorwürfe, wie er sich in seinem Leben schon oft Vorwürfe gemacht hatte. Immer wieder hatten Zweifel sein Leben begleitet. Er dachte wieder an das Zitat von Siegfried Lenz über den Zweifel und die Sicherheit.

Felix fiel es schwer, die Entscheidung von Clara zu akzeptieren. Auch in den folgenden Jahren fand er keinen neuen Zugang mehr zu ihr. So hatte Felix nicht nur Dorothea sondern auch Clara endgültig verloren. Er musste nun sein Leben von Grund auf neu gestalten. Er durchlitt eine schwere Krise. Aber wie jede Krise öffnete ihm diese auch neue Chancen.

Mit dem ZEN, seinem neuen Verständnis von Selbstheilungskräften und seiner neuen, mystisch ausgerichteten Lebensphilosophie hatte Felix neue Grundlagen gefunden, auf der er sein Leben weiter aufbauen konnte. Gute Geister hatten ihm den Zugang zu diesen neuen Fundamenten ermöglicht. Dafür empfand Felix tiefe Dankbarkeit.

Und da war ja auch noch Beatrice .....

Teil IV: Aufbruch zu neuen Ufern

35 Neue Herausforderungen

Juni 2010 / August 2007 - Januar 2008

„Beatrice!" Beim Gedanken an Beatrice schreckt Norbert auf und ist mit einem Male hellwach. Er schaut auf die Uhr; es ist fast zehn Uhr. „Mein Gott, wovon habe die ganze Nacht geträumt. Jetzt ist schon helllichter Tag, und ich habe noch nicht mir ihr gesprochen."

„Heute wird Beatrice zum vierten Mal operiert, und diese OP soll länger dauern als die bisherigen. Ich muss dringend mit ihr sprechen."

Felix ruft Beatrice auf ihrem Handy an, aber sie meldet sich nicht.

„Ist sie schon im Operationssaal?", geht es Felix durch den Kopf. „Ich wollte ihr doch unbedingt noch Mut zusprechen."

Er ruft bei der Krankenstation an und erfährt, dass die Operation bereits stattfindet und sich wohl einige Stunden hinziehen wird. Vor dem Nachmittag hätte es keinen Zweck, zu kommen. Beatrice brauche ja auch noch Zeit, um aus der Narkose aufzuwachen. Felix möge doch gegen 14 Uhr anrufen, dann könne man ihm sicher mehr sagen.

Unruhig verbringt Felix den Rest des Dienstagvormittags. Am Wochenende soll bereits das große Gartenfest anlässlich seines 65. Geburtstags und seiner Pensionierung stattfinden, zu dem er vor Wochen eingeladen hat. Er geht die Liste der Besorgungen durch, die bis dahin noch erledigt werden müssen, und führt eine Reihe weiterer Telefongespräche, darunter mit dem Partydienst, der das Essen liefern soll und mit seinen befreundeten Nachbarn, die ihm Tische und Bänke zur Verfügung stellen und Schlafgelegenheiten für seine Gäste angeboten haben.

Immer wieder hatte er Beatrice gefragt, ob er das Fest nicht doch besser absagen solle, aber stets hatte sie ihn ermutigt, es stattfinden zu lassen. Sie zeigte sich zuversichtlich, rechtzeitig entlassen zu werden, zumindest vorübergehend, um an dem Fest teilnehmen zu können. Auch die neue Operation heute würde ihr diese Möglichkeit lassen, wenn alles plangerecht verliefe.

„Wenn, wenn ... Was war bisher plangerecht verlaufen? Hatte sie etwa damit gerechnet, dreimal an der Brust operiert zu werden und jetzt noch die Abszess-Operation?"

Felix hat inzwischen Zweifel, ob alles gut gehen würde, aber jetzt ist es zu spät, eine andere Entscheidung zu treffen. Er ist gezwungen, optimistisch zu bleiben. Er versucht, ruhig zu bleiben. Methoden dazu kennt er genug – Autogenes Training, Entspannungstechniken, Yoga, Sitzen im ZEN, Atemübungen – , aber es fällt ihm schwer, sich darauf zu konzentrieren. Nur langsam vergeht die Zeit, und immer wieder schaut er nervös auf die Uhr.

Endlich ist es 14 Uhr. Er ruft die Krankenstation an.

„Ja, Sie können sich beruhigen. Alles ist gut verlaufen. Jetzt braucht ihre Frau aber noch einige Stunden Ruhe, bevor Sie sie sprechen können. Vor 17 Uhr hat es keinen Zweck zu kommen."

Noch drei Stunden Warten. Felix sucht irgendwelche Ablenkungen, geht einkaufen, räumt im Haus auf, geht zum wiederholten Male die Liste mit den zu erledigenden Besorgungen für sein Fest durch.

Als die Uhr auf 17 Uhr zugeht, hält er es nicht mehr aus. Er besorgt einen großen Blumenstrauß mit roten Rosen und fährt ins Krankenhaus.

Beatrice liegt wach im Bett, ein wenig bleich und erschöpft, aber sie lächelt glücklich, als sie Felix in den Raum kommen sieht. Er zeigt ihr den Blumenstrauß, über den sie sich freut, und nimmt sie als Erstes fest in seine Arme, bevor er die Blumen in eine Vase stellt.

„Mein lieber Schatz, was musst Du alles durchmachen. Wie geht es Dir?

„Danke, den Umständen entsprechend gut. Die Operation hat fast drei Stunden gedauert. Ich fühle mich jetzt ziemlich schlapp. Jetzt reicht es aber auch. Vier Operationen in drei Wochen. Ich weiß nicht, wie ich das durchgehalten habe. Danke für den schönen Blumenstrauß. Wir können den vorherigen damit ersetzen, er ist schon ein bisschen verwelkt."

Sie schließt die Augen und Felix streichelt ihr sanft die Hand.

Lange bleibt er so an ihrem Bett sitzen, bevor er wieder nach Hause fährt. Er ist jetzt deutlich erleichterter als vorher, als er nur untätig zu Hause warten musste. Nun war das Schlimmste wohl überstanden.

In der folgenden Nacht kann Felix nicht verhindern, seine Gedanken zur Vergangenheitsbewältigung vom Vortag fortzusetzen. Es drängt ihn, noch einmal nachzuempfinden, wie er es geschafft hatte, sein Stimmungstief, in das er durch Dorotheas unerbittliches Beharren auf sofortiger Scheidung und durch Claras Auflösung ihrer Freundschaft gefallen war, zu überwinden.

Am Anfang des Weges stand seine Öffnung für den ZEN, die Erkenntnis über die Bedeutung von Selbstheilungskräften und seine neue Lebensphilosophie auf der Grundlage der mystischen Visionen von Willigis Jäger. Das waren aber zunächst nur theoretisch-philosophische Grundlagen. Es kam nun darauf an, diese in sein Alltagshandeln zu integrieren und im Alltagshandeln eine neue Befriedigung zu finden.

Felix musste nicht lange suchen. Im Grunde stand bereits alles bereit.

Er hatte Beatrice als Partnerin, die ihm treu und liebend zur Seite stand. Er arbeitete für den Verein „Kunst verbindet Europa", den er zusammen mit Beatrice und einigen anderen Mitstreitern vor einigen Jahren gegründet hatte, dessen Vorsitzender er nun war und dessen Programmgestaltung ihn seitdem zeitlich sehr in Anspruch nahm. Er besaß ein neues Zuhause mit einem schönen Garten, wo er sich wohl fühlte und wo es immer etwas zu tun gab. Er sang in einem Chor mit, dessen Mitglieder sich regelmäßig einmal pro Woche zur Probe trafen und der mehrere Male im Jahr öffentlich auftrat. Er hatte liebe Nachbarn und etliche neue Freunde. Auf Anregung von Beatrice hatte er sich mit seinen Wasserfotografien, die er über viele Jahre in seiner Zuneigung zum Umweltmedium Wasser entstanden waren, erfolgreich für Fotoausstellungen beworben und im Laufe der letzten Jahre bereits mehrere solcher Ausstellungen präsentiert, die öffentliche Anerkennung fanden.

Hinzu kamen die gemeinsamen Reisen mit Beatrice. Wie viele schöne Reisen hatten sie in den letzten Jahren nicht schon gemeinsam unternommen? Felix denkt an die unvergessliche Kenia-Reise mit dem kenianischen Familienurteil über seine Beziehung mit Beatrice. Er denkt an die Reisen mit Beatrice durch Andalusien in Spanien, durch den Peloponnes in Griechenland oder durch Dänemark, an die wunderbaren und erlebnisreichen Erholungsreisen, in denen sie gewandert, mit dem Rad gefahren oder zusammen gesegelt sind, an die anregenden Reisen zur Vorbereitung der Kunstausstellungen ihres Vereins „Kunst verbindet Europa" nach Moldau, Polen, Slowenien, Rumänien, Ägypten und im letzten Sommer nach Kroatien, wo Felix noch einmal eine Mission für den Umweltschutz erfüllt hatte.

Alle diese Aktivitäten waren positiv belegt und hatten ihn erfüllt. Was wollte er mehr? Waren das nicht hervorragende Ausgangspositionen, um das Leben neu zu gestalten und mit sinnvollen Inhalten zu füllen?

Wenn da nicht die unerfreuliche Auseinandersetzung mit Dorothea über ihren Scheidungsantrag wäre. Dieses Thema belastete Felix mehr, als ihm recht war. Zu groß war der finanzielle Verlust, den er durch die Scheidung zum falschen Zeitpunkt erleiden würde. Dieses Geld würde ihm fehlen, um sein neues, kreatives Leben wie bisher fortführen zu können.

Auch war damit zu rechnen, dass sich die Zahl seiner Enkelkinder erhöhen würde. Er hatte drei Töchter, von denen inzwischen zwei verheiratet waren, und bisher ein Enkelkind Lucia, zu dem er gelegentlich als Babysitter gerufen wurde. Daniela würde ihm wohl bald ein zweites Enkelkind schenken. Nach ihrer unglücklichen Scheinschwangerschaft hatte sie Felix bereits nach wenigen Wochen über eine neue, diesmal echte Schwangerschaft informiert und ihm als Beweis eine Ultraschallaufnahme ihres Kindes in ihrem Bauch geschickt. Er freute sich auf das Kind und stellte sich vor, wie er seine Rolle als Opa ausfüllen würde. Auch dafür würde er Geld benötigen, um die Eltern zu unterstützen und den Enkelkindern immer wieder etwas zu schenken, vielleicht auch mit ihnen zusammen zu verreisen und die Ferien zu verbringen.

Felix war enttäuscht und traurig, dass Dorothea seine Großzügigkeit ihr gegenüber nicht honorierte und nicht auf die Scheidung bis nach seiner Pensionierung verzichtete, um den befürchteten finanziellen Schaden zu vermeiden.

Auf sein Schreiben von Ende Mai als Reaktion auf Dorotheas Schreiben einen Monat vorher bekam Felix keine Antwort, was ihn abwechselnd traurig, wütend und enttäuscht machte. Mit seinen neuen Erfahrungen mit dem ZEN und den Selbstheilungskräften sowie seine neue, von ihm als tröstlich empfundene Lebensphilosophie, in der er sich als untrennbarer Teil eines Großen und Ganzen, auch über seinen Tod hinaus, fühlte, gelang es Felix zwar, sein Gemütsleben immer wieder aufs Neue zu stabilisieren. Dabei halfen ihm auch die monatlichen Therapiegespräche bei seinem Psychoanalytiker. Dennoch empfand er den Scheidungsantrag weiterhin wie ein Damoklesschwert, welches permanent über ihm hing und ihn belastete. Hier konnte er nicht einfach loslassen oder den drohenden Geldverlust einfach so hinnehmen.

An einem schönen Sommertag des Jahres 2007, als Felix allein zu Hause war, bekam Felix Besuch von seinen Töchtern Cecilia und Katharina zusammen mit seinem Enkelkind Lucia. Er freute sich über dieses Treffen und lud alle zu Kaffee und Kuchen auf seine Sonnenterrasse ein. Beiläufig erzählte Cecilia, dass ihre Mama in der Nähe sei, um ihren Anwalt aufzusuchen. Felix gab sich einen Ruck. Vielleicht bot dies eine neue Chance, dem verfahrenen Beziehungsdrama eine neue, freundlichere Wende zu geben. Er bat Cecilia, am Wagen von Dorothea eine persönlich geschriebene Einladung zu befestigen, um sie zu bitten, an ihrem Treffen teilzunehmen. Schnell schrieb er für Dorothea einige freundliche Zeilen und Cecilia lief los, um sie unter die Scheibenwischer von Dorotheas Auto zu klemmen. Es dauerte nicht lange, und Dorothea folgte tatsächlich der Einladung.

Nun saßen sie gemeinsam auf der Terrasse, so als ob nichts geschehen sei. Die Stimmung war gelöst und entspannt. Jeder bemühte sich, zur guten Stimmung beizutragen. Das leidige Thema „Scheidung" wurde von allen vermieden, obwohl es spürbar über der Szene lag. Erst als Dorothea sich freundlich verabschiedete, sagte sie Felix in knapper Form:

„Zu unserem Scheidungsverfahren wirst Du in Kürze von meinem Anwalt hören."

Felix war gespannt, ob er einen neuen, für ihn akzeptablen Vorschlag erhalten würde. Lieber wäre ihm gewesen, Dorothea hätte mit ihm über einen Lösungsvorschlag gesprochen und sie würden sich auch ohne Anwalt einigen. Noch immer scheute sich Felix, in der Scheidungssache einen eigenen Anwalt zu nehmen.

Die Reaktion des Anwalts ließ nicht lange auf sich warten. Sie fiel aber ganz anders aus, als Felix es erwartet hatte. Statt eines neuen Vorschlags drängte der Anwalt beim Amtsgericht auf einen schnellen Fortgang des Scheidungsverfahrens.

Da Felix in Rechtsfragen weiterhin unsicher war, wandte er sich erneut an den Anwalt, der ihn Anfang des Jahres bereits beraten hatte, und erkundigte sich nun nach den rechtlichen Randbedingungen des angeblichen Lösungsvorschlages von Dorotheas Anwalt den er bisher abgelehnt hatte. Danach sollte er Dorothea freiwillig einen Unterhaltszuschuss bezahlen. Der Anwalt erklärte ihm, dass zwar eine gewisse Chance bestehe, dass es funktionieren könne, aber sobald Dorothea wieder heiraten würde, wäre das Modell sofort hinfällig. Dieser Vorschlag konnte keine Lösung sein, da ja offenkundig war, dass Dorothea und Norbert heiraten wollten. Warum sonst hatte es Dorothea mit der Scheidung so eilig? Der Anwalt empfahl ihm, in einem Schreiben an seine Frau Fragen zur Klärung des Sachverhaltes zu stellen. Felix schickte Dorothea daraufhin Anfang August in Abstimmung mit dem Anwalt das folgende Schreiben:

Liebe Dorothea,

wie vereinbart, habe ich mich anwaltlich über Deinen Vorschlag beraten lassen.

Der Anwalt bestätigte, dass das Verfahren grundsätzlich so möglich sei, vorausgesetzt, Du heiratest in der Zeit des Empfangs des Unterhalts, d.h. bis zu Deiner Pensionierung, nicht. In diesem Fall entfällt die Unterhaltszahlung sofort. Das habe dann auch Folgen für die Nichtkürzung meiner Pension bis zu Deiner Pensionierung.

Mein Anwalt empfahl mir, Dich zu bitten, bei Deinem Anwalt zu klären, welche Folgen sich daraus für meine Pension, d.h. für den Nichteinbehalt des Versorgungsausgleichs, ergeben würden.

Mit freundlichen Grüßen

Felix

Statt einer Antwort auf diese Frage erhielt Felix vom Amtsgericht ein neues Schreiben des gegnerischen Anwalts, in dem dieser die Zwangsvollstreckung der Scheidung unter gleichzeitiger Androhung von Zwangsgeld beantragte, wenn Felix nicht unverzüglich das vom Gericht vorgelegte Datenerfassungsformular und die noch fehlenden Unterlagen zur Berechnung der Ausgleichszahlungen liefern würde. Erneut war Felix fassungslos. War er ein Traumtänzer? Bildete er sich im Hinblick auf Dorothea nur etwas ein?

Es war vor allem der drohende Verlust von Familie, der ihm jetzt zusätzlich zu schaffen machte, nachdem er sich mit seinen Töchtern und seinem Enkelkind getroffen hatte. Durfte er das so einfach aufgeben? Brachte seine neue Partnerschaft mit Beatrice tatsächlich so viele neue Vorteile, dass sie den Verlust der Familie mit all den damit verbundenen Konsequenzen aufwog? Bestand nicht doch noch die Chance, seine Ehe und damit seine Familie zu retten, wenn er sich nur die richtige Mühe gab? Sein Inneres wehrte sich weiterhin mit Macht dagegen, das hohe Gut Familie einfach so aufzugeben.

Aber er stand nun seitens des gegnerischen Anwalts und des Gerichts unter Handlungszwang.

Vor diesem Hintergrund fand Felix das Angebot von Dorothea erst recht hinterhältig und unfair. Mitte September 2007 schrieb er ihr erneut einen von Hand geschriebenen Brief:

Liebe Dorothea,

Was machst Du mit mir und wie soll das Spiel zwischen uns noch ausgehen? Ich bin zunehmend ratlos und verzweifelt.

Ich erhalte von Dir einen Vorschlag, der so nicht funktioniert. Du sagst mir, „niemand will Dir etwas" und ich würde Deinen gut gemeinten Vorschlag missverstehen. Auf meine Bitte, uns zu treffen, um einen Lösungsweg zu finden, gehst Du nicht ein. Auf meine Bitte zu Deinem Vorschlag, von Deinem Anwalt prüfen zu lassen, was im Fall Deiner Wiederheirat im Hinblick auf meine Pension passieren würde, erhalte ich keine Antwort.

Du lässt mir über Katharina freundliche Grüße zu kommen, zwei Tage später schreibt Dein Anwalt an das Familiengericht, nennt meine psychotherapeutische Behandlung, die ich jetzt dringend brauche, um Stabilität in mir zu finden, „Verzögerungsversuche", und versucht, mich mit „Zwangsgeld" (welches Wort!) über 1.000 Euro zu bedrohen.

Sind das konstruktive Ansätze, einen Konflikt zu lösen?

In einem Artikel zum Thema Liebe, Liebeskummer und Partnerschaftskonflikten, habe ich kürzlich einige Kernaussagen gefunden, die sicher auch auf uns zutreffen.

Darin ist von fünf Stufen des Liebeskummers die Rede:

Entzugserscheinungen, Schuldgefühl, Zorn, Selbstentwertung, Angst.

Haben wir schon alle fünf Stufen durchlaufen? Wo stehen wir heute? Wohin wollen wir gelangen?

Es gibt aber auch deren Gegenseiten:

Erfülltheit, Freude am Geben, Dankbarkeit, Selbstvertrauen, heitere Gelassenheit.

Warum arbeiten wir nicht gemeinsam an diesen Stufen der Liebe?

Ich würde mich freuen, wenn wir uns zu einem freundlichen, zukunftsorientierten Gespräch treffen könnten.

Liebe Grüße

Felix

Auch auf dieses Schreiben erhielt Felix keine Antwort. Stattdessen wurde er nun auch seitens des Amtsgerichts direkt unter Druck gesetzt, das Scheidungsverfahren zügig mit voran zu bringen.

Felix suchte nun Schutz vor allem bei seinem psychotherapeutischen Berater. Es gelang ihm, unter Hinweis auf seine psychische Belastungssituation beim Gericht einigen zeitlichen Aufschub zu erwirken, schaffte es aber nicht, das Scheidungsverfahren völlig aufzuhalten. Er hatte das Gefühl, dass sich eine Schlinge um seinen Hals legte und diesen immer enger zuschnürte.

Mit seinem Psychoanalytiker erörterte er auch die Frage seines emotionalen Verhältnisses zu Dorothea und Beatrice. Es war ja nicht so, dass er wegen Beatrice seine Ehe aufgegeben hatte. Das Erscheinen von Beatrice hatte den jahrelangen Konflikt, den Felix mit Dorothea hatte, zwar zum Ausbruch kommen lassen, aber Felix hatte mit seinem Auszug aus der gemeinsamen ehelichen Wohnung im Grunde nur Abstand gewinnen wollen, um sein Verhältnis zu Dorothea und zu Beatrice sowie insgesamt seinen zukünftigen Lebensweg zu klären.

Die Dinge hatten sich seitdem so weiter entwickelt, dass seine Ehe mit Dorothea nun vor dem Ende stand, aber die eigentliche Auseinandersetzung mit Dorothea, die Felix sich erhofft hatte, hatte leider nicht statt gefunden. Felix ging aber weiter intuitiv davon aus, dass auch Dorothea die Auflösung ihrer Familie im Grunde nicht wünschte. Solange ihre Ehe also noch nicht geschieden war, gab es eine Resthoffnung, dass sie sich beide wieder zusammen raufen könnten. Das jedenfalls waren Felix' utopische Gedanken zu dieser Zeit, wie das Klammern an Strohhalmen.

Mit dem Psychoanalytiker erörterte Felix bestimmte Charaktereigenschaften von Dorothea und Beatrice sowie ihre Wirkung auf ihn. Dabei kamen auch Dorotheas gute Seiten zur Sprache, wie zum Beispiel ihre Gelassenheit und Robustheit in schwierigen Lagen, ihre Einstellung zu Familie und Kindern, ihren anspruchslosen Umgang mit Geld, solange sie zusammen gelebt hatten, ihre Pflege von Nachbarschaftskontakten, ihre Freude an der Bewegung in der Natur, beim Wandern, Radfahren, Skifahren und auch Segeln. Weniger gut geklappt hatte es mit ihrer gegenseitigen Zugewandtheit, der Respektierung seiner Intimsphäre, der sexuellen Harmonie zwischen ihnen beiden, der Zärtlichkeit und der Zuverlässigkeit in der Erledigung von Vereinbarungen. In diesen Bereichen war seine Beziehung mit Beatrice deutlich harmonischer. Im Ergebnis lief es darauf hinaus, dass sich Felix sowohl ein Fortbestehen seiner Ehe mit Dorothea vorstellen konnte als auch eine neue Lebenspartnerschaft mit Beatrice. Die Fortsetzung der Ehe mit Dorothea setzte aber voraus, dass sie sich einander wieder liebevoll und zugewandt begegnen würden.

Die Zeit bis Weihnachten war ausgefüllt mit vielen Aktivitäten, die Felix und Beatrice zusammen unternahmen, darunter auch die Vorbereitung einer anspruchsvollen Kunstausstellung im nächsten Frühjahr mit Werken von Künstlerinnen und Künstlern aus mehreren Ländern Europas. Da sich das Amtsgericht nach Bereitstellung der gewünschten Unterlagen durch Felix inzwischen zurückhaltend verhielt, beruhigten sich die Gefühle von Felix allmählich, und er fand neue Kraft, wieder optimistischer in die Zukunft zu schauen.

In den Nächten fand Felix aber nur schlecht Schlaf und wurde von wilden Träumen heimgesucht. Immer wieder ging ihm die Demütigung durch den Kopf, die er in seinem letzten Jahr in seiner Dienststelle erlitten hatte. Er träumte von verpassten Chancen mit Freundinnen in seiner Schüler- und Studentenzeit, als er noch erhebliche emotionale Probleme im Umgang mit Mädchen hatte, die ihre Ursache in seiner moralisch-strengen katholischen Erziehung hatten. In seiner Kindheit und Jugend hatte er gelernt, Gefühle für sich selbst zu behalten und nicht nach außen zu zeigen. Eine Folge davon war gewesen, dass er in jungen Jahren immer wieder Schwierigkeiten gehabt hatte, einem Mädchen, zu dem er sich hingezogen fühlte, seine Zuneigung zu neigen. Nach außen hatte er daher oft sehr verklemmt gewirkt und feuchte Hände bekommen, wenn er sich einem Mädchen näherte. Bei seinem ersten Tanzkurs als Schüler von 16 Jahren hatte er deshalb einmal seine Hände mit Talkum, einem weißen Pulver, eingerieben, das aber dann auf den schwarzen Kleidern der Mädchen und auf seinem schwarzen Anzug weiße Spuren hinterließ, was die peinliche Situation für ihn nur noch verschlimmerte. Es dauerte fast bis zum Ende seines Studiums, bis er sich von seinen Verklemmungen gegenüber dem weiblichen Geschlecht frei machen konnte. Genau in dieser Zeit hatte er Dorothea kennen gelernt und dann auch mit ihr zum ersten Mal mit einer Frau geschlafen.

Um besser schlafen zu können, versuchte er, Methoden zu seiner inneren Stabilisierung und seelischen Beruhigung anzuwenden, die in den Büchern zum ZEN und zur Förderung der Selbstheilungskräfte empfohlen worden waren. Beim ZEN hieß es zum Beispiel: ‚*Wenn Du gibst und es kommt nichts zurück, lebe Dein eigenes Leben.*' Genau das wollte Felix, aber seine komplette Vergangenheit mit den darin gewachsenen Beziehungen einfach so loszulassen, als ob sie nie gewesen wären, gelang ihm nur teilweise. Zusätzlich träumte er auch davon, dass Beatrice und Norbert sich wieder miteinander versöhnen würden und dass sich damit auch für ihn ein neuer Zugang zu Dorothea öffnen würde.

Als Weihnachten näher rückte, gewann das Thema Familie erneut an Bedeutung. Felix suchte nun verstärkt nach Möglichkeiten, wie er die emotionalen Spannungen in der problematischen Viererbeziehung zwischen Dorothea, Norbert, Beatrice und ihm verringern und die Kommunikation unter ihnen verbessern könnte. Die Viererkonstellation kam ihm wie ein gordischer Knoten vor, von dem man nicht wusste, wie er zu zerschlagen war.

Beatrice hatte den Kontakt zu ihrem Exehemann Norbert weitgehend abgebrochen, ebenso wie Felix zu seiner Noch-Ehefrau Dorothea. Im Verhältnis zwischen Dorothea und Beatrice sah Felix keinen Anknüpfungspunkt, wie sich die beiden Frauen von sich aus untereinander nochmals verständigen könnten.

Mit Norbert hatte er in den letzten Jahren keinen direkten Kontakt gepflegt, weil er ihn nicht als seinen unmittelbaren Ansprechpartner angesehen hatte. Wenn es aber noch eine Chance gab, den gordischen Knoten ihrer Sprachlosigkeit untereinander zu durchschlagen, blieb nur die Kontaktaufnahme zwischen ihm und Norbert als letzter Weg, der noch Aussicht auf Erfolg bot.

Kurz vor Weihnachten 2007 gab sich Felix einen Ruck und schrieb an Norbert einen sehr persönlich gehaltenen Brief, den er im Gegensatz zu allen vorhergehenden Initiativen nicht mit Beatrice abstimmte.

Lieber Norbert,

Fast sechs Jahre habe ich benötigt, um auf den Gedanken zu kommen, Dir diesen Brief zu schreiben. Es ist zwar sehr spät geworden, aber wie ich hoffe, noch nicht zu spät.

Du hast mir vor über sechs Jahren vorgeworfen, ich hätte Dir „Beatrice geklaut", worüber Du sehr zornig warst und wohl auch immer noch bist, wie ich bis heute glaube. Ich fand damals keine Worte als Antwort, weil mich dieser Vorwurf überrascht hatte. Erst als ich wieder einen klaren Gedanken fassen konnte, fiel mir ein, was ich hätte antworten sollen: „Beatrice kann man nicht klauen". Diese Aussage ist noch heute genauso richtig wie damals.

Wir haben seitdem eine Viererkonstellation, die manche für eine komische Seifenoper halten. Aber das Leben schreibt bekanntlich die seltsamsten Geschichten.

Ich habe seitdem immer wieder darüber nachgedacht, wie es dazu gekommen ist, und wie mit dem entstandenen Dilemma am besten umzugehen ist. Viel hat sich in den letzten Jahren verändert, aber zur Ruhe sind wir nicht gekommen. Nun hoffe ich, einen Weg zur Entwirrung des gordischen Knotens gefunden zu haben:

Der Schlüssel liegt nach meiner Auffassung im Verhältnis zwischen Dir und Beatrice.

Beatrice hat sich im Mai 2001 verbal von Dir getrennt, ausgezogen aus Eurem gemeinsamen Haus ist sie erst viel später. Ich war damals über ihre Entscheidung sehr erschrocken, weil dadurch unsere bis dahin unproblematischen wechselseitigen Kontakte in eine neue Lage gerieten. Beatrice beteuerte mir aber damals, dass das nichts mit mir zu tun habe, sondern allein etwas zwischen Dir und ihr. Diese klare Aussage von ihr war für mich von Anfang an bis heute eine entscheidende Voraussetzung dafür, die Beziehung mit ihr zu pflegen.

Die Beziehung zwischen Beatrice und mir wuchs dann in dem Maße, wie die Beziehung zwischen Dir und Dorothea wuchs. Ich war und bin Beatrice zugetan, natürlich weil wir uns mögen, vor allem aber *auch, weil wir über viele Dinge gut miteinander sprechen und darüber hinaus auch inzwischen gemeinsame Projekte (z.B. Kunstausstellungen mit unserem Verein „Kunst verbindet Europa") durchführen können. Ich wollte mich dennoch nie aktiv von Dorothea trennen, und habe unserer Ehe stets die höchste Priorität eingeräumt.*

Ich bin damals von zu Hause ausgezogen, weil die Spannungen zwischen Dorothea und mir zugenommen und für mich ein unerträgliches Maß angenommen hatten. Ich habe aber lange darauf gehofft, dass wir wieder einen Weg zueinander finden könnten, was leider bis heute nicht möglich war. Dorothea fühlte und fühlt sich durch mich so stark „verletzt", dass sie sich unbedingt von mir trennen will. Das führte schließlich zu unserem Notarvertrag und ihrem Scheidungsantrag, der mir bis heute zusetzt.

Beatrice bemüht sich seit Eurer Trennung mit erheblichen Anstrengungen, wirtschaftlich unabhängig zu werden, was ihr trotz vieler Ansätze bisher nicht gelungen ist. Als Kunsthistorikerin in ihrem Alter findet man trotz bester Qualifikation nicht ohne weiteres eine bezahlte Aufgabe.

Beatrice leidet sehr unter dem Verlust ihrer Familie und macht sich auch Sorgen um ihre Zukunft. Ein Satz von Eurem Enkelsohn Constantin wie: „Oma Beatrice und Opa Norbert leben nicht zusammen" bringt sie zum Weinen.

Auch ich leide unter dem Verlust von Familie, und ich nehme dasselbe von Dorothea und auch von Dir an.

Bei Abwägung aller Umstände komme ich zu dem Schluss, dass die Wiederherstellung der alten Verhältnisse für uns alle die beste Lösung sein könnte. Dies setzt aber voraus, das sich die alten Partner wieder aufeinander zu bewegen. Dazu ist Beatrice bisher nicht bereit, Dorothea möglicherweise auch nicht. Mir sind die Hände gebunden, weil sich Beatrice sonst von mir verlassen fühlen würde und auch Dorothea bisher kein Interesse an einer Wiederbelebung unserer Beziehung gezeigt hat. Ich sehe aber eine gute Chance auf eine grundlegende Veränderung der Situation, wenn Du Dich, lieber Norbert, noch einmal auf

Beatrice zu bewegen und ihr ein neues Angebot unterbreiten könntest. Ich möchte Dir versichern, dass ich mich nicht an Beatrice klammere, sie aber auch nicht im Stich lassen möchte. Dafür habe ich sie zu sehr wertschätzen gelernt. Wenn Ihr beide Euch wieder versöhnen könntet, würde ich dem nicht nur im Wege stehen sondern mich mit Euch freuen. Das würde auch den Weg für Dorothea und mich wieder frei machen, an einer Neugestaltung unserer Beziehung unabhängig von Euch zu arbeiten.

In diesem Sinne wünsche ich Dir und Dorothea frohe Weihnachten und ein gutes neues Jahr.

Euch beiden herzliche Grüße

Felix

Diesem Brief legte Felix noch seinen jährlichen persönlichen Jahresbericht bei, den er seit einigen Jahren regelmäßig schrieb, auch als eigene Rückbesinnung auf das jeweils letzte Jahr. Dieser Bericht enthielt auch die Informationen über die verschiedenen Reisen, die er allein oder mit Beatrice im letzten Jahr unternommen hatte.

von Norbert das erwartete Antwortschreiben. Er zog sich zurück, um es ungestört lesen zu können, und öffnete unruhig und erwartungsvoll den Umschlag. Norbert musste den Brief unmittelbar, nachdem er Felix Schreiben erhalten hatte, geschrieben haben. Seine Antwort war aber ganz anders, als Felix sie sich gewünscht hätte.

Felix kann sich in seinem Halbschlaf mitten in der Nacht nicht mehr an den genauen Wortlaut des Briefes erinnern, aber die Kernaussagen des Briefes hatten sich sofort in sein Gedächtnis eingraviert:

Dein Brief hat mich sehr überrascht. Er macht leider keinen Sinn und kommt auch viel zu spät.

In unseren Freundeskreisen wird der glückliche Ausgang einer sehr schwerwiegenden Situation als glückliche Fügung des Schicksals gesehen, die Dorothea und mich vor dem Abgrund einer Depression bewahrt hat.

Nachdem Beatrice und Du euch bei der Kur in Bayern kennen gelernt hattet, habt ihr euch sehr schnell entschlossen, aus eurer jeweiligen Partnerbindung auszubrechen. Damit habt ihr zwei seit mehr als 30 Jahre bestehende Familien zerstört.

Den gordischen Knoten haben Dorothea und ich schon lange durchgehauen.

Beatrice und ich hatten Probleme in unserer Beziehung. Aber die wären zu lösen gewesen. Unsere Therapeuten bei der Paartherapie haben uns in den Gesprächen viele Gemeinsamkeiten und gute Chancen für einen erfolgreichen Neuanfang bestätigt. Unser Hauptproblem war die Unfähigkeit, miteinander über unsere Probleme zu reden. Beatrice weiß sehr wohl, dass meine mehr als fünf Mal ausgesprochene Bitte, uns die Chance eines Neuanfangs zu geben, aufrichtig war und aus tiefem Herzen kam....

Du und Dorothea hattet nicht zum ersten Mal Probleme wegen Deiner Zuneigung zu anderen Frauen. Dorothea hat Dir - in ihrer Gutmütigkeit und um die Familie auch wegen der Kinder zu erhalten - immer verziehen. Diesmal aber war das Maß voll. Du und Beatrice habt durch euer unmögliches verletzendes Verhalten auch kräftig dazu beigetragen.

Ich habe Beatrice immer als gleichwertig gesehen und auch behandelt. Ihre Ausbildung zur Kunsthistorikerin habe ich immer bejaht und unterstützt, und die damit verbundene Anstrengung anerkannt. Ich habe sie auf diesem Weg von Anfang an gestützt. Bereits bei der Frage, ob sie das Abitur nachholen sollte, habe ich Beatrice in diesem Entschluss bestärkt. Auch ihre Tätigkeit im Kunstverein habe ich immer geschätzt und gefördert, und bin helfend eingesprungen, wenn "Not am Mann war".

In Ihrer Entfaltung habe ich Beatrice nie eingeschränkt. Ich habe ihr auch nicht "verboten zu arbeiten", wie sie öfter sagt. Lediglich bei unserer Rückkehr aus den USA habe ich sie gebeten, sich nicht beim Arbeitsamt als arbeitslos zu melden. Das empfand ich als unsozial, und es wäre für die Frau eines Direktors auch nicht angemessen gewesen.

Ich habe mich sehr wohl geändert, allerdings nicht nach Verordnung, sondern infolge liebevoller Überzeugungsarbeit.

Des Pudels Kern: Eine "Wiederherstellung der alten Verhältnisse" ist nicht nur keine Lösung, sondern geradezu eine traumtänzerische Vorstellung. Glaubst Du etwa, wir seien alle Schachfiguren, die Du nach Deinem Gusto verschieben kannst? Oder hältst Du uns für Marionetten, die man am Gängelband nach Belieben zappeln lässt? Beatrice hat sich gegen mich und für Dich entschieden. Und Du hast Dich zum wiederholten Mal einer anderen Frau zugewandt und Dich damit letztendlich für Beatrice entschieden. Es gibt kein zurück.

Ich freue mich für Dich und Beatrice, dass ihr einander zugetan seid und gut harmoniert. Aus Deinem Jahresrückblick geht auch hervor, dass ihr viele interessante und schöne Dinge gemeinsam erlebt. Das ist gut so und bedarf keiner Korrektur. Dorothea und ich leben in liebevoller Gemeinsamkeit und Harmonie. Wir werden gemeinsam erfolgreich unsere Zukunft gestalten. Ein weiterer Kommentar erübrigt sich.

Mehr als die Vergangenheit interessiert mich die Zukunft, denn in ihr gedenke ich zu leben (Albert Einstein).

Ich wünsche Dir und Beatrice frohe Weihnachten und ein gutes neues Jahr.

Felix starrte das Schreiben an und blickte gedankenverloren ins Leere. Er schluckte und fühlte sich blutleer. Wie in Trance nahm er den Brief in beide Hände und zerriss ihn in kleine Stücke.

Damit war die letzte Chance, die alten Beziehungen vielleicht doch noch zu retten, endgültig vorbei.

Er verdrängte seine Emotionen und ließ sich nach außen nichts von seiner inneren Unruhe anmerken, um die schöne Weihnachtsstimmung nicht zu stören. Heiligabend verbrachte er mit Beatrice besinnlich und ruhig zu Hause bei weihnachtlicher Musik und gutem Essen. Sie tauschten Geschenke aus und spät in der Nacht besuchten sie noch einen festlichen Gottesdienst in einer Kirche.

Am 1. Weihnachtstag kamen Cecilia, Katharina, ihr Mann Richard und die kleine Lucia, die inzwischen 1,5 Jahre alt war, zu Besuch. Felix' Weihnachtsgeschenk an Lucia, ein Puppenwagen mit einer Puppe, war ein Volltreffer. Lucia war ganz aufgeregt, als sie die Verpackung entfernte und der Puppenwagen und die Puppe zum Vorschein kamen. Sie nahm die Puppe mit aller Hingabe in den Arm, gab ihr als Puppenmama ein Fläschchen, legte sie in den Wagen und wollte mit ihr draußen spazieren gehen. Es war ein schönes Familientreffen bei Essen und Trinken und guten Gesprächen, das durch nichts getrübt wurde. Daniela, die kurz vor der Entbindung stand, und ihr Mann Peter hatten an dem Treffen nicht teilgenommen, weil sie die lange Reise von Karlsruhe auch nicht riskieren und sich lieber schonen wollte. Beatrice und Felix hatten aber vor, sie in den nächsten Tagen in Karlsruhe zu besuchen. Mit etwas Glück würden sie genau am Tag der kurz bevorstehenden Geburt von Danielas erstem Kind dort eintreffen.

In einer Reisebeschreibung über den Jakobsweg las Felix den bemerkenswerten Satz, der zu seiner jetzigen Situation passte:

„Erst wenn man sich trennt, wenn man aufbricht und sich auf den Weg macht, verschwinden die Ängste, dann tritt man ein, wird aufgenommen und geborgen im Fluss der Veränderung, wird ein Teil der Bewegung in Raum und Zeit".

Er sann der tiefsinnigen Bedeutung dieses Satzes noch lange nach.

Die vorletzten Tage des Jahres verbrachten Felix und Beatrice in Beatrice' Ferienhaus, wo Beatrice vor sechs Jahren kurz vor Weihnachten von Norbert ausgesetzt worden war. Am Sylvesterabend besuchten Felix und Beatrice mit ihren Nachbarn Hildegard und Franz ein Jazzkonzert mit Orgel und Trompete in einer Kirche, bevor sie sich das Sylvesterfeuerwerk anschauten. Beim Anstoßen des obligatorischen Sektglases zum Beginn des neuen Jahres umarmten und küssten sie sich herzlich und wünschten einander eine gute gemeinsame Zukunft.

Zu Beginn des neuen Jahres fuhren sie nach Süddeutschland zu Beatrice' Mutter, die dort in einer kleinen Stadt am Fuße des Schwarzwaldes lebte. Auf dem Weg dorthin besuchten sie in Karlsruhe Daniela und Peter, die täglich auf ihr Baby warteten und sich darauf freuten. Sie hatten schon alles in ihrer Wohnung für das Baby vorbereitet.

Bei Beatrice' Mutter verbrachten sie anschließend bei herrlichem Winterwetter einige erholsame Tage mit Wanderungen und Skilanglauftouren durch den verschneiten Schwarzwald. Felix ließ sich Norberts Antwortschreiben weiterhin nicht anmerken, dachte aber immer wieder darüber nach, welchen Beitrag er noch leisten konnte, um in ihrer Viererbeziehung zwischen Dorothea, Norbert, Beatrice und ihm eine entspannte und freundliche Atmosphäre zu ermöglichen.

Die Ausgangslage war eindeutig: Norbert und Dorothea wollten weiterhin als Paar miteinander leben. Damit war auch klar, dass auch Beatrice und Felix ebenfalls gemeinsam ihre weitere Zukunft gestalten würden. Obwohl sich Felix lange auch für eine Wiederbelebung seiner Ehe mit Dorothea offen gehalten hatte, war er jetzt irgendwie auch erleichtert, dass diese Option vom Tisch war, ohne dass er selbst eine Entscheidung treffen musste.

Ganz gelang es Felix aber doch nicht, seine Emotionen zu kontrollieren und seine Gedanken über die Zukunft ihrer Viererbeziehung gegenüber Beatrice zu verbergen. Beatrice hatte wohl, wie alle Frauen, instinktiv gespürt, dass in Felix etwas vorging, was ihre Beziehung betraf.

Einen Tag vor ihrer Heimfahrt sprach ihn Beatrice plötzlich darauf an:

„Irgendetwas stimmt mit Dir nicht. Du verhältst Dich etwas eigenartig mir gegenüber. Irgendwie ist es schwierig mit Dir. Was ist nur los? Bedrückt Dich etwas?"

Jetzt konnte Felix nicht mehr ausweichen.

„Weißt Du, liebe Beatrice, ich frage mich in letzter Zeit immer wieder, wie es in unserer Viererbeziehung weiter gehen soll, um die Sprachlosigkeit, die wir untereinander haben, zu überwinden. In der letzten Zeit habe ich davon geträumt, dass Ihr, Du und Norbert, Euch wieder versöhnt und zusammen lebt."

Beatrice begann zu weinen.

„Willst Du mich loswerden? Ist das das Ende unserer Beziehung? Du weiß doch, dass ich mit Norbert nicht mehr zusammen leben kann. Wir haben es versucht, aber es ging nicht."

„Nein, ich will Dich nicht loswerden", versicherte Felix ihr und nahm sie in den Arm. „Ich habe Dir nur von meinen Träumen erzählt."

Wenige Tage nach Beginn des Jahres 2008 gebar Daniela eine gesunde Tochter Jasmina, allerdings unter erheblichen Komplikationen und nach etlichen Stunden großer Anstrengungen und Schmerzen schließlich mit Kaiserschnitt. Die Information erhielt Felix von Cecilia, die ihn von unterwegs anrief, als sie zusammen mit ihrer Mutter Dorothea und Katharina auf dem Weg nach Karlsruhe waren, um das Kind noch am Tag der Geburt zu sehen. Felix nahm die Information mit gemischten Gefühlen entgegen.

‚Warum hat mich Daniela oder mein Schwiegersohn nicht direkt informiert? Warum hat mich niemand gefragt, ob ich nicht vielleicht auch gern mit nach Mannheim gefahren wäre?', fragte er sich. Er schluckte den leichten Ärger herunter und konzentrierte sich auf die jetzt wichtigeren Fragen, insbesondere ob Mutter und Kind nach der schweren Geburt wohlauf sind. Glücklicherweise war das der Fall. Ein paar Tage später fuhr er mit der Eisenbahn selbst nach Karlsruhe, als sich Daniela schon wieder ein wenig erholt hatte. Er fand ein sehr glückliches Elternpaar vor und freute sich über Jasmina, sein zweites Enkelkind.

Nur wenige Tage nach diesem glücklichen Familienereignis hörte Felix plötzlich heftiges Schluchzen aus Beatrice' Zimmer. Sofort ging er zu ihr und fand sie bleich und weinend an ihrem Schreibtisch sitzen, in der Hand einen Brief.

„Mein Gott, wie siehst Du denn aus? Was ist passiert? Was ist das für ein Schreiben?"

„Norbert hat beim Gericht beantragt, mir den Unterhalt komplett zu streichen. Hier lies selbst", antwortete Beatrice unter Tränen und klammerte sich an Felix.

Felix nahm das Schreiben an sich und überflog es. Es stammte von Norberts Anwalt, derselbe Anwalt, der auch Dorotheas Interessen bei der Scheidung vertrat. In dem Schreiben kündigte der Anwalt eine rechtliche Initiative zur sofortigen Einstellung der Unterhaltszahlungen von Norbert an Beatrice an. Als Hauptbegründung nannte er die „sozioökonomische Lebensgemeinschaft", die zwischen ihm und Beatrice nunmehr schon seit über zwei Jahren bestehe.

Felix zuckte zusammen. Er spürte, wie sich wie so oft in den letzten Monaten seine Brust zusammen zog und sich seine Nackenhaare sträubten. Seine schlimmsten Befürchtungen waren wahr geworden. Darum also war Norbert nicht in der Lage gewesen, seine ausgestreckte Hand zu ergreifen und seinen eigenen Beitrag zur Versöhnung zwischen ihnen zu leisten. Noch vor wenigen Tagen hatte er sich mit Beatrice getroffen und dabei kein Wort von seiner Absicht gesprochen, ihr die Unterhaltszahlungen vollständig zu entziehen. Welche Gemeinheit und welche Feigheit von ihm.

Felix sah Beatrice fragend und ratlos an:

„Du warst Dir doch so sicher, dass Norbert das nicht tun würde."

„Ja, ich kann es selbst nicht glauben. So kenne ich Norbert nicht. Was ist nur mit ihm geschehen?"

An dieser Stelle wacht Felix aus seinem Halbschlaf auf. Der Brief war für ihn ein Schock gewesen. Der ganze Horror dieser Tage war mit einem Male wieder präsent. Er kann jetzt nicht weiter denken. Sein Körper weigert sich, die schrecklichen Geschehnisse dieser Tage noch einmal nachzuempfinden.

„Vorbei ist vorbei," sagt er sich, indem er sich schüttelt und versucht, sein Bewusstsein auf die Gegenwart zu lenken. Draußen ist es hell.

„Wie spät ist es?", fragt er sich und schaut auf die Uhr. „Was, schon 9 Uhr! Ich hätte schon längst bei Beatrice anrufen sollen, um sie zu fragen, wie sie die schwere Operation von gestern, die vierte in drei Wochen, verkraftet hat. Hoffentlich ist damit jetzt medizinisch alles erledigt, und sie kann mit der Erholung beginnen."

Noch im Schlafanzug nimmt er den Telefonhörer und ruft Beatrice im Krankenhaus an. Sie meldet sich mit fröhlicher Stimme.

„Hallo, mein lieber Schatz, danke für Deinen Anruf. Ich habe schon seit acht Uhr darauf gewartet. Ich habe in der Nacht gut geschlafen, und mir geht es gut. Wann kommst du heute, um mich zu besuchen?"

„Wann immer du willst, mein Liebling. Ich bin ja so froh, dass es dir jetzt schon wieder besser geht. Wann soll ich denn kommen?"

„Am besten kommst Du …". Beatrice spricht den Satz nicht zu Ende. Ein gellender Schmerzensschrei dringt stattdessen an Felix' Ohr:

„Schwester, Schwester, kommen Sie schnell. Hilfe!. Ich habe schlimme Schmerzen in der Brust. … Felix, es geht jetzt nicht, ich muss das Gespräch beenden, bis später."

Felix ist fassungslos. Er starrt auf den Telefonhörer, aus dem jetzt nur noch das lang gezogene Tuuuuut-Zeichen zu hören ist. Irgendetwas Schlimmes muss passiert sein. Eilig zieht er sich an und fährt, ohne gefrühstückt zu haben, zum Krankenhaus.

36 Die Krise

Juni 2010 / Januar - Februar 2008

Im Krankenhaus erfährt Felix von der Krankenschwester, dass in Beatrice' operierter Brust ein Blutgefäß geplatzt war und dass sie deshalb sofort einer Notoperation unterzogen werden musste. Sie sei jetzt noch im Operationssaal. Man könne noch nicht sagen, wie lange es dauere. Es habe keinen Zweck, dass er auf das Ergebnis warte, das könne Stunden dauern. Es sei besser, wenn er wieder nach Hause führe. Man würde ihn benachrichtigen, wenn man Näheres wisse.

Felix schaut die Krankenschwester entsetzt an.

„Mein Gott, was muss Beatrice alles durchmachen. Das ist jetzt schon die fünfte Operation unter Vollnarkose in drei Wochen und die zweite innerhalb von drei Tagen. Wie hält sie das nur aus?"

„Machen Sie sich keine unnötigen Sorgen. So etwas kommt leider immer wieder vor. Die Ärzte wissen damit umzugehen. Es wird alles gut gehen. Jetzt fahren Sie am besten wieder nach Hause und ruhen sich selbst aus. Sie sehen ja völlig übermüdet aus. Ihre Frau braucht sie in den nächsten Wochen. Wir werden Sie benachrichtigen, wenn ihre Frau wieder ansprechbar ist."

Felix dankt der Krankenschwester und fährt wieder nach Hause. In seinem Kopf schwirrt es. Er weiß nicht mehr, wo er steht und was er denken soll.

‚Nimmt das denn kein Ende?', fragt er sich. ‚Warum nur kommen wir seit Jahren von einem Problem zum Nächsten?'

Zu Hause in der Küche holt er sich irgendetwas Essbares aus dem Kühlschrank und aus dem Vorratsschrank. Er nimmt überhaupt nicht bewusst wahr, was er isst und bewegt sich wie ein Schlafwandler. Er schaut auf die Zeitung und registriert, dass es bereits Mittwoch ist. Am Samstag soll das große Gartenfest stattfinden, zu dem er über 60 Verwandte und Freunde aus ganz Deutschland eingeladen hat. Er muss noch den Rasen schneiden, Zelte aufbauen, im Haus aufräumen, die Zimmer für die Übernachtungsgäste vorbereiten, Getränke und verschiedene Utensilien einkaufen sowie eine Reihe organisatorischer Vorbereitungen treffen. Normalerweise hätte er das zusammen mit Beatrice gemacht, aber nun muss er alles alleine machen.

‚Kann Beatrice nach den letzten beiden schweren Operationen überhaupt an dem Fest teilnehmen? Sollte man es nicht doch besser noch absagen?', geht es ihm durch den Kopf. Aber ohne Rücksprache mit Beatrice kann er keine Entscheidung treffen. Er muss jetzt in Ruhe abwarten. Die Krankenschwester hatte ihm empfohlen, sich selbst auszuruhen, damit er genügend eigene Reserven hat, wenn Beatrice entlassen wird. Auch für das Fest, falls es doch stattfindet, muss er ausreichend fit sein.

Draußen scheint die Sonne. Die Wetterprognosen für das nächste Wochenende sind glücklicherweise gut. Der Samstag verspricht, ein wunderschöner, warmer Sommertag zu werden. Felix geht in den Garten. Er fühlt sich erschöpft und legt sich wieder in seinen Liegstuhl, in dem er in den letzten Tagen bereits viele Stunden träumend verbracht hat.

Schnell fallen ihm die Augen zu.„ Kaum hat er sie geschlossen, taucht wieder die Szene vor seinen Augen auf, als Beatrice ihm den Brief des Anwalts gezeigt hatte, mit dem ihr Norbert den Entzug seiner monatlichen Unterhaltszahlungen androhte.

„Du musst sofort mit Norbert sprechen. Das kann doch nicht sein Ernst sein", sagte Felix, nachdem er sich von dem ersten Schreck ein wenig erholt hatte.

Beatrice, die ebenfalls völlig haltlos war, hatte keine bessere Idee und wählte Norberts Handynummer. Er meldete sich aus Würzburg, wohin er verreist war.

„Ich muss Dich unbedingt sprechen. Warum hast Du mir bei unserem letzten Treffen nichts von dem Schreiben gesagt, das mir heute Dein Anwalt geschickt hat?"

Auf diese Frage erhielt sie keine Antwort. Sie vereinbarte aber mit Norbert ein Treffen für den nächsten Tag.

An dem Tag, als das fatale Anwaltsschreiben eintraf, war Danielas Tochter Jasmina gerade eine Woche alt. Felix war besorgt um Daniela, die durch die schwere Geburt und den Kaiserschnitt doch sehr geschwächt war. Inzwischen musste sie mit ihrem Kind zu Hause sein und es war Zeit, sie mal wieder anzurufen:

„Hallo, Daniela, wie geht es Dir und Jasmina?"

„Danke, Papa, soweit ganz gut. Ich habe allerdings einige Probleme. Die Kleine will immer auf meinen Arm, und ich muss mit ihr immer die vielen Stufen bis in unsere Wohnung in der zweiten Etage hochgehen. Außerdem muss ich den schweren Kinderwagen über die Eingangsstufen bis zum Hausflur hoch wuchten, dabei darf ich nur maximal fünf Kilogramm tragen. Aber sonst geht es ganz gut."

Währenddessen suchte Beatrice wegen der angedrohten Streichung ihrer Unterhaltszahlungen Trost bei ihren Nachbarn Hildegard und Franz, von denen Felix bereits die Bücher über die Selbstheilungskräfte von Clemens Kuby und die Mystik von Willigis Jäger erhalten hatte. Sie gaben Beatrice den Rat, sofort selbst einen Anwalt aufzusuchen. Als Felix davon erfuhr, hielt er allerdings gar nichts von dieser Idee. Ihm waren juristische Auseinandersetzungen über Beziehungsfragen ein Gräuel. Er bevorzugte freiwillige Konfliktlösungen auf der persönlichen Ebene zwischen den Betroffenen,

Am Abend dieses ereignisreichen Tages fühlten sich Felix und Beatrice erschöpft, hatten aber das Bedürfnis, über die entstandene neue Problemlage miteinander zu sprechen, um einen Weg zu finden, wie sie darauf reagieren sollten. Sie diskutierten bis nach Mitternacht, fanden jedoch keinen klaren Weg. Es endete damit, dass Beatrice wieder in Tränen ausbrach. Felix brachte sie ins Bett, deckte sie liebevoll zu und nahm sie tröstend in den Arm. Auch er war sehr traurig.

Um fünf Uhr wurde Felix wach. Es war Freitag und freitags morgens nahm Felix regelmäßig an einem Französisch-Kurs teil. Als er merkte, dass er nicht mehr weiter schlafen konnte, stand er auf, ging ins Wohnzimmer und machte Feuer im Kaminofen. Dann saß er 20 Minuten aufrecht und still, so wie er es in dem Kontemplationskursus von Willigis Jäger gelernt hatte. Es gelang ihm aber nicht, seinen Kopf leer zu bekommen. Wirre Gedanken schwirrten hin und her. In welche Richtung er sich auch gedanklich bewegte, überall stieß er auf Grenzen und Blockaden:

„Bleibe ich mit Beatrice zusammen, streicht Norbert ihr die Unterhaltszahlungen, und wir müssten von meiner ohnehin bereits reduzierten Pension leben, was ich für nicht machbar halte. Zieht Beatrice aus meinem Haus aus, wird man mich für einen schlechten Partner halten, der nicht zu ihr in der Not steht. Inwieweit hat mein Briefwechsel mit Norbert seine juristische Vorgehensweise mit verursacht? Möglicherweise war mein Jahresrückblick, den ich ihm mit dem Brief und guten Wünschen zu Weihnachten geschickt hatte, der Auslöser: Er enthielt Hinweise auf meine Reisen, die ich im letzten Jahr zum Teil allein, zum Teil mit Beatrice durchgeführt habe. Haben die möglicherweise bei Norbert Neidgefühle ausgelöst? Oder war das neue Familienrecht, welches Anfang des Jahres in Kraft getreten ist und über das die Zeitungen berichtet haben, der Auslöser für Norberts Initiative? Sicher haben Norbert und Dorothea das auch gelesen und gleich ihre Chance gesehen, sich von den lästigen Unterhaltszahlungen zu befreien. Wie dem auch sei. Wenn ich meine Partnerschaft mit Beatrice langfristig retten will, müssten wir uns jetzt wohl zunächst formal trennen und Beatrice müsste aus meinem Haus ausziehen."

Kurz nach sechs Uhr wurde auch Beatrice wach. Sie fand Felix im Wohnzimmer und streichelte ihm sanft über die Wange. Sie gingen zusammen in die Küche und bereiteten ihr Frühstück. Entgegen dem Rat ihrer Nachbarn Hildegard und Franz bat er sie erneut, möglichst noch am selben Tag mit Norbert zu sprechen, weil er sonst emotionale Verfestigungen und bei einer juristischen Gegenreaktion Trotzhaltungen befürchtete.

In dem Gespräch wurde ihm deutlich, dass er jetzt konsequent bleiben musste, wollte er die gemeinsame Zukunft mit Beatrice retten. Schließlich sprach er auch den heikelsten Punkt an, der ihn bewegte:

„Ich habe in der letzten Nacht noch einmal intensiv über unsere Partnerschaft und die Auswirkungen der letzten Entwicklungen auf unser Leben nachgedacht. Dabei bin ich zu dem Schluss gekommen, dass wir wohl unsere Partnerschaft formal beenden müssen, um die Fortsetzung der Unterhaltszahlungen durch Norbert zu retten. Das bedeutet, dass Du aus meinem Haus ausziehen müsstest. Du weißt, dass ich habe dich sehr gern habe und dich nicht verlieren möchte. Aber unsere Partnerschaft wäre ohne gesicherte finanzielle Grundlage auf Dauer gefährdet. Wenn wir getrennt leben, können wir sie gefahrloser fortsetzen."

„Dann kann ich mich ja gleich umbringen", murmelte Beatrice und schaute mit Tränen in den Augen ins Leere.

„Wenn Du Dich umbringen willst, sage mir vorher Bescheid, damit wir das zusammen tun." Mit diesen Worten umarmte er

Beatrice und verabschiedete sich mit einem Kuss zum Französisch-Kurs. Draußen war es winterlich kalt, und er musste zunächst das Eis von den Scheiben seines Wagens kratzen.

In dem Kursus, dem Felix diesmal ziemlich unkonzentriert folgte, ging es unter anderem um die neue Lebensgefährtin Carla Bruni des französischen Präsidenten Nicolas Sarkozy, die sich in einer spanischen Zeitschrift nackt hatte ablichten lassen. An mehr konnte sich Felix nicht mehr erinnern, als er wieder nach Hause fuhr.

Zu Hause setzte er das unterbrochene Gespräch mit Beatrice fort, die jetzt kreidebleich war und krank wirkte. Sie griff den letzten Satz zum Thema Selbstmord auf:

„Es ist feige, aus dem Leben zu scheiden. Ich möchte noch heute mit Norbert sprechen und warte auf seinen Anruf, um ein Treffen zu vereinbaren."

„Bitte versuche, dich möglichst noch vorher über deine Rechte schlau zu machen. Auf der Internetseite des Bundesjustizministeriums gibt es bestimmt Hinweise auf die rechtliche Bedeutung des Begriffs „sozioökonomische Lebensgemeinschaften" im Zusammenhang mit Scheidungen.

Im Internet fanden sie den Text des neuen Familienrechts, aus dem deutlich hervorging, dass Beatrice, wenn sie nicht in einer „gefestigten Lebenspartnerschaft" lebte, einen Anspruch auf Fortsetzung ihrer Unterhaltszahlungen durch Norbert hatte. Wenn sie also die Partnerschaft zu Felix aufgab, wäre ihre Rechtsposition gegenüber Norbert deutlich gestärkt. Beatrice und Felix waren erleichtert. Kurz darauf vereinbarte Beatrice ein Treffen mit Norbert am selben Nachmittag um 16 Uhr.

Beatrice kam gerade rechtzeitig von ihrem Gespräch mit Norbert zurück, bevor Felix zu einer Karnevalssitzung aufbrach, zu der er von einem Freund überraschend eingeladen worden war.

So konnte sie Felix noch kurz über ihr Gespräch mit Norbert berichten, welches friedlich und freundlich verlaufen war.

„Norbert hat gesagt, dass er mich nicht hängen lassen will. Er hat mir auch geraten, nicht von hier auszuziehen."

Das klang verheißungsvoll, und so konnte Felix halbwegs beruhigt zu der Karnevalssitzung fahren. Als er nach der lustigen Karnevalsveranstaltung, auf der es viel zu lachen gab, spät in der Nacht wieder nach Hause kam, gingen ihm noch einmal die vielen verschiedenen Ereignisse dieses Tages durch den Kopf.

„Merkwürdige Zufälle", dachte er, „wie dicht Freud und Leid heute wieder einmal nebeneinander standen. Aber alles passt zu meinem Lebensmotto *‚Das Leben ist bunt, viel schillernd und voller Überraschungen'*".

Im Wohnzimmer fand er Beatrice schlafend auf dem Sofa. Sie hatte den Abend beim Kaminfeuer und mit einer Flasche Rotwein verbracht und auf ihn gewartet. Sie wurde wach und ohne noch viel miteinander zu reden, gingen sie zusammen ins Bett und schliefen gemeinsam tief und fest ein.

Als Felix am Samstagmorgen wach wurde, schien die Sonne. Beatrice war schon aufgestanden und hatte eingekauft. Sie weckte ihn mit einem fröhlichen Lachen und lud ihn zum Frühstück ein, das sie bereits zubereitet hatte. Felix nahm sie in den Arm und küsste sie.

„Danke für das schöne Frühstück, mein lieber Schatz."

Nach dem Frühstück ging Felix joggen. Nach all den emotional bewegenden Ereignissen des letzten Tages brauchte er jetzt die Bewegung an der frischen Luft. Auf dem Rückweg kaufte er einen Strauß roter Rosen und zusätzlich eine einzelne große rote Rose, die er Beatrice zu Hause überreichte. Sie verstand die symbolische Handlung und dankte Felix mit einem lieben Lächeln und einem innigen Kuss. Sie umarmten sich wieder und blieben eine Weile so stehen, wobei sie sich leicht hin und her wiegten.

Am nächsten Sonntagmorgen, Ende Januar 2008, standen sie spät auf und frühstückten gemütlich bis in den späten Vormittag. Den Tag verbrachten sie mit interessanten Programmen, darunter eine Schiffsfahrt auf dem Rhein, zu der sie von einer türkischen Partnerorganisation ihres Vereins „Kunst verbindet Europa" eingeladen worden waren. An diesem Tag fanden auch Landtagswahlen in Hessen und Niedersachsen statt. In Hessen standen sich Ministerpräsident Koch von der CDU und seine Herausforderin Ypsilanti von der SPD gegenüber. Das Ergebnis, starke Verluste für die CDU, aber noch ein knapper Vorsprung von 0,1 %, beschäftigte die Öffentlichkeit noch viele Wochen danach, weil Frau Ypsilanti mit Hilfe der Linkspartei sich zur Ministerpräsidentin wählen lassen wollte, was als Bruch ihres Wahlversprechens angesehen wurde. Es endete mit ihrem Rücktritt und dem Ende ihrer politischen Karriere. In Niedersachsen gewann dagegen Ministerpräsident Wulff, der zwei Jahre später - im Jahr 2010 - zum Bundespräsidenten gewählt wurde, die Wahl deutlich für die CDU.

Zwei Tage später, am Dienstag, fand Felix Beatrice in trauriger Stimmung vor. Es war der dritte Todestag ihres Vaters, den sie sehr geliebt hatte. Felix bemühte sich an diesem Tag, zu ihr besonders freundlich und zugewandt zu sein. Bevor sie sich dem Tagesgeschäft widmeten, schlug er ihr vor, alles dafür zu tun, dass dieser Tag „der Schönste ihres Lebens" werden möge. Dieser positive Stimulans hellte ihre Stimmung ein wenig auf. An diesem Tag musste sie auch noch ihre 87 jährige Mutter, die seit dem Tod ihres Mannes allein lebte, am Telefon trösten. Sie hatte sich an der Hand verletzt und teilte ihrer Tochter mit, dass sie nur noch wenig Lust am Leben hätte.

In den Tagen danach fand der Straßenkarneval statt. Am Karnevalssonntag machten Felix und Beatrice bei schönem Winterwetter eine Wanderung. Am Rosenmontag schauten sie sich zusammen mit Freuden, mit denen sie sich traditionell jedes Jahr an diesem Tag trafen, den Karnevalszug in ihrer Stadt an. Es war nass-kaltes Wetter, und sie erkälteten sich dabei. Nach dem Zug gingen sie deshalb sofort frierend nach Hause, wo sie sich ein schönes Kaminfeuer machten.

Mit dem Rosenmontag hörte die kurze Schonfrist für Felix und Beatrice auch schon wieder auf. Obwohl sie es zu verdrängen versuchten, lagen bei ihnen beiden die Nerven ziemlich blank. Das führte dazu, dass schon am Karnevalsdienstag zwischen beiden aus einem ziemlich nichtigen Grund ein handfester Streit ausbrach.

Felix war wegen seiner inzwischen starken Erkältung länger im Bett geblieben und Beatrice hatte vor ihm gefrühstückt. Als er schließlich auch in die Küche kam, vermisste er bei der Tageszeitung einige Seiten.

„Wo sind die fehlenden Seiten?", fragte er mit heiserer Stimme.

„In welchen Ton redest Du mit mir?", reagierte Beatrice mit einem gereizten Unterton in der Stimme, der Felix zusammen zucken ließ. „So lasse ich nicht mit mir umgehen? Hier hast Du die Seiten!" Mit diesen Worten warf sie ihm einige weitere Zeitungsseiten hin.

„Das sind Seiten von früheren Zeitungen. Die von heute fehlen immer noch", antwortete Felix, wobei er sich bemühte, seine eigenen Emotionen unter Kontrolle zu halten.

Beatrice suchte mit heftigen Bewegungen und zornigen Blicken nach den fehlenden aktuellen Seiten und fand sie schließlich auf dem Boden.

„Hier hast Du die Seiten. Sie waren versehentlich herunter gefallen." Mit diesen und weiteren lauten Worten knallte sie die Seiten auf den Tisch und verließ wütend den Raum.

Felix reagierte konsterniert und hielt sich die Ohren zu. Wegen seiner Erkältung ging er an diesem Tag nicht wie sonst an jedem Dienstagmorgen zur Gymnastik in ein Sportstudio.

Nach diesem kurzen, aber heftigen Disput konnte sich Felix nicht mehr auf die Zeitungslektüre konzentrieren. Apathisch blieb er am Küchentisch sitzen und starrte vor sich hin. Seine Gedanken kreisten umher, während er versuchte, sich über seine Situation Klarheit zu verschaffen:

„Was soll ich tun? So kann es nicht weiter gehen. Ich müsste mich eigentlich von Beatrice trennen. Aber da ist ja noch das Ausstellungsprojekt im April, das wir begonnen haben und aus dem wir jetzt nicht mehr aussteigen können. Wir tragen hier Verantwortung für die Künstler und die vielen anderen Mitwirkenden, die sich bereits dafür engagiert haben und sich darauf freuen. Ich habe keine andere Wahl und muss weiter machen, wenn ich mich nicht total unglaubwürdig machen will."

In den folgenden Stunden sprach er mit Beatrice nur noch das Nötigste und ging ihr so weit wie möglich aus dem Weg. Er spürte, dass auch sie krank war. Felix fühlte sich plötzlich sehr müde und legte sich im Wohnzimmer auf die Couch und schloss die Augen. Er wusste nicht, wie lange er so gelegen und möglicherweise auch geschlafen hatte, als das Telefon klingelte.

Auf dem Display konnte er erkennen, dass Dorothea ihn anrief. Er fand aber nicht die Kraft, das Gespräch anzunehmen und hörte stattdessen nur schweigend zu, wie sie auf seinen Anrufbeantworter sprach. Vielleicht hätte er das Gespräch doch angenommen, wenn er jetzt etwas Freundliches von ihr gehört hätte. Aber er hörte nur ihre sachlich-kühle Stimme, ohne Verbindlichkeit und Freundlichkeit, mit der sie ihn um Übersendung ihres

Abiturzeugnisses und der Geburtsurkunden ihrer Kinder bat, die in seinen Akten sein sollten. Vergebens wartete er auf ein Zeichen des Einlenkens, der Versöhnung. Felix fühlte sich jetzt zunehmend einsam und allein.

Als er es zu Hause nicht mehr länger aushielt, ging er einkaufen und begann nach seiner Rückkehr ein Abendessen zu kochen, zu dem er Beatrice einlud. Schweigend aßen sie zusammen, jeder mit seinen Gedanken beschäftigt. Nach einiger Zeit, die Felix wie eine Ewigkeit vorkam, brach sie das Schweigen und berichtete ihm, dass sie mit ihrem Arzt, einem gemeinsamen Freund, mit dem sie im vergangenen September zusammen einen Segeltörn gemacht hatten, telefoniert hatte, weil sie Herz- und Magenschmerzen habe.

„Daran bin ich wohl schuld", sagte Felix."

„Nein, das wollte ich nicht sagen, ich wollte dich nur darüber informieren."

Weiter ging die Unterhaltung nicht. Felix zog sich in sein Zimmer zurück, um über seine Situation nachzudenken, während Beatrice den Fernseher anmachte. Er fühlte sich in der Falle. Wenig später ging er innerlich aufgewühlt ins Bett, um in einem Roman über Indien weiter zu lesen. In dem dicken Buch von fast 1.000 Seiten in englischer Sprache kam er nur langsam voran. Nur kurze Zeit später kam Beatrice ins Schlafzimmer.

„Ich kann den Sender ARTE nicht finden. Hast Du das Abonnement abbestellt?"

„Für ARTE braucht man kein Abo. Das kann man doch ganz normal einstellen."

„Ich kann das aber nicht. Würdest du mir vielleicht freundlicherweise helfen?"

Ein wenig mürrisch stand Felix auf und ging ins Wohnzimmer, wo er mit Hilfe der Fernbedienung in kürzester Zeit den Sender ARTE fand und einstellte.

„Ich weiß nicht, wo das Problem war. Der Sender ließ sich doch ganz normal finden."

„Sag doch gleich, dass ich zu doof bin", hörte er noch Beatrice sagen, als er schweigend zurück ins Bett ging, weil er nicht wusste, wie er auf diese Bemerkung reagieren sollte, ohne wieder ein Gewitter loszutreten.

In dieser Nacht blieb Felix allein, weil Beatrice in ihrem Arbeitszimmer schlafen ging, was Felix nur recht war. Er fand aber dennoch keinen Schlaf, weil sein Gehirn sich mit vielen Bildern und Fragen quälte:

‚Ich kann die Probleme, die Beatrice hat, nicht lösen, da ich selbst genug eigene habe. Wir streiten uns neuerdings auch zunehmend, wenn es um unsere Zusammenarbeit bei unserem Verein „Kunst verbindet Europa" geht. Mit ihrem Arbeitsstil komme ich nicht gut zurecht. Sie hat keinen regelmäßigen Arbeitsrhythmus, sondern arbeitet immer dann, wenn sie gerade gut drauf ist. Sie lässt bestimmte Dinge tagelang liegen und vergisst sie auch schon mal. Insgesamt verbringt sie viele Stunden vor dem Computer und macht viel zu wenig Sport. Sie ist laufend erschöpft und hat Stress, sagt aber, dass ihr die viele Arbeit nichts ausmache, wohl aber Beziehungsstress. Den verursacht sie aber doch selbst mit. Ich habe den laufenden Ärger satt und werde mein Engagement für die Kunst nach dem Ausstellungsprojekt im April beenden. Ich hatte andere Erwartungen.'

Zwischendurch machte er die Nachttischlampe wieder an und versuchte, in seinem Roman weiter zu lesen. Um halb fünf morgens kam Beatrice in das Schlafzimmer und legte sich zu ihm ins Bett. Ihr Gesicht war grau, und sie hatte offensichtlich auch nicht geschlafen.

„Ich habe das Bedürfnis, dir eine Botschaft zu übermitteln," sagte sie. „Ich lasse mich nicht mehr anschreien und herum kommandieren!"

„Was für eine Botschaft!?", ging es ihm spontan durch den Kopf. „Wer schreit hier wen an?"

Er war innerlich aufgewühlt und geneigt, ihr gleich darauf eine passende Antwort zu geben, konnte sich aber gerade noch bremsen und so eine neue Eskalation verhindern.

Er holte tief Luft und versuchte sich zu beruhigen, während er nach einer passenden Antwort suchte.

„Ich habe Angst, überhaupt etwas zu sagen, weil ich weiß, dass ich damit wieder eine heftige Reaktion bei Dir auslöse."

Jetzt fing sie an zu weinen.

„Ich weiß nicht, was ich noch tun soll. Ich gebe mir immer so viel Mühe…".

Felix suchte wieder nach Worten. Schließlich wurde es ihm zu viel und er sagte:

„Ich kann Deine Probleme nicht zu den meinen machen. Ich habe selbst genug davon. Außerdem weiß ich nicht, wie ich mit Deinen Reaktionen umgehen soll. Du bist es selbst, die schreit und mir Vorhaltungen macht. Dann spielst Du Dein Repertoire herunter: Zuerst Ablehnung und laute Worte, dann Weinen, dann wieder die sanfte Tour, bei der ich Dich in den Arm nehmen soll."

„Mein Tag gestern hatte so gut begonnen. Ich hatte seit langer Zeit mal wieder bis morgens durch geschlafen, war aufgestanden, hatte Frühstück gemacht - auch für Dich. Und kaum warst Du aufgestanden, hatten wir gleich wieder ein riesiges Problem."

„Und ich hatte friedlich beim Frühstückstisch gesessen und Zeitung gelesen, als ich merkte, dass einige Seiten fehlten. Ich habe überall gesucht, aber sie nicht gefunden. Dann habe ich Dich lediglich gefragt: ‚Wo sind die fehlenden Seiten?'. Das hast Du als Angriff empfunden, und dann ging der ganze Ärger los. Ich kann damit nicht umgehen. Es ist wohl das Beste, wenn wir uns trennen."

„ Ich weiß nicht mehr, was mit mir ist. So war ich früher doch nicht. Ich mache alles falsch. Was soll ich nur tun?" Beatrice schluchzte und legte sich in Felix Arm.

Die Diskussion kam zu einem Ende und beide schliefen erschöpft ein und wachten erst gegen halb neun am Morgen wieder auf.

Felix bereitete diesmal das Frühstück, und sie frühstückten zusammen, das diesmal ganz friedlich verlief, als Beatrice sagte:

„Wir hatten uns doch früher gut verstanden. Können wir nicht dort wieder ansetzen?"

„Okay, ja, ja …. Aber was gesagt wurde, wurde gesagt." Zu mehr war Felix nicht imstande zu sagen. Beatrice sah ihn mit großen Augen an.

Während Beatrice bis Mittag mit einem Kunstseminar beschäftigt war, ging Felix seinem Tagesprogramm nach. Nach dem Seminar ging Beatrice zum Frisör, während Felix in seinem Roman weiter las. Vom Frisör kam Beatrice erst spät zurück und Felix hatte sich bereits Sorgen gemacht. Ohne sie wirkte das Haus leer. Er vermisste sie schon nach wenigen Stunden Abwesenheit. Endlich kam sie fröhlich lächelnd mit einer schönen Haarfrisur zurück. Ein Stein fiel ihm vom Herzen, und er lachte zurück:

„Du kommst herein, wie Liane bei Tarzan von den Urwaldbäumen her geflogen kommt."

Beatrice lachte über diesen Vergleich und gab ihm spontan einen Kuss. So ging der Tag friedlich und freundlich zu Ende. Beatrice war schon im gemeinsamen Ehebett, als Felix sich zu ihr legte und sie liebevoll in seinen Arm nahm.

Am nächsten Tag schien die Sonne frühlingshaft warm. Sowohl Felix als auch Beatrice bemühten sich weiter, entspannt und freundlich miteinander umzugehen. Die lange Auseinandersetzung hatte sie ziemlich erschöpft, und sie waren emotional wieder sehr nahe zusammen gekommen. Dennoch spürten sie das Damoklesschwert weiterhin über sich, hofften aber auf ein Wunder.

Um sich zu entspannen, zog Felix Arbeitssachen an und ging in den Garten, wo er die hölzernen Gartenmöbel mit Öl einrieb, im Rosenbeet Unkraut beseitigte, Rasenkantensteine setzte und Rosen beschnitt. Danach ging er zu seinem Psychoanalytiker, um mit ihm über seine neuen Spannungszustand zu sprechen und ihn über die Ereignisse der letzten Wochen zu informieren. Nachdem er Felix ruhig und aufmerksam zu gehört hatte, teilte er ihm seine Schlussfolgerung mit:

„Ich habe den Eindruck, dass Sie einen großen Druck in sich spüren. Sie scheinen aber dazu zu neigen, hinten zu zerstören, was sie vorne aufgebaut haben."

Felix schaute ihn verblüfft an und nickte dann nachdenklich.

„Außerdem vermute ich", fuhr er fort, „dass Sie immer alles alleine machen wollen und keine Hilfe von außen annehmen wollen. Dabei könnten Sie leicht auf andere oberlehrerhaft wirken, weil Sie für alles immer sofort eine Lösung haben. Ich empfehle Ihnen, diese Beobachtungen in der nächsten Zeit auf sich einwirken zu lassen. Vielleicht ergeben sich daraus für Sie neue Lösungsansätze."

Felix widersprach auch dieser Analyse nicht und nahm die Empfehlung des Psychoanalytikers als Aufgabe bis zu ihrem nächsten Treffen in einem Monat an. Bevor er nach Hause fuhr, rief er Beatrice an, um zu erfahren, ob sie sich inzwischen mit Norbert getroffen hatte. Er bekam keine Verbindung, aber Beatrice rief etwas später zurück und teilte ihm mit, dass Norbert gerade bei ihr ankomme. Schon wenige Minuten später rief sie wieder an, um ihm mit angespannter Stimme mitzuteilen, dass Norbert schon wieder gegangen sei. Die Unterredung hatte nicht lange gedauert, was angesichts des Tonfalls in Beatrice' Stimme nichts Gutes erwarten ließ.

„Was hat er denn nun gesagt?", war seine erste Frage, als er zu Hause angekommen war.

„Er will das Verfahren juristisch prüfen lassen und möchte es durchfechten. Er hat aber wiederholt, dass er mich nicht hängen lassen will."

„Was will er denn nun eigentlich?", fragte Felix nach. „Ich verstehe ihn nicht. Was bedeutet denn, dass er dich nicht hängen lassen will, wenn er dir die Unterhaltszahlungen entziehen will? Ich glaube, dass du zur Rettung deiner Unterhaltszahlungen nicht umhin kommst, hier auszuziehen. Sonst hast du juristisch keine Chance."

„Lasst uns erst mal in Ruhe abwarten, was er macht", versuchte Beatrice Felix zu beruhigen.

„Ich bin nicht der Meinung, dass es ausreicht, einfach abzuwarten", war seine Reaktion. Das Gespräch mit seinem Psychoanalytiker und dessen Empfehlung lag schon wieder in weiter Ferne.

Beatrice wirkte sehr traurig. Sie zeigte Felix Fotos von früher, die Norbert ihr mitgebracht hatte. Felix sah Beatrice als junge Frau, eine richtige Schönheit. Er spürte, dass er, wenn er sie damals kennen gelernt hätte, sich sofort in sie verliebt hätte. War er nicht jetzt auch verliebt in dieselbe Frau, die nur ein paar Jahre älter geworden war? Sie war immer noch eine Schönheit. Er schaute sie verliebt an, streichelte ihre Hand, die das Foto hielt, und küsste sie. Sie umarmten sich, und suchten aneinander Halt.

Auf Empfehlung von Felix formulierte Beatrice daraufhin ein kurzes Schreiben an Norbert' Anwalt als Antwort auf dessen Schreiben, mit dem er das Verfahren zur Streichung ihres Unterhaltsanspruchs gegenüber Norbert angekündigt hatte:

„Nachdem ich ein konstruktives Gespräch mit meinem Exmann hatte, sehe ich ihr Schreiben als gegenstandslos an."

Bevor sie das Schreiben zum Briefkasten brachte, telefonierte sie mit ihrem Sohn Ulrich, der weit entfernt wohnte, über den Stand der Geschehnisse. Dieser informierte sie darüber, dass sein Vater Norbert ihn am nächsten Wochenende besuchen wolle. Das Verhalten seines Vaters gegenüber seiner Mutter kommentierte er nur knapp, wie es seine Art war:

„Papa braucht das für sein Ego".

In der folgenden Nacht konnte Felix erneut nicht gut schlafen und lag stundenlang wach, wobei seine Gedanken unentwegt auf der Suche nach neuen Lösungswegen kreisten. Beatrice, die wieder in ihrem Zimmer geschlafen hatte, kam um sechs Uhr im Bademantel zu ihm ins Zimmer und kuschelte sich an seine Seite. Felix liebte diese körperliche Nähe normalerweise sehr, jetzt aber war er dafür weniger empfänglich. Ihm war es jetzt wichtiger, einen Weg zu finden, um aus der Sackgasse, in der er sich fühlte, wieder heraus zu kommen. Er wandte sein Gesicht Beatrice zu und schaute sie an, während er nach Worten suchte. Schließlich sagte er:

„Ich schlaf schon seit Stunden nicht und denke über unsere Situation nach. Ich bin dabei zu dem Schluss gekommen, dass wir den Machtkampf, den Norbert und Dorothea gegen uns führen, nicht gewinnen können. Ich möchte aus unserer Viererbeziehung aussteigen, weil ich nur so einen Ausweg aus dem Dilemma sehe."

„Dann schmeiß mich doch gleich raus!", reagierte Beatrice mit heftigen Worten. Dann fing sie an zu weinen.

Für Felix waren diese Reaktionen von Beatrice, die er wiederholt erlebt hatte, nur schwer zu ertragen. Ihr Weinen rührte ihn aber jedes Mal stark an, und normalerweise nahm er sie dabei in den Arm, um sie zu trösten. Auch diesmal spürte er, wie sich Mitleid in ihm regte. Jetzt aber wollte er sich auf diese emotionale Ebene nicht erneut einlassen. Diesmal war es ihm wichtig, konsequent zu bleiben. Außerdem war wieder Freitag, und er musste sich beeilen, um pünktlich zu seinem Französisch-Kurs zu kommen. So ließ er Beatrice mit ihrem Kummer allein und stand auf, um das Frühstück zu machen.

Während er allein in der Küche arbeitete, wurde er plötzlich ganz ruhig und sah einen klaren Weg vor sich, den es nun zu verfolgen galt:

„Nein, ich darf Beatrice jetzt nicht im Regen stehen lassen, dazu habe ich sie einfach viel zu lieb", sagte er sich, als in diesem Augenblick auch Beatrice in die Küche kam. Ihr verquollenes, verweintes Gesicht rührte ihn, und so nahm er sie als Erstes in den Arm.

„Ich habe Dich lieb. Ich will Dich nicht verlieren. Wir müssen aber jetzt ein taktisches Spiel ohne Machtkampf spielen. Dorothea und Norbert ergötzen sich an unserer Schwäche und wollen zur Befriedigung ihres Egos ein Opfer. Das müssen wir bereitwillig geben. Das heißt, wir müssen uns formal trennen und dürfen nach außen keinen Zweifel daran lassen. Das müssen wir sofort tun. Alle Freunde und Bekannten und auch die Kinder müssen es sehen. Die moralische Last dafür liegt aber bei Norbert und Dorothea. Wenn alles gut geht, werden sie am Ende vielleicht doch noch einlenken", erklärte er ihr seine Überlegungen. „Ich bitte Dich, das Spiel mitzuspielen. Norbert ist doch verpflichtet, dir Unterhalt zu zahlen; nur dürfen wir nicht in einer „sozio-ökonomischen" Lebensgemeinschaft zusammen leben. Deshalb kannst Du doch beruhigt alles auf dich zukommen lassen. Wir dürfen nur nicht einfach so weitermachen wie bisher in der Hoffnung, dass Norbert und Dorothea uns entgegen kommen werden. Die Hoffnung habe ich aufgegeben. Gegen solche rachsüchtigen Geister kann man keine offene Auseinandersetzung mit normalen Mitteln führen, da sie nicht auf einen fairen Ausgleich bedacht sind. Sie wollen als Sieger hervorgehen, und wir sollen die Verlierer sein." Nach diesen Worten machte sich Felix auf den Weg zum Französisch-Kurs.

Als er am späteren Vormittag zurückkam, wirkte Beatrice deutlich entspannter und sogar ein wenig heiter. Die Sonne schien von einem wolkenlosen Himmel, und obwohl es gerade Anfang Februar war, war es schon warm genug, um sich auf die Terrasse zu setzen. Bei einer Tasse Kaffee setzten sie ihre freundliche Unterhaltung vom frühen Morgen fort.

Den Rest des Tages verbrachten sie in Harmonie mit gemeinsamer Gartenarbeit zusammen. Am Abend bereitete Beatrice ein schönes Abendessen, und sie gingen früh schlafen, weil sie nach den durchwachten Nächten der letzten Tage beide ziemlich müde waren. Arm in Arm schliefen sie ein.

Ihr harmonisches Miteinander setzte sich am Wochenende fort. Bei anhaltend schönem Wetter machten sie am Samstag und Sonntag zwei schöne Wanderungen in ihrer Umgebung. Sie telefonierten mit Freunden, die auch mit Dorothea und Norbert Kontakt pflegten, und erläuterten ihnen, warum sie wegen der

Bestrebungen Norberts, Beatrice den Unterhalt zu entziehen, in Zukunft nicht mehr zusammen leben könnten. Insgeheim hofften sie dabei auf Unterstützung durch diese Freunde.

Ihre neu gefundene Harmonie fand am folgenden Montagnachmittag erneut und unerwartet ein jähes Ende. Felix war gerade damit beschäftigt, Dorothea einen neuen Brief zu schreiben, als Beatrice in sein Zimmer kam und ihm über ein Telefongespräch mit ihrem Sohn Ulrich berichtete:

„Ulrich hat mir soeben folgendes mitgeteilt. Es gibt eine einfache Lösung: Heiratet!"

Das hätte sie besser nicht gesagt. Im selben Augenblick riss bei Felix der Faden, und er verlor die Beherrschung. Beatrice hatte exakt seinen neuralgischen Punkt getroffen, auf den er überhaupt nicht ansprechbar war. Blitzartig ging ihm durch den Kopf, dass sein Problem mit seiner befürchteten erheblichen Kürzung seiner Pensionsbezüge ja gerade dadurch entstanden war, dass er mit Dorothea verheiratet war und viele Jahre allein für den Unterhalt der Familie sorgen musste. Und nun sollte er durch Heirat mit Beatrice weitere, neue finanzielle Verpflichtungen übernehmen? Dazu war er nicht bereit. Gereizt antwortete er:

„Das ist genau die Lösung, die ich von Anfang an so nicht wollte. Jetzt ist es genug. Ich kann und will nicht mehr so weiter machen und erkläre auf der Stelle unsere Partnerschaft für beendet. Ich bitte dich, dir umgehend eine eigene Wohnung zu suchen und aus meinem Haus auszuziehen." Er schaute auf seine Armbanduhr: Es war 16 Uhr.

Beatrice schaute ihn fassungslos an. Wortlos drehte sie sich um und verließ kurz darauf das Haus mit dem Wort „Tschüss". In ihrem Zimmer konnte Felix auf dem Bildschirm ihres Computers Wohnungsanzeigen von Immobilien Scout sehen. Bereits nach einer Stunde kam sie wieder zurück und teilte Felix mit, dass sie keine Wohnung gefunden habe.

„Was ist eigentlich jetzt anders geworden?", fragte sie daraufhin.

„Du hast mit der Botschaft, dass wir heiraten sollen, um das Problem zu lösen, mich als deinen Verbündeten verloren. Ich bitte dich, an der Stelle wieder anzufangen, wo du beim Auszug aus deinem Haus mit Norbert gestanden hast. Ich habe dir sieben Jahre lang nach Kräften geholfen, habe aber jetzt keine weitere Kraft mehr. Es waren sieben gute Jahre. Sie sind aber jetzt zu Ende. Ich habe keine Kraft mehr. Ich klammere mich an nichts, auch nicht an mein Leben."

Beatrice hörte sich Felix' Worte schweigend an, streichelte seinen Hinterkopf und verließ schweigend den Raum.

Bereits nach kurzer Zeit kam sie wieder.

„Ich fühle mich unfair behandelt, Ich habe dich nicht ausgenutzt."

„Das habe ich auch nicht gesagt. Ich möchte noch einmal betonen, dass ich dich nicht unfair behandeln will, genauso wenig, wie ich das auch bei Dorothea und Norbert nie gewollte habe. Aber jetzt will ich nichts weiter mehr sagen, weil mir jedes Wort so oder so anders ausgelegt wird. Ich suche jetzt erneut meine Unabhängigkeit und Freiheit."

Damit war die Unterredung beendet, und Beatrice verließ schweigend den Raum.

Felix setzte sich an den Computer, um zwei Schreiben zu verfassen, eins an Beatrice und eins an Dorothea:

Liebe Beatrice,

Hiermit erkläre ich unsere Lebensgemeinschaft ab sofort für beendet und bitte Dich, sobald wie möglich eine andere Wohnung zu suchen.

Die Büroräume in meinem Haus können für unsere Aufgaben bei unserem Verein „Kunst verbindet Europa" vorläufig weiter genutzt werden.

Es tut mir leid, eine solche harte Entscheidung treffen zu müssen, aber die neuen Umstände lassen mir keine andere Wahl.

Ich danke Dir für sieben reiche und erfüllte Jahre an Deiner Seite und wünsche Dir von Herzen eine gute Zukunft ohne mich, in der es Dir gelingen möge, endlich Stabilität in Dein Leben zu bekommen.

Als Grußformel schrieb er zunächst

Mit freundlichen Grüßen.

Später ersetzte er sie durch die persönlichere Formulierung

Du hast mir viel bedeutet

Felix

An Dorothea schrieb er:

Liebe Dorothea,

Welches Ziel, welche Zukunft strebt Ihr, Du und Norbert, eigentlich an? Angeblich sucht Ihr Euren Frieden und eine friedliche Zukunft. Das werdet ihr so nicht erreichen. Euer Verhalten führt stattdessen geradewegs in ein menschliches und familiäres Desaster, von dem auch unsere Töchter, deren Partner und unsere Enkelkinder, betroffen sind. Was ist Euer Motiv? Sind es immer noch alte Verletzungen oder ist es die Lust, Macht auszuüben und sich an der Schwäche des anderen zu erfreuen? Warum könnt Ihr meine verzweifelten Bemühungen, ein Einvernehmen zwischen uns herzustellen, bei dem es keine Sieger und Verlierer gibt, nicht aufgreifen und konstruktiv mit gestalten? Hatten wir nicht mit unserem Notarvertrag eine gute Grundlage geschaffen, die wir gemeinsam weiter ausbauen konnten? Warum musstet Ihr dieses fragile Gleichgewicht so drastisch und einseitig zerstören? Norberts Antrag über Euren Anwalt, Beatrice den Unterhalt zu entziehen, hat dem Ganzen die Krone aufgesetzt, weil er uns keine Chance mehr lässt.

Das Kind ist nun endgültig in den Brunnen gefallen, nachdem auch Ulrich, Beatrice' Sohn und ihre letzte Stütze und Hoffnung, sich auf Eure Seite geschlagen hat und als „Lösung" in den Raum gestellt hat, Beatrice und ich mögen heiraten. Dieses Modell habe ich vom ersten Tag der Partnerschaft zwischen Beatrice und mir strikt abgelehnt, weil es uns die Luft zum Atmen nimmt. Heute um 16 Uhr habe ich die Konsequenzen gezogen und Beatrice mitgeteilt, dass unsere Partnerschaft beendet ist, und sie gebeten sich eine eigene Wohnung zu suchen.

Ich habe keine Kraft mehr, so weiter zu leben. Ich wünsche Euch allen, dass Ihr Euer Lebensglück findet. Hoffentlich gelingt es Euch. Ich selbst fühle mich durch meine Ehe mit Dorothea ausgenutzt und missbraucht.

Lebt wohl

Felix

Beide Schreiben legte er Beatrice auf ihren Schreibtisch, die sie wortlos entgegen nahm. Dann verließ er das Haus, um wie jeden Montagabend zur Gruppengymnastik ins Fitnessstudio zu gehen. Anschließend legte er sich noch in die Sauna und versuchte zu entspannen, was ihm aber nicht gelang. Er war völlig apathisch und starrte nur in sich versunken vor sich hin.

Es war nach 21 Uhr, als er wieder nach Hause fuhr. Dort war alles dunkel. Er fand Beatrice in ihrem Zimmer, den Kopf in ihre Hände gestützt vor Ihrem dunklen Bildschirm sitzend. Beide blieben stumm. Er streichelte ihr ein wenig über die Haare und verließ wieder das Zimmer. Im Wohnzimmer trank er eine Flasche Bier. Um 23 Uhr verabschiedete er sich von Beatrice mit den Worten „Ich klammere mich an nichts, auch nicht an mein Leben" und verließ das Haus.

Er wusste nicht mehr ein noch aus und lief planlos durch die Straßen.

„Wenn doch nur Dorothea und Norbert ihre unsäglichen Anträge zurückziehen würden", ging es gebetsmühlenartig durch seinen Kopf. Es war kalt, fast Null Grad, aber er spürte die Kälte nicht. Es war ihm alles egal. Er nahm sich vor, alle Nachtbars, die er im Zentrum der Stadt von früher her kannte, der Reihe nach aufzusuchen und so die Nacht zu verbringen. Aber die Bars, an die er dachte, z.B. eine Piano-Bar, existierten entweder nicht mehr oder sie wurden gerade umgebaut. Nach einiger Zeit landete er in einem Nachtcafé. Dort bestellte er nacheinander drei Gläser Bier, die er apathisch vor sich hin stierend trank. Nach Mitternacht ging er weiter - langsam und ziellos - durch die weitestgehend menschenleere Innenstadt. Wo und wie sollte er nur diese Nacht verbringen? Er stellte sich vor, zu eine seiner Cousinen, die eine Autostunde entfernt wohnte, zu fahren, aber bei seinem Promillegehalt ging das jetzt nicht. Irgendwann bewegte er sich langsam wieder nach Hause und kam dort gegen 4 Uhr in der Frühe an. Dort stieg er in sein Auto, fuhr zu einem ruhigen Parkplatz und versuchte im Auto zu schlafen. Wenn es ihm zu kalt wurde, machte er den Motor an. Erst gegen 9 Uhr fuhr er wieder nach Hause.

Dort empfing ihn Beatrice mit verheultem und aufgequollenem Gesicht an der Tür.

„Wo warst Du, ich habe mir so viel Sorgen gemacht."

Schweigend ging er ins Haus und gab keine Antwort, außer etwas wie, dass ihm alles egal sei. Beatrice informierte ihn, dass sie seinen Bruder Ingo in Berlin angerufen habe, der spontan angeboten habe, sofort zu ihnen zu kommen, um ihnen beizustehen. Felix hörte nur halb zu und legte sich aufs Sofa im Wohnzimmer und schlief sofort tief und fest ein. Beatrice deckte ihn mit einer Decke zu.

Als er nach ein bis zwei Stunden wieder wach wurde, ging er in sein Arbeitszimmer. Nach einiger Zeit kam auch Beatrice. Sie schaute ihn ruhig und liebevoll an und sagte:

„Du wirst einsam und verlassen sein. Du brauchst aber andere Menschen um Dich herum. Ich bin Deine Partnerin. Ich möchte mit Dir zusammen leben. Es gibt keinen Menschen, der so liebevoll und loyal zu Dir ist wie ich. ...Bitte verlasse mich nicht und lasst uns nach anderen Lösungen suchen. Jetzt ist Besonnenheit angebracht."

Felix war gerührt. Er wusste nicht, was er sagen sollte. Zunächst starrte er weiter vor sich hin. Erst allmählich lichtete sich in seinem Kopf das Chaos. Schließlich wurde ihm klar, dass Beatrice Recht hatte und er diese Chance und dieses Angebot nicht ausschlagen durfte, wollte er sein Leben nicht zerstören.

Er suchte Beatrice und fand sie schließlich auf der Terrasse im Sonnenschein. Liebevoll nahm er sie von hinten in den Arm, schmiegte seine Wange an ihre und sagte:

„Danke. Ich habe Dich lieb. Wir müssen da jetzt gemeinsam durch."

Sie schaute ihn glücklich an. Der Bann war gebrochen und die Weichen waren jetzt endgültig gestellt. Jetzt gab es auch für ihn keinen anderen Weg mehr.

Das Schreiben an Dorothea schickte er nicht ab. Er wollte jetzt erst einmal die weitere Entwicklung abwarten. Dann ging er in den Blumenladen und kaufte einen bunten Strauss Blumen für das Grab seiner Mutter, das er am nächsten Tag zu ihrem 100. Geburtstag besuchen wollte, eine rote Rose für Beatrice zum bevorstehenden Valentinstag und ein Narzissentöpfchen für eine Frau im Vorstand von „Kunst verbindet Europa", deren kranker und frisch operierter Dackel an diesem Tag gestorben war.

Am Abend fuhr er zur Chorprobe, die ihm gut tat und von den Wirren der letzten Stunden ablenkte. Zu Hause trank er danach mit Beatrice noch ein Gläschen Wein. Im Fernsehen lief eine Sendung mit Sandra Maischberger über das neue Scheidungsrecht. Sie umarmten sich erschöpft und waren glücklich, einander wieder gefunden zu haben.

37 Die Zuspitzung

Juni 2010 / März -April 2008

Felix' Träume werden wieder vom Telefonklingeln unterbrochen. Von einer Sekunde zur nächsten ist er hellwach und rennt zum Hörer.

„Beatrice, Beatrice", geht es ihm sofort durch den Kopf, „Sie wurde heute zum fünften Mal operiert, und ich schlafe hier im Garten. Bestimmt ruft das Krankenhaus an. Hoffentlich ist alles gut gegangen."

Am Apparat meldete sich zur Felix' Überraschung der Chefarzt, der Beatrice operiert hatte.

„Ich rufe sie persönlich an, um Sie zu beruhigen. Ihrer Frau geht es gut. Leider war ein Blutgefäß in der Operationswunde geplatzt, und wir mussten die Brust deshalb sofort noch einmal öffnen, um die Wunde zu stillen. Sie hat Blut verloren, aber da wir schnell reagiert haben, konnten wir Schlimmeres verhindern. So etwas passiert leider, wenn auch selten. Machen Sie sich aber keine Sorgen. Sie können Ihre Frau in einer Stunde besuchen."

„Vielen Dank, Herr Professor. Sie haben mich sehr erleichtert. Glauben Sie, dass meine Frau am Samstag an unserem Gartenfest mit teilnehmen kann?"

„Wir werden Sie sorgfältig beobachten. Wenn alles normal verläuft, wovon ich ausgehe, werden wir sie für einige Stunden am Samstag entlassen können, damit sie bei Ihrer Feier dabei sein kann."

Felix fällt ein Stein vom Herzen. Er kann es kaum erwarten, in einer Stunde wieder im Krankenhaus zu sein und Beatrice in den Arm zu nehmen. Als er endlich mit einem Blumenstrauß wieder bei ihr ist, wirkt sie sehr geschwächt und ist ziemlich bleich im Gesicht. Sie lächelt ihn an, als er in ihr Zimmer kommt.

„Schön, dass Du kommst", flüstert sie mit krächzender Stimme, die von der Narkose noch beeinträchtigt ist.

„Mein Liebling, du Arme, was Du alles durchmachen musst. Wie geht es Dir?", fragt er mit besorgter Stimme, nachdem er ihr zur Begrüßung einen Kuss auf die Stirn gegeben und sich neben sie gesetzt hat.

„Ziemlich schlapp. Das hat heute Morgen ganz schön wehgetan. Man hat aber hier sofort schnell und kompetent reagiert, und ehe ich mich versah, war ich schon wieder unter Vollnarkose. Ich weiß gar nicht, was sonst noch alles passiert ist."

„Dein Chefarzt hat mich persönlich angerufen und mich beruhigt. Alles sei nun wieder in Ordnung. Er glaubt sogar, dass Du am Samstag zum Gartenfest vorübergehend entlassen werden kannst."

„Das wäre schön. Wie sieht es denn aus, schaffst Du das allein? Ich hätte dir so gern dabei geholfen."

„Irgendwie werde ich das schon hinkriegen. Ich wollte erst abwarten, was mit dir ist. Jetzt, wo sich alles wieder zum Guten wendet, kann ich richtig loslegen. Ich werde heute noch mit den letzten Vorbereitungen beginnen."

Felix bleibt noch eine Weile bei Beatrice, bevor er wieder nach Hause fährt, um sich nun verstärkt dem Fest zu widmen. Es sind noch viele Dinge zu erledigen: Zelte aufbauen, Tische, Bänke und Stühle von Nachbarn und Freunden herbeischaffen, Getränke und Gläser abholen, Dekorationen anbringen, die Zimmer für die Übernachtungsgäste bereiten, die Voraussetzungen für das bestellte Buffet schaffen, eine Musikanlage installieren und und und …

Sein Kopf ist aber jetzt frei, und die gut verlaufene Notoperation von Beatrice verleiht ihm zusätzliche Kräfte und Motivation.

Spät am Abend sinkt er müde ins Bett und schläft traumlos ein. Am nächsten Morgen - noch halb im Schlaf - kommt ihm aber wieder die Schlussphase der dramatischen Auseinandersetzung vor zwei Jahren mit Dorothea und Norbert in Erinnerung. Beinahe hätte er sich damals von Beatrice getrennt. Wo würde er heute stehen, wenn er das tatsächlich getan hätte? Er lächelt und kuschelt sich ein wenig tiefer in sein Bett, als er daran denkt, wie er nach der durchfrorenen Winternacht wieder zu Beatrice zurück gefunden hat.

Die Ereignisse hatten sich damals überschlagen. Nur einen Tag nach dieser dramatischen Nacht, als er auch mit dem Gedanken gespielt hatte, nicht weiter leben zu wollen, war er ins Münsterland gefahren, um sich mit seinen Geschwistern zum 100. Geburtstag ihrer verstorbenen Mutter an ihrem Grab zu treffen. Nach dem bewegenden Treffen am Grab ihrer Mutter trafen sich alle zu einem gemeinsamen Essen. Felix informierte seine Geschwister kurz über die wichtigsten Ereignisse in seinem Leben. Sie hörten ihm zu, gingen aber nicht weiter darauf ein. Felix hatte den Eindruck, dass sie es vorzogen, nicht tiefer in seine Probleme hineingezogen zu werden.

Gut eine Woche später rief Dorothea an, weil sie die von ihm erbetenen Kopien ihres Abiturzeugnisses und der Geburtsurkunden ihrer Töchter noch nicht erhalten hatte. Erneut wartete Felix vergebens auf ein Zeichen des Einlenkens von ihr, auch wenn er in dieser Hinsicht eigentlich schon keine Erwartungen mehr hatte. Er nutzte aber die Gelegenheit, um erneut seine Enttäuschung über ihr Verhalten zum Ausdruck zu bringen. Er schaffte es nicht, seine Emotionen unter Kontrolle zu bringen, und so prallten seine erregt vorgetragenen Sätze wie „Was bist Du nur für ein Mensch.....Ich kenne Dich nicht wieder......Warum habe ich Dich nur kennen gelernt?" wie gewohnt an ihr ab. Felix fand keinen Zugang mehr zu ihr.

Einige Tage später, es war inzwischen Anfang März 2008, flogen Felix und Beatrice für knapp eine Woche nach Barcelona. Sie hatten einige Wochen vorher einen Billigflug gebucht. In Barcelona verbrachten sie bei schönem Vorfrühlingswetter einige herrliche und unbeschwerte Tage. Sie besichtigten verschiedene Kirchen, darunter die Kathedrale und die seit Jahrzehnten im Bau befindliche Kirche Sengrada Familia, Museen, viele interessante Bauwerke im katalanischen Jugendstil, den Parc Güell mit seinen fantasievollen Bauwerken und den Hafen mit dem Kolumbus-Denkmal. Sie nahmen an einer eindrucksvollen Schiffstour entlang der Küste teil, aßen mit Genuss Gambas und andere leckere spanische Gerichte und genossen diese Tage als Auszeit von ihren Sorgen der letzten Wochen.

Als sie am folgenden Wochenende wieder zu Hause ankamen, brauchten sie die frisch gesammelten Kräfte, um sich den neuen Herausforderungen zu stellen. In ihrer Post fand Beatrice ein Schreiben des Amtsgerichts mit dem angekündigten Antrag auf Streichung ihrer bisherigen Unterhaltszahlungen durch Norbert. Beatrice zitterte am ganzen Leib, als sie das Schreiben las.

„Der Schuft hat es tatsächlich wahr gemacht. Das hatte ich ihm nicht zugetraut", kommentierte sie den Schock. Bei Felix löste die Nachricht ebenfalls einen emotionalen Schrecken aus, der noch dadurch verstärkt wurde, dass in seinem Aktiendepot, in das er einen großen Teil seiner restlichen Ersparnisse investiert hatte, durch die unerwartete Finanzkrise beträchtliche Verluste eingetreten waren. Um sich abzureagieren, ging er in den Garten und beschäftigte sich wie in einem Trancezustand damit, den Rasen zu bearbeiten. Aber schon kurz darauf wurde seine

Arbeit durch einen Anruf von seiner jüngsten Tochter Cecilia unterbrochen:

„Hallo Papa, wie geht es Dir? Kann ich dich morgen, am Sonntag, besuchen?"

„Du weißt, dass ich mich immer über deinen Besuch freue. Zu Deiner Frage, wie es mir geht, kann ich nur sagen: schlecht."

„Warum, was ist passiert?"

„Norbert hat beim Gericht beantragt, Beatrice die Unterhaltszahlungen zu entziehen."

„Damit will ich nichts zu tun haben. Am besten komme ich morgen nicht zu dir."

„Das musst du allein entscheiden. Wenn du mich nicht besuchen willst, ist das deine Sache."

„Ich werde es mir überlegen."

Nachdem das Gespräch auf diese Weise sowohl für Cecilia als auch für Felix unbefriedigend zu Ende gegangen war, machte Beatrice Felix Vorwürfe:

„Ich finde es nicht richtig, dass du Cecilia in die Sache mit hinein ziehst. Sie hat nichts damit zu tun."

„Ja, ich gebe Dir Recht. Ich hätte das mit den Unterhaltszahlungen nicht sagen sollen. Es ist mir so rausgerutscht. Cecilia ist aber durchaus von den Folgen mit betroffen. Wie soll ich jemals mit Dorothea und Norbert wieder ein vernünftiges Einvernehmen erreichen, wenn die beiden ihre Interessen so brutal durchsetzen. Ich verabscheue sie wegen ihrer einseitigen Vorteilsnahme, die unsere Existenz bedroht und unsere Bewegungsspielräume so empfindlich einengt."

„Da ist sicher viel Neid mit im Spiel. Sie sollten besser nicht wissen, dass wir gerade erst aus Barcelona zurückgekommen sind, auch wenn die Reise durch den Billigflug sehr preiswert war."

Felix begann, sich zu erregen:

„Weißt Du, mir hängt diese ganze Viererkonstellation aufs Neue zum Halse heraus. Ich suche nach einem Weg, um mich daraus zu befreien."

„Also willst Du Dich nun doch von mir trennen?", zeigte sich Beatrice persönlich betroffen. „Schade, wir hätten eine Chance gehabt, zusammen zu leben."

Ohne es beabsichtigt zu haben, hatte Felix die gerade eben erst geschlossene Wunde ihrer Partnerschaft wieder aufgerissen.

Ohne ein weiteres Wort zu wechseln zog sich Beatrice in ihr Zimmer zurück und ging bald darauf ins Bett. Felix blieb ratlos zurück. Er fühlte sich wie gelähmt. Nach einer Weile legte er sich apathisch auf das Sofa, wo er kurz danach in seinen Kleidern einschlief und nach einem tiefen, fast totenähnlichen Schlaf erst am nächsten Morgen um halb sechs wieder erwachte. Er konnte sich nur schemenhaft an den Vorabend erinnern und begab sich in die Küche, wo er mechanisch damit begann, Geschirr zu spülen und das Frühstück zu bereiten.

Nicht viel später erschien Beatrice im Bademantel. Sie wirkte unausgeschlafen. Sie schaute Felix an, der noch dieselben Kleider wie am Vorabend trug und unrasiert und ungekämmt war. Sie setzten sie sich einander gegenüber an den kleinen Küchentisch und aßen schweigend ihr Frühstück.

Schließlich hatte Felix hatte das Gefühl, dass es an ihm läge, die Stille zu durchbrechen. Er hatte den fatalen Satz von der Aufhebung der Viererkonstellation gesagt. Was bedeutete das für Beatrice? Konnte sie es anders verstehen, als dass er sich doch von ihr trennen wollte?

Felix suchte nach Worten und fühlte sich wieder hilflos. Was er auch sagte oder tat, es war falsch. Konnte er sich aber deshalb alles gefallen lassen? Hatte er nicht auch ein Recht auf Verlässlichkeit, auf Anstand und Fairness? Warum nur wurde er immer für alles verantwortlich gemacht und, wenn etwas schief lief, ihm dafür die Schuld gegeben? Er konnte es unmöglich allen recht machen und musste nun darauf achten, dass er selbst nicht völlig die Kontrolle über sein Leben verlor und sich zum Spielball anderer machte.

Nach einiger Zeit, die ihm selbst wie eine Ewigkeit vorkam, als die Spannung zwischen den beiden in der Küche schon fast unerträglich wurde, sagte er wie im Trance, ohne über die Worte lange nachgedacht hat zu haben:

„Mein Verhalten gestern tut mir nicht Leid. Entweder lenken Dorothea und Norbert ein oder ich will aus der Vierergruppe ausscheren, weil ich so nicht weiter leben kann. Es macht mich krank. Ich will jetzt alles auf eine Karte setzen. Hoch gewinnen oder alles verlieren."

Beatrice sagte darauf nichts. Schweigend beendeten sie ihr gemeinsames Frühstück und zogen sich auf ihre Zimmer zurück. Felix wusch und rasierte sich und setzte sich dann, wie es inzwischen seine Gewohnheit war, an den Computer, um irgendwelche organisatorischen Dinge für die im nächsten Monat bevorstehende Ausstellung ihres Vereins „Kunst verbindet Europa" zu erledigen.

Im Laufe des Sonntagvormittags kam Beatrice in sein Zimmer. Zum Fenster gewandt sprach sie Felix an:

„Ich möchte dich bitten, mir frühzeitig zu erklären, ob du mit mir weiter zusammen leben willst oder nicht. Ich möchte wissen, woran ich bin".

„Die Lage ist doch klar, aber ich kann sie gern wiederholen: Entweder es gibt eine Lösung unter uns vieren oder ich möchte aus der Viererkonstellation ausscheren. Um das zu klären, will ich alles auf eine Karte setzen."

„Was bedeutet das, alles auf eine Karte setzen?"

„Alle Kraft darin legen, eine Lösung zu finden. Lästig werden. Am Ball bleiben ....".

Da Felix sich um eine klare Aussage drückte, verließ Beatrice das Zimmer wieder und ging nach unten ins Erdgeschoss.

Felix starrte in seinen Computer, ohne das Bild auf dem Bildschirm wahr zu nehmen. Er stützte den Kopf auf seine Hände und schloss die Augen. Seine Gedanken rasten wie wild im Kreise immer wieder um dieselben Themen.

„Wo ist die Lösung? Alle meinen bisherigen Bemühungen sind im Sande verlaufen. Ich bin bisher nur gegen Wände gelaufen. Aber es muss doch einen Ausweg geben", sagte er sich immer wieder.

‚Im Grunde will ich Beatrice doch gar nicht verlieren. Aber ich habe Angst davor, mit einer um mehr als 1.000 Euro reduzierten Pension ihren Unterhalt mit finanzieren zu müssen. Damit würden wir jeglichen Handlungsspielraum verlieren. Ich habe davon geträumt, im Alter unbeschwert zu leben und noch einiges von der Welt zu erleben zu können. Den Traum kann ich dann vergessen. Schon während meiner Ehe war ich als Alleinverdiener immer wieder in finanzielle Engpässe geraten und habe nur mit Mühe durch erheblichen zusätzlichen Aufwand verhindern können, das Haus, das jetzt Dorothea allein gehört und in dem Norbert wie ein Schmarotzer mit ihr wohnt, nicht zwangsversteigern zu müssen. Meine gesundheitlichen Beschwerden, unter denen ich heute leide, führe ich ganz wesentlich auf die damalige Zeit zurück, in der ich mich beruflich und für meine Familie zerrissen habe. Was soll ich nur tun?"

Von unten hört er Beatrice' Stimme:

„Dann trenne ich mich eben von Dir und gehe."

Felix sagte dazu nichts. Wieder schossen ihm wild durcheinander gehende Gedanken durch den Kopf:

„Ich will mich nicht mehr unter Druck setzen lassen und nicht immer wieder, wie so oft in den letzten Jahren, in Handlungszwänge geraten. Ich will das Spiel so nicht weiter mitmachen. Entweder schafft es Beatrice, selbstständiger, unabhängiger Partner zu bleiben, oder wir können nicht mehr zusammen leben. Wenn es nicht anders geht, muss ich eben erneut alles wieder aufgeben, was ich in den letzten Jahren mühsam wieder aufgebaut habe. Aber hatte mein Psychotherapeut mir nicht erst vor Kurzem genau das als mein typisches Verhaltensmuster bescheinigt, dass ich dazu neige, hinten das zu zerstören, was ich vorne aufgebaut habe?"

So sehr er sich anstrengte, er fand keinen goldenen Ausweg aus dem Dilemma. Egal, was er tat oder vorhatte, alles Wege führten in eine Sackgasse.

„Aber es muss doch einen Weg geben, den es sich zu gehen lohnt, auch wenn er mit Risiken verbunden ist. Ich habe doch noch nie Angst davor gehabt, Neues zu riskieren. Wer nichts wagt, der nichts gewinnt. Was aber soll ich hier wagen?"

Da plötzlich hatte er einen Gedankenblitz:

„Ja, das ist es, das müssen wir riskieren. Es ist einen Versuch wert."

Seine Miene hellte sich schlagartig auf, und er ging zu Beatrice, die traurig und verzweifelt in sich versunken an ihrem Schreibtisch saß, unfähig irgendetwas Konstruktives zu tun.

„Ich hab's, mein lieber Schatz. Ich weiß jetzt einen Weg, der zum Erfolg führen kann. Er ist keine Garantie, aber wir sollten ihn riskieren", überraschte er sie mit seiner neuen Fröhlichkeit.

„Jetzt bin ich aber gespannt. Was hast du dir denn ausgedacht?"

„Wir müssen sie überrumpeln und dabei alles auf eine Karte setzen. Das ist unsere Chance."

Felix erläuterte ihr seinen Plan, dem Beatrice zustimmte, weil sie selbst keine Alternative wusste.

Wie Felix es sich ausgedacht hatte, fuhren sie am Abend desselben Tages ohne Anmeldung zu Dorothea und Norbert, um den geplanten Überfall zu starten. Wie erwartet, waren Dorothea und Norbert über ihr Erscheinen überrascht. Da sie keine andere Möglichkeit sahen, baten sie sie nach kurzem Zögern ins Haus einzutreten. Im Wohnzimmer wurden ihnen Plätze angeboten. Felix schaute sich um.

Zum ersten Mal seit mehreren Jahren betrat er wieder dieses Zimmer, das viele Jahre lang sein eigenes Wohnzimmer gewesen war. Er schaute sich verwundert um. Von den früheren Möbeln war nichts mehr übrig geblieben. Stattdessen war das Zimmer mit den Möbeln, die Norbert mitgebracht hatte, voll gestopft. Während Felix immer Wert auf helle, freundliche Möbel gelegt hatte, sah er nun überwiegend Möbel in dunklen Tönen. Damit wirkte das Zimmer düster und unfreundlich, zumal wegen seiner Nord-Ost-Lage auch so gut wie keine Sonne in das Zimmer kam. Da auch die Größe der Möbel nicht gut auf das Zimmer abgestimmt war, kam es Felix eher wie ein Möbellager vor. Außerdem lag ein muffiger Geruch in der Luft. Felix war froh, in dieser Umgebung nicht mehr wohnen zu müssen.

Dort saßen sie nun als zwei Parteien einander gegenüber. Ohne Umschweife begann Felix seinen Vorstoß:

„Wir verstehen Norberts Klage gegen Beatrice und Dorotheas Antrag auf Scheidung vor meiner Pensionierung als Kriegserklärung, die wir nicht kampflos hinnehmen. Wir wollten und wollen Frieden mit euch und bieten euch weiterhin Frieden an. Wir bitten Euch deshalb, die beiden Anträge zurückzuziehen. Wenn ihr darauf nicht eingeht, werde ich folgende Gegenmaßnahmen in die Wege leiten:

Ich werde den Notarvertrag mit Dorothea aufkündigen und an Dorothea Schadensersatzforderungen über 60.000 Euro beim Zugewinnausgleich richten und die Rückzahlung der 5.000 Euro als Zuschuss zu den Anwaltskosten sowie eine höhere Beteiligung von Dorothea an den Unterhaltskosten für unsere Tochter Cecilia fordern."

Ohne Pause ergänzte Beatrice: „Darüber hinaus werden Felix und ich uns trennen, um unsere finanzielle Unabhängigkeit als hohes Gut zu erhalten."

„Wir lassen Euch eine Woche Bedenkzeit. Wenn ihr bis dahin nicht einlenkt, werden wir die angekündigten Schritte in die Wege leiten", schloss Felix die Ausführungen ab.

Der Vorstoß verfehlte seine Wirkung nicht. Dorothea und Norbert waren sichtlich überrascht und suchten nach Worten. Erst nach einer Weile ergriff Norbert das Wort:

„Wir werden das mit unserem Anwalt besprechen. Ihr werdet in einer Woche von uns hören. Bitte bedenkt, wie wertvoll auch die Hausfrauenarbeit ist."

Die letzte Bemerkung bezog sich auf die lange Zeit der Hausfrauentätigkeit von Dorothea, die aber als ausgebildete Lehrerin nach Felix' Ansicht neben ihrer Hausfrauentätigkeit auch gut ihren Lehrerberuf hätte ausüben können.

„Das trifft auch auf Beatrice zu, die dir und deiner Tochter zuliebe ihren Beruf aufgegeben hat und als Hausfrau und Mutter deine Karriere entscheidend mit gefördert hat", entgegnete Felix schlagfertig. „Ich träume manchmal davon, dass wir vier in friedlicher Eintracht auf der Bank vor Eurem Ferienhaus sitzen und die Abendsonne genießen", schloss er mit versöhnlicher Stimme.

„Das wird wohl wegen der vielen zugefügten Verletzungen kaum möglich sein", war das unversöhnliche Schlusswort von Dorothea, bevor Beatrice und Felix nach nur 20 Minuten das Haus wieder verließen.

Sie fuhren zufrieden nach Hause und ließen den Abend mit einem guten Tropfen Wein ausklingen. Sie hatten wieder Hoffnung geschöpft, dass Dorothea und Norbert nun doch noch einlenken würden.

Die nächsten Tage verliefen relativ ruhig, wenn auch nicht ganz stressfrei für Felix und Beatrice. Sie arbeiteten intensiv an der Vorbereitung der Ausstellung im April, führten dazu eine Reihe von Gesprächen und bereiteten Presseerklärungen vor. Zwischendurch machte Felix immer wieder einige Gartenarbeiten, die ihm gut taten. Mit seinem Nachbarn Franz besuchte er Georgos, einem befreundeten Griechen. Zu dritt wollten sie einige Wochen später eine Pilgerwanderung auf der Athoshalbinsel in Griechenland mit seinen 20 Klöstern durchführen, von der Felix schon seit fast 20 Jahren geträumt hatte. Es gab noch etliche Einzelheiten über die Ausrüstung und den Ablauf der Tour zu besprechen.

An einem Nachmittag bekam Felix Besuch von seiner Tochter Katharina und seinem Enkelkind Lucia, die aber nur kurz blieben. Katharina berichtete ihm über ihren beruflichen Stress als Ärztin im Krankenhaus und von den Problemen ihres Mannes an seiner neuen Arbeitsstelle, die er erst vor kurzem angetreten hatte. Dabei erfuhr Felix auch, dass sie wieder schwanger war und im Juli ihr zweites Kind erwartete. Katharina hatte Sorgen, dass sich daraus neue Schwierigkeiten im Hinblick auf ihre berufliche Weiterentwicklung ergeben könnten. Felix freute sich über die Nachricht, dass er bald zum dritten Mal Großvater werden sollte. Er konnte aber auch erkennen, dass nicht nur er Sorgen hatte und dass seine Töchter für seine Sorgen in ihrer jetzigen Lebensphase wohl kaum empfänglich sein würden. Damit musste er ganz allein fertig werden.

Insgesamt sprachen Felix und Beatrice in diesen Tagen nur wenig miteinander. Jeder beschäftigte sich weitgehend mit seinen eigenen Gedanken und Interessen. Einmal fuhr Felix mit seinem Fahrrad zu einem Park, um die üppige Blüte der Magnolienbäume zu fotografieren. Dabei gelangen ihm einige spektakuläre Aufnahmen bei Sonnenschein vor einem Himmel mit pechschwarzen Wolken, aus dem einige Minuten später ein Wolkenguss auf ihn herunter prasselte.

Auf der Fahrt zu dem Park begegnete er durch Zufall Clara, von der er seit dem Abbruch ihrer Beziehung zu ihm seit Monaten nichts mehr gehört und gesehen hatte. Sie kam nicht umhin, als kurz stehen zu bleiben und ein paar Worte mit ihm zu wechseln.

„Hallo, Clara, welch ein Zufall. Ich freue mich, dich nach so langer Zeit mal wieder zu sehen. Wie geht es dir?"

„Ganz gut. Ich bin auf dem Weg zu einer Freundin, die ein Baby bekommen hat. Ich habe nicht viel Zeit."

„Schade, ich hätte mich gern mal wieder mit dir unterhalten. Können wir uns nicht wieder einmal treffen?"

„Vorläufig nicht, mach es gut, ich habe jetzt keine Zeit."

Und schon fuhr sie weiter. Felix schaute ihr traurig hinterher. Das war seine letzte Begegnung mit Clara, die er danach nicht wieder sah.

Wie sehr Felix' und Beatrice' Tage in dieser Zeit mit Stress angefüllt waren, zeigte sich unter anderem auch daran, dass sie dazu neigten, sich über Kleinigkeiten zu streiten. So regte er sich über sie auf, weil sie in einem Restaurant teuren Wein trank, was ihm angesichts ihrer finanziellen Ungewissheiten missfiel. Sie regte sich im Gegenzug über ihn auf, weil er den Kinderstuhl für Lucia nicht weggeräumt hatte, weil er kein Frühstück gemachte hatte oder wieder einmal seine Socken irgendwo im Haus hatte liegen lassen. Es waren im Grunde keine ernsthaften Auseinandersetzungen, zeigten aber, wie stark sie unter inneren Anspannungen standen.

Als nach einer Woche das Ultimatum gegenüber Norbert und Dorothea abgelaufen war, meldeten sich die beiden, um einen Termin für ein neues Treffen zu vereinbaren. Beatrice und Felix luden sie in ihr Haus ein und empfingen sie freundlich an einer schön gedeckten Kaffeetafel.

Dorothea und Norbert kamen pünktlich um 15 Uhr. Sie setzten sich am Esszimmertisch wieder einander gegenüber, auf der einen Seite Norbert und Dorothea, auf der anderen Seiten Beatrice und Felix, jeweils vis-à-vis dem früheren Ehepartner. Nachdem Beatrice ihnen Kaffee eingeschenkt hatte, begann die entscheidende Unterredung, die über die weitere gemeinsame Zukunft entscheiden sollte.

„Wir sind auf eure Vorschläge gespannt", ergriff Felix als Erster das Wort.

„Wir haben mit unserem Anwalt gesprochen und machen Euch folgenden Vorschlag", begann Norbert. „ Die monatlichen Unterhaltszahlungen an Beatrice werden gestrichen. Stattdessen wird das Ferienhaus auf mich als Alleinbesitzer übertragen. Ihr Besitzanteil wird in eine Rente umgewandelt, und Beatrice erhält davon monatlich eine Rente."

Felix kochte innerlich bei diesem Vorschlag, den er als Zumutung empfand.

„War es das, was Norbert darunter verstand, als er davon gesprochen hatte, Beatrice nicht hängen zu lassen?" fragte er sich. „Das Ferienhaus gehört Beatrice so oder so zur Hälfte. Wo ist da ein Entgegenkommen, wenn er ihr lediglich zusagt, ihren eigenen Besitzanteil zu verrenten, was außerdem deutlich weniger ist, als Dorothea bisher zum Leben zur Verfügung steht?"

Er hielt sich aber mit Kommentaren zurück und überließ Beatrice die weitere Gesprächsführung zu diesem Thema. Beatrice blieb in den Augen von Felix erstaunlich ruhig und erklärte nur schlicht:

„Ich werde deinen Vorschlag prüfen."

Felix beobachtete Dorothea während dieser kurzen Auseinandersetzung. Sie wirkte nach seinem Empfinden wie versteinert. Er sah aber ein hämisches Grinsen in ihrem Gesicht.

„Sie labt sich an unserer Problemlage", dachte Felix und fühlte, wie Wut gegenüber Dorothea in ihm aufstieg.

Da es zwischen Beatrice und Norbert offenbar nichts weiter zu bereden gab, übernahm Felix wieder das Wort.

„Und wie sieht es mit deinem Scheidungsantrag aus?", wandte er sich an Dorothea. „Bist du bereit, diesen bis zu meiner Pensionierung in zwei Jahren zurückzustellen?"

„Nein", lautete ihre kurze und knappe Antwort. „Ich möchte das Verfahren jetzt weiter durchziehen, vor allem auch, weil ich wissen möchte, welcher Versorgungsanteil mir in Zukunft zusteht."

„Das kannst du doch anhand der vorliegenden Zahlen bereits selbst ablesen. Es wird eine Summe von über 1.000 Euro pro Monat sein, die mir von meiner Pension zu deinen Gunsten abgezogen werden wird. Ich möchte nur nicht, dass das schon vor deiner eigenen Pensionierung in fünf Jahren passiert, da du dieses Geld bis dahin ja nicht selbst bekommst sondern nur der Staat. Damit würde ich ohne Not für dich einen wirtschaftlichen Schaden von fast 100.000 Euro erleiden. Das würde auch unsere Kinder und Enkelkinder treffen, die ich entsprechend weniger unterstützen kann. Ich hatte dir unser Haus für eine geringe Ausgleichszahlung als deinen alleinigen Besitz überlassen, obwohl du mir eine weit größere Summe als Vermögensausgleich hättest bezahlen müssen. Das geschah unter der Voraussetzung, dass du dich nicht vor meiner Pensionierung scheiden lässt. Warum kannst du mir nicht jetzt auch entgegen kommen?"

„Das steht nirgendwo geschrieben. Ich möchte mich jetzt so schnell wie möglich von dir scheiden lassen, um endlich wieder meine eigene Ruhe zu finden."

„Du verhältst dich unfair. Du weißt genau, dass wir diese Bedingung damals nicht in den Notarvertrag schreiben konnten, weil das nach Aussage des Notars unsittlich gewesen wäre. Aber ich habe dir das Haus für einen Vorzugspreis überlassen im Vertrauen darauf, dass du dich mir gegenüber fair verhältst und mir meine volle Pension lässt, solange du nicht selbst pensioniert bist. Das ist jetzt, wo ihr Beatrice auch noch den Unterhalt entziehen wollt, umso wichtiger."

„Ich habe alles gesagt, was zu sagen war", war die letzte kühle Antwort von Dorothea.

Felix' Inneres zog sich zusammen, und er schaute sie ungläubig an.

„Was seid ihr nur für Menschen? Ich verstehe Euch nicht", kam es noch aus seinem Mund, als Dorothea und Norbert bereits aufgestanden waren.

„Ich verstehe dich auch nicht", entgegnete Norbert lapidar im Weggehen.

Damit war das Band zwischen ihnen endgültig zerrissen. Ein neues Kapitel der Auseinandersetzung hatte begonnen.

38 Ein weiteres Gerichtsverfahren

Juni 2010 / April 2008 – Juli 2009

Felix' Träume werden jäh unterbrochen vom Klingeln des Weckers. Mit geschlossenen Augen drückt er auf den Ausknopf und dreht sich zur Seite. Sein Inneres weigert sich, in die Realität zurück zu gehen. Er spürt seinen vom Schweiß nassen Schlafanzug und wickelt sich noch einmal tief in seine Decken ein. Hier fühlt er sich geborgen. Niemand stört ihn, niemand belästigt ihn. Da klingelt der Wecker wieder. Er zieht sich die Decke über den Kopf, will nichts hören. Aber der elektronische Wecker lässt nicht locker. Sein Klingeln wird lauter und heftiger.

Langsam kommt Felix zu Bewusstsein.

„Schon wieder Morgen, ich habe doch kaum geschlafen. Welchen Tag haben wir heute? Mein Gott, es ist schon Donnerstag. In zwei Tagen beginnt das Gartenfest, und ich habe bisher kaum etwas von dem erledigt, was zu tun ist", schießt es ihm durch den Kopf.

Mit einem Male ist er hellwach und springt aus dem Bett. Er zieht sich schnell an und isst schnell etwas Müsli zum Frühstück. Er schaut auf die Uhr, es ist bereits acht Uhr. „Bevor ich mit den Arbeiten anfange, sollte ich zuerst noch Beatrice anrufen", geht es ihm durch den Kopf.

Auf dem Handy erreicht er sie sofort.

„Hallo, mein lieber Schatz, wie hast du geschlafen, und wie geht es dir jetzt?"

„Gut, prima, ich habe schon gefrühstückt, und es geht mir schon wieder ganz leidlich. Ich habe ein leichtes Ziehen in der Brust, aber keine richtigen Schmerzen. Das lässt sich aushalten.

Die Krankenschwester hat bereits die Wunde versorgt, und ich warte nun auf die Visite des Chefarztes. Wie geht es dir? In zwei Tagen ist ja das Gartenfest. Schaffst du es allein?"

„Ich fange heute Morgen mit dem Aufbau der Zelte an und hole auch noch die Partymöbel von unseren Nachbarn. Vorher muss ich aber den Rasen schneiden. Gott-sei-Dank ist das Wetter schön, und so soll es auch bis zum Wochenende bleiben. Wir haben Glück."

„Kommst du heute noch bei mir vorbei?"

„Ja, ich denke am späten Nachmittag, wenn ich das Meiste hoffentlich schon geschafft habe."

Nach diesem kurzen, aber beruhigenden Gespräch legt Felix mit Schwung los. Die Zeit vergeht im Flug, und bis Mittag hat er eine orientalische Zeltlandschaft in seinem Garten aufgebaut und von den Nachbarn alle verfügbaren Tische und Bänke geholt. Die Sonne scheint heiß vom Himmel, und Felix gönnt sich unter seiner schattigen Tanne ein wenig Ruhe in seinem Liegestuhl.

Während er zufrieden auf sein Werk schaut, kommen ihm wieder die Bilder der aufregenden letzten zwei Jahre in Erinnerung. Welch gewaltige emotionale Strecke seiner Erinnerungen hat er schon zurückgelegt. Wieder spürt er die starke Beklemmung in seiner Brust, die ihn in all dieser Zeit so oft befallen hatte.

Wenige Tage nach dem furchtbaren Vierergespräch, bei dem seine Beziehung zu Dorothea und Beatrice' Beziehung zu Norbert endgültig zerschnitten worden war, war er mit seinem Nachbarn Franz und seinem alten griechischen Freund Georgos zu seiner lang ersehnten Pilgerfahrt zu den Klöstern auf dem Heiligen Berg Athos nach Griechenland geflogen. Franz war der zweite Teilnehmer der Pilgerwanderung. Franz, von dessen Frau

Hildegard Felix die Bücher über die Mystik und die Selbstheilungskräfte erhalten hatte, war als religiöser Mensch sehr daran interessiert, mehr über das Klosterleben der Athos-Mönche zu erfahren.

Sie verbrachten zu dritt knapp eine Woche auf der Klosterhalbinsel und besuchten in dieser Zeit zehn der 20 Klöster, in denen sie von den Athosmönchen als Pilger gastfreundlich aufgenommen und bewirtet wurden. Sie nahmen an den religiösen Feiern teil, die ununterbrochen bis zu vier Stunden dauern konnten und bereits gegen drei Uhr, mitten in der Nacht, begannen. Die fremdartigen Zeremonien mit ihren Gebetslitaneien und Gesängen, die tiefe Gläubigkeit der Mönche sowie das Wandern durch die paradiesische Landschaft der Athos-Halbinsel, die über viele Jahrhunderte weitgehend unverändert geblieben war, hinterließen bei Felix tiefgehende Eindrücke. In diesen Tagen fand er - wie schon bei dem Kontemplationskurs von Willigis Jäger - erneut seine innere Ruhe und sein inneres Gleichgewicht wieder und fühlte sich befreit von allen Problemen, die ihn in den Wochen zuvor verfolgt hatten.

Dennoch konnte er sich auch auf Athos der Realität nicht völlig entziehen. Gerade, als die drei durch eine unwegsame Landschaft wanderten und sich am Himmel ein Unwetter zusammen braute, rief Beatrice ihn auf seinem Handy an.

„Was soll ich tun?", meldete sie sich schluchzend. „Norbert hat mir einen Vertragsentwurf zugeschickt, den ich innerhalb von wenigen Tagen unterschrieben zurück schicken soll, oder er zieht sein Angebot zurück und lässt die Sache vom Gericht entscheiden."

„So ein gemeiner Schuft", entgegnete Felix ein wenig hilflos, da er aus der Ferne nicht beurteilen konnte, was genau Norbert ihr angeboten hatte. „Versuche, Zeit zu gewinnen. In wenigen Tagen bin ich ja schon wieder zurück. Du wirst wohl auch einen

Anwalt benötigen. Vereinbare doch schon einmal einen Termin bei deinem Anwalt, der dich bei deiner Scheidung betreut hat."

Schlagartig war die innere Ruhe, die Felix gewonnen hatte, wie weggeblasen. Nach dem Telefongespräch mussten sich die drei Pilgerfreunde beeilen, aus dem unwegsamen, steilen Gelände wieder herauszukommen und vor dem unmittelbar bevorstehenden Unwetter das nächste Kloster zu erreichen. Mit Mühe und Not schafften sie es, keine Minute zu früh, denn kaum hatten sie die schützenden Räume des Klosters erreicht, prasselte draußen ein Sturzbach vom Himmel, der sie in wenigen Minuten bis auf die Haut durchnässt hätte. Felix dachte dabei an die mahnende Bitte von Hildegard, er möge mit darauf achten, dass sich ihr herzkranker Mann nicht überanstrengen möge. Im Kloster fiel ihm ein Stein vom Herzen. Das war gerade noch einmal gut gegangen. Glücklicherweise verliefen die folgenden Tage auf Athos aber ruhig und entspannt.

Als Felix nach diesen paradiesischen Tagen auf Athos wieder zu Hause ankam, war es Ende April. Kurz danach sollte das große Ausstellungsprojekt mit Künstlern aus Rumänien, Slowenien und Deutschland stattfinden, für das Felix und Beatrice in den letzten Monaten intensiv gearbeitet hatten.

Plötzlich überschlugen sich die Ereignisse wieder und die gerade gewonnene Erholung war in wenigen Tagen wie weggeblasen.

Felix schlägt die Augen auf. Er kann sich nicht mehr an alle Einzelheiten dieser aufregenden Zeit erinnern, vielleicht will er es auch nicht. In seiner Erinnerung erscheint ihm Alles wie ein großer Brei: Die Gespräche mit dem rumänischen Generalkonsul, der die Ausstellung mit unterstützte ..., die Verfassung und Redigierung der Texte für den Ausstellungskatalog und dessen Druck ..., die Anlieferung der Kunstwerke und ihre Hängung ..., die Anreise der ausländischen Künstler und ihre Betreuung über mehrere Tage ..., die erfolgreiche Vernissage mit den von ihnen selbst vorgetragenen Begrüßungs- und Einführungsvorträgen ..., die Pressegespräche ..., parallel dazu das Gespräch beim Anwalt ..., der Vertragsentwurf von Norbert, der einen gemeinen Knebelvertrag für Beatrice darstellte und in dem Beatrice auf alle ihre Rechte freiwillig verzichten sollte und und und ...

„Wie haben wir das alles nur geschafft?, fragt er sich und lächelt ein wenig. „Im Nachhinein kommt es mir wie ein Wunder vor, dass die Ausstellung und das anspruchsvolle kulturelle Begleitprogramm so reibungslos und erfolgreich verlaufen waren. Aber die Gespräche beim Anwalt, das schäbige Vertragsangebot von Norbert, das später folgende Gerichtsverfahren und was am Ende dabei herauskam, dass alles möchte ich am liebsten ins Reich des ewigen Vergessens verbannen."

Ein Ereignis aber kann er nicht verdrängen. Es hat sich fest in sein Gedächtnis eingraviert, weil es auch heute noch für Beatrice und ihn von Bedeutung ist. Es ging um das Gespräch bei Beatrice' Anwalt, das sie kurz nach Felix' Rückkehr vom Heiligen Berg Athos führten. Beatrice hatte Felix gebeten, ihn mit zu ihrem Anwalt zu begleiten. Dort diskutierten sie die Frage des Auszugs von Beatrice aus Felix' Haus, die sie gegenüber Dorothea und Norbert als Drohung in den Raum gestellt hatten, um Norbert zu veranlassen, dass er weiter Unterhalt an Beatrice bezahlte, so wie es ihm bei seiner Scheidung von Beatrice als rechtliche Verpflichtung auferlegt worden war.

Der Anwalt machte ihnen aber schnell klar, dass sie das gewünschte Ergebnis nicht mit Beatrice' Auszug aus Felix' Haus erreichen könnten, sondern nur durch die sofortige und eindeutige Beendigung ihrer Partnerschaft, die danach auch keine weiteren Treffen miteinander mehr erlaubte. Aber nicht einmal damit gäbe es eine Garantie dafür, dass Norbert weiter Unterhalt an Beatrice zahlen müsse, weil das neue Scheidungsrecht, welches Anfang des Jahres in Kraft getreten war, nur noch eine zeitlich begrenzte Unterhaltszahlungspflicht vorsehe. Von einem geschiedenen Ehepartner werde erwartet, dass er nach einer angemessenen Frist selbst für seinen Unterhalt sorgen müsse. Beatrice machte zwar geltend, dass sie seit einigen Jahren vergebens nach einer Stelle suchte, denn mit ihren 60 Jahren sei es nun einmal so gut wie ausgeschlossen, noch einmal ein bezahlte Anstellung zu finden. Aber auch dieses Argument hätte nach Auskunft des Anwalts keine rechtliche Relevanz.

Als der Anwalt sie fragte, ob sie sich wegen der Initiative von Norbert denn wirklich trennen wollten, schauten sie sich kurz an und sagten dann beide entschlossen „nein". Von diesem Augenblick an war das Thema Trennung endgültig vom Tisch.

Der Anwalt empfahl Beatrice schließlich, sich auf das Angebot von Norbert einzulassen, sich ihren Besitzanteil an dem Ferienhaus auszahlen zu lassen, um mit dem Geld die Zeit bis zum Bezug ihrer Rente auf einer eigenen wirtschaftlichen Grundlage zu überbrücken. Mit dieser Botschaft fuhren sie wieder nach Hause. Sie versuchten sich nun damit abzufinden, die „Kröte" zu schlucken, die ihnen Norbert und Dorothea angeboten hatten und konzentrierten sich fortan auf die bevorstehenden Vertragsverhandlungen.

Felix seufzt, streicht sich mit den Händen über das Gesicht und die Haare und zuckt mit den Schultern, bevor er sich wieder den Vorbereitungen für sein Gartenfest widmet, das in zwei Tagen, am Samstag, stattfinden wird. Inzwischen ist es früher Nachmittag geworden, und er muss sich beeilen, weil er ja auch noch zu Beatrice ins Krankenhaus fahren will. Er besucht sie nur kurz, wofür sie Verständnis hat. Mit Erleichterung sieht Felix, dass sie sich von der Notoperation glücklicherweise schon wieder leidlich erholt hat und ihre Gesichtsfarbe deutlich besser ist als am Vortag. Die Aussichten, dass sie am Samstag an dem Fest mit teilnehmen kann, sind günstig.

„Ich freue mich auf das Fest, vor allem, dass ich dann endlich mal wieder unter gesunden Menschen sein kann", sagte Beatrice zum Abschied.

„Ich freue mich auch riesig, wenn du dabei sein kannst. Das wird ein Fest vor allem für dich", erwiderte Felix lachend und nimmt sie noch einmal in den Arm, bevor er das Krankenhaus verlässt.

In der folgenden Nacht schläft Felix erstmals nach langer Zeit wieder ruhig und entspannt. Am nächsten Tag will er die Vorbereitungen für das Fest weitgehend abschließen. Die praktischen Arbeiten fallen Felix leicht. Er genießt die Zeit im Garten, ungestört und allein für sich, da sie ihm Gelegenheit gibt, die wichtigsten Ereignisse der letzten Jahre noch einmal bewusst nachzuempfinden, die für ihn und Beatrice bedeutend gewesen waren. Es waren nicht nur unerfreuliche Ereignisse, sondern eine Vielzahl glücklicher Erfahrungen, die sich in dieser Zeit ereignet haben und für sein Leben Bedeutung erlangt haben. Bei den Erinnerungen an die erfreulichen Erlebnisse läuft ein Lächeln über sein Gesicht.

„Ja, bei allem Leid und Unglück haben wir doch auch sehr viel Glück gehabt", denkt Felix, als er Stromkabel für die Beleuchtung und die verschiedenen elektrischen Geräte wie ein Kühlgerät für ein Bierfässchen und einen Samovar zur Teezubereitung, die zum Einsatz kommen sollen, verlegt. „Der Brustkrebs wurde zu einem sehr frühen Zeitpunkt entdeckt und konnte operativ vollständig entfernt werden. Wir leben in einem wunderschönen Haus. Unsere Kinder und Enkelkinder entwickeln sich prächtig. Wir haben herrliche Dinge zusammen erlebt und haben neue, liebe Freund gewonnen. Das alles ist doch großartig. Wo würden wir heute stehen, wenn Beatrice und ich uns nicht gefunden hätten? Jetzt kommt es vor allem darauf an, dass sie möglichst schnell wieder gesund wird. Sie soll am Samstag ein wunderschönes Ambiente hier vorfinden."

Solche und andere positive Gedanken stimmen ihn heiter, und er freut sich auf das Fest mit seinen Verwandten und guten Freunden, die ihr Kommen zugesagt haben, am meisten aber auf das Erscheinen von Beatrice.

Während er seine Gartenarbeiten fortsetzt, sucht er den roten Faden vom Vortag wieder zu finden, um noch einmal nachzuvollziehen, wie es nach dem Besuch bei ihrem Anwalt weiter ging.

In dieser aufgewühlten Zeit, in der es für sie beide, Felix und Beatrice, um wesentliche Fragen ihrer Existenzsicherung und Zukunftsgestaltung ging, fiel leider noch ein weiteres, für Beatrice schreckliches Ereignis. Dabei ging es um Beatrice' Stieftochter Susanne, die in der Schweiz mit ihrer Familie lebte und arbeitete. Beatrice hatte oft davon gesprochen, wie sie ihre Stieftochter Susanne im Alter von vier Jahren übernommen hatte, als sie Norbert mit gerade 21 Jahren geheiratet hatte. Norbert hatte Susanne aus erster Ehe mitgebracht. Susannes Mutter hatte sich von Norbert scheiden lassen und ihm das kleine Mädchen allein überlassen. Dem völlig verstörten Kind musste fortan ihre ganze Aufmerksamkeit widmen und hatte deshalb ihren Beruf als Medizinisch-Technische Assistentin aufgegeben.

Während der Auseinandersetzungen zwischen Beatrice und Norbert litt Susanne unter komplexen Krankheitssymptomen, die medizinisch nur schwer zu behandeln waren. Vieles sprach für psychische Probleme, weil sie unglücklich verheiratet war und sicher auch unter dem Verlust ihrer neuen Familie litt. Als Beatrice von Susannes neuer Erkrankung erfahren hatte, hatte sie gleich bei ihr angerufen und ihr ihre Hilfe angeboten, um sie und ihre zwei minderjährigen Kinder zu betreuen. Dankbar hatte Susanne das Angebot angenommen. Dieses Gespräch hatte zeitgleich zu Norberts nicht akzeptablem Vertragsangebot an Beatrice stattgefunden.

Dann aber erfolgte die böse Überraschung: Nur wenige Tage nach diesem freundlichen Gespräch zwischen Beatrice und ihrer Stieftochter wurde diesmal Beatrice von Susanne angerufen:

„Ich möchte nicht mehr, dass Du mich in der Schweiz besuchst, jetzt und auch in Zukunft nicht mehr. Ich breche hiermit meine Beziehung zu dir ab."

Noch bevor Beatrice die Ungeheuerlichkeit dieser kurzen Botschaft verstanden hatte, hatte Susanne den Hörer aufgelegt. Beatrice schaute den Hörer fassungslos an. Dann schluchzte sie heftig und begann heftig zu weinen. Felix, der noch nicht wusste, was geschehen war, nahm sie tröstend in den Arm.

„Was ist los? Was ist passiert", fragte er vorsichtig und besorgt, nachdem Beatrice ein wenig ruhiger geworden war. Er sah sie an. Ihr Gesicht war kreidebleich und von Tränen überzogen.

„Susanne hat sich soeben von mir losgesagt. Sie will nichts mehr mit mir zu tun haben. Womit habe ich das verdient? Was habe ich nicht alles für dieses Kind getan? Wo wäre sie heute, wenn ich und meine Familienangehörigen sich nicht so viele Jahre lang intensiv um sie gekümmert und sie gefördert hätten? Warum tut sie mir das an? Was habe ich ihr getan? Noch vor wenigen Tagen hatte sie sich gefreut, als ich ihr anbot, zu ihr zu fahren, um ihr zu helfen. Das arme Kind, was tut sie sich nur selbst damit an?"

Felix unterbricht seine Gartenarbeit und sieht vor seinem geistigen Auge Beatrice, wie sie damals blutleer und konsterniert, den Telefonhörer anstarrend, vor ihm stand.

„Diesen Schock hat Beatrice bis heute nicht überwunden. Dass sie Brustkrebs bekommen hat, hat ganz sicher auch mit diesem Ereignis etwas zu tun", denkt er. „Die Trennung von Beatrice von ihrem Vater Norbert musste Susanne wohl wie ein zweites Weggehen ihrer Mutter vorgekommen sein. Sie konnte es wohl nicht ertragen, nun zum zweiten Mal eine Mutter zu verlieren. Beatrice hatte sich seit ihrer Trennung von Norbert zwar immer wieder um Susanne bemüht, aber deren Bindungen zu ihrem Vater waren offenbar stärker als zu Beatrice, ihrer Stiefmutter. Außerdem stand sie damals sicher unter dem Einfluss ihres Vaters und wohl auch Dorotheas, mit der dieser jetzt zusammen lebte. Beide stellten sich ja stets als Opfer der Beziehungsauseinandersetzungen mit uns dar und sahen Beatrice und mich die Verursacher der entstandenen Probleme."

Felix hält einen Augenblick inne und schaut zum Himmel. Eine Amsel singt im nächsten Baum eine schöne Melodie. Felix liebt diese Vögel mit ihrem Gesang und ihrem unablässigen Bemühen, aus dem Rasen irgendetwas Essbares herauszupicken, wobei sie in nicht kalkulierbaren Sprüngen kreuz und quer über die Fläche hüpfen, zwischendurch immer wieder warten und aufmerksam schauend stehen bleiben, um dann plötzlich wieder mit hohem Tempo ein paar Meter in irgendeine Richtung hüpfen, um an einer bestimmten Stelle wie wild nach etwas Essbarem zu picken.

„Das Ereignis liegt nun schon zwei Jahre zurück, aber seitdem hatte Beatrice keinen Kontakt mehr zu Susanne, die sie immer als ihre Tochter bezeichnet hatte. Das war und ist immer noch ein persönliches Drama für Beatrice", denkt Felix. „Sie hat für Susanne so viel investiert, und auf einmal stand sie mit leeren Händen da.

Beatrice muss sich davon frei machen, sonst wird sie noch immer kränker. Hoffentlich kommt Susanne irgendwann einmal zur Besinnung und merkt, was sie da angerichtet hat. Mit 40

Jahren sollte sie doch langsam in der Lage sein, ihre Kindesrolle zu verlassen."

Um sich gute Laune zu machen, fängt Felix an, selbst erfundene Melodien nach dem Vorbild der Amseln zu pfeifen. Er bekommt sogar Antwort von einem Vogel in der Nähe, mit dem er sich so abwechselt. Sie unterhalten sich so eine ganze Weile und Felix' Miene hellt sich dabei merklich auf. Jetzt kann er sogar über die weiteren unerfreulichen Erlebnisse, die er gerade versucht zu verarbeiten, lachen.

Er denkt nun wieder an den Fortgang der Auseinandersetzung zwischen Beatrice und Norbert über die Unterhaltszahlungen. Die Auseinandersetzung fand eine weitere Verschärfung, als Norbert überraschend sein erstes Angebot, mit Beatrice über einen außergerichtlichen Notarvertrag die Neuordnung seiner Unterhaltszahlungen an sie zu vereinbaren, zurückzog und stattdessen die gerichtliche Klärung seines Begehrens auf Einstellung der Unterhaltszahlungen verlangte. Die Verhandlungen darüber zogen sich mehrere Wochen hin und belasteten Beatrice und Felix erheblich.

Es lief im Ergebnis darauf hinaus, dass das Gericht schließlich in seinem Urteil verfügte, dass Norbert seine Unterhaltszahlungen an Beatrice mit sofortiger Wirkung einstellen durfte, dass ihm das gemeinsame Ferienhaus als alleinigen Besitze übertragen und Beatrice als Ausgleich dafür eine bestimmte Summe Geld zugesprochen wurde, von der sie ab dann ihren Lebensunterhalt im Wesentlichen zu bestreiten hatte.

Obwohl es ein Knebelurteil für Beatrice war, in dem Norbert als Gewinner hervorging, nahm sie das Urteil am Ende sogar mit einer gewissen Erleichterung an. Das erreichte Ergebnis entsprach zwar keineswegs dem, was sie sich erhofft hatte, aber nun war sie endgültig aus der Abhängigkeit von Norbert befreit. Sie rechnete mit dem Bezug ihrer Rente in drei Jahren, die es zu überbrücken galt. Auch Felix zeigte sich erleichtert, dass Beatrice eine eigenständige finanzielle Grundlage behalten hatte und nicht von der Abhängigkeit von Norbert in eine neue Abhängigkeit von ihm gefallen war. Enttäuscht waren sie beide von Norbert, der Beatrice entgegen seinen wiederholten anderslautenden Beteuerungen am Ende doch hatte „hängen" lassen, da er ihr im Endeffekt nicht mehr an finanziellen Ressourcen übrig gelassen hatte als ihr ohnehin rechtlich zustand.

39 Der Tiefpunkt ist erreicht

Juni 2010 / Juli 2008 – Mai 2010

Nachdem sich Norbert von seinen finanziellen Verpflichtungen gegenüber Beatrice erfolgreich befreit hatte, setzte Dorothea ihre Bemühungen verstärkt fort, von Felix geschieden zu werden, um dann endlich Norbert heiraten zu können. Das würde ihr weitere finanzielle Vorteile bringen.

Felix erhielt wiederholt Schreiben vom Familiengericht, in denen er um Beifügung von Unterlagen zur Berechnung des Versorgungsausgleichs gebeten wurde oder Einladungen zu Gerichtsterminen bekam, in denen seine Ehe endlich geschieden werden sollte. Jedes Mal, wenn Felix ein solches Schreiben in seinem Briefkasten fand, zog sich sein Inneres zusammen, und er fühlte sich krank und niedergeschlagen.

Felix bat nun Beatrice' Anwalt, der sie bei ihrer Scheidung und bei dem letzten Prozess über die Unterhaltszahlungen vertreten hatte und der ihre gemeinsame Geschichte inzwischen gut kannte, ihn ebenfalls vor Gericht zu vertreten. Eigentlich hatte Felix gehofft, seine Scheidung ohne eigenen Anwalt bestehen zu können, um die hohen Anwaltskosten zu sparen. Jetzt ging es nicht mehr ohne eigenen Anwalt.

Mit Hilfe seines Anwalts, der Ärzte und seines Psychoanalytikers, zu dem er weiterhin regelmäßig einmal im Monat gegangen war, gelang es ihm erfolgreich, den Scheidungstermin immer weiter hinauszuzögern. Selbst sein in Scheidungsfragen erfahrener Anwalt wunderte sich über diesen „Erfolg". Aber im Sommer 2009 wurde es dann doch langsam eng und Felix musste über Alternativen nachdenken, wie er es schaffen konnte, erst nach der Scheidung pensioniert zu werden, um das „Pensionistenprivileg" in Anspruch nehmen zu können.

Dorothea war nach wie vor nicht willens, mit der Scheidung bis nach seiner Pensionierung im April 2010 zu warten, obwohl es bis dahin nur noch wenige Monate waren.

Als das Gericht Felix schließlich mit der Zwangsscheidung drohte, stellte er bei seiner Dienststelle einen Antrag auf Frühpensionierung, der dort schnell bearbeitet wurde, so dass er schließlich im Dezember 2009 vorzeitig in den Ruhestand treten konnte. Als er die Pensionsurkunde in den Händen hielt, fiel ihm ein Stein vom Herzen. Seine Bemühungen der letzten Jahre zur Verhinderung der vorzeitigen Reduzierung seiner Pension hatten sich gelohnt, und nun fühlte er sich auch endgültig aus der Abhängigkeit von Dorothea befreit.

Die Scheidung zwischen Felix und Dorothea erfolgte im März 2010. Sie fand in Abwesenheit von Felix statt. Er wollte nicht ertragen, Dorothea und Norbert beim Gericht zu begegnen und ihren Triumph zu erleben. Außerdem hatte er lange vorher seine Teilnahme an einer Skitourenwoche in den Alpen zugesagt, die genau mit dem Scheidungstermin zusammenfiel. So ließ er sich vor Gericht von seinem Anwalt vertreten, dem er vorher eine schriftliche Vollmacht ausgestellt hatte.

Bei der Skitour erlebte er eine symbolträchtige Situation: Genau in der Stunde, als seine Ehe geschieden wurde, überquerte Felix gerade auf den Skiern einen Gebirgsbach ohne Brücke. Die Überquerung des tief verschneiten und zum Teil zugefrorenen Gebirgsbachs empfand Felix wie ein symbolischer Aufbruch zu neuen Ufern. Nachdem er vorsichtig durch das seichte Wasser geschritten war und das andere Ufer erreicht hatte, atmete er tief durch, schaute durch die Bäume zum Himmel und sagte leise zu sich selbst:

„Danke. Ich habe es geschafft. Nun beginnt für mich ein neues Leben."

Er freute sich über die neu gewonnene Freiheit und dachte dabei an seine spirituellen Erfahrungen des Göttlichen. Er fühlte sich jetzt vollständig im Einklang mit der Natur und als untrennbarer Teil eines Großen und Ganzen. Abends lud er seine Skifahrerfreunde zu einem Umtrunk auf seine neue Freiheit ein, die diese mit Verwunderung und Erstaunen mit ihm feierten. Eine solche Scheidungsfeier hatten sie noch nicht miterlebt.

Im Monat der Scheidung wurde Felix 65 Jahre und wäre zum Ende des Monats regulär pensioniert worden. Dorothea hatte nur einen Monat Zeit gegenüber der mehrjährigen Bitte von Felix, den Scheidungstermin bis zu seiner Pensionierung hinauszuschieben, gewonnen. Felix fragte sich, warum sie seiner Bitte, mit der Scheidung bis zu seiner Pensionierung zu warten, nicht bereitwillig gefolgt war. Sie hätten alles in Frieden und im Einvernehmen regulieren können und sich außerdem die Kosten für nur einen Anwalt teilen können. So aber war ihr Verhältnis zerstört worden.

Felix Freude über seine neu gewonnene Freiheit dauerte nur eine kurze Zeit.

Anfang Mai erhielt er einen Brief seines zuständigen Versorgungsamtes. Darin wurde ihm mitgeteilt, dass ab sofort seine Pension monatlich um über 1.200 Euro gekürzt werden müsse. Das war der Betrag, den das Familiengericht als Versorgungsausgleich für Dorothea berechnet hatte. Er lag damit noch deutlich höher als der Betrag, von dem Felix in den letzten Jahren ausgegangen war. Zunächst hielt er es für ein Versehen, da man ihm doch wiederholt auf mündliche Anfrage bestätigt hatte, dass er in den Genuss des Pensionistenprivilegs komme, wenn er sich vor seiner Scheidung pensionieren ließe.

Zur Überraschung aller Beteiligten stellte sich heraus, dass der Gesetzgeber das so genannte „Pensionistenprivileg" bereits zum 01. September 2009 abgeschafft hatte. Weder Felix' Anwalt noch das Versorgungsamt selbst hatten diese Gesetzesänderung und seine nachteiligen Auswirkungen für Felix rechtzeitig mitbekommen. Die vorzeitige Pensionierung von Felix im Dezember 2009 war drei Monate zu spät erfolgt. Er hätte sich vor dem 01. September 2009 pensionieren lassen müssen, um in den Genuss des Pensionistenprivilegs zu kommen.

Für Felix war das wie ein GAU, der „größte anzunehmende Unfall", bei einem Atomkraftwerk. Alle seine Anstrengungen der letzten vier Jahre, das Pensionistenprivileg in Anspruch nehmen zu können, um diesen Verlust abzuwenden, waren durch die überraschende Gesetzesänderung, von der weder Felix noch sein Anwalt etwas erfahren hatten, mit einem Schlag zunichte gemacht.

Dorothea und Norbert heirateten bereits Anfang Juni. Dieses Ereignis, mit dem Felix seit Beginn seines Scheidungsverfahrens gerechnet hatte, berührte ihn jetzt allerdings nur noch wenig. Für Beatrice war es schwerer zu ertragen, weil Dorothea mit der Heirat von Norbert dessen Familiennamen, den sie auch selber noch trug, übernahm. Jetzt gab es zwei Frauen mit dem Familiennamen von Norbert. Wenn man Norberts erster Frau, die sich von ihm hatte scheiden lassen, hinzu rechnete, eigentlich es sogar drei. Zusätzlich berührte Beatrice die Information, dass ihre Stieftochter Susanne, die sich von ihr los gelöst hatte, bei der Hochzeit als Trauzeugin auftrat.

Fast zeitgleich mit der Horrormeldung von der sofortigen Kürzung von Felix' Pension erhielt Beatrice eine noch weitaus schlimmere Nachricht. Felix kann sich noch gut an den markerschütternden Schrei von Beatrice erinnern, der durch das ganze Haus gellte und sein Inneres erstarren ließ:

„Ich habe Krebs!!!"

Ihre Gynäkologin hatte ihr gerade am Telefon das Ergebnis der Biopsie mitgeteilt. Beatrice war einige Tage vorher noch unschlüssig gewesen, ob sie ein halbes Jahr warten sollte, um die Weiterentwicklung des Schattens in ihrer Brust, der beim Ultraschall und bei der Computertomographie ihrer Brust entdeckt worden war, weiter zu beobachten oder eine Gewebeprobe durch Biopsie entnehmen lassen sollte. Schließlich hatte sie sich zur Biopsie durchgerungen, um schneller Gewissheit über ihren Zustand zu erhalten. Sie und Felix hatten auf einen harmlosen Befund gehofft. Die andere Möglichkeit, Krebs, hatten sie aus ihren Erwartungen bewusst ausgeklammert. Umso heftiger traf sie nun die schlimme Nachricht.

Felix spürt, wie sein Atem schneller geht und sein Herz heftiger schlägt. Er öffnet die Augen.

Auf der Tanne gegenüber sitzt wieder seine Lieblingsamsel auf ihrem vertrauten Ast und singt ihre wunderschönen Nachmittagslieder. Felix nimmt den Gesang der Amsel nur unbewusst wahr und fasst sich an die Stirn.

„Diese schlimmen Ereignisse liegen erst circa einen Monat zurück, aber es kommt mir schon vor wie eine Ewigkeit vor, nach all dem, was seitdem passiert ist. Wir hatten den absoluten Tiefpunkt erreicht", denkt er und atmet tief durch. Sein ganzer Körper zittert, und es geht ihm gleichzeitig kalt und heiß den Rücken hinunter.

„Nun kann es nur noch aufwärts gehen."

40 Neues Leben aus dem Schlamm

Juni 2010

Er bleibt eine Weile regungslos liegen und versucht, sich wieder zu fangen Dann erinnert er sich, wie Beatrice und er sich nach dem schrecklichen Befund gegenseitig in den Arm genommen und eng aneinander geschmiegt lange Zeit bewegungslos zusammen gestanden hatten. Beatrice weinte und ihm war auch zum Heulen zumute.

In diesem Augenblick tiefer Verbundenheit sammelten sie beide voneinander Kraft.

„Jetzt sind wir eine Schicksalsgemeinschaft. Diese Herausforderung müssen wir nun gemeinsam bestehen. Zusammen schaffen wir es."

Mit diesen und anderen Worten machten sie sich gegenseitig Mut.

Die folgende Nacht verbrachten sie eng umschlungen.

Als der nächste Tag anbrach, waren sie schon soweit, um konzentriert und beherzt die nächsten Aufgaben anzupacken.

Beatrice begab sich ins Krankenhaus, wo sie schon wenige Tage danach erstmals operiert wurde.

Felix denkt noch einmal an die fünf aufeinander folgenden Operationen von Beatrice in den vergangenen drei Wochen, die letzte erst vor wenigen Tagen. Die Amsel singt weiterhin wunderschön und Felix ist jetzt endgültig in der Gegenwart angekommen.

Er sieht die Zeltlandschaft, die er gestern aufgebaut hat. Für das Fest am nächsten Tag sind nur noch wenige Kleinigkeiten vorzubereiten. Er schüttelt sich, als wolle er die Vergangenheit endgültig abwerfen, und schaut auf die Uhr.

Es wird Zeit, zu Beatrice ins Krankenhaus zu fahren, die sicher schon auf ihn wartet. Felix lächelt zufrieden. Der Gedanke an das bevorstehende Fest beflügelt ihn. Er läuft durch das Haus und den Garten und singt dabei singt ausgelassen, wie ein kleines Kind, irgendwelche selbst erfundenen Lieder, wie sie ihm gerade in den Sinn kommen.

Kurz darauf beendet er seine Arbeiten und begibt sich ins Krankenhaus. Unterwegs denkt er:

„Die intensive Auseinandersetzung mit den Ereignissen der letzten Jahre war anstrengend, aber sie hat sich gelohnt. „Ich habe damit jetzt fertig", zitiert er zur eigenen Aufmunterung den berühmt gewordenen Ausspruch des Fu8balltrainers Giovanni Trapattoni.

„Ja, es war wichtig, noch einmal alles nachzuempfinden, um es dann endlich los zu lassen. Der Schlamm meines Lebens ruht jetzt auf dem Grund eines tiefen Sees. Ab sofort bin ich die neue Lotusblüte, die in voller Pracht und Schönheit auf dem Wasser dieses Sees schwimmt. Der Schlamm meiner Vergangenheit ist mein Lebenselixier, aus dem ich neue Kraft sauge, um neu zu erblühen. Und alles, was an neuem Unheil kommen sollte, lasse ich an meinen Lotusblättern abperlen."

Beatrice schaut ihn erstaunt an, als er mit einem fröhlichen Lachen in ihr Zimmer kommt und sie mit einem langen und intensiven Kuss begrüßt.

„Was ist denn mit Dir passiert? Du bist ja so fröhlich".

Sein Lachen steckt offenbar an und auch sie fängt an zu lachen.

„Mein lieber Schatz. Ab sofort beginnt für uns ein neues Leben. Es wird schöner und beschwingter als je zuvor. Du wirst bald wieder ganz gesund. Ab sofort werden wir nur noch auf die schönen und positiven Seiten des Lebens konzentrieren und den ganzen Schrott der letzten Jahre hinter uns lassen."

„Ja, das ist ein schöner Gedanke. Da mache ich mit. Was machen die Vorbereitungen zum Fest?"

„Alles bestens. Es wird wunderbar. Lass dich überraschen. Ich freue mich so, wenn du morgen endlich wieder nach Hause kommst."

„Wie gut, dass wir uns gefunden haben. Wie viele schöne Dinge haben wir in den letzten Jahren nicht auch zusammen erlebt?"

„Ja, das stimmt, zum Beispiel viele wunderschöne Reisen."

„Erinnerst du dich an die fantastische Keniareise und die Begegnungen mit dem Bischof und seiner Familie oder an die Ausstellungen mit unserem Verein „Kunst verbindet Europa?"

„Und wir haben viele neue Freunde dazu gewonnen. Das alles wiegt doch die anderen, weniger schönen Ereignisse bei weitem auf; offenbar gehören die Tiefschläge zum Leben immer mit dazu. Um neue Höhen zu erklimmen, muss man wohl erst auch durch Tiefen gehen. Wie sähe unser Leben heute aus, wenn wir das Wagnis unserer Partnerschaft nicht eingegangen wären?"

„Es wäre ziemlich öde und langweilig verlaufen. Wir würden jetzt irgendwo in einem Palast traurig sitzen und wären unzufrieden."

„Und jetzt? Wohnen wir nicht auch in einem schönen Palast? Unser Haus ist nicht groß, aber es ist das schönste Haus, in dem ich je gelebt habe. Es wird in neuem Glanz erscheinen, wenn du als meine Prinzessin morgen wieder in unseren Palast kommst, um mit unseren Verwandten und unseren neuen Freunden zusammen zu feiern."

„Ich liebe dich", mit diesen Worten gibt Beatrice Felix einen innigen Kuss und schmiegt sich an ihn. Felix fühlt sich wie im siebten Himmel. Er ist glücklich.

Am nächsten Tag scheint die Sonne von einem strahlend blauen Himmel. Cecilia trifft als Erste ein und hilft bei den letzten Vorbereitungen zum Gartenfest. Sie legen Tischdecken auf die Tische, verteilen Blumengestecke und hängen Girlanden und andere Dekorationen zur Verschönerung des Gartens auf.

Felix ist gespannt, wann Beatrice kommt. Ihr Arzt hatte zugesagt, dass sie nach der Visite am Samstagmorgen nach Hause dürfe, wenn alles weiterhin in Ordnung sei.

Gegen Mittag ist alles für den Empfang der Gäste hergerichtet. Felix zieht seine Festtagskleider an und geht noch einmal den Ablauf der Feier in Gedanken durch. Da klingelt das Telefon:

„Ich bin's, mein lieber Schatz. Der Arzt lässt mich gehen. Kannst Du mich abholen?"

„Ja, wunderbar, ich komme sofort". Ein Stein fällt Felix vom Herzen. Er könnte vor Glück in die Höhe springen. ‚Welch ein Wunder?', denkt er. Sie wird genau in dem Augenblick entlassen, wo hier alles vorbereitet ist.'

Gut eine halbe Stunde später ist er mit Beatrice zurück, noch vor den ersten Gästen. Sie hat sich auch festlich gekleidet. Den langen Krankenhausaufenthalt und die schweren Operationen sieht man ihr nicht sofort an.

„Du siehst großartig aus", schaut er sie bewundernd an. Dann zeigt er ihr stolz den Garten, der sich in eine orientalische Märchenlandschaft verwandelt hat.

„Das ist ja wunderbar", schwärmt Beatrice. „Das hast du toll gemacht."

Die Gäste kommen nach und nach. Alle wollen mit Beatrice sprechen und erkundigen sich nach ihrem Wohlergehen. Das Fest beginnt mit einem Sektempfang.

Zur offiziellen Begrüßung der Gäste stehen Felix und Beatrice nebeneinander auf der Terrasse. Die Gäste haben sich in kleineren Gruppen auf die verschiedenen Tische ringsherum verteilt.

„Liebe Freunde, Nachbarn und Verwandten", begann Felix. „Wir freuen uns auf unser gemeinsames Gartenfest heute, und wir begrüßen Euch alle auf das Herzlichste. Wir danken Euch, dass Ihr so zahlreich gekommen seid und auch weite Wege - sei es aus Berlin, Hamburg oder Bayern - nicht gescheut habt.

Ich habe Euch schon vor langer Zeit eingeladen, um mit Euch meinen 65. Geburtstag und meinen Eintritt in den Ruhestand zu feiern.

Heute ist ein weiterer Grund zum Feiern hinzugekommen:

Meine liebe Beatrice ist soeben nach fünf schweren Operationen aus dem Krankenhaus entlassen worden, um mit uns zu feiern. Sie hat alles glücklich überstanden, und nun hoffen wir auf ihre vollständige Genesung.

Lasst uns auf das Wohl und die Gesundheit von Beatrice die Gläser heben."

Alle Gäste applaudieren und trinken auf das Wohl von Beatrice. Felix nimmt Beatrice in den Arm und küsst sie herzlich und innig. „Wir schaffen es, mein lieber Schatz. Ich liebe dich." Beatrice hat Tränen in den Augen, während sie sich an ihn schmiegt.

Den kräftigen Applaus der Gäste nehmen sie in diesem Augenblick nicht wahr. Felix drei Enkelkinder Lucia, Jasmina und auch die kleine Olga, die im Sommer zuvor zur Welt gekommen war, klatschen begeistert mit, auch wenn sie nicht ganz verstehen, was gerade genau passiert. Im Bauch von Daniela strampelt der kleine Frederik vor Vergnügen. In zwei Wochen wird er das Licht der Welt erblicken.

Epilog
Juni 2011

Ein Jahr nach den fünf schweren Operationen von Beatrice und ihrer Teilnahme an dem schönen Gartenfest Felix genießt wieder einen schönen Sommertag in seinem geliebten Garten. Im Gegensatz zum Vorjahr fühlt er sich entspannt und ausgeglichen. Durch das Küchenfenster sieht er, wie Beatrice in der Küche emsig werkelt. In wenigen Tagen werden sie mit ihrem Verein „Kunst verbindet Europa" wieder eine neue Ausstellung mit Künstlerinnen und Künstlern aus verschiedenen Ländern Europas präsentieren, an deren Vorbereitung sie fast ein Jahr gearbeitet haben.

Das Leben von Beatrice und Felix verläuft inzwischen weitgehend ruhig und in gleichförmigeren Bahnen, obwohl sie beide laufend gut beschäftigt sind. Es hatte einige Wochen gedauert, bis sich Beatrice halbwegs von den schweren Operationen erholt hatte, und der Prozess ihrer Genesung ist noch keineswegs abgeschlossen. Felix und Beatrice erfahren durch ihre neu gewonnenen Freunde und durch ihre Tätigkeiten im Kunst- und Kulturbereich viel positive Kompensation. Die vielfältigen Kontakte zu kulturell interessierten Menschen empfinden sie als Bereicherung und Erfüllung vieler ihrer Wünsche und Erwartungen.

Felix schaut zufrieden zur Spitze der Tanne, auf der wieder ein Amselmännchen seine Lieder singt. In den letzten Wochen hat sein Weibchen direkt neben der Terrasse von Felix' Haus in einem Rosenstrauch vier Junge ausgebrütet. Es war für Felix eine Freude, diesem Prozess zuzusehen, bei dem das Weibchen allein die Aufgabe des Brütens übernahm und das Männchen von Zeit zu Zeit erschien, um das Nest zu bewachen, damit das Weibchen sich Futter suchen konnte. Einmal wehrten sie sogar zu zweit erfolgreich einen Angriff eines Eichhörnchens ab.

Felix und Beatrice leben gemeinsam in Felix' neuem Haus. Zu Dorothea und Norbert haben sie sämtliche Kontakte abgebrochen. Sie benötigen die Distanz, um sich von den Wunden der langjährigen Auseinandersetzung zu erholen. Ihre Kinder respektieren diesen Wunsch.

Felix denkt über die Sinnhaftigkeit der Ereignisse der letzten zehn Jahre nach:

„Warum entstehen Ehekonflikte, wie Beatrice und ich sie durchlebt haben und wie ich sie auch bei anderen Menschen wiederholt beobachtet habe, überhaupt und warum verlaufen sie für die Beteiligten oft so schmerzlich? Warum werden aus Menschen, die sich einmal geliebt und zusammen gelebt haben, verbitterte Gegner. Es müsste doch möglich sein, von den Erfahrungen anderer zu lernen und andere, freundschaftlichere Wege zu gehen, da die Ursachen der Partnerschaftskonflikte doch häufig dieselben oder zumindest vergleichbar sind.

Eine der häufigsten Ursachen für Ehekonflikte liegt sicherlich im sexuellen Bereich: Der Mann oder die Frau geht „fremd" und wird in den Augen seines Partners damit „untreu".

Felix atmet tief durch und versucht sich in die jeweilige Situation eines Mannes und auch die einer Frau hinein zu versetzen. In seinem Kopf entstehen neue Traumbilder:

„Müssen wir unsere Sexualität nicht als Geschenk Gottes oder der Natur verstehen? Ohne sie gäbe es keine Nachkommen. Ist sie nicht auch Triebfeder vieler unserer kreativen Aktivitäten, darunter die Erstellung von Filmen, Theater, Denkmälern, Kunst und Kultur im Allgemeinen, ohne die unser Leben deutlich ärmer wäre? Was hat die sittenstrenge Moral der Kirche, die nur Sex in der Ehe toleriert und jeden Seitensprung als schwere Sünde verdammt, bewirkt? Hat sie nicht in allen Gesellschaften Heuchelei und Doppelmoral hervor gebracht? Es gibt doch so viele Beispiele von sittenstrengen Heilpredigern, die im Verborgenen genau das Gegenteil von dem tun, was sie von der Kanzel oder in der Öffentlichkeit predigen. Die Skandale der letzten Jahre über Priester der katholischen Kirche, denen Jugendliche anvertraut waren, gehören sicher auch dazu. Und was sagen uns die vielen Kindergräber neben Frauenklöstern?

Sollten wir nicht alle lernen, ein wenig toleranter miteinander umgehen? Jeder trägt Verantwortung für sich selbst, aber auch gegenüber seinen Mitmenschen. Wir sollten den Partner aber nicht in ein von uns selbst gezimmertes Korsett zwängen oder ihn als unseren Besitz ansehen. Ist es nicht ausreichend, die Grenzen der Toleranz so zu ziehen, dass niemand durch sein Verhalten dem anderen schaden darf?

Aber das sind schöne Wunschvorstellungen, die wohl Utopie bleiben werden. Besitzdenken und Eifersucht haben seit jeher den Menschen begleitet und daran wird sich wohl auch in Zukunft nichts ändern.

Liebe also die Frauen weiterhin und suche ihre zärtliche Nähe, aber passe auf, sie nicht zu kränken oder zu verletzen. Die Rache einer Frau kann fürchterlich sein, auch wenn sie vorher der liebste Engel war."

Beim Gesang der Amsel schläft Felix ein. Vor seinen geschlossenen Augen ziehen Bilder schöner weiblicher Gestalten in weißen und schwarzen Gewändern vorbei, die einen singend mit liebevoll lachenden Gesichtern, die anderen wütend mit Messern und anderen gefährlichen Gegenständen in den Händen...

Die Bilder lösen sich jäh auf durch Beatrice' Ruf aus der Küche: „Feeelix, ich brauche deine Hilfe. Könntest du nicht Kartoffeln schälen und die Getränke kalt stellen?"

Hinweise auf die im Roman genannten Quellen:

1. Eva-Maria Zurhorst, Liebe dich selbst und es ist egal, wen du heiratest, Goldmanns Taschenbücher
2. Brenda Shoshanna, Zen und die Kunst sich zu verlieben", Fischer Taschenbuch Verlag, Nr. 16211, Febr. 2007
3. Clemens Kuby, Unterwegs in die nächste Dimension. Meine Reise zu Heilern und Schamanen, Kösel-Verlag, 2003
4. Willigis Jäger, Die Welle ist das Meer, Mystische Spiritualität, Herder Spektrum, Band 5046, 2000
5. aus Carmen Rohrbach, Jakobsweg, National Geographic, 7. Auflage, April 2005, ISBN 3-89405-081-0
6. M.M. Kaye, The Far Pavilions, Viking Press, 1978